남을 향하며 북을 바라보다

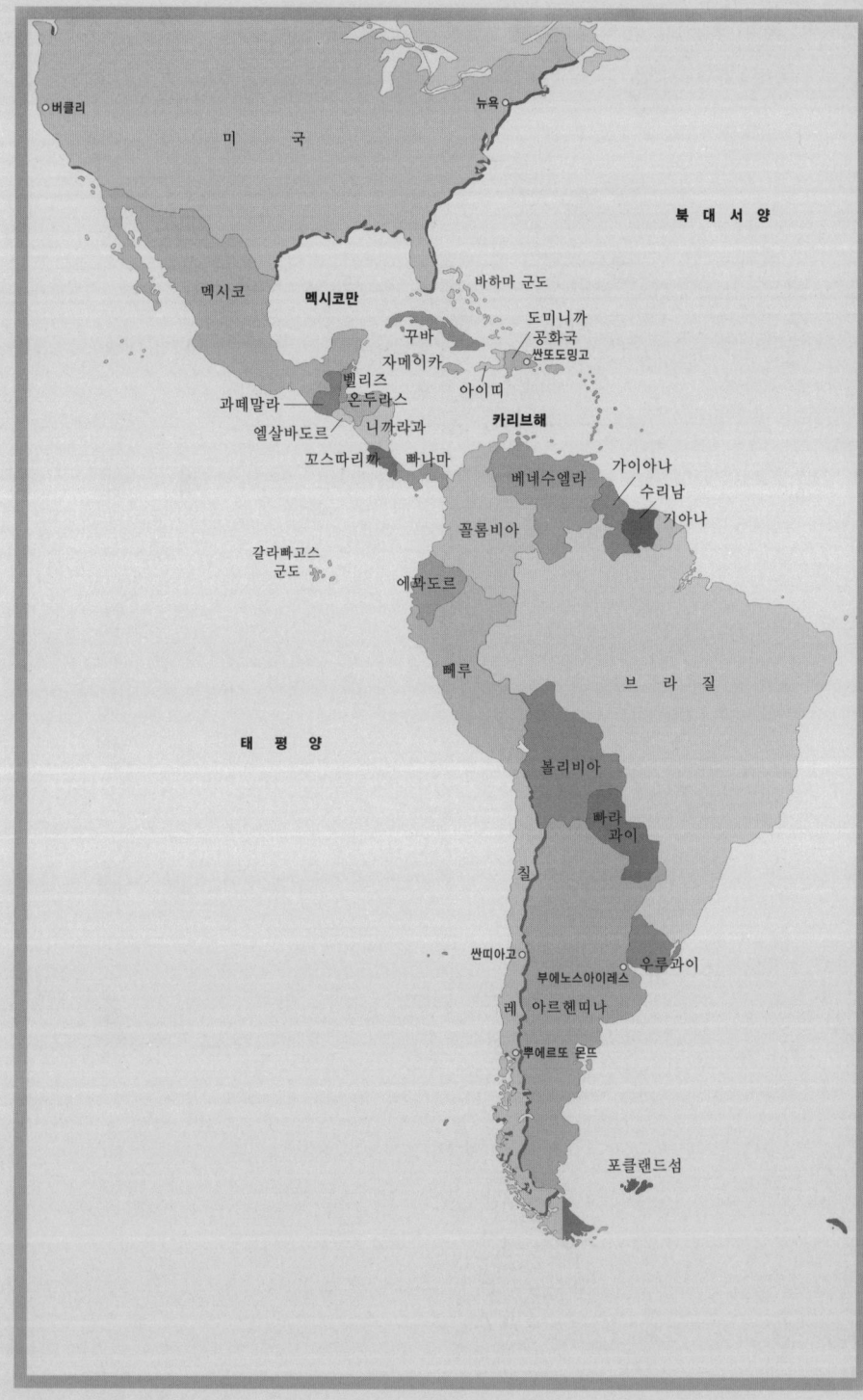

뉴욕에서의 어린시절.
1942년 아르헨띠나에서 태어난 도르프만은 두살 때 미국 뉴욕으로 이주하여 유년시절을 보낸다. 영어를 모국어로 습득하며 '미국아이'로 정체성을 키워가기 위해 애쓰던 도르프만은, 열두살에 부모를 따라 칠레로 돌아와 스페인어를 모국어로 받아들이고 스스로를 '칠레인'으로 생각하기 위해 혹독한 경험을 한다. 이런 독특한 정체성 획득의 경험은 도르프만이 세계적인 작가로 성장하는 데 밑거름이 된다.

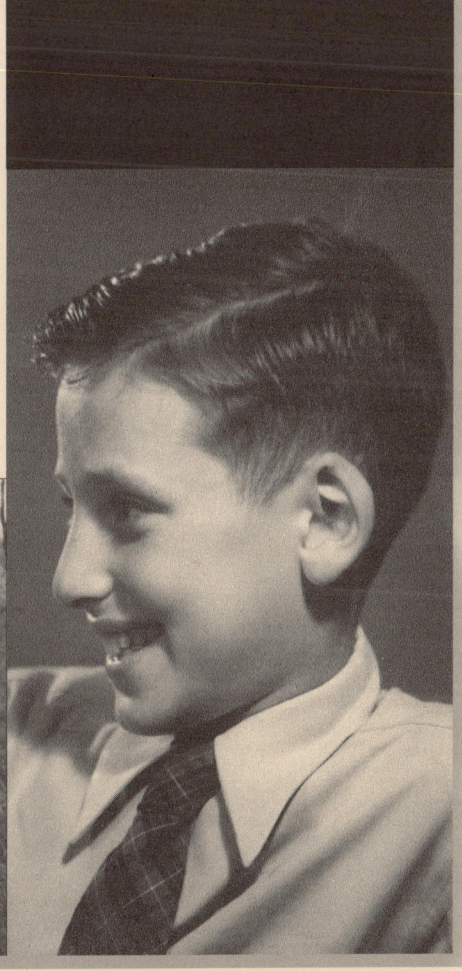

칠레 현대사의 영욕이 고스란히 스며 있는 **모네다 궁전**.

독재자 삐노체뜨. 1973년 삐노체뜨가 이끄는 군부세력은 미국의 지원을 받아 쿠데타를 일으키고 아옌데정권을 무력으로 무너뜨린다. 1973년 아르헨띠나에서 출간된 도르프만의 첫 장편 『경계를 늦추지 말라』가 유명한 문학상 수상작으로 뽑히며 아르헨띠나 독자들을 사로잡게 되면서 도르프만은 생지옥으로 변한 칠레를 극적으로 탈출할 수 있었다. 하지만 삐노체뜨 쿠데타 당시 아옌데 대통령을 비롯한 수만명의 동지들과 친척들이 군부의 손에 죽고 고문당하고 사라지게 된다.

1964년의 도르프만. 아옌데가 1964년 대통령 선거에서 프레이 몬딸바에게 패배한 후 결의를 다지고 있는 모습이다. 1969년 프레이 몬딸바 집권세력과 좌파가 인민통일전선을 결성하고 이듬해에는 인민통일전선의 수반 아옌데를 대통령으로 당선시키는 경이로운 승리를 일궈낸다.

1971년 칠레의 수도 싼띠아고에서 미국 대중문화에 관한 탁월한 비평서 『도널드 덕을 어떻게 읽어야 하나』를 위한 자료를 조사하고 있는 도르프만. 이 책을 통해 도르프만은 미국의 주류문화에 숨겨진 제국주의적 이데올로기를 비판하며 라틴아메리카의 진보적 지식인으로서 자기 목소리를 선명히 드러낸다.

1983년 워싱턴DC에서 도르프만 가족. 도르프만과 아내 안헬리까, 큰아들 로드리고, 둘째아들 호아낀. 1985년 이후 미국 듀크대학 교수로 재직하고 있는 도르프만은 기나긴 삐노체뜨 군독재기(1973~90) 동안 독재정권의 만행을 고발하면서 창작활동을 통해 칠레 민중들의 삶을 생생히 그려내는 빛나는 작품들을 발표해왔다.

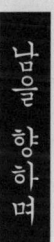
남을 향하며

아 리 엘 도 르 프 만 회 고 록

Heading South, Looking North: a Bilingual Journey

아리엘 도르프만 지음 | 한기욱 · 강미숙 옮김

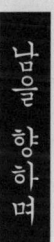
북을 바라보다

창비
Changbi Publishers

헌사를 겸한 머리말

안헬리까, 이 책을 당신한테 바치오.

이 책은 내 이야기, 숱한 망명과 세 나라와 두 언어의 이야기이지요. 여러 해 동안 내 목구멍을 서로 차지하려 날뛰다가 지금은 나를 공유하고 있는 두 언어, 마침내 내가 당신만큼이나 사랑하게 된 영어와 스페인어의 이야기이지요.

내가 이 이야기를 통해 다시 사는 동안, 처음에는 영어로 그 다음엔 스페인어로 어쩔 수 없이 이 이야기를 쓰고 또 되쓰는 동안, 거기 바로 내 곁에 있어줘서 고맙소.

씬 띠, 노 우비에라 쏘브레비비도.

당신이 없었더라면, 난 살아남지 못했을 거요.

한국어판을 내면서

나는 이 책의 출간 시기로 역사상 지금보다 더 적절한 순간은 없다고 생각합니다. 남과 북이 내게 의미하는 바는 수십년 동안 분단된 나라에서 살아온 한국의 독자들에게 의미하는 것과는 분명 판이한 것이겠지만, 나의 망명·독재·지구화의 경험과 이런 쟁점들에 대한 문학의 탐구방식이 이 회고록을 읽는 사람들의 정신과 마음에 울려퍼지기를 바랍니다.

이 회고록이 20세기의 은밀한 역사를 담고 있기에, 수많은 한국인 남녀들이 나의 딜레마에서 격동의 한국사 자체에서도 발견될 수 있는 많은 문제들을 알아보리라고 생각합니다.

사실, 전에 서울을 한번 방문했을 때, 나는 내 이야기가 거기서 만난 각양각색의 삶을 너무나 근사(近似)하게 비추고 있다는 사실에 감명을 받았습니다. 그러므로 내 바람은 한국 독자들에게 드리는 이 선물이 하나의 공통된 역사의 야만과 희망으로써 통합되어온 하나의 세계를 서로 이해하는 일환이 되는 것입니다. 칠레의 경우와 마찬가지로, 한국이 미국과의 관계를 이렇게 풀어나가는가가 한국의 미래를 결정할 것입니다.

여기, 전쟁의 시간에 대비한 내 평화의 이야기가, 내 두 언어와 내 두 문화의 이야기가 있습니다.

2003년 여름
아리엘 도르프만

차례

제1부 북과 남

제2부 남과 북

제 1 부

북과 남

어린 나이에 발견한
죽음을 다루는 장

나는 여기서 이 이야기를 해서는 안될 사람이다.

과거의 어느날, 여러 해 전 칠레 싼띠아고에서의 어느날, 난 죽었어야 하는데 죽지 않은 것이다. 그만큼 간명한 일이다.

바로 그 순간에서, 역사가 나를 내 의지에 반하여 언젠가는 책상에 앉아 이 글을 쓸 수 있는 사람으로 바꾸어버린 그 순간에서 이 이야기가 시작되리라고 늘 생각했는데, 지금 난 정말 이 글을 쓰고 있다. 내 나라의 군대가 우리의 대통령인 쌀바도르 아옌데(Salvador Allende)에 대항하여 일어난 그날, 정확히 말해서 1973년 9월 11일 아침에, 내가 어릴 때부터 줄곧 두려워한 죽음이 내 삶 속에 들어와 목숨을 앗아가는 대신 나를 살아남게 한 그날 아침에, 이 이야기가 시작되도록 되어 있다고 나는 늘 생각했다. 나는 여기 현실의 이쪽에 남아, 왜 내가 살아 있을까 의아해하면서, 무엇이 그날 내 속에서,

그리고 이 세상 속에서 영원히 끝장난 것인지 돌이켜본다.

하지만 나는 거기에서, 내가 죽었어야 하는 그날에서 시작할 엄두가 나지 않는다.

마지막 유예(猶豫)의 밤이 있었으니, 나는 거기에서 진정 이 이야기를 시작할 필요가 있다. 쿠데타 전야인 9월 10일 밤 말이다. 내일 이 시간이면 아옌데가 죽고 나는 은신(隱身)에 들어가고, 내일이면 내가 살아남는 반면 너무나 많은 사람들이 나 대신 죽임을 당하는 미래를 나는 받아들일 수밖에 없을 것이다. 하지만 아직은 아니다. 오늘밤 나는 안팎에서 고개를 쳐드는 거스를 수 없는 증거에도 불구하고, 군사 쿠데타는 일어나지 않을 것이라는 둥, 칠레는 다른 라틴아메리카 나라들과는 다르다는 둥, 우리의 민주주의와 안정과 합리성에 관한 그 모든 기분 좋은 신화들을 속으로 들먹일 수 있다.

어쩌면 내가 옳은지 모른다. 내 마지막 평화의 순간마저 망쳐서는 안될 테니까. 옆방에서 여섯살짜리 아들 로드리고가 부른다. 안헬리까가 이미 이불을 덮어주었지만, 그애는 이제 잠자리에서 들려주는 이야기를 해달라고 야단이다. 문득 속에서 꿈틀대는 메스꺼운 생각을 눌러버리는 내가 어쩌면 옳은지 모른다. 이것이 내가 아이를 마지막으로 보는 때이며, 아이한테 들려주는 마지막 이야기, '라 울띠마 베즈'(마지막이라는 뜻—옮긴이)로 하는 이야기일 것이다. 어쩌면 현실을 끝내 외면한 내가 옳은지 모른다.

내가 죽음을 속이려 한 것은, 죽음이 존재하지 않는 체한 것은 이번이 처음은 아니다.

내가 기억할 수 있는 저 머나먼 과거에도 죽음은 있었다. 그때 뉴욕의 우리 아파트에서 잠에서 깨어나 눈을 동그랗게 뜬 채 어둠속에서 여러 시간을 죽음에 관하여 생각하는 나 자신의 모습을, 공포에 질린 채 죽음한테 놓아달라고 간청하는, 생애 첫번째 망명에서 길을 잃었다가 발견된 한 아이의 모습을 본다. 몇년 후 죽음이 실제로 나를 놓아주리라는 것을 알고 있었더라면, 내가 어떤 행동을, 어떤 생각을 하건 말건 살아남거나 죽는 데는 전혀 영향을 주지 않으리라는 것을 알고 있었더라면…… 그러나 그 옛날 1947년에 나는 우리가 두려워할 것이 죽음이 아니라 죽어가는 것이라는 사실조차 알지 못했다. 물론, 괴물들이 침대 밑 저기에, 홀에서 내뿜는 부드러운 불빛 안에 있어서, 화장실에서 물을 뚝뚝 흘리다가도 내가 고개를 돌리자마자 언제나 잽싸게 사라져 온데 간데 없지만, 등뒤에서 나를 언제라도 덮칠 태세다. 그렇다고 해도 나를 진짜 위협하는 것은 그 괴물들이 아니다. 나는 다섯살, 아니 어쩌면 더 어렸을지 모르지만, 내가 죽을 때 괴물들이 내 몸에 가할 고통이란 어쩐지 순간적이며 어쩐지 자비로울 것이라는 턱없는 가정을 했다. 그래, 내가 참을 수 없는 것은 죽음의 결과 그 자체, 즉 그 외로움과 영영 혼자일 수밖에 없다는 사실이었다.

"하지만 엄만 거기 있을 거지요?" 나는 엄마에게 매달리며, 엄마가 결코 날 떠나지 않게끔 협박하려는 듯 물었다. "내가 죽으면 내 곁에 있을 거죠?" 그러자 엄마는 무슨 대답을 했는데, 완전히 거짓말은 아니었다. 그래, 엄만 거기에 있을 거란다. 그리고 그후 불빛이 희미해지고, 엄마가 가버리고, 내가 죽음에 관한 생각을 하고, 바로 그 생각이 공포의 구렁텅이로 점점 나를 끌고갈 때, 죽음이란 내가 존재하지 않아 죽음을 생각할 수 없는 바로 그 순간이라는 생각이, 불을 끄고 홀을 따라 내려가 다른 침실로 가버리지는 않으리라 항상 믿을 수 있는 유일한 존재인 나 자신한테 버림받는 바로 그 순간이라는 생각이 들었다. 바로 그렇게 해주지, 죽음이 말했다. 넌 너 자신조차 너와 동행할 수 없을 만큼 지독한 외톨이가 될 건데, 그걸 피할 수 있는 길은 어디에도 없어. 이런 생각의 소용돌이에 휩싸여 미칠 지경이 되었을 때, 엄마의 말이 나한테로 헤엄쳐왔다. 엄마는 그 무(無)의 한가운데에 와 있겠다고 약속했고, 엄마가 거기에 온다면 다른 사람들도 길을 찾아오겠거니 했다. 이렇게 하여 나는 제정신이라는 수면 위로 다시 서서히 상승할 수 있었고, 죽음이란 관 속에 죽 누워 있는 시체들로 가득한 광활한 빈 공간이라고 추측할 수 있었다. 시체들은 누구도 서로 만질 수는 없지만 다른 말없는 시체들이, 수백만의 우리들이 우리 자신의 이야기, 우리 자신의 시작, 우리 자신의 끝을 가지고 함께 거기에 있다는 사실에 마음이 든든해지니, 죽은 자들의 형제애가 내 고립을 무찔렀다. 그때 나는 처음으로 인류를 뭔가 경이롭고 치유적인 것으로 생각했는데, 이는 인간이 죽음을 피할 수는 없지만 하나의 공동체가 죽음의 난폭함에 대하여 적어도 위로는 할 수 있다는 암시였다. 부모님이 신은 존재하지 않는다고 일러주었으므로, 유년기의 나는 매일 밤 그 인류에게 기도를 하면서 내가 백년마다 한번씩 깨어나 주위를 한번 살펴볼 수 있도록 해달라고 간청했다. 후생(後生)은 침묵의 눈이 지켜보는 스크린이요, 영생은 백년마다 상연되는 영화요, 죽은 자는 산 자를 이따금씩 훔쳐보는 관객이었다.

　이런 식으로 나는 그 시절 미국에서 나 자신을 달래어 잠들 수 있었다. 그때는 또다른 언어가 마치 쌍둥이처럼 우리를 따라다닐 수 있다는 것을 내가 발견하기 전이었다. 죽음에 대한 생각으로 말미암아 내 뇌리에서 분비되는 점액을 말끔히 뽑아내는 좀더 기발한 방법을 발견한 것은 나중에 어른이 되어서였다. 사실은 지금에 와서야 가능하다. 이제 밤에 잠을 이루지 못하면, 나를 깨어 있게 만드는 언어, 가령 영어의 톱질하듯 윙윙거리는 소리를 쫓아버리고 다른 언어인 스페인어로 전환하여, 마치 내가 칠판이라도 되는 양 스페인어가 내게서 공포의 앙금을 지우는 광경을 느긋하게 지켜보는 것이다.

하지만 그것은 나중의 일, 즉 지금의 일이다. 내 첫번째 불면증은, 영어라는 한 언어만 구사하기로 운명지어졌던 아이에게, 타고난 언어인 스페인어를 거부했던 아이에게, 자기 영혼을 살리기 위해 다른 언어를 불러낼 수 없었던 예전의 나였던 그 소년에게 불현듯 찾아왔다. 뉴욕 시에서 그 어린 나이에 죽음을 속이기 위해 내가 할 수 있는 일이라곤, 밤중에 이야기를 꾸며내어 저 밖에서 누군가가 내 이야기를 듣고 나와 함께 있어줌으로써, 내가 죽고 난 후에도 나를 살아 있게 하기를 바라면서 나 자신의 분신들이 그 공허 속에 살게 하는 것밖에 없었다.

물론, 그 아이가 도저히 생각할 수 없는 것은 어른이 된 자신이 죽을 고비에서 몇 차례나 살아남을 것이며, 장차 25년이 지난 1973년 9월의 그날이 자신을 기다리고 있을 것이며, 또한 자신을 살려준 일련의 연쇄적인 기적들을 이해하려고 애쓸 때 사용하는 언어가 영어가 아니라 스페인어가 될 것이라는 점이다. 그때쯤에는, 내가 서른한살의 어른이 되었을 즈음에는, 나는 미국에서 보낸 내 유년기의 언어를 제국주의적이며 북아메리카적이며 이질적인 것으로 거부하고 비난한 후였으며, 원래 나의 타고난 언어인 스페인어로 맹렬히 그리고 공공연히 되돌아가 영원히 스페인어를 할 것이고, 영원히 칠레에서 살 것이라고 선언했던 것이다. 영원히. 순진하게도 나는 이 말을 당시에는 물 쓰듯이 썼지만, 일시적인 것과 사랑에 빠진 방랑객이 되어버린 지금의 나는 당시의 내가 그 말을 조심해서 썼어야 했음을 안다. 사기보나 상력한 사람늘이 자기 인생의 흐름을 통제할 때 영원한 것은 거의 없음을 당시의 나는 아직 몰랐던 것이다.

다음날이면, 그러니까 죽음이 날 쫓아와 나로 하여금 내 상상력으로는 더이상 나 자신이나 내 나라를 방어할 수 없다는 사실을 직시하게끔 할 때인 내일이면, 나는 바로 그런 교훈을 배워야 할 운명이었다.

나는 지금 그 교훈의 순간을 마지막으로 한번 더 연기하려 한다. 로드리고의 방으로 건너가 나 자신과 그애한테 우리는 죽지 않는다고 마지막으로 한번 더 기만하려 한다. 그러나 오래 전 내가 아이였을 때 나 자신을 위로했듯이 이야기로써 아들을 위로하기 전에, 한 군데 전화를 할 것이다. 그 전화. 당시 그 전화의 진정한 의미를— 그 전화가 나에게, 우리 모두에게 무슨 일이 닥칠지를 경고하고 있다는 것을—이해했더라면…… 그러나 설혹 이해했더라도 나는 그것을 유념하지 않았을 테고, 무얼 찾아야 할지도 몰랐을 것이다.

그것은 대통령궁인 모네다로 거는 전화다. 나는 거기서 지난 두 달 동안 아옌데의 수석참모인 페르난도 플로레스(F. Flores)의 문화 및 미디어 고문으로 일해왔다. 수많은 세월이 흐른 후, 내가 이 글을 쓰고 있는 오늘에는, 침몰하는 정부에서 도움이 될지 미심쩍은 작은 직책을 수락하는 것이 어리석은 행동임이 분명해 보인다. 그러나 그때 나는 그렇게 느끼지 않았다. 그때는 그것을 내 의무라고 보았다.

어릴 적 나는 죽음과 외로움에 대한 최상의 대답이 허구의 공동체라고 상상했다. 그리고 그때 나를 여기로, 이 혁명으로, 역사의 바로 이 자리로 이끌었던 것도 진정한 공동체에 대한 그런 끈질긴 허기였다. 내가 택한 나라와 나 자신의 것으로 택한 대의에 대한 충성심을 입증할 필요가 있었고, 자신을 포함해서 공동체를 믿는 모든 사람들이 목숨을 바칠 준비가 되어 있을 때만이 그런 공동체는 구체화될 수 있었다. 그래서 나는 의도적으로, 경박하게, 유쾌하게 온 나라에서 가장 위험한 현장을 찾아내어 칠레혁명의 마지막 날들을 보내고 있었다. 그리고 바로 그 현장으로 지금, 비번인 이 밤에, 내 도움이 필요한지 알아보려고 노이로제에 걸린 사람처럼 전화를 걸려는 것이다. 내 도움은 필요 없다고, 대학 1학년 때부터의 친구인 끌라우디오 히메노가 대답한다. 그는 기분이 좋은 모양이다. 나는 그의 수줍은 뻐드렁니의 미소, 크고 검은 눈, 검고 각진 얼굴을 떠올린다.

그후 여러 해 동안 그는 거기에 하나의 환영(幻影)으로 남아 있게 될 것이다. 내 죽음을 상상할 때마다 나는 손이 등뒤로 묶인 채 의자에 앉아 있는 나의 모습을 어김없이 그려볼 것이다. 나는 눈이 가려져 있지만, 그럼에도 그 그림 속에선 불가능하게도 나 자신을 쳐다보고 있고, 제복 차림의 한 남자가 다가오는데 오른손에는 뭔가를, 막대기인지 한쌍의 전극봉인지 긴 바늘인지 흐릿하고 뾰족한 것을 들고 있다. 아직도 언제 어디서건 예기치 않게 나를 엄습하는 그 환영 속에서 복구할 수 없는 손상을 입을 몸은 끌라우디오 히메노의 것이다. 그는 발가벗겨져 그 의자에 앉아 있다. 그런데 몸은 그지만 얼굴은 나였다. 내 얼굴인 까닭은 그 근무가 원래 내게 주어졌고, 9월 10일 밤 모네다궁에서 야간근무를 서고 있었어야 할 사람은 나였고, 해군이 발빠라이쏘(칠레의 수도 싼띠아고 근처의 항구―옮긴이)에 방금

24

상륙했다는 소식을 접수했어야 할 사람은 나였으며, 수화기를 내려
놓고 쿠데타가 터졌음을 알리기 위해 무거운 마음으로 대통령의 전
화번호를 돌렸어야 하는 손도 내 손이어야 했기 때문이다. 실제로는
그로부터 몇 시간 후에 그 정보를 받게 될 사람은 끌라우디오이다.
단지 내가 지난주에 "여보게, 끌라우디오. 다음 월요일, 그래, 9월 10
일이 원래 내 근무날인데, 나 대신 모네다궁에 가주겠나? 그러면 내
가 9월 9일 일요일의 자네 근무를 설게, 그렇게 해주겠나?"라고 즉
석에서 의향을 떠보았기 때문이다. 그러자 끌라우디오는 두말 않고
받아들였다.

그래서 지금 나는 여기 집에 있고 그는 모네다궁에 있으며 우리
는 전화로 이야기를 나누고 있다. 운명이 우리에게 어떤 장난을 치
지 않을까 하는 예감도 없이 우리의 대화는 순조롭게 이어진다. 오
히려 끌라우디오는 내게 상황이 호전되고 있으며, 나라를 결딴내고
마비시켜온 이 위기에서 헤어날 방법이, 임박한 내전과 같은 것을
피할 민주적이고 주체적인 방법이 있을지 모른다고 말한다. 아옌데
가 야당과 자신의 불화를 국민투표에 부쳐서 국민이 만약 자신의 제
안을 거부하면 사임하겠다는 공고를 내일 발표할 것이라고 한다. 나
는 이제 끌라우디오처럼 마음이 놓인다. 우리는 둘 다 정치적 난국
을 푸는 이 평화적인 해법의 실체를 제대로 알아보지 못한 것이다.
그 해법은 하나의 신기루이며, 학살의 뜻을 품고 수도로 진입하는
아옌데의 적들로서는 결코 허용하지 않을 결과이다.

그럼에도 불구하고 우리는 군부의 정권탈취가 어떤 의미에서는
이미 시작되었음을 이해할 위치에 있다.

바로 일주일 전에 끌라우디오와 나는 다른 보좌관 하나와 함께 페

르난도 플로레스의 안내로 대통령궁의 곰팡내나는 외딴 방에 들어갔다. 플로레스 장관은 남편의 고문과 죽음을 고발하기 위해 남쪽 지방에서 싼띠아고로 찾아온 한 늙은 마뿌체 인디언(칠레 남부에 거주하는 문화적 자부심이 강한 인디언 종족—옮긴이) 여인의 말을 우리가 귀담아 듣기를 바랐다. 그녀는 아옌데 정부에 의해 생애 처음으로 자신이 경작하는 땅의 주인이 되었던 수십만 명의 농민 가운데 하나였다. 한 무리의 공군장교들이 무기를 수색한다고 이 가족의 공동농장을 습격했으나 무기를 발견하지 못하자 여자의 남편을 헬리콥터 프로펠러에다 묶었다는 것이다. 늙은 남자가 여러 시간 동안 매달려 돌아가는 동안 제복을 입은 군인들이 담배를 피우며 그를 조롱하면서 이제 너네 대통령한테 도움을 청해보라고 짓궂은 제안을 했으며, 노인이 죽어갈 때에는 이제 "수스 뿌또스 디오세스 빠가노스"(염병할 이교도 신들)한테 도움을 청하라고 윽박질렀다는 것이다.

그녀는 이런 상황을 대통령한테 고발하려고 찾아왔다. 그러나 대통령은 아무런 조치도 취할 수 없었다. 우리 역시 아무것도 할 수 없었다. 마치 권력이 이미 군부로 넘어간 것 같은 상황이었다.

노파는 나를, 내 눈을 정면으로 쳐다보았다. "아 로 라르고 데 미 비다"(내 평생에라는 뜻—옮긴이) 그녀는 내게 말했다. "내 평생에 백인들이 우리에게 몹쓸 짓을 많이도 했지만 여태 이런 짓을 한 적은 없었어요. 그들은 남편한테 이제 우리 땅을 몰수할 거라고 거듭 말했어요." 그녀는 말을 멈췄다. 그리고는 덧붙였다. "그들은 나에게 자기들의 비행(非行)을 강제로 지켜보게 했어요."

나는 외면했다. 나는 그녀가 보고 있는 광경을 견딜 수 없었다. 과거의 경험을 통해 어떤 일이 벌어질지 이미 짐작하는 그녀가 예상하고 있는 그 앞날을 나는 견딜 수 없었다. 나는 칠레인이 되기를, 칠레인에 소속되기를 정말 열렬히 바라왔다. 그리고 칠레인이 된다는 것은 궁극적으로는 그들이 그녀와 그녀와 같은 사람들한테 수백년 동안 한 짓을 이제 내게도 할 수 있다는 의미였다. 어쩌면 순식간에 나는 그녀에게서 나 자신을 보았는지도 모른다. 내 몸이 저 늙은 여인처럼 무방비 상태에 놓여 있는, 자기 땅에서 이방인의 처지에 놓여 있는 광경을 상상했는지도 모른다. 어쩌면 그럴 것이다. 하지만 그녀의 비전 속에 미리 떠오른, 이 나라를 곧 유린할 폭력의 광경을 견딜 수 없어, 일주일 후인 지금 끌라우디오가 만사가 잘될 것이라고 말할 때 나는 기적이라도 믿을 태세였다.

우리는 오늘밤 이야기를 나눌 시간이 그리 많지 않다. 끌라우디오는 할 일이 많고 나 역시 이야기를 해달라고 야단인 아들이 있다. 작별인사를 할 때, 이것이 우리가 서로에게 하는 마지막 말이 될 것이라고 불길하게 속삭이는 예감 따위는 없다.

나는 전화를 끊는다.

그리고 옆방의 로드리고를 달래러 간다. 아들에게 죽음은 존재하지 않는다고, 내가 거기에도 함께 있을 것이며, 우리 둘이 나란히 함께 고독을 마지막으로 한번 더 속일 수 있다고 말하러 간다.

물론 나는, 진짜 괴물들은 저기 바깥에 있다는 것을, 그리고 그 괴물들이 너의 몸에 가할 고통은 죽음보다 더할 것이라는 점을 일러주지 않는다. 우리가 두려워해야 할 것은 죽어가는 것, 죽기 전의 고통이지, 죽음 후의 공허가 아니라는 것을 일러주지 않는다. 망명이 우리를 정면으로 노려보고 있으며, 아이와 나 그리고 아이 엄마는 곧 이곳을, 우리가 그를 낳은 이곳을 떠나게 될 것이며, 여러 해가, 아주 수많은 해가 지나기 전까지는 여기로 돌아오지 못할 것임을 일러주지 않는다. 나는 아이에게 죽음과 죽음에 대한 공포가 불가피하게 망명으로 이어지리라는 것을 일러주지 않는다.

이런 사실을 함께 발견할 시간이, 내일과 내일 이후의 숱한 나날들이 있을 것이다.

지금으로서 나는 아들에게 이런 말을 일절 하지 않는다. 단 한마디도.

달리 어쩌겠는가?

나는 불을 끄고 아들에게 동화를 들려준다.

어린 나이에 발견한
삶과 언어를 다루는 장

나는 떨어지고 있었다.

때는 1942년 5월 6일, 장소는 부에노스아이레스였으며, 태어난 지 몇초밖에 안되었지만 나는 벌써 위험에 처해 있었다.

나는 그 말을 들을 필요가 없었다. 다른 어떤 것도 알기 전에 그것을 알고 있었으니까. 그러나 어머니는 어쨌든 내가 떨어질 것이라는 경고를 나에게 하셨으며, 그것은 두뇌로 인식할 수는 없었겠지만 내 생애 처음으로 들은 단어들이었으며, 어머니가 기억하시기에 내 앞에서 발음된 첫 단어들이라고 한다. 나를 낳으실 때 넋을 빼는 혼돈과 정신착란에서 나온 그 숱한 말들 가운데 어머니가 가까스로 낚아채어 나중에 가족의 전설로 굳혀놓은 유일한 지각의 파편이 바로 그 경고였다는 것이 이상하고 불길했다.

그 말은 형이상학적 의미로 쓰인 것이 아니었다. 어머니는 산고를 치르실 때 통증을 덜기 위해 마취제를 한대 맞으셨고 당신의 새로 태어난 아기가 씻겨지기 위해 바로 곁의 탁자 위에 놓였을 때, 몽롱한 상태에서, 탁자가 기울어져 있고 아이가 막 굴러떨어지려 한다고 생각했고, 그 순간 소리쳤던 것이다. "독또르"(의사 선생님), 어머니가 소리쳤고, 알아듣지 못하는 내 귀는 필시 그 무의미한 소리를 흡수했을 것이다. "독또르, 세 까에 엘 니뇨, 세 까에 엘 니뇨"(의사 선생님, 아기가 떨어져요, 아기가 떨어져요)라고, 어머니는 의사한테 내가 떨어지려 한다고, 아이가 막 떨어지려 한다고 말했다.

어머니의 말은 내 몸에 대해서는 틀렸지만, 내 마음, 내 삶, 내 영혼에 관한 한 맞았다. 나는 태어나는 아이들이 누구나 그렇듯이, 고독과 무(無) 속으로 머리를 먼저하고 곤두박질치면서 떨어지고 있었고, 어머니는 당신의 바로 이 말로써, 당신의 공포를 인간의 언어로 표현함으로써, 그리고 부지불식간에 내게 스페인어를 소개함으로써, 나를 붙잡고 나를 얼러대고 나를 심연으로부터 끌어내기 위하여 스페인어를 보냄으로써 내가 떨어지는 것을 막은 것이다.

나는 아기였다. 그러니까 어떤 생면부지의 사람도 그 위에다 자기 이름을 갈겨쓸 수 있는 빈 종이 같은 존재였다. 난파당했으되 돌아갈 티켓도 없고, 심지어 자신의 유일한 무기인 미소와 비명이 물 위로 떠오르는 데 도움이 되리라는 확신도 없는 소극적인 녀석에 불과했다. 그런데 그때 스페인어가 구원의 현장으로 미끄러지듯 달려왔다. 스페인어는 어머니의 첫번째 외침으로, 그 다음에는 어머니의 중얼거림과 자장가 소리로, 나를 보호하는 아버지의 굵은 목소리와 농담으로, 그리고 어느새 가족 모두의 사랑의 콧노래로 달려와 나를 감쌌다. 어쩌면 그것이 내 첫번째 망명이었는지 모른다. 태어나기를 요구하지 않았을 뿐더러 어떤 것도—내 얼굴도, 부모님의 얼굴도, 나를 항상 부글부글 끓게 만드는 이 극단적인 예민함도, 갓난애 때의 태열(胎熱)도, 천식 기미도, 바로 곁에 있는 내 나라도, 발음할 수조차 없는 내 이름도—내가 택한 것은 아니었다. 그러나 스페인어가 내 몸이 시작되는 곳에, 아니 어쩌면 내 몸이 끝나고 세계가 시작되는 곳에 존재하고 있다가, 오로지 연인만이 할 수 있는 꼬드김으로 내 몸을 유혹해 삶의 싹을 틔우고, 삶이란 살 가치가 있으며 우리 둘이 함께 바깥 경계의 악마들을 길들여 우리 뜻대로 부리자고 소곤소곤 속삭이면서 서서히 나를 설득했다. 모든 것에 이름을 붙일 수 있으므로 이론적으로는, 적어도 욕망의 지평에서는, 세계는 우리의 것이라고 소곤댔다. 설령 우리가 세계를 소유할 수는 없다 해도, 우리가 세계 속의 모든 것을, 세계가 지니고 있는 모든 가능성을, 세계가 겪은 모든 과거를 상상하는 것은 누구도 막지 못할 것이라고 소곤댔다.

스페인어는 나를 돌봐주겠다고 약속했다.

그리고 한동안 그 약속을 지켰다.

그러나 스페인어는 내게, 세계를 기약하는 바로 그 순간에도 다른 사람들, 어둠 속의 사람들이 그 세계를 차지하려 다투고 있음을 내게 말하지 않았다. 그 사람들은 나에 대해 다른 계획을 갖고 있으며, 나를 새로이 추방할 계획을 짜고 있으며, 내가 태어날 때 그랬던 것처럼 떨어지지 않으려고 필사적인, 오히려 오르려고, 권좌에 오르려고 필사적인 사람들이었다.

스페인어는 또한 자신의 경계 안에 다른 언어들 역시 나를 노리며 돌아다니고 있음을, 그 탐욕스런 언어들이 내 영역을 뚫고 들어와 발판을 마련하려고 열심이며, 약간이라도 허약함을 보이면 즉각 인수할 태세임을 보고하지 않았다. 스페인어는 자신의 제국주의 역사에 대해서 내게 한마디도 속삭이지 않았다. 처음에는 이베리아 반도에서, 그 다음에는 이른바 신대륙 발견 후의 남북 아메리카 대륙에서 승승장구하는 수백년 동안 원주민을 개종하고 나중에는 노예를 길들이면서 단지 대뇌피질 속에 우연히 스페인어를 갖고 있는 사람들이 까딸로니아어나 바스끄어나 아이마라어나 께추아어나 스와힐리어를 갖고 있는 사람들보다 더 무자비하고 간교하고 과학기술적인 실행력이 높다는 이유만으로 다른 언어체계 속에 태어난 그 많은 사람들을 정복하고 흡수한 사실에 관해서는 일언반구도 없었다. 스페인어는 또한 북쪽에는 영어가 있어, 혼자 미소지으며 지금 영어 단어로 글을 쓰고 있는 필자의 정신을 잉태하리라고 확신하고 있음을, 내가 영어의 매력에 결국 굴복할 수밖에 없으리라는 것을 암시조차 하지 않았다. 스페인어가 자신의 발전과정에서 다른 사람들한테 가한 짓, 사실 내 부모한테 가했던 짓, 즉 그들을 원래 언어의 품 안에서 억지로 떼어내는 짓을, 내 경우에는 영어가 가하려 함을 시사하지 않았다.

그렇지만 내가 스페인어를——따라서 영어도——공정하게 대하고 있는 것은 아니다. 언어란 정복을 통해서만 팽창하는 것은 아니다. 언어는 또한 위험 속에서 자신을 찾아온 사람들에게, 어머니 자궁보다 훨씬 덜 안전한 장소에서 추락하는 사람들에게, 내 부모님처럼 자기가 태어난 땅에서 도망칠 수밖에 없었던 사람들에게 안전한 피난처를 제공함으로써 성장하기도 한다.

따지고 보면, 스페인어가 관대하게도 내 부모님에게 서로 인연을 맺는 방법을 제공하지 않았다면 나는 오늘 존재하지 않았을 것이다. 나는 스페인어로 잉태되었다. 부모님이 자신들이 태어난 곳에는 없었던 스페인어로 사귀고 구애하고 정을 나누었으니 문자 그대로 나는 그 언어의 상상력을 통해 태어난 것이다.

스페인어는 여러 해 전에 이미 어머니와 아버지를 붙잡아보았기 때문에 내가 떨어질 때에도 그때와 똑같이 많은 희망을 불어넣으며 부드럽게 나를 붙잡을 수 있었다.

내 부모님은 두 분 모두 20세기 초반에 동유럽에서 새로운 언어의 땅, 아르헨띠나로 이주한 유태인의 후손이었다. 그러나 두 분의 유사점은 여기서 끝난다. 왜냐하면 스페인어에 유혹당하는 과정이 그렇게 다를 수가 없었기 때문이다.

그리고 여기에 이야기가 있다. 한가지 이상의 이야기가.

어머니 이야기부터 하겠다. 어머니의 이주 경험은 좀더 전통적이며 원형에 가깝다.

어머니 파니 젤리꼬비치 바이스만은 1909년 끼슈네프(Kishnev)에서 태어나셨다. 어머니의 출생지는 어머니의 인생과 마찬가지로 변덕스러운 역사의 부침을 겪었다. 당시 끼슈네프는 대(大)러시아에 속했으나 1918년부터는 루마니아에 통합되었으며 그후 1940년에는 소련에 통합되었다가, 결국 소련이 해체된 후에는 몰도바공화국의 수도가 되었다. 그러니 그곳에 머물러 있었더라면 어머니는 자신이 이 세상의 빛을 처음 보았던 그 거리에서 이사 한번 가지 않고도 네번이나 국적을 바꾸실 수 있었을 것이다. 하긴 어머니가 그곳에 남아 있었더라면 십중팔구 그렇게 여러 번 시민권을 변경할 만큼 오래 살지도 못하셨을 터이다.

어머니의 외할아버지는 소장수였는데, 1903년 유태인학살 때 살해되었다. 여러 해 전에 나는 다른 곳도 아닌 하필 로스앤젤레스에서 어머니의 숙부인 칼(Karl) 외종조부한테서 그 이야기를 들었다. 그때가 1969년이었는데 오래 전에 여든을 넘기신 것이 분명한 칼 할아버지는 우리에게 그 이야기를 하면서 어린애처럼 우셨다. 얼굴에 눈물을 줄줄 흘리면서 엉터리 영어로 말하다가 어느새 이디시어(고지 독일어에 헤브라이어, 슬라브어 따위가 섞여서 만들어진 언어—옮긴이)로 빠져들어, 안헬리까와 내가 알아들을 수 있도록 어머니가 반쯤 통역을 했는데, 세월의 흐름에도 풀리지 못한 할아버지의 통한(痛恨)은 폭풍처럼 폭발하여 여러 언어의 뒤섞임으로 표출되었다. 할아버지의 어머니가 자신과 자신의 자매들과 함께 교회에 숨었던 사연, 까자끄 사람들이 바깥에서 광분하는 그 오랜 시간 동안 식구들이 귀를 기울였던 광경—러시아어로 지르는 비명소리, 이디시어로 도와달라고 외치는 소리, 말(馬)들이, 말들이, 하며 칼 종조부는 속삭였다—그리고 수백년이 흐른 듯한 시간 후에 칼 할아버지가 바깥으로 나와 자기 아버지가 죽어 있음을, 자기 아버지의 목이 잘려 있음을 발견하고는 그 아버지를 품에 안았던 장면 등을 이야기했다.

영겁의 박해를 견뎌오던 외종조부 집안을 마침내 이주하게끔 이끈 계기는 바로 이 경험이었던 것 같다. 오스트레일리아 그리고 미국도 고려해보았지만 아르헨띠나가 선택되었다. 이르슈(M. de Hirsch) 남작의 유태인식민협회가 자기 땅을 갖고 초원을 경작하고 싶어하는 유태인들이 아르헨띠나의 대초원에 진출하도록 도왔던 것이다. 외할머니 클라라의 오빠 둘이 먼저 출발하여 부에노스아이레스가 황금으로 포장되어 있다는 편지를 보내왔을 때, 나머지 가족들도 떠날 계획을 짜기 시작했다. 단 클라라 외할머니의 어머니(외증조할머니)는 이주할 수가 없었다. 당신의 막내딸이 수막염을 앓고 난 후 심각한 정신박약증세가 있었던 탓에 아르헨띠나 보건당국의 검사를 통과할 수 없을 것이기 때문이었다. 이는 그 모녀가 모두 끼슈네프에 살다가 결국 나찌에게 살해되었음을 의미한다. 어머니의 말에 따르면, 그 외증조할머니는 흑셔츠 대원(이딸리아의 파시스트 군단이나 나찌의 히틀러 친위대 조직의 일원—옮긴이)들이 차를 몰고 마을에 진입하는 날, 거리에 나가 그들을 욕하다가 그 자리에서 총살당했다고 한다. 나는 이 이야기가 사실이라면 좋겠다. 외증조할머니가 그냥 가만히 있다가 포로수용소로 실려간 것이 아니라, 차라리 자기 남편이 살해된 바로 그 거리에서 적들로 하여금 자신을 죽이게끔 만든 것이라면 좋겠다. 하지만 나는 이 이야기가 죽은 사람을 명예롭게 하기보다 산 사람을 격려하기 위해 고안된 환상이 아닐까 하고 종종 생각했다.

분명한 것은 어머니가 외할아버지와 외할머니와 함께 출국함으로써 그런 운명을 면했다는 것이다. 어머니는 생후 석달 만에 함부르크에서 아르헨띠나라는 곳으로 가는 배를 탔다. 아르헨띠나는 유태인 대량학살은 없었다고 해도 나찌와 나찌 지지자들이 많이 있어, 36년 후에 어머니는 또다시 망명길에 오르지 않을 수 없었다. 우리를 맞이한 나라의 유태인에 대한 양면적인 태도는 어머니가 어린 시절 스페인어와 벌인 두 번의 싸움에서 이미 감지되었다.

어머니의 회상에 따르면, 어머니는 여섯살 때 처음으로 학교에 보내졌다고 한다. 오후에는 피아노 개인교습이 개설되어 있었는데, 클라라 외할머니는 당신의 가족이 얼마나 품위 있고 교양이 있는가를 입증하는 한 방식으로 당신의 아이가 이 교습을 받아야 한다고 고집하셨다. 며칠 지나지 않은 어느날 오후, 어머니는 음악교실에서 혼자 선생님을 기다리고 있었는데, 문이 꽝하고 닫혔다. 문 바깥에서 아르헨띠나 아이들이 일제히 스페인어로 조롱하며 소리지르기 시작했다. 어머니는 문을 열려고 했으나 아이들이 문을 꽉 붙잡고 있었다. "노 뽀데스, 뽀르께 소스 후디아"(문을 열 수 없어, 왜냐하면 넌 유태인이니까) 하고 그들은 어머니를 놀렸다. 이것이 어머니가 스페인어로 들은 최초의 말은 분명 아니었겠지만, 들었던 기억이 나는 최초의 말, 어머니의 기억 속에 상흔처럼 남아 있는 말이었다. 그들은 어머니에게 "넌 말하는 게 이상해"라고 했다. "넌 유태인이라서 말하는 게 이상해"라고.

어머니는 십중팔구 말하는 것이 이상했을 것이다. 어머니 가족이 아르헨띠나에서 수년간 사용한 유일한 언어가 이디시어였으니까. 외할아버지인 제이데가 할 수 없이 몇마디 기본적인 스페인어를 배우셨던 것은 사실이다. 아르헨띠나에 도착한 지 일주일 만에 외할아버지는 부에노스아이레스에서 집집마다 찾아다니며 담요를 팔았는데, 유태인 공동체에서 장사를 시작했지만 곧 스페인어를 하는 비(非)유태인 집의 문도 두드렸고, 번창하여 마침내 작은 가게를 열었다. 그러나 클라라 할머니는 적어도 처음 몇년 동안은 새 삶, 새 언어에 가까이 가려 하지 않았다. 마치 클라라 할머니는 자신의 갓난 딸을 품에 꼭 끌어안은 채, 저 바깥에서 까자끄 사람들이 아직도 공격할 태세로 도사리고 있을까봐 두려워하는 듯했다.

무서운 까자끄 사람들 대신 또다른 군인이 잠시 외가(外家)의 삶을 스쳐가면서 우연찮게도 클라라 할머니에게 아르헨띠나가 진심으로 이민들을 환영하는 나라임을 납득시켜주었다. 반유태주의 학생 녀석들이 어머니가 그 지역을 출입하지 못하도록 막았던 사건이 터지기 몇해 전 일이었다.

어느날 한 아르헨띠나 대령이 젤리꼬비치 외갓집의 옆에 사는 자기 형 집에서 나왔다. 그는 부에노스아이레스의 여름의 타는 듯한 열기 속으로 걸어나와 거기 인도에서 자기 어린 조카딸이 외국인같이 생긴 금발의 예쁜 소녀와 노는 것을 보았다. 이 소녀는 다름 아닌 아마 서너살 때의 내 어머니인데, 그때쯤에는 이웃 아이들한테서 겉핥기로 스페인어를 조금 주워들은 터였다. 대령은 다가가서 한 손을 아르헨띠나인 조카딸을 향해 내밀었고 다른 한 손으로 총을 뽑아 어머니를 쏘기는커녕 어머니의 작은 손을 꼭 잡고 두 아이 모두를 길모퉁이로 데려가 아이스크림을 사주었다. 사소한 사건이지만 클라라 할머니한테는 그렇지 않았다. 외할머니는 대령이 아이들을 그토록 정답게 데려가 푸짐한 아이스크림 콘을 사갖고 돌아오는 광경을 보고는 믿어지지 않을 만큼 놀라셨다. 외할머니는 하늘을 향해 손을 뻗어 주님께 감사드렸다고 한다. 외할머니한테 장교는 어떤 군대에 속하건 악마요 잠재적인 유태인 학살자였다. 그런 사람이 자기 조카딸이랑 함께 아이스크림을 사먹이려고 이스라엘 족속 출신의 한 아이를 청했다는 사실은 짜르가 '모세 오경'을 인용하는 것만큼이나 기적적인 일이었던 것이다.

어머니는 그 대령도 꼬마 친구도 아이스크림도 기억하지 못한다. 어머니의 기억 속에 남겨진 것은 외할머니의 반응이다. 어머니가 기억하는 것은 바로 그날 밤 미심쩍어하는 자기 언니 로자에게 이디시어로 아르헨띠나의 경이로움과 유태인에 대한 사랑을 이야기하는 외할머니의 목소리이다. 아니 그 이야기를 하신 것은 나중이었던가? 클라라 할머니는 그 똑같은 이야기를 여러 해 동안 되풀이하셨으니까. 그 이야기를 이디시어로 하셨다는 것이 역설적인데, 왜냐하면 그 이야기는 이디시어의 패배를, 그때의 친절로 말미암아 이디시어가 물러날 수밖에 없다는 것을, 즉 할머니의 자식이 이디시어가 필요 없는 세계 속으로 최초의 독자적인 발걸음을 시험삼아 내디딘 경험을 기록하고 예고하고 있기 때문이다. 이민 온 모든 아이들한테 그랬듯이 어머니한테도, 토박이 아이들이 꽉 닫으려는 그 문을 통과하려면 자기 조상의 언어를 버리라고 요구하는 그 세계 말이다. 나는 이 이야기가 근원적이기 때문에 가족의 기억 속에 그토록 오랜 세월 동안 남아 있다고 믿는다. 어머니가 어찌하여 고향을 떠나 유령 같은 그 과거의 언어로부터 탈출하여 스페인어가 메아리치는 거리 속으로 동화되었는지를 예고하는 이야기라고 믿는다.

여러 해가 지난 후 내 아버지가 어머니를 기다리고 있는 그 거리들 말이다.

그때쯤에 내게는 다행스럽게도 두 분 모두 스페인어를 했다. 나는 두 분이 공유하는 유일한 언어로 아버지가 어머니한테 결혼하자고 설득하는 말을 지금 들을 수 있을 것만 같고, 그로부터 여러 해 후 두 분이 어떻게 나를 잉태했는지, 두 분의 언어가 어떻게 무(無)에서 나를 결합해냈는지, 라 데스누데스 데 라 노체(벌거벗은 밤으로부터) 어떻게 나를 만들어냈는지 귀기울이며 두 분의 사랑 행위를 거울 속에서 엿들으려 한다.

아버지가 어머니의 귀에 속삭인 매끄럽고 경이로운 스페인어를 구사하게 된 경로는 어머니의 경우만큼 직접적이고 단순하지 않았다. 아버지가 택한 경로는 한 언어가 다른 언어를 대체하는 표준적인 릴레이 경기라기보다는 좀더 꼬불꼬불한 두 언어 상용의 여정이었다.

우선, 아버지는 한 번이 아니라 두 번이나 아르헨띠나로 이주하셨다. 그렇지만 어쩌면 더 핵심적인 것은 아버지가 언어적 기술이 정교한 가문 출신이었다는 사실인지도 모른다. 이 정교한 언어 덕분에 아버지는 몇 차례나 목숨을 구할 수 있었으니까.

아버지 아돌포는 1907년, 지금은 우끄라이나지만 그때는 대(大)러시아였던 오데싸(Odessa)에서, 최소한 백년 이상 그 지역에서 살았던 유복한 유태인 가문에서 태어났다. 아버지의 아버지인 다비뜨 도르프만 할아버지는 영어와 프랑스어를 러시아어만큼 유창하게 하셨고, 아버지의 어머니인 라이싸 리보비치 역시 마찬가지였다. 게다가 할머니는 비엔나에서 3년간 수학한 후에는 독일어에도 통달했다. 그러나 그 많은 언어를 사용하면서도 이디시어만은 쓰지 않았다. 할아버지와 할머니는 자신을 동화된 세계주의자이자, 단연코 유럽적인 사람으로 생각하셨다. 다비뜨 할아버지와 라이싸 할머니는 결국 아르헨띠나에서 생을 마감하셨지만 무슨 유태인 학살 때문에 그런 것은 아니었다. 사실 외가의 증조부를 죽게 한 1903년의 유태인 대학살 같은 사건은, 오데싸에서는 유태인 하층민과 갱들에 의해 격퇴되었고, 이들은 훗날 바벨(I. Babel, 1894년 오데싸에서 출생한 유태작가—옮긴이)의 작품 속에서 불멸의 인물이 된다. 할아버지 부부의 출국은 좀더 사소하고 중산층적인 문제에서 비롯되었다. 어머니가 흑해 건너에서 태어날 무렵인 1909년에 다비뜨 할아버지의 비누공장이 파산하여 할아버지는 채권자들을 피해 해외로 도망칠 수밖에 없었던 것이다. 그 사업에서 비누의 어떤 특정한 향내 표시를 찍어내는 데 사용되었던 인장 하나만 달랑 아버지의 소유물로 지금 남아 있다. 인장에는 멋진 러시아어 서체로 "카이로 방향(芳香)"이라고 또렷이 새겨져 있다. 그러나 할아버지는 그 인장에 찍힌 신화적인 카이로로 향하기보다 좀더 멀고 좀더 유망한 부에노스아이레스를 향해 출발 했다. 그리고 한 해 뒤에 할머니와 세살배기 아돌포가 뒤따라 왔다.

몇년 후──그때는 1914년이었고 아이는 여섯살이었다──라이싸 할머니와 그 아들은 가족 방문차 러시아로 되돌아갔다고 하는데, 끈 질긴 소문에 따르면 다비뜨 할아버지한테 다른 여인이 있었고, 할아 버지는 그 여자 집을 찾아다니며 염문을 뿌렸다고 한다. 그 소문이 사실인지는 모르나, 할머니와 아버지가 택한 귀향의 시기가 최악이 었다는 점은 분명하다. 두 분은 1차 세계대전의 발발 그리고 그후 러 시아혁명의 소용돌이 속에 휘말린 것이다. 두 분이 눌러앉은 이유는 항상 모호했다. "우린 길어봤자 몇달 안에 저 프러시아 놈들을 혼내 주려고 했지. 식은 죽 먹기일 거라고 했지." 라이싸 할머니는 50년 후, 그러니까 자신과 세상 모두가 그 전쟁이 전혀 장난이 아니었음 을 알게 되었을 때 내게 말씀하셨다. 그런데 "항상 전쟁이 곧 끝날 거라고 생각하는데 끝나지 않아서 조금 더 기다리고, 그러다 보니 내일이면 모든 게 끝날 거라는 믿음에 너무 많은 희망을 걸어서 그 걸 쉽게 단념하고 싶지 않은 거야"라고 할머니는 덧붙였다. 할머니 는 내가 부에노스아이레스에 찾아갔을 때 영어로 이 이야기를 해주 었다. 그때 나는 뭔가 끔찍한 것이 곧 끝나리라고 믿는 게 어떤 것인 지를 경험하기 전이었고, 우리는 상황이 더 나빠지리라고 상상할 수 도 없거니와 상상하고 싶지도 않아 상황이 점점 나아지리라고 믿으면서 생애의 대부분을 보낸다는 것을 망명을 통해 배우기 전이었다. 내가 망명중——나는 칠레를 탈출한 후 부에노스아이레스에서도 빠져나왔다——암스테르담에 있을 때 전화로 할머니가 돌아가셨다는 소식을 늘었는데, 주방이란 내게서 살아 있는 사람만이 아니라 죽은 사람 역시 앗아간다는 것을 배웠다. 라이싸 할머니는 돌아가셨고 나는 거기에 없었으며, 할머니 곁에 앉아서 과거에 관하여, 오데싸의 계단과 「전함 뽀쪔낀」에 관하여, 집을 덮치는 러시아 비밀경찰에 관하여 다시는 여쭤볼 수 없으며, 아버지가 어머니를 집으로 데려와 아내가 될 사람이라 소개시키던 그날에 관하여 다시는 여쭤볼 수 없으며, 부에노스아이레스에서 여기자 노릇을 하는 어려움에 관하여 내가 가장 좋아하는 할머니와 다시는 토론할 수도 없으며, 당신이 아르헨띠나의 주일신문들에 기고했던 동화들을, 『안나 까레니나』(Anna Karenina)를 처음으로 스페인어로 옮기셨듯이 당신이 직접 러시아어에서 스페인어로 옮기신 그 동화들을 나를 위해 힘들게 영어로 번역해주시던 목소리를 다시는 들을 수 없으며, 두 모자가 어떻게 전쟁의 고난을 겪고 살아남았는지, 남편이 기다리는 땅으로 돌아갈 준비를 하면서 그 숱한 세월을 아들과 함께 어떻게 홀로 지냈는지를 다시는 직접 들을 수 없었다.

하여간 러시아로 귀향한 후에 혁명이 터진 것이었다. 당시의 수많은 유태인들과 마찬가지로 할머니는 혁명을 열렬히 지지하셨다. 그러나 그 격변의 와중에서 생계는 어떻게 꾸렸을까? 총알이 날아다니고 벽들이 붉은 격문으로 뒤덮이고 도시의 통제권이 하루아침에 뒤바뀌는 소용돌이 속에서 할머니의 아들은 학교에 다녔고, 할머니는 아들을 위해 가정을 지키고 식탁에 음식을 마련해두었고, 용케 아들

이 학업을 마치게끔 했는데, 이 모든 것이 할머니의 언어실력 때문
이었다. 그 덕분에 두 모자는 살아남을 수 있었다. 할머니는 여러 언
어를 정말 유창하게 구사하여 처음에는 리뜨비노프(Litvinov,
1876~1951, 레닌을 지지한 볼셰비끼로서 혁명과정과 혁명 후에 외교 분야에서 뛰어
난 수완을 발휘했다—옮긴이)와 함께 일을 하다가 마침내는 볼셰비끼 유
태인 가운데서도 가장 탁월한 뜨로쯔끼(Trosky) 아래서 근무하게 되
었고, 소련의 운명이 결정된 브레스뜨 리또프스끄(Brest Litovsk) 대
독(對獨) 평화협상에서 그의 통역관 가운데 하나가 되었다. 할머니
는 우끄라이나를 가로질러 회담장소로 달려가는 기차 속에서 뜨로
쯔끼가 서성이던 모습을, 얼마나 포기해야 할지, 얼마만큼 양보해야
할지, 평화와 새 군대, 새 사회를 건설할 시간을 벌기 위해 얼마만한
대가를 지불해야 할지 고민하던 모습을 잊지 못하셨다.

할머니가 살아남기 위해 독일어를 러시아어로 번역하는 동안, 세
상 반대편에 떨어져 있던 할머니의 남편은 할머니와 그 아들을 안전
하게 아르헨띠나로 데려오기 위해 러시아어를 스페인어로 끈기 있
게 번역하고 있었다. 혁명이 발발하자, 새로 세워진 소련에서 사람
들을 안전하게 빼내오기란 거의 불가능했으나 할아버지는 묘안을
짜냈다. 이민들이 홍수처럼 아르헨띠나로 몰려들자 경찰은 이들의
말을 통역하고 입국절차를 효율적으로 처리하는 일을 도울 사람들
이 필요했는데, 다비드 할아버지는 여기에 직장을 구했다. 멀리 떨
어져 있는 아내와 아들이 사실상 아르헨띠나 시민이며 따라서 이들
이 우끄라이나에서 빠져나오는 것을 도와야 한다는 자신의 주장이
새 직위 덕분에 힘을 얻기를 바랐던 것이다. 믿기지 않게도, 할아버
지는 아르헨띠나 정부의 어떤 관리를 설득하여 이 일에 개입하도록

했으며, 더욱 믿기지 않지만, 광포한 소련 외무부의 누군가가 이를 귀담아들었다는 것이다. 이리하여 라이싸 할머니와 내 아버지 아돌포는 용케도 마지막 배—적어도 가족의 전설에 따르면 그랬다—를 타고 1920년 말에 오데싸를 떠날 수 있었다. 아버지는 한 밀항자를 아직도 기억한다. 승선하던 적군(赤軍) 병사들의 모습과, 발각되었을 때 그 청년의 겁먹은 눈동자, 얼굴에 난 짧은 수염, 자신이 죽을 것임을 아는 사람의 그 표정을. 적군 병사들은 그를 끌어내어 아버지의 청년시절의 그 찬란했던 오데싸로, 그러나 이제는 위험과 죽음으로 변한 그 오데싸로 다시 끌고 갔다.

확신할 순 없지만, 아버지는 자신과 할머니가 거기 있었더라면 그 끔찍한 1921년의 시련에서 살아남지 못했을 공산이 컸다고 말씀하신다. 내전, 기아, 역병 등으로 오데싸를 비롯한 이 나라의 수많은 도시에서 사람들이 부지기수로 죽었고, 거기 남은 라이싸의 가족 대부분도 죽었다. 그런데 죽은 사람들 가운데 아돌포의 사촌형인 일류샤도 있었다. 아버지가 없던 소년 아돌포에게 일류샤는 7년간의 외로운 세월 동안 더없이 착한 보호자이자 형이었다. 그 사촌형은 혁명의 소용돌이와 로맨스 속으로 뛰어들면서 항상 아버지를 데리고 다녔다. 아버지의 혁명 참가는 일류샤가 가까이 두고 싶어한 신비한 검은 가방을, 아마 기껏해야 시와 팸플릿 같은 위험하지도 않은 물건을 담고 있었을 그 가방을 들어주는 것이 고작이었지만, 그것이 생애 첫번째의 실천적인 사회운동이었기에 아버지는 그 일을 결코 잊을 수 없었다. 일류샤에 대한 추억은 격동의 20년대 내내, 그리고 아르헨띠나가 자기 나름의 혁명을 향해 나아가는 듯했던 30년대 초반까지 아버지의 뇌리를 떠나지 않았다.

스페인어는 두 팔을 활짝 벌려 아버지를 받아들였다. 어머니의 경우보다 훨씬 평탄하게 맞이한 셈이었다. 아버지가 어릴 때 이미 스페인어를 경험한 적이 있기 때문인지, 아니면 할아버지 할머니가 여러 언어 상용자이기 때문인지 알 수 없으나, 아버지는 곧 스페인어로 말하기와 쓰기를 뛰어나게 구사하셨다. 사실 너무나 탁월하게 구사하여 러시아혁명의 망명자인 도르프만은 대학을 졸업하자마자 최초의 아르헨띠나 산업사(産業史)를 집필 · 출간하여 이 나라에서 이 분야의 손꼽히는 전문가가 되었다. 그후 많은 저서들, 수많은 논문과 평론 들이 연이어 출간되었는데, 그 모든 저작들이 아르헨띠나와 아르헨띠나의 장래에 초점을 맞추고 있고 예외없이 모두 스페인어로 씌어진 것이라서, 영락없이 아버지 자신의 새 땅과 새 언어에 대한 절대적인 헌신으로 보였다.

아버지는 두 언어 상용자였으며 지금까지도 그렇다. 러시아어를 고스란히 간직한 연유는 삶의 형성기를 오데싸에서 보냈기 때문일 수도 있고, 러시아어 낱말 속에 러시아의 국민성과 문학과 광대한 영토의 최대치의 힘이 담겨 있다는 사실 때문일 수도 있다. 어쨌거나 어머니가 버린 그 언어, 어떤 영토를 점하지도 못하고 지도상의 어떤 이름도 갖지 못하고 어떤 국가에서도 공식적으로 장려된 적이 없던 이디시어와는 달랐다. 그러나 아버지가 러시아어를 아직도 간직하고 있다는 것은 다른 무엇, 즉 어머니의 경우에는 없었던 고통스런 이중성을 뜻하는 신호일 수 있다. 어머니는 과거와 단절하는 하나의 방법으로 이디시어를 버렸다. 세살 적 그날 당신의 손을 잡고 스페인어로 당신에게 아이스크림을 권한 그 아르헨띠나와 영원히 결합했던 것이다. 어머니는 손쉽게 당신의 첫 언어이자 생득 언어를 떼어내어 과거에 대한 향수로 변용하고, 아련한 가족사의 편린 속에서만 존재하는 대지로 들어가는 대문처럼 사용할 수 있었다. 어머니가 한 언어민 쓰신 것은 이디시어가 현재와는, 어머니의 현재와는 무관해졌음을 표명하는 한 방식이있다.

아버지라면 러시아어에 대해 결코 그런 입장을 표명할 수 없었을 것이다. 당신 자신의 젊은 시절의 언어요 당신의 부모님이 집에서 당신한테 사용하신 언어인 러시아어는——아르헨띠나와 전세계 모든 곳에서——아버지 세대의 수많은 사람들에게는 미래를, 즉 역사상 최초의 사회주의 혁명이자 최초의 사회주의 국가이자 인간이 인간을 착취하지 않을 지구상 최초의 터전의 건설을 수행할 언어를 구현하는 것이었다. 모호하나마 늘 좌파적이고 반항적이던 아버지는 1930년대 초반에 이르러 공산당에 가입하여 맑스주의를 받아들였다. 또래의 많은 남녀들과 마찬가지로, 아버지는 대공황으로 비틀대는 자본주의를 죽음의 수렁에서 구해낼 어떠한 대안도 보지 못했던 것이다. 국가들과 국수주의를 그토록 수상쩍게 여기고 오로지 만국의 프롤레타리아의 형제애만이 인류를 해방할 것이라고 천명한 그 열렬한 국제주의자들이 결국에는 자신들의 삶과 사상과 욕망을 소련이라는 한 나라의 정책과 명령에 다 바쳤다는 것은 역사의 아이러니가 아닐 수 없다. 그런데도 그들은 아무런 모순도 감지하지 못했다. 사회주의가 권력을 장악한 유일한 영토에서 진정한 사회주의를 수호하는 일이란 그 빛나는 예를 통해——그리고 나중에는 군대를 통해——지구 구석구석에 자유와 평등과 정의를 가져다주는 데 도움을 줄 국가를 유지하는 것을 뜻했기 때문이다.

그러면 모스끄바 재판들(1936~38년 동안 스딸린이 뜨로쯔끼를 위시한 자신의 정적들을 반혁명활동으로 몰아 기소하고 처형한 일련의 재판들ー옮긴이)에 대해서는 어떻게 생각할까? 스딸린의 숙청은? 굶주림과 농민층의 파괴는? 크론슈타트 대학살(1921년 2월 크론슈타트 해군기지 선원들의 항의 시위를 볼셰비끼 정부가 무력으로 진압하여 수백명이 죽고 수천명이 부상당한 사건ー옮긴이)은? 그리고 광대한 인민대중이라는 미명을 들먹이는, 점차 불어나는 신흥 엘리뜨의 관료주의 권력에 대해서는 무어라 말하겠는가?

당시 공산주의자들 가운데 이런 문제들을 항의하거나 최소한 관심이라도 갖고 있는 사람은 드물었다. 아버지도 예외는 아니었다. 그렇지만 나는 소련에 대한 아버지의 애정행각이 러시아어와 아버지의 로맨스로 말미암아 지탱되고 심지어 강화된 것이 아닐까 생각한다. 출생의 심연에 떨어지는 순간 아버지를 붙잡은 그 언어가 우연히도, 타락한 인류 전체를 구원할 것으로 믿은 바로 그 운명의 언어이기도 한 정황이었다. 그 언어는 죽은 사촌형의 언어요 오데싸 거리의 언어요 혁명의 언어였으므로, 아버지의 과거는 어머니가 이디시어를 내던져버렸듯이 버릴 수 있는 무엇이 아니었다. 그 언어는 아르헨띠나에서의 자신의 현재와 병존할 수 있고, 그곳에서 자신의 씨를 뿌릴 수 있었으며, 아르헨띠나에서 국가 없는 미래, 즉 사회주의를 건설하기 위하여 아버지 자신의 생애의 두 측면과 두 시대라고 할 러시아와 라틴아메리카를 합칠 수 있었다.

그러나 아버지의 맹목적인 소련 숭배를 설명하기 위해 사실 이런 종류의 대중심리학을 거론할 필요도, 언어학적 설명에 호소할 필요도 없다. 역사 자체가 충분한 이유를 제공하고 있었다. 무쏠리니의 세력 강화와 히틀러의 부상, 그리고 스페인 내전으로 말미암아 수많은 혁명가들은 (설령 약간이라도 품고 있었다 해도) 그들의 의심을 억누르고 나찌에 대항할 준비가 되어 있는 그 유일한 강대국을 기꺼이 받아들여야 한다고 확신했다. 그리고 심지어 1930년대 말에 당에서 축출되고 난 후에도——유감스럽게도, 이데올로기나 정치적 입장차이 때문이 아니라 당내 민주주의라는 다소 난해한 문제에 관한 약간의 이견 때문에 그런 것인데——심지어 1939년 히틀러·스딸린 협정 후에도 아버지는 맑스주의 철학과 정치학을 굳건히 고수하셨다.

내가 태어난 1942년의 시점까지도 그랬다. 그때 아버지는 내게 블라지미로라는 화근덩어리 이름을 붙여주셨고 나는 아홉살 때 이 이름을 거부하게 되는데, 그 이유는 앞으로 밝혀질 것이다. 그 이름은 블라지미르 일리치 레닌(V. I. Lenin)과, 아버지의 느낌으로는, 아르헨띠나의 대평원에 닥쳐오고 있는 볼셰비끼 혁명을 기념하기 위한 것이었다.

그러나 아르헨띠나의 대평원에 실제로 다가오고 있는 것은 파시즘, 혹은 적어도 왜곡된 형태의 온건한 라틴아메리카 토착 파시즘이었다. 내가 태어난 지 일년이 되던 1943년 6월, 라미레스(Ramírez) 장군이 이끄는 군부는 라몬 까스띠요(R. Castillo)의 보수주의 정부를 무너뜨렸다. 군사정권은 친(親)추축국 그룹이었고, 그 뒤에는 당시 대령이던 후안 도밍고 뻬론(J. D. Perón)이라는 수수께끼 같은 인물이 있었다.

아버지는 곧 이런 사람들과 충돌하게 되었다. 새 군사정부가 아버지가 교편을 잡고 있던 라쁠라따대학교를 접수하자, 아버지는 분개하여 사임하면서 당국에 에밀 졸라(É. Zola, 1840~1902. 프랑스의 소설가로서 드레퓌스 사건에서 무고한 유태인을 옹호하다가 형을 선고받음—옮긴이)식의 항의서한을 보냈다. 불행히도 이 편지의 사본은 존재하지 않는데, 이 편지에서 아버지가 군부와 군부의 탄압, 무지, 관료주의, 극단적 민족주의, 그리고 무엇보다도 프랑꼬(F. Franco, 1892~1975, 스페인 내전 당시 국민정부의 수석을, 그후 종신 총통을 지낸 독재자—옮긴이), 히틀러, 무쏠리니에 대한 그들의 열광을 비난했다고 들었다. 당국은 아버지를 (아르헨띠나 역사상 최초로) 교수직에서 쫓아내는 것으로 대응했고, 그런 다음 재판에 회부하여 시민권 취소를 요구하기로 결정했다. 내가 부에노스아이레스의 부모님 아파트에서 낡은 상자들을 꺼내어 누렇게 색이 바랜 당시의 친정부적 타블로이드판 신문들을 뒤졌더니, 거기에 "더러운 유태인 개자식 도르프만"을 "그가 속한" 러시아로 실어보내라고 요구하는 큰 제목들이 있었다.

역사란 처음에는 비극으로, 다음에는 소극(笑劇)으로 되풀이된다. 거진 반세기 후에 미국의 극보수 반유태적 우파들은 내가 대학에서 칠레에 관한 강의를 할 때마다 나를 따라다니며 "블라지미로 젤리꼬비치(오기誤記를 그대로 인용함)는 고향인 러시아로 돌아가라"는 피켓을 들고 악을 쓰며 외치면서 나에게도 똑같은 요구를 하곤 했다. 그들은 제씨 헬름즈(J. Helms, 노스캐롤라이나주 공화당의원—옮긴이)가 상원에서 나를 공격하며 했던 20분짜리 연설의 사본을, 칠레 비밀경찰이 제공한 정보로 가득한 그 사본을 흔들어 보였다. 그러나 1980년대 미국의 보수우익들은 내게 아무 짓도 할 수 없었다. 1943년 아르헨띠나에서 아버지를 위협한 사람들은 좀더 힘이 셌다.

다시 아버지는 떨어지고 있었다.

그러나 이번에 아버지를 붙잡아 구해주는 것은 러시아어일 수가 없었다. 하긴 러시아인들도 그렇게 할 수 없었다. 오히려 러시아인들의 숙적이 그 일을 할 수 있었다.

아버지는 감옥에 가기 전에 이미 받은 구겐하임 장학금의 덕택으로 이 나라를 살짝 빠져나왔다. 반(反)제국주의자인 아버지는 1943년 12월, 세계에서 가장 큰 기업집단들 가운데 하나에서 나온 돈으로 세운 재단의 보호를 받아 세계에서 가장 강력한 자본주의 국가인 미국으로 도망친 것이다. 볼리비아의 주석광산과 칠레의 질소비료와 콩고의 고무농장과 아프리카의 다이아몬드에서 나온 돈이 레닌주의자인 아버지를 구한 것이다.

당시 미국인들은 노르망디 상륙작전을 준비하고 있었고 스딸린그라드의 소련군은 맹위를 떨치고 있었고 아우슈비쯔는 유태인과 동성연애자와 집시를 불태워 죽이고 있었으며, 루즈벨트는 이미 뉴딜정책을 창안했었다. 설령 아버지가 제국의 중심으로 여행하는 데 이처럼 안성맞춤인 진보적인 이유들을 댈 수 없었다 하더라도 좀더 현실적인 이유가 하나 있었다. 아버지는 탈출해야만 했고 미국은 아버지가 갈 수 있는 유일한 곳이었던 것이다.

따라서 일년 이상이 지난 1945년 2월에 나머지 가족들이 아버지와 합류한 곳도 미국이었다.

우선, 우리는 쌘띠아고와 리마와 깔리(Cali, 꼴롬비아 서남부의 도시—옮긴이)와 바란끼야(Barranquilla, 꼴롬비아 북부, 막달레나 하구의 항구도시—옮긴이)를 경유하여 라틴아메리카 대륙을 껑충껑충 건너뛰어 마침내 마이애미로 왔다. 전쟁으로 말미암아 비행기마다 하루 이틀씩 연기되었는데, 마치 스페인어가 나에게 천천히 작별인사를 하는 듯, 결국에는 두 언어 상용의 여정이 될 그 길로 나를 떠나보내는 것을 못내 아쉬워하는 듯했다. 최초의 북(北)으로의 여행에서 가장 뜻깊었던 것은 내 첫번째 망명의 첫날밤을 안데스산맥 바로 너머의 이웃 나라에서, 내겐 아직도 남(南)을 상징하는 그곳에서, 여러 해 뒤에 나의 고향이 될 칠레의 쌴띠아고라는 도시, 바로 거기에서 보냈다는 점이다. 뜻깊다는 말보다 경이롭다는 말이 나을 수도 있겠다. 그 도시에서의 첫날밤을 대통령궁인 모네다(La Moneda)를 마주보는 까레라라는 호텔에서 묵었으니까. 나는 후에 모네다궁에서 광장을 내려다보면서, 그 호텔의 창문 너머에서 내 시선을 받아치는 남자들을 힐끗 쳐다보면서 아옌데 혁명의 마지막 날들의 그 숱한 밤을 보냈는데, 어쩌면 그 남자들이 내가 어린애였을 때 잤던 바로 그 방에서 나를 쳐다보는 것일 수도 있었다. 내가 모네다궁에서 죽었더라면 더욱 경이로웠을 신기한 대칭이 될 뻔했다. 왜냐하면 그 경우엔 내 유년의 첫번째 쌴띠아고행 여행이 정말로 미래의 전조가 되었을 테니까, 두살반짜리 아이가 장차 28년 후 자신을 기다리고 있을 살인의 현장을 방문한 셈이 되니까.

신들이 존재하고 문학적 취향을 가지고 있다면, 자신들의 즐거움을 위하여 정확히 그런 종류의 결말을 짜놓았을 것이며, 내 생명을 앗아감으로써 아주 기막힌 메타포를 획득했을 것이다. 다행히, 적어도 이번 경우에는 간섭할 만큼 힘있는 어느 누구도 나한테 그런 소름끼치는 장난을 치지 않았다.

오히려 장난을 치는 쪽은, 어머니와 누나에게 장난을 치는 것은 나였다. 어머니와 누나는 관광을 위해 잡아놓은 그날 오후의 대부분을 그 호텔 방에 갇혀 어린애 신을, 내가 장난삼아 베갯잇 속에 감춘 하나밖에 없는 내 신을 찾느라고 다 보냈다. 어머니의 말에 따르면, 나의 그런 솜씨와 악의로 말미암아 우리는 날이 저물기 전에 그 도시를 관광할 기회를 거의 놓쳐버렸다고 한다. 나는 옛날의 나였던 그 아이가 자신이 무슨 짓을 하고 있는지 알고 있었다고, 그 아이가 실은 멋모르는 상태에서 처음으로 싼띠아고를 보지 못하게끔, 바로 그날 오후에 똑같은 그 산맥 아래서 바로 그 대기의 분자를 들이마시고 있었을 내 생애의 여인 안헬리까의 행로와 마주치지 않게끔 내 순진한 눈길을 가로채려 했다고 생각하고 싶다. 나는 그 아이가 싼띠아고를 알아보았으며, 그 도시가 혹은 그 도시의 미래가 자기한테 기다리라고, 말없이 가만히 있으라고, 신을 감추라고, 조용히 속삭이는 소리를 들었다고 생각하고 싶다. 아니면 그 도시가 그 아이를 알아본 것일지도 모른다.

그러나 뉴욕은 나를 전혀 알아보지 못했다. 아니 어쩌면 병이란 사랑하고 재주를 부리고 접촉하는 행위의 한 형식인지 모른다. 몸으로는 그렇지 않을지라도 머리로는 아직도 부에노스아이레스 여름날의 찌는 듯한 열기에 푹 빠져 있는 아이의 허파 속으로 뉴욕의 겨울이 서서히 스며든다. 눈옷이라고 만든 것을, 아메리카 대륙의 저 먼 남쪽 끝에서 그의 어머니가 허겁지겁 눈옷을 흉내내어 꿰매 만든 옷을 입은 그 아이를 뉴욕은 추위로 파랗게 질리게 하면서, 상황이 쉽지 않을 것이라고, 이 도시에서는 신을 감출 수도, 안내를 받고 관광하는 일도 없다고 말한다. 이 도시에선 놀이할 때 따먹은 것은 돌려주지 않는다면서 뉴욕은 그 아이가 자기 것이라고 주장한다.

우리 가족은 기차에서 내려 그랜드센트럴 스테이션의 플랫폼을 밟았는데 거기서 우리를 맞이한 것은 추위뿐이었다. 우리는 밤새 미합중국의 남부를 가로질러온 것이다. 나는 그 여행에 대해서도 전혀 기억이 없다. 다만 몇년 후 내가 토마스 울프(T. Wolfe, 미국 남부 출신의 소설가로, 『천사여, 고향 쪽을 보라』와 『그대 다시는 고향에 갈 수 없으리』를 씀—
옮긴이)와 기진맥진하는 귀향의 기나긴 기차 여행에 관해 읽었을 때,
나 역시 그런 경험을 했다고 생각하니 진저리가 쳐졌다. 울프는 그
고향은 결코 돌아갈 수 없으며 천사가 그쪽을 쳐다봐도 소용없다고
했다. 나는 바로 그런 기차를 탔던 것이며 내 고향 라틴아메리카 남
부를 떠나 바로 그 미합중국의 남부를 가로질러온 것이다. 그러므로
나는 내 생애 처음으로 거기 뉴욕에서 어머니의 손을 잡은 채 북(北)
의 콘크리트 바닥에 발을 디딘 순간을 기억하지 못한다.

아버지는 거기서 우리를 기다리고 있지 않았다.

아버지는 15분 늦게 나타나서 자신이 깜박 실수를 했거나 아니면
기차가 엉뚱한 플랫폼으로 들어왔다고 설명했지만, 어머니는 뭔가
잘못되었음을 직감했고 이런 혼동이 불길하다고 느꼈다. 왜냐하면
아빠는 딴 데 정신이 팔린 듯 낯설었고 아빠의 눈은 엄마의 눈을 피
하고 있었으니까. 아버지가 어머니에게 말할 엄두를 낼 수 없었던
것은 우리가 도착하기 직전, 그러니까 내가 칠레에서 베갯잇 속에
신을 숨기던 시간쯤에 자신이 미합중국 군대에 징집당했다는 사실
이다. 그래서 징병유예를 받거나 자신의 4A 등급(미국의 선택의무병역법
상 종군 경험이 있거나 외아들인 경우의 의무면제 등급—옮긴이)을 좀더 강력한
면제 등급으로 바꿀 수 없는 한 아버지는 유럽전선으로 떠나게 되
고, 영어 한마디 모르는 어머니가 어린 두 자식을 데리고 이국의 도
시에 좌초된 채 월 50달러의 미군 봉급으로 살아가야 할 처지였다.
나흘 후, 여태 아내에게 진실을 말하지 못한 아버지는 우리가 묵고
있는 호텔에서 일찍 나와 맨해튼 시내로 가서 근무보고를 했고, 군
복을 입고 돌아와 징집소식을 어머니한테 털어놓을 요량이었다. 자

기 입으로는 감히 발설하지 못한 그 소식을 군복이 저절로 말해주게 될 터였다. 아버지는 수십명의 다른 징집병들과 함께 샤워를 하고 군복으로 갈아입었는데, 바로 그때 그 마지막 순간에 아버지가 새로 생긴 님북아메리카연락사무국에서 맡은 일이 성격상 '필수불가결'하다고 여겨졌기 때문에 군복무 등급이 재분류되었다는 사실을 알게 되었다. 라틴아메리카에서 일어나는 파시즘과 싸우기 위해 국무부에 남북아메리카연락사무국을 만들었던 데이비드 록커펠러(D. Rockefeller)가 개입한 것이다. 다시 한번, 역사의 묘한 장난과 대접이 아닐 수 없었다. 공화당의원이 친(親)공산주의자인 내 아버지를 구출하여 그가 얼마 전에 도망쳐온 고향땅 파시스트들의 동맹국과의 전쟁에 파견되지 않도록 해준 것이다. 어쨌거나 아버지는 주택지구로 즐겁게 돌아와 어머니에게 우리가 도착한 이후 자신이 그토록 소원하게 보였던 이유를 털어놓을 수 있었으며, 어머니에게 걱정할 게 없다고, 지금부터는 행복한 나날이 계속될 것이라고 장담할 수 있었다.

그러나 그런 날들이 적어도 내게는, 적어도 곧바로는 찾아오지 않았다.

엄청나게 비싼 호텔에서 나와 이사할 곳을 알아보는 것이 가장 시급했는데, 이는 전쟁 발발 이래로 새로운 주택건설이 없었던 뉴욕에서 쉬운 일이 아니었다. 실정에 밝은 우루과이 친구가 부모님한테 신문의 부고란을 읽고 빈 아파트를 잽싸게 잡아보라는 제안을 했다. 믿기 어렵겠지만 그 책략은 효과가 있었다. 부모님은 우리의 구전 가족사에서 '라 까싸 델 무에르또'(사자死者의 집)라고 항상 불리게 되는 그 집을 세내었다. 어머니 말에 따르면, 그 집은 자기가 들어가 살아본 집 가운데 가장 침울하고 황폐한 거처였다고 한다. 방 두개짜리 지저분한 아파트로, 공기는 탁하고 천장에 희미한 전구가 마치 목매는 밧줄처럼 달려 있으며, 옆으로 찢어진 가느다란 창문들은 회색의 황량한 안뜰로 빠끔히 열려 있었으며, 방마다 침대 3개가 있어서 마치 거기서 한 사람이 아니라 여러 사람이 죽은 것 같았다고 한다.

그랬다, 그곳은 죽음의 집이었다. 1945년 2월의 어느 토요일 밤, 부모님이 미국에 도착한 이후 처음으로 두 분만 외출하신 그때 그곳에서 나는 폐렴에 걸렸다. 여기서 나는 '걸리다'는 뜻의 영어동사 'catch'가 지닌 어찌할 수 없는 애매성을 의식하고 있기 때문에 이를 신중하게 사용하고자 한다. 아직도 그 병이 나를 침범한 것인지, 내가 그 병을 속으로 불러들인 것인지 확신할 수 없다. 그러나 그 이야기는 나중에 하기로 하자. 그 아이는 목숨을 구하기 위해 병원에 입원했고 한마디라도 스페인어를 하는 사람이 하나도 없는 병동에 격리되었다. 3주 동안 그 아이는 면회시간에만 자기 부모를 보았는데, 그것도 유리 칸막이를 사이에 두고서였다.

부모님이 그 이야기를 너무 자주 했기 때문에 나는 가끔 나 자신이 그 일을 기억하고 있다는 환상에 빠진다. 그러나 그런 희망은, 영화관에 늦게 들어가 앞에서 무슨 일이 일어났는지를 결코 알 수 없을 때처럼, 첫 대목을 본 사람들한테 항상 의존할 수밖에 없을 때처럼 곧 사라지고 만다. 떼 인떼르나론 엔 에쎄 오스삐딸(넌 병원에 수용되었지), 어머니가 마치 처음 사용하듯 낱말을 고르면서 느릿느릿 말한다. 노 노스 아꼬르다모스 델 놈브레(그 이름이 생각난다), 커다란 유리벽이 있는 차갑고 삭막한 하얀 병동이지. 부모님은 나를 보러 올 때마다 내 얼굴에 눈물이 흘러내렸고 내가 그분들을 만지려

했다고 한다. 바로 지척에 있으면서도 동시에 유리 너머 저 멀리에서 내가 알아들을 수 없는 스페인어로 뭐라고 말하는 부모님을 쳐다보는 내 모습이 보인다. 곧 어머니와 아버지가 사라지고 돌아서면 나는 혼자가 되고 폐가 아프다. 그때 나는 지금도 깨닫고 있듯이 내가 부서지기 쉽다는 것을, 생명이란 나뭇가지처럼 뚝 부러질 수 있음을 깨닫는다. 내가 스페인어로 이것을 깨닫고 고개를 들어보면 보이는 어른이라고는 간호사와 의사밖에 없다. 그들은 내가 알지 못하는 언어로 내게 말을 한다. 나중에 알게 되었지만 영어라고 불리는 언어를. 난 어떤 언어로 응답을 하나? 어떤 언어로 응답할 수 있을까?

3주 후, 이제 몸은 건강해졌지만 필시 마음은 살짝 미쳐 있는 아들을 찾으러 부모님이 왔을 때, 나는 그분들이 스페인어로 묻는 질문에 대답하기를 거부함으로써, 오로지 영어로만 말함으로써 그분들을 당혹스럽게 만들었다. "무슨 말인지 모르겠어요." 어머니는 내가 그렇게 말했다고 한다. 그리고 바로 그 순간부터 나는 태어날 때 나를 받아준 그 언어의 단 한마디도 완강하고 굳세게 강철처럼 거부했다.

나는 10년 동안 스페인어를 단 한마디도 하지 않았다.

칠레 **싼띠아고**에서 발견한
죽음을 다루는 장 | 1973년 9월 11일 이른 아침 |

내가 지어낸 만화의 등장인물 쑤싸나 라 쎄미야(S. la Semilla)가 없었더라면 나는 반(反)아옌데 쿠데타에서 살아남지 못했을 것이다.

적어도, 내가 하고 싶은 이야기는 그렇다. 이상야릇하지만 그게 부분적으로 사실이기도 하지만, 무엇보다도 내 생각에는 살아남은 이야기를 이렇게 좀 덜 숭고하게 함으로써 죽음을 좌절시킨 조건들을 어쩐지 나 스스로 만들었다는 환상을, 나도 그 일에 한몫했다는 환상을 지닐 수 있기 때문이다. 망각의 숨결이 당신의 목덜미를 타고 내려와 당신을 텅 빈 공허의 가장자리까지 태우고 갔다가 도로 현실의 기슭으로 홱 잡아당길 때, 그리하여 당신은 온몸이 떨리면서도 무사할 때, 하나의 이유를 발견할 필요가 있으며, 하나의 의미를 발견할 필요가 있다. 왜 나란 말인가? 왜 내가 구원되었을까? 살아남은 자의 생애를 관통하여 타오르는 질문들, 답변을 쥐고 있을 사람들이 모두 죽었기 때문에 자문(自問)하는 질문들. 그래서 우리는 나름대로 최상의 답변을 한다. 우리가 구출되게 된 정황의 부조리한 연쇄 속에서 하나의 실마리를 발견하려고 안간힘을 쓰다가, 이거야! 바로 이거야! 내가 해낸 거야!라고 말한다.

그리고 여러 해 동안, 자신에게나 다른 누구에게나 이 질문에 대한 나의 답변은 쑤싸나 라 쎄미야였으니, 그녀는 내가 쿠데타를 방지하는 일에 한몫 거들려고 꾸며낸 미소짓는 인물이었으며, CIA를 공격하는 나의 비밀무기였다.

칠레 국민이 1970년에 자유롭게 선출한 정부를 '흔들어놓기' 위해 닉슨, 키씬저, 국제전신전화회사(ITT)가 자금을 대는 거대한 음모에 맞서 싸우기에는 사실 그건 너무나 보잘것없는 무기였다. 미국의 이런 공세는 마침내 1975년에 프랭크 처치(F. Church)를 수장으로 하는 상원조사위원회에 의해 속속들이 기록될 것이었지만, 이미 1973년쯤에는 칠레 및 외국의 신문들에서 공공연히 논의되고 있었다. 처음에는 은밀한 공작으로 시작되었던 것이 그때쯤에는 전혀 비밀이 아니게 되었다. 사실 종말이 다가옴에 따라, 미국의 간섭과 돈의 혜택을 입은 사람들 다수가 미국의 개입을 숨기기는커녕 자랑하고 다녔다.

나는 그런 과시적 행동을 직접 목격했다. 쿠데타 열흘 전쯤에 나는 일군의 인민통일전선 투사들과 쌴띠아고에서 북으로 20마일 떨어진 어느 언덕으로 길고 힘든 행군을 했다. 우리 일행의 지도자가 미리 탐색했다는, 인가에서 충분히 멀리 떨어져 있다고 여긴 안데스 산맥 아래의 한 외딴 언덕에서 우리는 화기를 다루는 첫 훈련을 받기로 되어 있었는데, 이는 언제 닥칠지 모르는 내전에 대비하기 위해 즉석에서 만들어낸 엉성한 훈련계획의 일환이었다.

이 훈련은 너무 미약하기도 했지만(우리 일행 일곱명이 가진 화기란 보잘것없는 총 한 자루뿐이었다) 너무 때늦은 것이기도 했다.

돌이켜보면, 아옌데를 지지한 우리쪽 사람들은 폭력 사용의 태세에서 우리의 적들보다 항상 한걸음 뒤져 있었다. 우리가 피 흘리지 않는, 평화적이고 민주적인 혁명에 동감하는 동안, 우리가 거리에서 춤을 추고 있는 동안, 그들은 무술 훈련을 받고 있었다. 아옌데가 대통령에 취임한 지 일년 후인 1971년, 우익 암살단원들이 마치 이소룡 주연의 괴상한 영화에서 뛰쳐나온 듯 쇠사슬을 흔들고 '린차꼬스'(응징하자)라고 부르짖으며 군대식 대형을 짜고 쌘띠아고 거리에 나타났을 때 놀라던 기억이 난다. 우리는 뒤늦게 가라테 훈련을 받기 시작했다. 나는 아침 6시에 친구들 일행이랑 땀흘려 훈련을 하면서 우리 도시를 되찾을 준비를 했다. 그러나 우리가 기합을 지르며 차고 치고 할 때쯤 우리의 민간인 적들은 화기 훈련을 끝내고 우리를 쏘아대고 있었으며, 그들 가운데 대담한 자들은 고압 송전탑을 폭파하고 관영 텔레비전 방송국을 파괴했으며 아옌데의 보좌관들을 암살하기까지 했다. 우리는 이제 겨우 여기서 진짜 총 한 자루를 처음으로 쥐어보고 있는데 그들은 이미 군대를 끌어들였고 조만간 탱크와 비행기와 대부대를 지휘할 것이었다.

그러나 그때 우리는 그런 것을 알지 못했으며, 설령 알았다 해도 변변찮은 '훈련'을 하면서 우리를 동정하는 어떤 신이 우리에게 제대로 배울 시간을 주기를 기도하는 것 외에 별 대안이 없었을 것이다. 우리는 차례로 근처 바위 위에 세워둔 깡통을 향해 단 한 자루의 그 고독한 총을 겨누었고 깡통보다 바위를 더 많이 맞추었으며 곧 두

개의 탄창을 다 써버렸다. 그것이 암시장에서 우리가 협상하여 살 수 있었던 탄알 전무였나. 그 아름답고 화창한 오후 그 산맥 아래서 우리 일곱한테 남겨진 것은 연기 나는 빈 총과 부서진 바위, 그리고 자신감이라기보다는 용기였다. 그리고 시간도 남아 있었다. 그래서 우리는 장차 게릴라가 될 사람이라기보다는 휴일을 맞은 어린애들처럼 어슬렁거리며 언덕의 다른 비탈을 타고 내려와 그 지역을 탐색했고, 우리가 훈련을 했던 비탈이 우리 일행의 지도자가 무심히 시사한 것처럼 그렇게 외딴 곳이 아님을 발견했다.

근처 개간지의 들쭉날쭉한 몇 그루의 나무 뒤에 15명에서 20명 가량의 트럭운전사들이 장대한 불 위에 고기를 굽고 술을 마시며 웃어젖히고 있었고, 한편 그들의 수다스런 부인들은 엄청난 양의 샐러드를 만들고 있었다. 아래 도로에 주차된 10여 대의 트럭이 길을 가로막고 있었다. 수천 명의 다른 운전사들과 함께 바로 이들이, 혼돈과 혼란을 일으키면 질서회복을 위해 군부가 개입할 것이라는 바람에서 운송파업을 연출하여 수많은 간선도로를 차단하고 이 나라의 경제적 혈맥을 끊어놓아 지난 몇주간 칠레를 마비시킨 장본인들이었다.

트럭운전사들은 바로 우리를 알아보았다. 그들은 십중팔구 총소리를 들었을 것이다. 설령 못 들었다 해도 우리 일곱 명이 마치 아마추어 체 게바라처럼 언덕에서 내려오는 것을 보았으므로, 우리가 그들의 적이라는 것을, 우리가 기꺼이 그들의 트럭에 불을 지르고 그들 모두를 지옥으로 보낼 태세라는 것을 즉각 깨달았을 테니까. 하지만 그들이 우리를 지옥으로 보낸 것은 결코 아니다. 그들은 승리할 것이며 이미 승리하고 있었고, 우리는 그럴 수 없지만 그들은 머릿속에서 미래를 구상할 수 있는 주인공들이었다. 따라서 사람들이 우세할 때 종종 그렇듯이 그들은 동정심을 느끼며 너무도 침착했다. 아마 그런 이유로 그들의 지도자가 일어서지도 않은 채 네안데르탈인처럼 생긴 고기 뼈다귀를 흔들어, 좀더 가까이 와서 잔치에 끼라는 신호를 보냈을 것이다. 그처럼 푸짐한 음식을 보는 것 자체가 놀라웠다. 그때쯤에는 파업에다 경제 싸보따주, 미국정부의 금융봉쇄, 그리고 정부의 적잖은 무능이 겹쳐 식량은 태부족이었다.

우리는 음식을 함께 먹고 싶지는 않았지만 가까이 갔다. 죽일 수도 있는 사람에게서 음식을 받아먹지 말라는 미신을 우리는 어쩌면 믿었던 것 같다. 우리는 거기 서서 그들의 존재에 넋을 잃고 그들이 먹고 마시고 흥청거리는 광경을 지켜보았다. 그런 후에 그들의 지도자는 마치 영화에 나오는 갱이라도 되는 듯이 큼지막한 손을 호주머니에 넣어 한 뭉치의 지폐——미국의 달러 지폐——를 꺼내어 우리한테 흔들어 보이고 우리들 바로 앞에서 그 돈을 세고는 신호를 보내니까 다른 트럭운전사들도 따라서 달러 지폐를 꺼냈다. 나는 우리가 그들의 승리를 지켜보는 관객이라는 것을, 그들은 우리가 상황이 어떤지를, 우리가 얼마나 형편없이 결딴난 상태인지를 이해하기를 원한다는 것을, 우리가 쫓기고 그들이 권력의 길에 복귀하는 멀지 않은 장래의 날을 바로 그 시점에서 보여주고 있다는 것을 깨달았다. 무엇보다도 그들은 우리가 창피당하는 꼴을 자기 아내들이 보기를 원했다. 칠레는 국민들이 선출한 합법적인 정부를 수호하는 우리가 훈련을 숨겨야 하는 반면, 외국의 권력으로부터 돈을 받고 이 정부를 전복하려는 이 사람들은 자신이 받은 더러운 돈을 숨길 필요가 없는 나라가 되었다. 그리고 개인적으로 이 상황을 더욱 아이러니하게 만든 것은 내가 숨기려고 최선을 다했기 때문에 트럭운전사나 그들의 아내나 내 동료들이 전혀 알지 못하는 어떤 것, 즉 그날 거기에 있었던 사람들 가운데서 내가 가장 '미국적'이었다는 점이었다. 나야 말로 그 돈을 제공하고 그 모든 것을 계획한 CIA 공작원들에게 그들의 언어로 이야기할 수 있는 유일한 사람이었다. 나는 그들이 하는 농담과 그들이 들먹거리는 댁우드와 블론디(미국의 유명한 시사만화 「블론디」에 등장하는 부부-옮긴이)를 이해할 수 있었다.

그러나 나는 나의 미국인으로서의 정체성을 버렸고 내 유년기의 그 나라와는 어떤 관계도 맺고 싶지 않았다. 칠레가 내 나라였으며, 가장 값비싸게 부르는 사람한테 이 나라를 팔아먹으려는 저 운전사들에게보다 칠레는 내게 속한다고 생각했다. 그들이 달러를 맘껏 과시해도 좋다. 왜냐하면 곧 이 나라의 모든 가정에서 그들을 겨누는 내 고유한 무기가, 내 만화의 주인공 쑤싸나 라 쎄미야가 보란 듯이 활보할 테니까.

사실, 나는 쑤싸나를 운송파업에 대한 대답으로, 좀더 정확히 말하면 운송파업의 수많은 부작용 가운데 가장 파괴적인 요소에 대응하는 한 방법으로 구상했다. 수천 대의 트럭이 길을 가로막음으로써 수천 톤의 비료가 항구에서 썩어가고 있어 다음해의 수확이 위태로웠다. 모네다궁에서의 직책 때문에 나는 농업장관 하이메 또아(J. Tohá)로부터 우리의 비애국적 적들에게 책임을 지우는 선전전의 책략을 고안해달라는 요청을 받았다.

내가 생각해낸 것은 하나의 책략 이상이었다. 내가 고안한 것은 연애 이야기이자 서사시이자 모험담이었다. 나는 성적 매력이 물씬 풍기는 요염하고 수다스러운 쑤싸나를, 씨앗 양(孃) 쑤잔을, 결실을 맺어 어머니가 되기를 열망하면서 외로운 시골에서 시들고 있는 일종의 칠레판 치끼따 바나나(Chiquita Banana, 치끼따 회사에서 자사의 바나나제품을 선전하기 위해 만든 유명한 광고의 주인공—옮긴이)를 생각해냈다. 그러나 번식하려는 그녀의 열망은 멀리 떨어져 있는 애인 페데리꼬 엘 페르띨리산떼(F. el Fertilizante) 즉 비료 군(君) 프레드가 머나먼 항구에 포로로 잡혀 있다는 것 때문에 좌절되고 만다.

나는 페데리꼬가 간수들로부터 탈출하여 도로로 나가, 싸보타주를 벌이는 사람들을 속이고 마침내 쑤싸나와 결합하여 그녀를 발아(發芽)시킨다는 이야기를 써나갔다. 나는 1973년 9월부터 시작하여 1974년 3월의 별 아래 두 연인이 정사를 나눠 오르가슴에 도달하는 종국에서 절정을 이루는, 매주 방영될 1분짜리 TV 특별방송 대본 25편을 썼다. 이제 와 깨닫는 것은 이 사회주의 연속극이 내 나름의 유토피아적인 미래상이었다는 점이다. 사람들이 기아를 물리치는 미래, 테러에 대해 사랑이 승리하리라는 열렬한 기대는, 그러나 역사에 의해 곧 무참하게 거부되고 만다.

하지만 쑤싸나를 탄생시키기 위해서는, 내 비전을 나의 개인 노트에서 수백만 동포의 TV 화면으로 옮기기 위해서는 한 사람을 설득하여 서명을 받아야 했다. 나와 기질이 맞는 국영 텔레비전 방송국 사장 아우구스또 올리바레스(A. Olivares)가 바로 그 사람인데 설득은 내가 하기로 되어 있었다. ……9월 초쯤에 시급히 봤으면 한다고 말했더니 그는 대수롭지 않게 "화요일, 9월 11일로 하지"라고 대답했다. 그는 무성하게 자란 덥수룩한 콧수염 때문에 약간 해마 같은 입으로 미소를 지었고 나를 약간 또라이라고 생각했는데, 따지자면 그 역시 또라이였다. 하여간, 배가 침몰할 지경인데 무슨 씨앗이니 비료니 하는 이야기를 하느냐는 눈치였다. "10시 30분으로 하면 어떨까. 난 10시 30분경에 하루를 시작하지. 모네다궁 말고 내 사무실에서. 괜찮겠어?"

그가 택할 수 있었던 날이 많았건만 하필 그는 반(反)아옌데 쿠데타가 시작되는 그날을 부지불식간에 택했으며, 게다가 선견지명이 없는 탓인지 그 많은 시간들 가운데서 하필 내가 아침에 모네다로 갈 수 없게끔 시간을 택했다. 이로써 나는 늦잠을 잘 수 있었고 9월 11일 아침 늦게 우리 집 위를 저공비행하여 이웃집에 닿을 듯 말 듯 나는 군용비행기의 윙윙거리는 소리에 잠이 깨는 신세가 되었다.

그때 비로소 나는 쿠데타가 일어난 것을 알았다. 라디오를 켜보니 군대행진곡이 나오고 있었고 채널을 바꿔보았지만 마찬가지였다. 이리저리 채널을 아무리 돌려보아도 똑같았다. 그리고 나는 칠레를 접수한 임시군사정부의 첫번째 포고문을 들었으며, 포고문 말미에서 민주적으로 선출된 정부에 충성하는 군대의 지도자가 되겠던 아우구스또 삐노체뜨 우가르떼 장군의 이름을 들었으며, 곧바로 혁명이 실패했음을 알았다. 그때, 정확히 바로 그 순간에 나는 죽음이 마침내 나를 따라잡았다는 것을, 어릴 적부터 따라다닌 그 모든 공포가 실제 삶에서 곧 비정하게 구체화될 것임을 알았다. 몇분 후 떨리는 손으로 안헬리까의 손을 잡은 채, 나는 대통령궁에서 발표되는 아옌데의 고별연설 '최후의 약속'에 귀를 기울였다. 아옌데는 여기서 국민들에게 자신은 사임하지 않을 것이며, 민주주의를 수호하면서 죽겠으며, 다른 사람들이 살 수 있도록 자신이 죽겠다고 말했다. 나중에야 안 사실이지만, 아옌데가 연설할 때 옆에 있던 사람이 바로 아옌데의 오랜 친구 아우구스또 올리바레스였으니, 그는 대통령 곁에서 죽을 각오를 하고 서 있었던 것이다. 아우구스또는 쑤싸나 라 쎄미야가 그의 목숨을 구하도록 되어 있었음을, 내가 열띤 상태에서 쑤싸나로 하여금 나라를 구하게끔 하는 상징적인 이야기를 썼음을 결코 듣지 못했다. 가당찮게도 내 만화의 등장인물이 구한 유일한 생명이 결국 나 자신이었음을 그는 결코 알지 못했다.

그러나 이게 진실일까? 나는 이 이야기를 너무 여러 번 되풀이한 탓에 이를 믿어버리게 되었는지도 모른다. 어쨌거나 나 자신이 짜낸 노력으로 죽음을 피했다는 그런 생각으로, 나 자신이 무(無)에서 끌어낸 어떤 픽션 덕분에 내가 그 똑같은 무에서, 존재의 허구화에서 살아났다는 그런 생각으로 자위하고 있는지도 모른다. 그것은 균형이 잘 잡힌 꽤 깜찍한 멋진 이야기가 된다. 하지만 이게 진실일까?

상황을 따져보면, 그렇다. 끌라우디오 히메노가 거절을 했어도 그만, 올리바레스가 딴 날을 정했어도 그만, 쑤싸나가 아무 말을 하지 않았어도, 침묵하여 내게 영감을 불어넣지 않았어도 그만이었다. 단 하나만 달랐어도 나는 죽은 목숨이었으리라. 쿠데타 전날 밤 혹은 쿠데타 당일 새벽이나 이른 아침에 모네다궁으로 달려갔을 테니까.

그러나 이런 우연들이 필수적이긴 했어도, 이 가운데 어떤 것도 나의 생존을 실제로 보장한 것은 아니었다. 아옌데와 가까이 있거나 대통령궁에서 근무하는 수십 명의 활동가들도 9월 10일 경계근무를 서지 않았고, 그들 가운데 다수가 나와 마찬가지로 그 다음날 아침 다른 어떤 곳에서의 활동을, 아옌데 곁에서 멀리 떨어진 곳에서의 시간약속을 짜놓았을 텐데, 그런데도 그들은 모네다궁에서 죽임을 당하는 운명을 면하지 못했다. 그들은 그날 밤 어느 땐가 소집되어 그곳에서 삶을 마감했다. 그들은 비상사태가 발생했다는 말을 들었고, 쿠데타가 일어났다는 말을 들었고, 즉시 보고하라는 명령을 받왔다. 그들의 이름은 비상연락망 명단에 올라 있었고, 내가 모네다 궁에서 자는 날이면 그 명단은 내 수중에 있었다. 이틀 전에도 그 명단에서 내 이름과 전화번호를 보았으므로, 나는 비상사태 시에 소집될 사람들 가운데 하나였다.

하지만 아무도 내게 전화하지 않았다.

왜 그랬을까? 또하나의 기이한 우연의 일치였단 말인가? 혼동의 날에 일어난 또하나의 혼란스런 사건, 또 한번 어떤 사람 대신에 내게 행운이 떨어지는 착오가 일어난 것인가? 그뿐인가? 그런 것인가? 내 목숨을 살려준 것이 고작 일련의 우연적인 개입들이란 말인가? 삶과 죽음의 차이를 쪼개보면 결국 이런 것인가? 운명이나 숙명, 아니면 정말 어처구니없고 부조리한 기적 같은 행운이나 (뭐라고 해야 할지 모르지만) 그딴 것이란 말인가? 삶이란 우연한 우주에서 일어나는 또하나의 우연한 사건에 불과한 것인가? 그리고 우리 존재란 속을 헤아릴 수도 없고 얼굴도 없는 어떤 광적인 힘이 아무런 이유도 대지 않고——왜냐하면 이유가 실제로 없으니까——가지고 노는 벌레에 불과한 것인가?

아니면 설명할 길이 있는 것인가? 이 모든 것에 의미가 있고, 누군가 보낸 메씨지가 있고, 줄곧 내게 가르쳐준 무언가가 있는 것일까? 나는 지금도 그렇지만 그때에도 논쟁적인 사람이었는데, 이 갑작스런 죽음의 유예를 어떤 의미로 이해하란 말인가. 나는 의도적으로 자신을 다칠 수 있는 곳에 놓아두어 폭력더러 와서 나를 범할 테면 범해보라고 도전했는데, 그 폭력이 정작 그렇게 맹렬하게 폭발하는 그 순간에 나를 무시해버린 것이다. 그러니 내가 죽음에서 구출된 데는 어떤 뜻이, 좀더 심오하고 기적적인 의미가 있지 않았을까 하고, 수치심과 어쩌면 공포감마저 느끼며 궁금해하지 않을 수 있겠는가? 신비로운 해석—모종의 권능이 죽음한테 가까이 오지 말라고 명하며 철없는 인간인 나에게 "아냐, 너는 아냐, 너는 다른 곳에 필요해. 아직 네가 죽을 시간이 아냐"라고 말하며 나를 구출하려고 나를 구원하려고 애쓰고 있다는 해석—의 유혹을 어떻게 피할 수 있겠는가?

나의 생존에 대한 이 종교적인 독법은 나를 매혹하기도 하고 역겹게 하기도 한다. 그렇게 많은 무고한 사람들에게 죽음을 선고하고 나를 구한 신을 상상하는 데서 대체 어떤 종류의 기쁨을 끌어낼 수 있겠는가? 신과 같은 종잡을 수 없는 어떤 상위의 존재에게 사태의 책임을 돌린다고 해서 무슨 위안을 받을 수 있겠는가? 차라리 무작위성이란 것이 우리의 삶을 마음대로 가지고 노는 이른바 우월한 의식보다는 더 낫고 덜 잔인하지 않을까? 그럼에도 여러 해 동안 나는 어떤 자비로운 신이 나를 위해 개입한 것이 아닐까 하는 의혹을 떨쳐버릴 수 없었음을 고백해야겠다. 어떤 자비로운 신이 미국 중앙정보국의 악의적인 신들, 칠레 군부의 악령들, 내 죽음을 결정하는 음지의 사람들을 반격하기로 결정한 것이 아닐까 하는 의혹을.

실제로 자비로운 신이, 은밀한 손길이, 하나의 메씨지가 있었음이 밝혀졌다. 나의 완강한 무신론적인 신념을 고려하면 다행스럽게도 그것은 신의 손길이 아니라 살과 피로 되어 있는 진짜 인간의 손이었다. 여러 해 후, 그가 내게 그 메씨지를 줄 때쯤에는 나도 어느 정도는 그것이 무엇인지를 스스로의 힘으로 짐작했고 살아남은 자의 외로움을 직시했으며 왜 내가 예측을 불허하는 우주의 미친 손가락짓에 의해 구원받았는지 그 수수께끼를 스스로 풀고 있었다.

내 목숨을 건져준 사람은 애초에 내게 모네다궁의 직책을 맡긴 장본인인 페르난도 플로레스 장관이었다. 9월 11일 새벽을 맞이하기 전 소집대상자 명단에서 나를 지워버리기로 결정한 사람이 바로 그였다. 군사반란의 소식이 확인되었을 때, 그의 경호원은 수화기를 잡고 전화번호를 돌리기 시작했는데, 이때 플로레스가 그의 동작을 멈추게 하고 명단을 요구하여 찬찬히 세심하게 읽었다. 내 이름이 나오자 그는 펜을 꺼내어 조심스럽게 삭제했다.

나는 이 이야기를 오랜 후에, 우리 둘이 모두 망명객이 되어, 내가 미국에 있는 그를 방문했을 때에야 들었다. 그때가 1978년 초였다고 생각된다. 그전의 여러 해 동안 그는 감옥에 있었다. 군부는 쿠데타 당일 늦은 아침에 그가 아옌데를 대신하여 반란군과 휴전을 협상하러 대통령궁에서 나왔을 때 그를 체포했다. 그들은 그의 백기를 무시하고는 그를 며칠간 야만적인 사관학교에 보냈다. 그런 다음 다른 살아남은 전직 장관들과 함께 그는 지구상에서 가장 황량하고 버림받은 곳 중 하나인, 띠에라 델 푸에고 근처 도슨 아일랜드의 감옥으로 보내졌다. 나중에 그는 여기저기 흩어져 있는 수용소를 전전하며 끝내 열리지도 않은 재판을 기다리면서 여러 해 동안 수감되었다. 그러므로 그 자신이 조국에서 추방된 다음에야 비로소 그는 어떻게 해서 내 목숨을 구하는 일에 끼여들었는지를 이야기할 수 있었다.

왜 그랬어요? 나는 그에게 물었다. 왜 그런 일을 했느냐고요?

그는 말을 멈추고, 마치 한때 자신이었던 어떤 사람과 상의라도 하듯이 내면을 돌아다보며 한참 생각하고는 대수롭지 않게 말했다. 아마 명단에서 내 이름을 지울 때도 그런 식이었을 것이다. "글쎄, 누군가 살아서 이 이야기를 해야만 했으니까."

1970년에서 1973년에 이르는 아옌데 시절 동안 나는 내 정체성을 무엇보다 정치적인 것으로 구축했다. 이 나라를 해방시키리라고 생각한 혁명을 통해 칠레와 칠레의 대의, 그리고 칠레의 국민들과 하나로 융합된 정체성이었다. 그래서 종말이 다가오는 시점에서 나는 플로레스와 함께 모네다궁에서 일할 것을 수락한 것이다. 왜냐하면 혁명이 실패하면 그곳이 내가 있어야 할 곳이라고 느꼈기 때문이며, 그 실패 후에 살아남은 내 모습을 상상할 수도 없었기 때문이며, 그것이야말로 내가 어떤 사람인지, 어떤 사람이 되고 싶은지를 확인하는 방식이었기 때문이다. 우리가 패배했음이 명백해진 그 황량한 9월의 새벽에 플로레스는 나와는 다르게 사태를 보았다. 어쩌면 그는 패배의 과업은 승리의 과업과는 이미 다름을 알았는지 모른다. 어쩌면 그는 우리들 가운데 어떤 사람은 죽을 것이며, 어떤 사람은 감옥에 갈 것이며, 어떤 사람은 배신자가 될 것임을, 그리고 그런 사태가 일어나면 이 대재앙의 현장을 빠져나가 세상에 그 이야기를 해줄 수 있는 목격자가 필요하리라는 것을 알았는지 모른다. 그는 내가 적임자라고 생각했고, 애초에 내게 그 일을 제안한 것을 자기의 실수로, 그 제안을 수락한 것을 나의 실수로 여기고 마지막 순간에 생사결정권을 행사하여 바로잡았다.

내가 이야기꾼이 될 운명이었기에 목숨을 구했다는 생각은 위안이 된다. 그렇지만 이것은 한 친구가 나와 근무시간을 바꾼 이유를, TV 방송국 책임자가 나를 구해줄 수 있는 바로 그 시간에 자기를 보러 오라고 한 이유를, 쑤싸나 라 쎄미야가 마치 어린아이의 꿈속에서처럼 구원의 길이 있다고 고집하며 나를 찾아온 이유를 설명하지 못한다. 사실, 이 생각은 자기파괴를 향해 질주하던 나를 다시 삶의 영역으로 끌어당긴 우연의 일치들 가운데 어느 것도 설명하지 못한다. 이것은 왜 그렇게 많은 내 형제자매들이, 나 못지않게 재능 있고 삶을 사랑한 내 형제자매들이 죽어야 했는지 설명하지 못한다. 그것은 내 존재의 한가운데서 아직도 꿈틀거리며 기어다니는 수수께끼를 달래지 못하며, 삶이 맹목적이며 위태로운 것이라는 공포와, 우리가 희미한 어둠 속에서 넘어지면서도 자신을 기만하여 이 모든 것에 하나의 패턴이 있다고 애써 믿을 때의 공포를 완전히 물리치지 못한다.

하지만 그날 플로레스가 아무 의논도 없이, 단지 역사를 바로잡아 역사가 제멋대로 광란의 행로를 가지 않도록 해야 한다고 생각했기 때문에 결정한 일, 그날 그가 나를 위해 결정한 일, 그것은 의미가 있다. 무엇보다도 나중에 일어난 일, 즉 내가 어떤 존재가 되었는가 때문에 그렇다. 죽었어야 했던 그날 내게 주어졌던 삶, 내게 대여되었던 삶, 우연이건 섭리건 아니면 그 무엇이라 부르건 그런 미지의 힘이 나를 위해 선택한 삶, 이 삶을 가지고 내가 빚어만든 것은 분명 의미가 있다.

설령 이런 이유로 내가 살아났다는 것이 사실이 아닐지라도, 나는 그것을 사실로 만들려고 애써왔다.

내가 하는 모든 이야기 속에서.

죽은 자들에게 약속을 지켜왔다는 확신에 사로잡혀서.

미국에서 발견한 삶과 언어를 다루는 장 |1945년|

내가 영어에 그렇게 빨리, 그렇게 완전히 항복한 것이 오늘날 나를 놀라게 하는 점이 아님을 이해하기 바란다. 맨해튼의 그 이름없는 병원에서 사방에서 다가온 새로운 언어는 마침내 음식과 애정, 다정함과 체벌의 어휘로 바뀌었고, 나를 인질로 붙잡은 사람들의 가슴속으로 들어가는 통로가 되었다. 이 고통스런 경험은 어차피 내가 직면할 배움의 과정을 가속시켰을 따름이다. 여느 이민 아이들이 그랬고, 나보다 먼저 내 부모님이 그랬으며, 내 아들들 역시 그럴 것이다. 내 아들들은 그들의 뿌리뽑힌 삶 속에서, 이 글을 읽는 대다수 사람들이 아침식사의 메뉴를 바꾸듯 나라를 바꿀 때가 되면 그런 경험을 하게 될 것이다.

예나 지금이나 사람들은 살아남는 한 방법으로 언어를 바꾸어왔다. 사람들이 침범당하고 정복당하고 노예화되고 그들의 가정이 박살나고 그들의 크고 작은 왕국들이 폐허가 되면, 그 폭력의 씨앗들 속에, 칼을 쥔 주먹 바로 뒤에, 마치 색다른 말[馬]을 탄 상냥한 형제 라도 되는 것처럼 동사(動詞)가 있다. 포로는 결국 다른 사람의 말 [言]의 포로가 되고 마는 법이다.

그러나 내 경우보다 훨씬 심한 정신적 외상을 입는 상황에서 권력 을 쥔 사람들의 언어를 배울 수밖에 없는 저 수많은 희생자들을 자 세히 관찰하면, 그들 가운데 얼마나 많은 사람들이 두 언어 상용자 가 되기로 결심했는지 알아차릴 수 있다. 그들 중 어떤 사람은 성공 했고, 어떤 사람은 숨겨진 금기의 언어를 새로운 지배의 언어 속에 몰래 섞어 넣고, 그 리듬과 문법과 소리에 침투시켜, 그것을 좀더 친 숙하게 만들 수 있었을 따름이다. 하지만 대다수 사람들은 자기들의 첫번째 언어를 생생하고 따끈하고 친밀한 상태로 간직하려고 애썼 다고 난 확신한다. 언어를 바꾼 그들은 과거가 완전히 죽은 것은 아 니며 언젠가는 소생하리라는 기약을 함으로써 비참한 삶 속에서도 가능한 한 스스로를 위로했다. 그들은 이중적 존재의 위험을, 이중 적 존재의 고뇌, 풍부함, 광기를 결연히 받아들인 것이다.

내가 처음 그 병원에서 받아들이기를 꺼린 것은 바로 그런 위험이 었다.

오히려, 처음으로 정말 혼자가 되었을 때, 그리하여 세상에서 유 일하게 완전히 나만의 것인 내 언어를 장악했을 때 나는 본능적으로 선택했다. 내가 언젠가는 본보기가 될 다중적이고 복잡하고 매개적 인 인물을, 동등한 가치의 두 언어에 의해 공유되는 이 인간을, 차이 를 관용하고 개인적으로나 집단적으로 차이들을 구현하는 것이 인 류라는 종(種)의 유일한 구원이라고 믿게 된 이 인간을 거부하기로 본능적으로 선택한 것이다. 나는 지금의 내가 적극 받아들인 잡종의 조건에 이르는 지름길을 거부한 것이다.

왜 그랬을까? 한때 나의 넋이 깃들어 살았던 그 소년은 어찌하여 그 병원에서의 영원처럼 긴 3주 동안의 어느 시점, 어느 날, 어느 시각에, 분명 돌아오지 못할 선을 가로지르게 되었으며, 과거의 자신을 질식시키기로, 자신의 정체성의 집을 지은 언어를 죽이기로 결심했을까?

기억나지 않는다.

아무리 애써봐도, 첫 망명의 와중에 잊혀져 버림받은 그 소년의 마음으로 되돌아갈 수 없다.

우리 모두는 우리가 어떻게 시작된 것인지 발견하기를 갈망하고, 기억의 다리들을 억지로 열려고 한다. 가능한 한 자신의 기원으로 돌아가려는 그런 강박관념, 자신이 어떤 책, 어떤 이름, 어떤 어휘 같은 것에 종속되기 전의 현장에 가 있으려는 그런 강박관념 말이다. 거기서 다른 사람들이 목격하는 가운데 자신이 태어나는 광경을 지켜보려는 그런 강박관념 말이다. 그러나 인류는 우리가 인생의 두 가지 가장 중요한 사건──태어날 때와 죽을 때──의 현장에 있되, 결코 그 사건을 기억할 수 없다는 법을 정해놓았다. 그렇다면 왜 나라고 해서 달라야 하는가? 하지만 나는 달랐고, 주제넘게도 다르다고 생각했다. 나는 이 법을 피해갈 수 있으리라고, 내 두번째 탄생의 순간에, 나 자신이 나의 어머니와 아버지가 된 바로 그 순간에 가까이 갈 수 있다고 생각했다. 나는, 나의 두 존재──그때까지의 나였던 스페인어 아이와 그때부터의 나인 영어 아이──는 모두 그때 거기에 있었다. 나는 그 사건을 두 언어로 목격했는데, 그 언어 중 하나가 어떤 일이 일어났는지 폭로할 수밖에 없고 문을 열어주게 되어, 내가 나 자신을 창조하는 그 순간을, 나 자신을 50년 후인 지금 두 언어로 이 글을 쓸 수 있는 인물로 만들어내는 바로 그 순간을 훔쳐 볼 수 있었다.

그래서 이 글을 쓰는 데 걸린 그 숱한 세월 동안 나는 이 사건을 놓고 골똘히 머리를 짜고, 이 사건이 마치 죽은 수인(囚人)이나 되는 것처럼 심문하고, 부적이나 저주인 양 뇌리에서 이리 굴리고 저리 굴렸다. 그러나 돌 같은 내 과거는 만지작거릴수록 점점 매끈해지고 불가사의해졌다. 내 몸을 점령한 그 두 아이한테 가까이 가서 그들의 이중의 눈들로 그들이 본 것을 꿰뚫어보려 하면 할수록, 그들이 그날 목격한 것에서 점점 더 멀리 떠밀려왔다. 그들 가운데 하나인, 스페인어를 하는 아이는 아예 반응을 하려 들지 않았다. 내가 자기를 어둠속에 죽게 내버려두었고 내게 기억을 전달하는 데 사용할 수도 있는 그 언어를 발육불능으로 만들어놓았기 때문이다. 그리고 다른 쪽 영어를 하는 아이는 물론 현장에 있었지만 그 순간 자기 머릿속의 지독한 종양에서 떨어져나왔고, 마치 나와의 관계의 시작이 아무런 고통도 없고 멋지고 완벽한 것처럼 떨어지는 나를 자기가 붙잡았을 때 내겐 아무런 선행 언어도 없었던 것처럼 행세하고 싶어했다.

나는 내 삶의 토대가 놓이는 그 순간을 곰곰이 생각하여 거기서 의미를 짜낼 수밖에 없으며, 내 과거의 깨어진 검은 거울로부터 그날 내가 어떻게 나 자신을 창출했는가의 이야기를 끌어낼 수밖에 없다.

나는 처신을 잘 해왔고, 유순하게 모든 요령을 익혔고, 모든 적절한 몸짓을 흉내냈으며, 소리를 음절로 변화시켰다. 나는 아기의 말투로 스페인어를 파고들었는데, 당시 부에노스아이레스의 우리 집에서 불과 몇 블록 떨어져 있는 곳에서 보르헤스(L. Borges)는 그 언어를 마치 비수처럼 사용하여 지구의 변두리에서 다른 사람이 되기를 갈망하는 아르헨띠나 사람에게 그 언어가 지닌 의미를 탐구하고 있었다. 그런데 내가 처음 자궁에서 축출되었을 때의 정신적 외상을 겨우 극복하려던 바로 그때, 수면 위로 떠올라 명확한 발언을 하려던 바로 그때, 또 한번의 여행, 또 한차례의 추방, 또 하나의 병원, 또 한 명의 의사를 겪게 되었고, 여기서 이전의 추락을 재연하듯 다시 추락하여, 내가 어떻게 해볼 수 없는 사람들이 짜놓은 계획 속에 다시 엉켜든 신세가 되었다. 절망의 입을 피하고 내가 누구인지를 상기시켜주는 것이라곤 내 모국어밖에, 나를 결코 버리지 않을 것이며 내 존재의 말이 되어 어떤 고통에서도 헤어나게 해주겠다는 약속과 함께 어머니가 내게 물려주신 그 언어밖에, 이제는 지금 여기 부재 중인 어머니만큼이나 소용없음이 입증된 어머니의 언어밖에 없었다. 그리고 아버지는.

아버지도 나를 버렸다고 난 생각했다. 그것도 두 번이나. 내가 태어난 지 일년도 채 되지 않은 어느 날, 아버지는 아르헨띠나의 우리 집에서 그냥 사라져 부모님 침대 곁의 하나의 사진으로, 흐릿하고 모호한 환영으로 바뀌었는데, 나는 십중팔구 이 부재를 슬퍼하는 동시에 축하했다. 나는 어머니의 넘쳐나는 사랑을 독차지하였으니, 오이디푸스적인 환상이 어떤 유혈사태도, 어떤 추한 죄의식도 동반하지 않고 실현된 것이다. 그러다가 일년 반 후에 갑자기, 그 사진은 만물이 온통 차갑고 알 수 없는 이국에서 실제의 몸으로 구체화했으며, 그 커다란 손이 뉴욕의 기차역에서 나를 번쩍 들어올렸다. 이전의 내 아버지였던 그 사람을, 돌아와서는 나를 외로움으로부터 보호하기도 하고 외로움으로 나를 위협하기도 한 그 사람을 내가 정말로 알아봤을 리는 없다. 나는 다시 어머니를 독차지하기를 바란 것일까? 그가 마술을 부려 죄스러워하는 내 생각을 읽고 벌을 줄까봐 두려웠을까? 아버지가 벌주기 전에 내가 스스로를 벌하였을까? 내 망명을 항의하고 어머니를 낮게 하기 위하여, 그리하여 어머니가 전에 부에노스아이레스에서 그랬던 것처럼, 내가 발진(發疹)으로 밤새 잠을 이루지 못하자 그 긴 밤 내내 당신의 두 손으로 내 손을 사랑스럽게 꼭 쥐고 있었을 때처럼 나를 돌보게 하기 위해 내가 병에 걸린 것일까? 어머니와 아버지가 거의 이년 만에 처음으로 외출하면서 애 보는 사람에게 나를 맡겼던 바로 그날 밤에 나는 폐렴균을 내 허파 속으로 들여보낸 것일까? 그리고 다시 혼자가 되었을 때, 이번에는 어머니도 아버지도 없이, 이번에는 나와 죽음 사이에 아무도 없이, 아이와 그 아이가 말하는 언어만 있었을 때, 스페인어를 하는 부모를 공격할 수 없기에 그 대신 스페인어를 맹렬히 공격한 것일까? 내가 내 영어의 자아와 협정을 맺은 것이었을까? 그것이 그가 요구한 대가였을까? 그것이 나의 생사결정권을 가진 이국 어른들의 목소리가 방을 가득히 채운 가운데서 내가 말없이 있었던 그날 내 영어와 자아가 나를 구하러 오는 대가로 요구한 것일까? 그것이 그의 보호에 대한 대가였던가? 나의 스페인어 자아의 발육부전의 입을 봉하는 것, 「아몬띨라도의 술통」(The Cask of Amontillado, 에드가 포우의 유명한 단편—옮긴이)에서 생매장당하는 포르뚜나또처럼 그 쪼그만 녀석을 차곡차곡 벽돌로 에워싸 녀석을 굶겨 죽이는 것, 내 모국어 주위로 차곡차곡 벽돌을 쌓아올려 세상과의 모든 접촉을 끊어놓는 것이 내가 치러야 한 대가였을까? 녀석이 죽는 동안 내가 사랑할 수 있기 위해 치를 대가였단 말인가?

나는 이 모든 것이 결국 하나의 정신적 외상에서 비롯된다는 해석을, 내가 가해자이자 동시에 피해자이기 때문에——카인과 아벨이 하나로 합쳐진 존재이기 때문에, 자신이 저지르지 않은 죄를, 저지른다는 인식을 도저히 할 수 없었을 죄를 회개하느라고 자신의 언어와 기억의 눈을 후벼판 오이디푸스이기 때문에——그 순간에 접근할 수 없다는 해석을 거부한다. 그 원인이 모두 심리학, 신화, 원형, 뒤틀리고 삐뚤어진 성격에 있을 리는 없다. 역사도 끼여들었다.

병원 바깥에는, 내 영혼을 치유하고 소유할 채비를 갖춘, 세상에서 가장 강력한 국가가 있었다. 내가 그 건물 밖으로 아장아장 걸어나갈 때, 미합중국이 나를 기다리고 있었던 것이다. 2년 6개월 된 아르헨띠나 아이는 불안해서인지 아니면 지불할 건 다 지불했고 이제 부모가 다시는 사라지지 않을 것이라는 흐뭇한 자신감에서인지, 어머니와 아버지의 손을 꼭 잡고 스페인어를 하는 자기 부모에게 영어로 쉴새없이 뭐라고 종알댔다.

그러나 그 부모는 사라졌다. 몇달 후 그들은 다시 사라진 것이다. 그리고 이번에는 미국이 영어 속에서, 영어 뒤에서, 마법을 부릴 태세로 도사리고 있었다.

이번에도 부모의 잘못이 아니었다. 병이 또 찾아온 것이다.

이번에는 어머니의 병이었다. 우리가 도착한 날 기차역에서 긴장된 환영인사를 받은 이후로 어머니는 점점 우울증에 빠져들었는데, '죽음의 집'과 뉴욕의 겨울과 당신 아들의 죽을 뻔한 병은 이 우울증을 누그러뜨리는 데 전혀 도움이 되지 않았다. 그러나 그 엄혹한 몇달간 그녀가 특히 기억하는 것은 자신이 목소리를 전혀 낼 수 없고 실로 상처 입기 쉬운 존재임을 느꼈던 점이다. 매일 아침 어머니는 이국의 낯선 눈을 헤집고 정육점까지 터벅터벅 걸어가서는 미국인 부인들이 최상품 소고기 부위를 사가는 광경을, 그들이 정육점 주인이나 점원과 농담을 주고받고 가족의 안부나 전선(戰線)의 최근소식에 관해 서로 묻는 광경을, 이 어휘의 원 바깥에서, 그 공동체에서 배제된 채 지켜보았고, 마침내 그녀의 차례가 돌아왔을 때 말을 더듬고 실수하고 낙담하면서 육식을 좋아하는 자기의 아르헨띠나 가족을 위해 좋은 고기를 구하려고 흥정을 하였는데, 번쩍이는 카운터 뒤쪽에서 더러운 흰 앞치마를 두른 조급한 남자가 매번 똑같이 개한테도 먹이지 않을 힘줄과 비계와 피만 있는 고깃덩어리를——부인, 이걸 사든지 말든지 마음대로 하시오, 라고 하듯이——건네주곤 했다. 그녀는 매일매일 그런 고기를 사야만 했고, 그로 인한 모멸감과 그밖의 울분을 삼켜야만 했으니, 외국인이고 유태인이며 자기들과 다르기 때문에 문을 열어줄 수 없다는 말을 들은 소녀 적의 그 순간으로 되돌아가 다시 바빌론의 이방인처럼 기피당하는 느낌이었다.

그러나 모든 미국인이 그녀에게 문을 쾅 닫아걸지는 않았다. 이 어려운 시절 내내 어머니는 한 미국인의 보호를 받고 있는 느낌이었다고 후에 말하곤 했는데, 그 사람은 비록 불구자로 휠체어 신세를 지고 있었지만, 그녀의 확신에 따르면, 그럼에도 기적처럼 그녀를 위해 그리고 이 겁나는 세상을 위해 만사를 바로잡는 길을 찾아주었다고 한다. 그는 루즈벨트(F. D. Roosevelt)였다. 그런데 자신이 흠모하던 이 대통령이 1945년 4월 12일 죽자 어머니는 깊은 슬픔으로 실성하다시피 했다. 그녀의 우울증이 정신적·정서적 쇠약으로 바뀌었다. 대통령의 죽음은 그녀의 삶에서 뭔가 좀더 깊고 좀더 어두운 것의 상징이 되었고, 구원도 해답도 없는 그녀 자신과 이 지구의 삶에서 어떤 상실의 상징이 되었다. 나찌는 유럽에서 퇴각하고 있었고 일본은 곧 항복할 것이며 전쟁은 종결되고 있었지만, 어머니는 마치 루즈벨트의 죽음이 당신의 아버지를 앗아간 것처럼, 마치 이제 곧 끝날 것이 전쟁이 아니라 세상인 것처럼, 마치 이젠 어떤 것도 멀쩡해질 수 없는 것처럼 느꼈다. 어쩌면 어머니가 옳았는지, 어쩌면 그녀는 아우슈비츠가 무엇을 닫고 있는지, 히로시마가 무엇을 막 열려하는지를 감지했는지 모른다. 그녀는 고아가 된 이 세상이 그녀 쪽으로 보내고 있는 사태를 감당할 수 없었다.

다른 해결책은 없었다. 아버지는 내키지 않았지만 아내를 요양원에 수용했고 우리를 돌보면서 직장을 다닐 수 없었기 때문에 뉴욕 바로 바깥의 한 보육원을 찾았는데, 거기서 누나와 나는 집안에 문제가 있는 다른 아이들과 함께 숙식했다. 나는 이곳에 대한 희미한 기억을 갖고 있다. 여름날, 그네, 레모네이드, 아마 내 기억 속에서 개똥벌레를 잡고 있는 손이 내 손이었을 것이다. 그러나 이 모든 것이 그후의 시간대에서 흘러나온 것일 수도 있다. 그후의 발전과정에서 내가 이 시기에 어떤 종류의 학대를 받았다는 징후는 전혀 없었고, 끔찍한 불행을 겪었을지 모른다는 암시도 전혀 없었다. 우리를 자주 방문한 아버지의 말에 따르면, 오히려 나는 사랑을 많이 받았고 어느 때보다 생기가 넘치고 활기찼다고 한다. 나는 환경에 적응했고, 미소지었고, 최대한 밝은 얼굴을 지어 보였는데, 달리 어쩌겠는가? 돌보는 사람들을 매혹시켰고, 그들을 기쁘게 할 수 있는 짓이면 뭐든지 했으며, 필시 원래부터 유순하고 해맑은 성향이었을 테지만 이런 성향을 더욱 심화시켰으며, 그럼으로써 누군가한테 갇힌 사

람은 항상 상황을 뒤집어 감시자를 당신의 매혹의 그물 속에 가둠으
로써 즐거이 살아남는 일을 도모할 수 있음을 배웠다.

물론 엉어로 그랬던 것이다.

그래서 어머니가 다시 정상적인 생활을 할 수 있을 만큼 회복되어
부모가 두 아이를 찾아, 망자의 날(멕시코를 비롯한 라틴아메리카에서 죽은
자들을 기념하는 11월 1일—옮긴이)이자 할로윈 다음날인 1945년 11월 1일
에—이 이야기의 취지에 이보다 잘 들어맞았을 날이 달리 있겠는
가?—모닝사이드 드라이브의 쾌적한 아파트로 우리를 데리고 이사
갈 때쯤에는, 스페인어를 하는 부모가 마침내 자기 아들의 라틴아메
리카적인 영혼을 구할 싸움을 할 수 있을 때쯤에는, 내가 미국의 카
리스마에 완전히 넘어갔음을, 그 병원에서 어린애의 언어적 반발로
시작된 것이 보육원을 거치면서 문화적으로 좀더 지속적이고 발본
적인 것으로 굳어졌음을 발견한 것이다. 언어의 문제가 국적의 문제
라는, 따라서 정체성의 문제라는 덫에 걸린 것이다.

내가 설혹 나 자신의 언어와 정체성을 소유하고 있어 미국이 나를
부르며 찾아왔을 때 그것이 나 자신과 미국 사이에 끼여들 수 있었
다 해도 미국의 유혹을 물리치기란 사실 여전히 어려웠을 것이다.
전세계 곳곳에서 당시 사람들은 미국생활의 꿈에 현혹되어 있었는
데, 거기에 살고 있는 내가 그런 흐름에 어찌 반항했겠는가?

그렇지만 나는 내 삶이 꼭 실제 일어난 대로 진전될 필요는 없었
다는 생각을 떨칠 수가 없다. 나와 어머니가 병에 걸린 그 두 사건만
없었더라면 나는 틀림없이 두 언어를 상용하는 아이로 성장했을 것
이며, 적어도 남(南)에 부분적으로 닻을 내린 채 북(北)에서 그 10년
을 보냈을 것이며, 내가 연계를 결코 잃지 않았을 전설적인 라틴아

메리카로 돌아갈 준비를 했으리라고 생각한다. 그랬다면 역사가 다시 한번 나와 게임을 할 때가 되었을 때, 다시금 통제할 수 없는 어떤 힘이 1954년에 나를 남쪽으로 냅다 던졌을 때, 내게 그 경험은 하나의 언어만 하는 앞으로 미국인이 될 사람의 망명이 아니라 두 언어를 상용하는 라틴아메리카인의 귀향으로 여겨졌을 것이다.

그러나 일이 그런 식으로 풀리지는 않았다.

내 부모는 그분들의 언어를 내 속에 동맹군으로 두고 있지 않기 때문에, 그분들이 부재한 6개월 동안 이 바다에서 빛나는 저 바다에까지 온통 나를 환영해준 이 나라와의 싸움에서 어떤 승산도 없었다. 그분들은 미국의 그 모든 생동감, 낙관주의 그리고 미국인의 그 부푼 확신과 싸워 이길 승산이 없었다. 미국인은 자기네들이 이제껏 지구상에 살아온 사람들 가운데 가장 위대하다고 생각했다.

그리고 나 역시 그렇게 생각했다.

우리가 차를 몰고 집에 갈 때 내가 하는 말에 귀기울여보라. 다음 며칠 동안 흥얼대는 내 노랫말을 들어보라. 그녀가 나타날 때 난 산허리를 돌아오고 있었어, 무릎에 밴조를 걸치고 앨라배마에서 돌아오고 있었지, 보트를 저어 뭍으로 가고 있었지, 난 하루종일 철도 일을 했어, 가끔은 엄마 없는 아이처럼 느끼지만, 지-파-디-두-다, 그래도 온 세상이 내 손 안에 있었지, 내 영혼이 계속 행진하고 또 행진하여 이윽고 고향의 푸르디푸른 잔디에 다다랐어.(여러 미국 동요를 메들리로 인유한 대목—옮긴이)

고향. 그건 내가 있는 곳, 내가 있기로 선택한 곳이야. 날 고향에 데려가려고 온 기분 좋게 흔들리는 꽃마차를 타고 있었어, 난 고향에, 넓은 목장이 있는 고향에 왔어, 난 자유로운 사람들의 땅이자 용감한 사람들의 고향에 왔고, 이 땅은 나의 땅, 이 땅은 나와 너를 위해 만들어진 땅이었어. 특히 이 땅은 날 위해 만들어진 땅이라고 나는 느꼈다.

미합중국이 나 자신에 관해 말해준 다정한 이야기는 자신을 개조하고 예전의 자신으로부터 해방되기를 바라는 아이의 욕구에 안성맞춤으로 들어맞았다. 그것은 미국이 스스로에게 해온 이야기이며, 더 나은 삶에 대한 희망을 품고 이 나라에 떼지어 찾아온 수백만 명의 이민을 미국인으로 개조시키는 데 이미 사용한 이야기였으며, 저개발의 땅에서 몰려든 저 이국 땅의 뿌리뽑힌 어른들을 마치 애처럼 취급해온 이야기였다. 그것은 근대화와 미덕과 패기의 이야기요 진취적 기상의 이야기였고, 미합중국은 충격을 받은 세계에──자기의 파괴능력에 놀란 세계에, 원자처럼 쪼개진 세계에, 전지구적인 가치와 표준과 통합의 체제가 절실히 필요한 세계에──그 이야기를 팔아먹을 준비를 하고 있었다. 그리고 그것은 2차 세계대전 후 20세기의 지배적인 기술·경제·군사·문화적 세력으로, 어쩌면 역사상 가장 강력한 나라로 깨어난 '잠자는 거인'(진주만 공습 이후 야마모또 제독의 예언적인 표현)에 의해 미국의 생산품과 미국의 꿈과 함께 지구 곳곳에 곧 수출될, 신화적인 '미국의 성공이야기'였다.

그것은 모든 사람들에게 미국처럼 되라고, 그러면 모든 문제가 풀릴 것이라는 이야기였다.

그런데 20세기 역사의 그 결정적인 갈림길에서 영어가 나를 양자로 택하는 일이 벌어진 것이다. 미국의 주력 항공모함이 신에게 부여받은 사명을 띠고 인류 전체를 구하러 출항하는 그 순간에 말이다.

내가 맨해튼 병원에서 구출되었던 것도 바로 그때였다. 왜냐하면 미국은 내게 똑같은 메씨지를 속삭였으며, 내가 이미 스스로에게 수없이 속삭여온 바로 그 메씨지를 더욱 강화함으로써 그 병원에서 나는 오로지 그것만을 들을 수 있었기 때문이다. 즉 너는 다른 누군가가 될 수 있으며, 너는 너 자신을 다시 한번 새롭게 낳을 수 있다. 너는 완전히 새로운 땅에서 완전히 새로운 언어로 너 자신을 다시 발명할 수 있다. 나는 위험스런 발걸음을, 필시 죄의식과 두려움으로 나를 가득 채웠을 발걸음을, 미지로의 도약을 감행했다. 그러자 미국은 그 빛나는 말을 타고 나타나 내게 자신의 힘 전부를, 자신이 지구에 풀어놓은 바로 그 힘을 보여주었다. 그리고 그 당시 세상사람들을 납득시키려고 했을 때와 똑같은 열의와 똑같이 값싸고 손에 넣기 쉽고 유쾌한 문화로써 내일은 또다른 날이며, 내일은 한결같이 더 나을 것임을 내게 확신시켜주었다.

미국은 내가 다시 순수할 수 있다고 말했다.

2차대전에서 방금 승리했고 전지구를 구원하고 소유하러 나선 미국이 내게, 절대적인 충성을 하면 나를 결코 버리지 않겠다고 약속했다.

나는 달리 갈 데도 없었고 달리 도움을 청할 사람도 없었다.

내가 누구였는지를 일러주는 과거와 언어를 빼앗겼으니, 달리 어쩔 수 있었겠는가?

나는 미국인이 되었던 것이다.

칠레 **싼띠아고**에서 발견한
죽음을 다루는 장 | 1973년 9월 11일 늦은 아침 |

여러 해 동안 나는 쌀바도르 아옌데가 자살했다는 것을 믿으려 하지 않았다.

쿠데타가 일어난 날 밤 삐노체뜨 장군을 수반으로 하는 군사정부가 대통령이 스스로 목숨을 끊었다고 발표하자 나는 그들이 거짓말을 하고 있는 줄 알았다. 나의 유일한 증거는 바로 그 순간 그들이 수백명의 무고한 애국자들의 죽음에 관해, 그리고 칠레 민주주의의 죽음에 관해 거짓말을 하고 있었다는 점이며, 그들이 수호하겠다고 맹세한 아옌데와 헌법을 배반했다는 사실이다. 그후 망명생활 동안 그들이 아옌데를 살해한 사실을 은폐하려 했다는 확신은 하나의 권선징악의 이야기로 굳어졌고, 세계 곳곳에서 저항운동을 벌이면서 우리는 이 이야기를 계속 되풀이했다. 아옌데의 죽음이 독재정권이 들어선 후의 첫번째 죽음이고 이 엄청난 죽음과 함께 공포정치가 개시

되었기 때문에 우리에게 이 죽음은 다른 모든 죽음의 원천이 되는 하나의 원형적 죽음일 필요가 있었고, 아주 단순하기 때문에 비극적인 서사적 이야기, 이를테면 왕에게 충성을 맹세한 장군들이 선량한 왕을 살해하는 이야기일 필요가 있었다. 그리고 이 이야기에서 우리 자신은 아옌데의 은유적인 아들과 딸의 역을 자청했으니, 그의 복수를 결심하고 그를 부활시키기로 작정하고는 그림자의 세계로부터 홀연히 등장하기로 되어 있었다. 이는 어딜 가든 오늘날에도 여전히 나를 맞이하는 이야기인데, 마치 수년의 망명생활 동안 내가 그랬던 것처럼, 스스로 목숨을 끊은 한 영웅의 복잡하게 얽힌 모호한 내면을 감히 직시하지 못하고, 내 입으로 그토록 오랫동안, 심지어 이게 사실이 아닐지도 모른다고 의심하는 순간에조차 되풀이한 그 섬뜩한 이야기를 내 귀에다 되돌려주기로 한 사람들이 읊조리는 메아리와도 같았다. 신화란 인간들처럼 쉽게 죽지 않는 것이다.

그러나 아옌데가 끝까지 싸우다가 죽었다는 전설을 그토록 오랫동안 길러낸 자양분은 단순히 정치적인 편의성만은 아니었다. 적어도 내 경우에는 그것만은 아니었다. 그가 살해되었다고 무의식적으로 가정한 것은 이런 가정이 그의 죽음을 좀더 큰 구도 속에서 조망함으로써 내가 그 고통을 감당하고 내 생존의 의미를 찾는 데 도움이 되었기 때문이다.

우리가 살 수 있도록 하기 위해 그는 죽어갔던 것이다.

나는 아옌데가 쿠데타 날 아침 라디오로 방송한 마지막 말을 들었을 때, 그가 패배를 시인하면서도 우리에게 수모를 당하고 있지는 말라고 하는 말을 들었을 때, 머잖아 우리가 다시 자유로울 날이 올 것이라고 예언하는 말을 들었을 때, 그것을 알았다. 나는 안헬리까를 쳐다보았다. 이런 말은 운명이 정해진 사람이 작별인사를 할 때 하는 말이었다.

얼에 들띠, 나는 옷을 입기 시작했다.

"어딜 가는 거예요?"

안헬리까는 걷잡을 수 없는 비애가 담긴 내 눈빛을 보았으니 필시 어떤 대답이 나올지 알고 있었음에도 그렇게 물었다. 나는 어떻게든 모네다궁으로 가려는 것이었다. 그녀는 고개를 가로저었지만, 나는 제정신이 아니었다. 그런데 다음 순간, 놀랍게도 예나 지금이나 지구상에서 가장 실제적이고 더없이 현실적인 안헬리까가 나의 이 미친 원정에 협조하기로 마음먹었다. "중심가까지 태워줄게요."

그녀는 갈 수 있는 데까지 차를 몰았으나, 싼띠아고 시내의 외곽에 있는 쁠라사 이딸리아에서 경찰 바리케이드에 맞닥뜨렸다. 14개의 짧은 블록 너머에서 모네다궁이 나를 기다리고 있었다.

나는 어떻게든 경찰을 구슬려서 안으로 들어가는 방법을 찾아보기로 마음먹고 차에서 내렸다. 그리고 거기 서서 주저했다. 나는 그때까지는 전적으로 내 통제 밖의 우연한 정황들에 의해 죽음을 모면해왔다. 그러나 이제 내 생명은 더이상 다른 사람의 손아귀에, 우연의 손아귀에, 내 이름을 명단에서 지우기로 한 어떤 미지의 신이나, 나와 입장을 바꾸기로 한 어떤 친구의 손아귀에 있는 것이 아니다. 이번에는, 지금은 영원한 듯한 이 한순간만큼은, 나 자신이 나의 생사를 결정할 수 있는 유일한 존재인 것이다.

그때 나는 돌아선다. 그 한순간의 망설임 끝에 돌아선다. 내가 경찰의 둔감한 얼굴들에 돌연 단호하게 등을 돌리고 세 발짝을 걸어 돌아와 차에 탔고, 안헬리까는 차를 몰고 거기서 빠져나온다.

간발의 그 한순간은 결정적인 순간이다. 나는 나중에서야, 훨씬 나중에서야 그것을 깨닫게 될 것이다. 아니 어쩌면 그 순간의 의미를 탐사하기로 한 지금에서야, 오로지 지금에서야 바로 거기 경찰의 저지선에서 저항의 두 가지 기본적인 딜레마에, 쉽게 대답할 수 없는 두 질문에 맞닥뜨렸고, 바로 그 순간에 혁명을 믿었던 칠레의 모든 남녀들에게 피할 수 없는 도전으로 다가온 바로 그 질문들을 잽싸게 서둘러서 해결했음을 깨달았다. 이 두 질문은 서로 얽혀 있지만 동일한 것은 아니다. 이 질문들은 불의와 마찬가지로, 그리고 불의에 대한 투쟁과 마찬가지로 오래된 것이며, 폭력을 감내하거나 다른 사람들에 대한 폭력의 지배를 목격하면서 저항을 결심하는 사람이면 누구도 피할 수 없는 핵심적인 질문들이다.

첫번째 질문은 전혀 흥미롭지 않다. 즉 내가 양심이 요구하는 바를 실천할 용기가 있는가 하는 것이다. 전혀 흥미롭지 않다는 것은 어떤 때는 두려움이 승리할 때도 있고 그렇지 않을 때도 있을 뿐, 그 이상의 의미는 없기 때문이다. 아니 어쩌면, 쿠데타 날 거기 경찰의 저지선에서 내 결심이 근본적인 시험을 받아 내가 어떤 점에서 결함이 있다고 판명되지나 않았는지 자문하지 않을 수 없었기에 이 질문이 전혀 흥미롭지 않다고 생각하는지도 모른다. 내가 좀더 악착같이 모네다궁으로 가려고 할 수는 없었을까, 내가 비겁한 사람은 아니었을까, 단지 내가 겁을 먹었기 때문에 아옌데 곁에서 죽지 않은 게 아닐까 하고 자문하지 않을 수 없었다. 그러나 해가 가면서 더 큰 문제로 다가온 것은 이 아리송한 용기의 문제가 아니라 두번째 질문, 저항의 근본적인 수수께끼를 구현하는 듯한 두번째 질문, 쿠데타 날 내 뇌리에서 무슨 일이 일어났는지를 탐문하는 두번째 질문, 칠레건 다른 어디서건 생존자라면 항상 씨름하지 않을 수 없는 복잡한 배움의 과정의 출발점이 되는 바로 그 질문, 즉 내게 피할 수 없는 죽음과 껴안아야 하는 죽음을 분별하는 지혜가 있는가라는 질문이었다. 달리 표현하자면, 역사의 어느 시기에 인간 존엄과 자유를 조금이라도 성취하기 위해서는 슬프지만 그때마다 엄청난 고통과 심지어 죽음까지 치를 수밖에 없고 삶 역시 그와 마찬가지로 성스러운 것이라고 한다면, 내가 합당한 죽음을 맞도록 확실히 해두기 위해서는 어떻게 해야 하는가라는 문제였다. 그날 그 자리에서 대답해야 하는 것은 바로 그 질문이었고, 나는 이를 독재가 끝나는 날까지 계속 되풀이해서 대답할 수밖에 없을 것이다.

이 질문과 처음 맞닥뜨린 순간 내가 살기로 결정한 까닭은 내가 경찰들 몰래 숨어들어가—모네다궁을 포위하고 있는 군대가 나를 현장에서 사살하지 않고 건물 안으로 들여보내줄 것이라는 허망한 희망을 안고—저격수들과 군인들이 서로 총질해대는 도심 한가운데를 가로질러 가는 것이 미친 짓이기 때문만이 아니다. 내 속내에서 내가 격퇴해야 하는 적수는 그 무모한 광기뿐만 아니라 죽음의 시녀인 절망이기도 하기 때문이다.

절망이야말로 그때 경찰의 저지선에서, 그리고 그후 수년간, 내가 맞닥뜨린 진정한 위험인 것이다.

패배를 당했을 때, 믿고 있는 모든 것이 좌절당했을 때, 진정한 혁명이 지향하는 변화에의 희망이 짓밟혔을 때, 그때는 쉽게 죽음의 웅덩이 속으로 빠져들 수 있는 순간이다. 우리의 꿈들이 우리를 이끌고 간 곳을 곰곰이 새겨보면 내 속에서 자기파괴의 욕망이 부르짖는 소리를 느낄 수 있었다. 우리는 피를 흘리지 않고서도 정의로운 사회를 건설할 수 있다고 감히 예언했었고, 또 감히 그렇게 믿었었다. 그런데, 지금 흐르는 피는 우리의 피고, 우리의 평화적 혁명은 학살로 끝나고 있었다. 시체로 널브러진 라틴아메리카의 또하나의 학살이었다. 그러므로 내 죽음을 마지막 길이자 유일한 길로 전환하려는 유혹을 물리치기가 어려웠다. 실패의 한가운데서 내 죽음을 내가 아직 통제할 수 있는 유일한 현실의 섬이라고, 나 자신의 죽은 몸이 나의 진실함을, 영원히 연기된 해방의 미래에 대한 나의 신념을 입증할 수 있는 유일한 증거라고 말하고 싶은 유혹을 물리치기는 어려웠다. 그것이 진짜 죽음의 덫이었다. 일체의 다른 모든 표현 가능성이 봉쇄되는 듯할 때, 죽음 자체를 전복하고 어쩌면 죽음의 지배까지 뒤집는 뒤틀린 방식으로서 순교를 환호하여 맞이하는 것이란 미래에게 현재의 꿈들에 귀기울이라고 강요하는 격이며, 삶보다 전설로 남겠다고 고집하는 것이다.

그때 경찰의 저지선에서 내가 결국 순교의 길을 택하지 않은 것은 다른 누군가가 나 대신, 우리 모두 대신, 그 길을 택하고 있음을 알았기 때문일 수도 있다. 쌀바도르 아옌데는 패배의 책임을 지고 우리의 모든 실수와 그 자신의 실수에 대해 자신의 생명으로써 속죄하고 있었으니, 그것은 산 제물을 바치는 제의(祭儀)로서 나와 수많은 다른 사람들이 생명을 함부로 버리지 못하도록 하기 위한 것이었다.

그러나 내가 끝까지 모네다궁으로 가지 않은 그날 그 자리에서 쌀바도르 아옌데가 내게 베푼 것은 보호만이 아니다. 그의 죽음은 또한 앞으로 여러 해 동안, 살아남은 사람들에게 끔찍한 요구를 할 것이며, 우리의 삶에 그림자를 드리울 것이며, 우리에게 감당하기 불가능한 짐을 지울 것이다. 우리들 가운데 몇몇은 아옌데의 죽음의 그 성스러운 무게를 견디지 못할 것이며, 몇몇은 그를 따라 죽음으로 갈 것이다.

그런 사람들 가운데 하나는 아옌데의 딸인 베아뜨리스 아옌데이다. 따띠 — 베아뜨리스는 가까운 친구들한테 이 애칭으로 불렸다 — 는 항상 아옌데 곁을 따라다니며 그의 속내를 들어주는 존재이다. 내가 경찰의 저지선에서 본능적으로 삶을 향해 발길을 돌리는 바로 그 순간, 그녀는 그날 거기에 있던 모든 여성들과 함께 모네다 궁에서 나가라는 명령을 받는다. 대통령은 자신이 곧 죽을 것임을 깨닫자 따띠와 다른 여성들이 나가야 한다고 결정한다. 그때는 그가 항복하지 않으면 공군이 폭탄과 호크 미사일을 사용하여 그를 제거할 것이라는 최후통첩을 군부로부터 받을 때이며, 그가 자신을 망명지로 보내기 위해 대기중인 비행기에 결코 탑승하지 않겠노라고 발표할 때이다.

처음에 따띠는 거절한다. 그녀의 아버지가 어떻게 그녀를 설득했는지 나는 결코 알아내지 못했다. 여러 달이 지난 1974년 3월 초에 우리가 꾸바의 아바나 리브레 호텔의 2층 식당에서 만났을 때도 따띠는 아무 말도 하지 않았다.

나는 유럽으로 망명을 떠나는 길이었다. 꾸바인들은 나를 아르헨띠나로부터 빼내주었고 나와 안헬리까와 로드리고의 비행기 삯을 지불해주었다. 그것은 가까스로 시간을 맞춘 배려였다. 우리가 부에노스아이레스를 떠난 지 이틀 후에 아르헨띠나 경찰 세 명이 내 할머니의 아파트에 와서 나를 찾았다. 할머니는 자신의 손자가 이 나라를 이미 떠났다고 말했지만 그들은 믿지 않았다. 그들은 아흔살의 할머니를 한시간 동안이나 심문하고는 떠났다. "그를 찾아낼 거요."

그들은 라이싸 할머니한테 말했다. 할머니는 시간이 멈췄다고, 시간이 반복된다고 느꼈음이 분명하다. 그녀는 70여 년 전 짜르 경찰이 혁명가인 오빠를 찾으러 집에 왔을 때 러시아어로 이와 유사한 말을, "어디에 숨어 있건 우린 그를 찾아낼 거요"라는 말을 들었던 기억이 분명 났을 것이다. 아르헨띠나 사람들은 결코 나를 찾아내지 못했지만, 다른 많은 이들을 찾아낼 것이고 그후 여러 해 동안 탈출하지 못한 수천 명의 다른 사람들을 사라지게 만들었다.

살아남는 길이란, 살아남은 자들 사이에 생겨나는 유대란 얼마나 묘한 것인지. 나는 9월 10일 오후 모네다궁에서 따띠에게 마지막으로 말을 걸어 쑤싸나 라 쎄미야에 관한 구상을 간단히 언급했고, 봄이 시작되는 날까지, 그러니까 향후 11일 내에(칠레에서는 9월 21일에 봄이 시작된다—옮긴이) 그 프로그램을 성공적으로 해낼 수 있다면 우리가 승리할 것이며 어머니인 자연(自然)이 나머지는 알아서 해줄 것이라고 예언했다. 그녀는 웃음을 터뜨리며, 내가 구제할 길 없는 시인이며 완전히 또라이지만 언제나 그랬으면 좋겠다고 말했다. 모네다궁이 폭격받았다는 소식을 들었을 때 나는 그녀가 거기서 죽었다고 확신하며 그 웃음을 떠올렸다. 그럼에도 불구하고 6개월 후 우리는 다시 이렇게 한자리에 있게 되었다.

나는 그녀의 어머니와 언니에 관해서, 그녀는 안헬리까와 로드리고와 내 부모님에 관해서 서로 안부를 물었다. 물론 나는 그녀가 아옌데와 함께한 마지막 시간들이 궁금했으나 그것은 우리 모두에게 미묘한 지점이라서 그 질문은 피했다.

따띠는 그런 금기의식 같은 것이 전혀 없었다. 불쑥 그녀가 말했다. "모네다궁에 관해 이야기해봐요."

나는 침묵했다. 할 말이 없었던 것이다.

"모네다궁 말이에요." 그녀가 끈질기게 말했다. "그날 어떻게 빠져나올 수 있었어요?"

그녀는 내 얼굴에서 당황하는 기색을 읽었음이 분명했다.

"폭격 후에," 그녀가 말했다. "당신은 어디 숨어 있었나요? 어째서 그들이 당신을 찾아내지 못했나요?"

나는 그녀가 무슨 말을 하고 있는지 모르겠다고, 그날 아침 모네다궁까지 가지 못했다고 더듬거리며 말했다.

"나한테 겸손하게 굴 필요 없어요." 그녀가 말했다. "당신이 영웅인 줄은 다들 알고 있어요. 자, 당신하고 이야기하려고 지난 몇달을 줄곧 기다렸단 말이에요. 당신은 분명 아버지의 살아 있는 모습을 마지막으로 본 사람들 가운데 하나일 테니까요."

그녀는 거기서 나를 보았으며, 그녀가 마지막으로 뒤돌아보았을 때 내가 분명히 아옌데 곁에 서서 도전적인 자세로 최후를 기다리고 있었다고 말했다. 그 장면은 내가 상상한 것과 똑같았으나 결코 일어난 적이 없었다. 그녀는 또다시 아옌데의 마지막 순간에 관해 물었으며, 거기에 있지도 않았던 내 눈을 통해 자기 아버지의 순교를 바라보고 싶어했다.

그녀의 환상은 그때도 나를 비웃었건만 수많은 세월이 흐른 지금도 여전히 나를 비웃는다. 왜냐하면 내 몸이 아옌데 바로 옆에 있는 광경은 그녀의 상상 못지않게 내 상상에서 나왔기 때문이다. 나의 유령이 그녀의 입을 빌려 나를 부르는 격이었다. 그녀는 내가 계획한 나 자신의 종말을, 세인의 기억에 남기고 싶은 내 마지막 모습을, 쿠데타 이전 몇달 동안 구축한, 확고하게 혁명적이고 헌신적인 내 모습을 다시 한번 내게 안겨주었다. 그녀는 나로 하여금 내가 충성하기로 맹세한 급진적인 아리엘을, 인류를 위해 기꺼이 죽을 용의가 있다고 읊어대던 그 모든 말들을, 선명한 색깔의 정치적 동물로서 스스로를 개조할 때 쉽게 내뱉은 해방의 말들을, 내 뇌리에만 찍혀 있는 씨나리오를 결연히 직시하지 않을 수 없는 처지로 내몰았다. 그녀는 죽음의 전령, 자기 아버지가 보낸 전령인 것이다. 그녀는 내가 다른 존재의 행로를 택할 경우에는 내 얼굴이 포스터에 찍혀 있고 망명객 누군가가 미망인이 된 내 아내와 동행하여 계단을 올라가 어떤 외무장관을 만나러 가거나, 나와 같은 누군가가 안헬리까로 하여금 인권위원회에서 증언을 하도록 돕거나 할 것임을 상기시킨다. 내가 실제로는 끝내 택하지 않은 생사의 길을 갔다면 내 아들이 최루탄에 젖어 있는 쌘띠아고 거리의 다른 친척들 곁에서 내 시신을 요구하는 장면을, 내 아들이 내 사진을 상의에 꽂고 내가 실종 상태에서 구출되기를, 나를 묻을 권리를 요구하는 장면을 상기시킨다. 요컨대 따띠는 내가 이 세상의 수많은 끌라우디오 히메노들 가운데 하나가 아님을 상기시킨다.

나는 따띠에게 내가 어떻게 목숨을 건졌는지를 설명함으로써 마침내 그녀가 잘못 생각한 것임을 납득시킬 수 있었다. 하지만 내가 그녀에게 한가지 말하지 않은 것이 있으니, 그것은 내가 어찌하여 경찰의 저지선에서 머뭇거리다가 모네다궁에 있는 그녀와 합류하지 않았는가, 그녀의 아버지의 죽음이 어찌하여 나를 구했는가 하는 것이다. 나는 그녀에게 내 삶을 내던지지 않기로 결심하는 데 단 일초밖에 걸리지 않았음을 말하지 않는다.

모네다궁에서의 내 최후에 대한 환상적 비전을 내게 제시한 지 몇해 후 그녀가 자살했다는 소식을 들을 때 나는 그녀에게 무엇을 말했고 무엇을 말하지 않았는지를 기억하게 될 것이다. 그녀는 망명 초기의 우리들 모두가 그랬듯이 죽을 때까지 자신을 무자비하게 다그치며 칠레의 자유를 위해 일했는데, 그것은 해외에서의 지원을 필요로 하는 산 자들에 대한 헌신이라기보다 죽은 자들을 달래려는 방책이었다. 그러나 죽은 자들은 결코 달래지지 않는다. 그녀의 아버지가 그날 거기에서 오로지 남자들만 죽어야 한다고 선언했을 때, 여자라는 이유로 자기 딸에게 나가라고 명령했을 때, 그는 자신이 딸에게 자기파멸의 형을 선고하는 줄 전혀 짐작하지 못했으리라. 따띠는 자신이 아들이었다면 자기 아버지 곁에서 죽을 수 있었을 것이며 사실 다들 그런 최후를 기대했을 것이라는 점을 결코 잊을 수 없었던 것이다. 오로지 자기의 성별 때문에 살아남았다는 사실을 그녀는 스스로 결코 용서할 수 없었다. 그녀가 있을 곳은 모네다궁이었다. 그녀는 다른 어떤 곳에 있는 자신을 결코 상상할 수 없었다. 여러 해 전 아옌데가 죽었던 그 장소에서 자기를 겨누고 있으리라고 확신했던 그 총알을 그녀는 뒤늦게 스스로에게 발사한 것이다.

그녀는 알고 있었을까, 손으로 권총을 잡는 그 순간, 그 권총으로 목숨을 끊는 그 순간, 쌀바도르 아옌데 역시 자살했음을 그녀는 알고 있었을까? 그녀가 심판의 순간에 자기 아버지 곁에 서 있지 않고 아버지의 전례를 따라 자살함으로써 자신이 바로 자기 아버지가 된 것은 심오한 죽음의 제의를 재현한 것이란 말인가?

내 친구의 뇌리에 어떤 생각이 일었는지는 알 길이 없다. 죽어 있다는 것은, 그 말의 뜻은, 우리가 어떻게 죽게 되었는가 하는 이야기를 할 수 없는 상태니까. 명백한 것은 우리 둘은 결국 아옌데의 죽음을 다른 방식으로 풀이했다는 것이다. 그녀는 마침내 그 죽음의 심연에 빨려들어가고 나는 거기서 가까스로 헤어남으로써 대통령의 실제 딸과 은유적인 아들은 아버지가 더이상 존재하지 않고 오로지 죽음 저편에서 우리에게 모호한 말만을 들려줄 수 있는 세계에서 각자 다른 길을 택한 것이다.

어쨌거나 내 생각은 그렇다. 그리고 내가 살아남았고 그녀가 죽었다는 사실이 내겐 돌이킬 수 없는 결정적인 차이이다. 설령 그녀가 저기서 여전히 나를 쳐다보며, 아버지 곁의 저 죽음의 세계에서 나를 노려보며 지금까지도 나를 불러내어 내가 그녀와 같은 행로를 택할 수도 있었음을 어렴풋이 상기시키곤 하지만.

마치 내가 죽는 날까지 그녀와 그녀의 아버지와 칠레의 모든 죽은 이들을 가슴에 안고 다녀야 할 고아와 같은 존재임을 일깨워주곤 하지만.

쿠데타의 아가리에 잡아먹히지 않기로 결심했을 때 어쩌면 나야말로 더 큰 위험을 택했는지 모른다고 말하곤 하지만.

미국에서 발견한 삶과 언어를 다루는 장 |1945~54년|

나의 스페인어가 뉴욕에서 죽어버렸다는 것은 물론 사실이 아니었다. 내 스페인어는 저항했다. 내가 질식시키려 하자 스페인어는 내 속에 숨어들어와서는, 다시 내 삶 속으로 들어가는 길을 찾아나설 기회를 엿보며 참고 있었다. 나는 스페인어가 내 속에 있는 줄을 알았고, 스페인어를 알고 있었지만, 부모님이 집에서 계속 사용하는 그 언어를 이해한다는 것은 아무한테도 말하지 않았다.

10년 동안 내가 어떻게 스페인어가 표면으로 나오는 것을 막았고 어떻게 스페인어를 계속 가두어둘 수 있었을까?

나 자신을 차단함으로써, 문을 잠그고 열쇠를 내던져버림으로써 그랬던 것이다. 내 첫번째 기억, 내 생애 첫번째 기억이 조금이라도 의미가 있다면 그렇다는 말이다.

내 의식이 시작되는 순간, 나는 그 순간이 내 최초의 기억이 되기를 결코 원하지 않았다. 내가 갈구한 것이 있다면 그것은 그 병원에서의 그날을 회상하고 그날 이전에 내가 어떤 사람이었는지를 이해하려는 것일 따름이지만, 먼 과거로부터 몰아치는 것은 이런 광경이다. 내가 세살, 아마 네살 가까이 되어갈 무렵인데, 나는 화장실 변기에 앉아 있고, 잠근 문 바깥에서는 아버지가 나더러 서둘러 나오거나 아니면 자신이 들어갈 수 있도록 해달라고 소리치고 있다. 아버지가 무엇을 원하는지 확실히 알지는 못하나 화가 나신 것은 분명하며, 나는 혼자서 은밀하게 있을 수 있는 그곳에 차라리 머물러 있기를 바란다는 것은 확실하다. 그렇다. 그 기억은 적절치도 대단하지도 못하며 단지 신기할 뿐인데, 그것도 그 기억이 우연히 내 뇌리의 표층으로 기어올라 거기서 오늘 이때까지 지워지지 않게 요란하게 새겨져 있기 때문에, 내가 경험했을 당시 필시 그랬던 것처럼 회상의 이 순간에도 또렷하게 남아 있기 때문에 신기할 따름이다. 어두운 욕실, 거울, 발목 주위에 감긴 내 반바지와 팬티, 아버지의 목소리, 여기 혼자 있고 싶다는 확실한 욕망, 가벼운 공포, 막연한 죄책감. 더이상 아무것도 기억에 없다. 내가 왜 이 하찮은 사건을 기억하는지, 내 기억된 삶의 시초에 왜 이 사건이 놓여 있어야 하는지, 내가 왜 그전에 일어난 일은 모조리 잊어버렸는지 밝혀주는 그 어떤 것도 지금 이 순간까지는 기억에 없다. 지금에서야, 이 글을 쓰면서 나는 아버지가 스페인어로 내게 소리를 치고 있고 나는 아버지의 말에 대답을 하지 않고 있으며, 아버지는 내가 대꾸를 하지 않아 화가 난 것이며, 아버지는 이제 영어로 바꾸어 말하고 이 말에는 내가 대답을 한다는 것, 뭐라고 어떤 말이든 소리내어 대꾸하면서 변기의 물을 내리고 손을 씻고 문을 연다는 것을 깨닫는다. 그렇구나, 바로 이게 요점이구나. 아버지가 내 언어에 적응하지 않는 이상 아버지의 말을 이해한다는 내색을 하지 않으려 했던 거구나. 내 첫번째 기억은 그러니까 내가 어떻게 스페인어가 들어올 수 없는 나만의 공간을, 스페인어에 굴복하지 않고 영원히 벌어진 채 나 자신을 그 언어의 위협으로부터 지켜낼 수 있는 나만의 공간을 구축했는가를 일러준다. 내 어린 시절의 핵심적인 행위는 내 벗은 몸과 내 성기와 내 똥과 내 영어만 가지고 화장실에 숨어서, 스페인어에 담긴 그 목소리, 내가 공개적으로는 시인하기를 거부하는 내 속의 말들을 공명(共鳴)케 하는 그 전통의 목소리를 거부하는 것이다. 이렇게 나는 매일매일 내 정체성을 창출한 것이다. 이런 식으로 나는 내 마음속에 살며 스페인어를 이해하는 형제를 매일매일 부인하고 그가 소생할 기회를 거부한 것이다.

이 장면은 좀더 유순한 형태로 계속해서 되풀이된다. 일년 후, 나는 저녁 식탁에 앉아 있는데, 아마 다섯살 때쯤인가 보다. 어머니와 아버지는 이따금 대화를 중단하면서 불시에 나를 기습하려 한다. 교활하게 스페인어로 내게 질문을 던져 장난감, 캔디, 외출, 포옹, 한 그릇 더 먹기, 영화 구경 등, 그들이 제공하는 경이로운 것들이 무엇이든 그것을 내가 받아들일지 슬쩍 떠보지만, 나는 그 술책에 넘어가지 않고 설령 그들의 말을 이해해도 그 병원에서의 첫날부터 그랬듯이 "이해하지 못하겠어요"라는 말만 되풀이한다. 몇분 있다가 부모님이 스페인어로 나누는 대화의 한중간에 적절하게 끼여들어 영어로 불쑥 대꾸하는 것으로 봐서는 알아듣기도 한 것이다. 그러나 부모님이 나를 돌아보며 다시 스페인어로 따져 물으면 나는 또다시 마음을 다잡는다. 내 모국어가 약간이라도 나를 장악하고 있음을,

잔해 속엔 타다 만 불꽃이 남아 있음을 인정할 태세가 아닌 것이다.

내가 스페인어를 이렇게 거부할 수 있었던 이유는 내 부모님이 폭력을 사용하여 그런 행동을 그만두게끔 다그치는 분들이 아니기 때문이다. 우리가 그 병원에서 나온 후 그만두게끔 할 요량이라면 내가 다시 영어 쓰기를 고집할 때에 따귀를 한번 때리기만 했다면 내방어기제는 무너졌을 것이다. 그러나 어머니와 아버지는 아주 자상했고, 아이에게 한 언어는 고사하고 한끼의 식사도 억지로 강요하는 그런 분들이 아니었다. 그리고 아마도 그분들 자신이 이민의 경험을 겪은데다 언어는 사랑을 통해서 가장 잘 배울 수 있음을 알고 있었기에 이런 언어적인 파행을 너그럽게 보아넘겼을 것이다. 그분들이 생각하기에 그것은 하나의 변덕이었기에, 가족이 아르헨띠나로 돌아가면 곧 사라질, 사실상 사라 없어질 어리석은 변덕이라고 그분들은 선언했다. 왜냐하면 어머니와 아버지는 망명객들이 다들 그렇듯이 이듬해면 고향으로 돌아가리라고 예견했으니까.

그것은 결코 부질없는 꿈이 아니었다.

부모님이 일단의 망명객 친구들과 함께 라디오 곁에서 마음을 졸이며 아르헨띠나에서의 선거 뉴스를 기다리던 어느날 밤──그때는 1946년 6월이 틀림없었으니 나는 이미 네살배기 양키가 되어, 「잭 베니 쇼」와 「아모스 앤 앤디 쇼」(양자 모두 1930~50년대 최고의 인기를 누렸던 라디오 코미디 연속극─옮긴이)에 사로잡혀 항상 북(北)을 향하려 했다──를 기억한다. 그들은 모두 극악무도한 후안 도밍고 뻬론 장군("그리고 그의 계집년 에비따")이 미합중국으로부터 전폭적인 지지를 받는 보수당·자유당·사회당·공산당 연합에게 패배할 것이라고 확신하고 있었다. 전세계에서 무너지고 있는 반파시스트 연합이 뒤처진 아르헨띠나에서는 여전히 유지되고 있었다. 나는 그들만큼이나 마음 졸이며 귀를 기울이다가 뻬론——이 사람이 누구이건 간에—— 이 승리했다는 소식을 들었다. 나는 저 멀리 떨어져 있는 장군이 무엇을 대변하는지 전혀 알지 못했지만 다만 그가 패배하면 내 부모님과 스페인어를 지껄이는 그분들의 친구들이 새 정부에 참여하기 위해 부에노스아이레스로 돌아가는 첫 비행기를 징발이라도 할 판이었으므로, 그렇게 되면 블라지미로도 물론 따라가지 않을 수 없다는 것만은 알고 있었다.

그런 까닭에 내가 그토록 맹렬하게 내 스페인어적 자아를 억압했다고 믿는다. 왜냐하면 마치 동화 속 머나먼 성의 골방에 갇힌 괴물처럼 다시 깨어나려는 그 녀석의 위협은, 노예로 팔려간 막내동생처럼 저승에서 돌아오려는 그 녀석의 위협은, 세상의 실재하는 장소에 연결되어 있었기 때문이다. 심술궂게도 그곳에 자리잡은 스페인어를 나는 싹 지워버렸지만, 그 고집불통의 물리적 공간만큼은 세계의 진짜 지도에서 지워버릴 수 없었기 때문이다.

하지만 내 이상야릇한 동맹군인 뻬론 장군이 나를 구함으로써 나는 영어와 미국을 간직할 수 있었고, 테디 베어의 소풍과『시뻘건 해적』(The Crimson Pirate)에 나오는 버트 랭커스터, 그리고 또 한번 홈런을 치는 디마지오를 볼 수 있도록 해주었으며, 네딕스(Nedick's)의 지글거리는 핫도그 냄새와 5번가의 부활절 행렬, 삼총사 캔디, 메이시 백화점에 끝없이 진열된 장난감과 뉴욕의 노란 택시들의 경적 소리, 록커펠러 쎈터에서 추위 속에 신나게 타는 스케이트, 달리는 꼬마 기차, 그리고 「위대한 길더슬리브」(The Great Gildersleeve, 1940년대 인기를 모았던 라디오 시트콤—옮긴이)를 빼앗기지 않도록 해주었다.

뻬론! 「위대한 길더슬리브」를 들어보지도 못했을 그 사람이 말이다. 하기야 대부분의 독자들도 금시초문일 테지만.

뻬론은 내 아버지를 포함한 아르헨띠나의 좌파 지식인들에게 정말 용서받지 못할 짓을 함으로써 나를 구해냈다. 그는 좌파 지식인들로부터 노동자계급을 탈취한 것이다. 좌파 지식인들은 노동자계급에게 호소했으며 이 계급을 이해한다고 생각했으나 결코 진정으로 대변할 수는 없었다. 마치 길들지 않은 야생동물처럼 오지에서 떼지어 쏟아져나오는, 산발한 검은 머리카락 때문에 '까베시따 네그라스'(검은 머리카락이라는 뜻—옮긴이)라 불리는 민중들, 보수정권에 신물을 느끼지만 유럽 출신의 현학적인 맑스주의자들 역시 자신들을 대변하지 못한다고 느끼는 아르헨띠나의 가난한 대중들은 뉴욕에서 영어를 하는 금발의 유태인 꼬마가 아르헨띠나 때문에 울지 않게끔 확실한 조치를 취한 것이다. 덕분에 나는 미국화의 과정을 계속 가속화할 수 있었고, 일요일마다 엎드려 『헤럴드 트리뷴』지를 내 몸보다 더 크게 쫙 펼친 채 눈으로는 만화를 따라가면서 동시에 신기루 같은 목소리들이 배역을 해내는 라디오에 귀를 기울였다. 이 장면은 미국이 최첨단 테크놀로지와 마케팅으로 나를 사로잡는 광경을 보여주는 좋은 예인데, 이것들—즉 만화와 라디오—은 벌써 소리와 이미지의 조화를 바로 거실 안에서 이뤄냄으로써 곧 아르헨띠나를 포함한 온 세상을 정복할 가장 광범위하고 침략적인 미디어의 경이, 즉 텔레비전을 낳으려고 애쓰고 있었던 셈이다.

그리고 연재만화가 내 황홀한 눈앞에서 마치 스크린처럼 펼쳐지는 것을 지켜보면서 오로지 저 머나먼 곳에서 분명히 사악한 아르헨띠나의 장군이 권력을 장악함으로써 내가 '오즈의 땅'(미국 동화『오즈의 마법사』에 나오는 마법의 왕국—옮긴이)에 계속 있을 수 있게 되었으며, 그가 아르헨띠나의 권좌에서 물러날 수밖에 없게 되는 그날 나 역시 내 성역인 미합중국을 즉시 떠나야 하며, 광대짓과 주연으로 흥청대는 타임즈 스퀘어 광장의 새해맞이를 다시는 보지 못하고, 동네 운동장이나 학교 운동장 그리고 결국에는 거리에서도 미국식 욕들— 이 뚱보야, 이 굼벵아, 이 멍텅구리야—을 다시는 서로 해대지 못하게 될 것임을 막연하게나마 알고 있었다. 여러 해 후에 내 둘째 아들 호아낀은 이와 유사한 왜곡된 상황에 놓이게 될 것이다. 안헬리까와 나는 미국에서 망명생활을 하면서 예전의 내 부모님처럼 우리의 '약속의 땅'인 칠레를 애타게 그리워했다. 그런데 호아낀은 미국에 남아 있기를 원했다. 그래서 이번에는 호아낀이 자기 아버지와 어머니가 친구와 영어를 남겨두고 칠레라는 오지로 영원히 물러나게끔 자신에게 강요하지 않게 해달라고 기도할 차례가 되었다. 암스테르담에서 태어난 아들은 부모가 그토록 열망한 칠레를 거의 알지도 못했던 것이다. 그럼으로써 호아낀은 어쩌면 자기 할아버지 아돌포가 세기의 전환기에 사랑하는 러시아를 떠날 수밖에 없을 때 느꼈던 고통을 되풀이할 것이며, 어쩌면 어렸을 때 내가 아르헨띠나와 관련하여 올린 기도를 되풀이할 것인지 모른다.

그러나 진짜 위협은 뻬론이 지배력을 강화하고 있는 아르헨띠나가 아니라 또다른 종류의 지배력이 강화되고 있는, 바로 내 사랑하는 미국으로부터 다가오고 있음을 나는 서서히 깨달았다. 역사는 나로 하여금 바로 20세기의 교차로에서 하나의 고국을 택하도록 정해놓았는데, 이때 미국이라는 이 고국 자체가 전후 새롭게 정의된 세계사적 사명을, 하나의 정체성을 채택하고 있었다. 이런 정체성은 내 아버지와 미국에서 그가 사귄 거의 모든 친구와 지기(知己)를 문자 그대로, 그리고 구체적으로 '비미국적'이라고 지목하여 미국에서 사납게 추방했다. 미국의 본질에서 벗어나 있으니 거기서 살 가치가 없고, 아마 함축적으로는, 어디서건 전혀 살 가치가 없다는 것이었다. 파시즘과의 전쟁이 나를 북(北)으로 보냈다면, 소련과 미국 간의 동맹이 러시아에 매료된 아버지로 하여금 자본주의 심장부의 거대 도시에서 환대받는 길을 닦았다면, 이전의 동맹국인 양자의 불화는 결국 나를 남(南)으로 보내는 원인이 되었다.

이 과정은 시간이 걸렸다. 내가 일곱살 나던 1949년 9월에야 나는 냉전이라는 것이 있고 그것의 존재가 내 삶뿐 아니라 내 언어에도 심각한 의미를 함축하고 있음을 이해하기 시작했다.

그때까지 나는 냉전의 효과를 거의 감지하지 못했다. 1946년 3월 윈스턴 처칠이 미주리주의 풀턴에서 철의 장막이 동유럽을 무너뜨리고 있다고 천명하면서, 스탈린의 세계지배 계획에 맞서 "영어를 말하는 사람들간의 우애 연합"을 촉구할 때에 나는 네살도 채 되지 않았다. 바로 그날 틀림없이 나는 맨해튼의 어느 유치원에서 그 우애 연합의 정회원이 되기 위해 활발하고 열성적인 노력을 했을 테지만 철의 장막에 관해서는 전혀 관심이 없었다. 내 삶에서 무너지는 것은 런던 브리지였고, 벽에 앉은 땅딸보 험프티 덤프티, 와장창 넘어지는 험프티 덤프티였으며, 나 역시 한줌의 장밋빛 꽃다발 주위를 돌다가 넘어지고 웃고 비명을 지르고, 모든 것이 넘어진다!(동요 가사를 인유한 대목—옮긴이) 내 생애 한가운데에 그 장막이 내려쳐지면서 내가 마치 교전중인 두 군대에 점령당한 나라라도 되는 것처럼 내 삶이 둘로 쪼개지고 있다는 것을, 아버지가 그 장막의 다른 쪽에 속하는 사람으로 분류되리라는 것을 나는 알지 못했다. 그날 처칠 옆에 서 있었던 사람, 즉 "그들을 혼쭐내자"던 해리 트루먼 대통령이 「아름다운 미국」(America the Beautiful, 애창되는 미국 찬가—옮긴이)에서 장차 나를 추방할 씨앗을 뿌리고 있는 줄은 알지 못했다. 내가 보육원에서 찬양하게 된, 광대한 하늘나라의 수호자이자 자줏빛 산처럼 위풍당당한 대통령은 전쟁이 채 끝나기도 전에 벌써 러시아인들을 '지옥으로' 보내고 있었으며, 그날 미주리주에서 공산주의 요괴를 내세워 자기 국민들을 '혼쭐낼' 채비를 하고 있었다. 외국의 적에 대한 봉쇄정책이 내부의 적으로 추정되는 사람들에 대한 무자비하고 악랄한 공격으로 돌변하는 것은 시간문제일 따름이었다(그렇다, 당시 나는 시간을 '히코리 디코리 닥'을 따라 시계를 오르내리는 쥐라고 상상했다. 『마더 구스』에서 인용—옮긴이). 일년 후, 트루먼은 행정부에서 공산주의와 조금이라도 연계가 있는 직원들을 모조리 뿌리뽑기 위해 연방충성심조사계획을 명령했고 의회도 이에 질세라 '하원 반미활동조사위원회'의 활동을 확장했다. 마녀사냥이 시작된 것이다!

나로 말할 것 같으면, 다른 종류의 마녀와 다른 종류의 활동들, 이를테면 첫번째 맞이한 할로윈 축제, 그때 처음 해보는 '과자 안 주면 장난칠래요' 놀이, 디즈니의 『백설공주』에 나오는 무섭고 기괴한 사마귀투성이의 계모에게 몰두할 수 있었던 것은 아버지가 당시 미국의 혈관 속에 스며드는 정치적 공포로부터 자신과 가족을 지키는 데 도움이 되는 바로 그런 직업을 갖고 있었기 때문이다.

아버지는 (환상을 깨는 페론의 승리 두 달 후인) 1946년 8월 얼마

전에 형성된 유엔에서 고위직인 경제발전위원회의 부책임자 자리를 수락했다. 이 세계기구의 헌장은 주재국 정부가 이 기구의 외국직원들의 삶에 어떤 방식으로든 개입하는 것을 허용하지 않았기에 여러 해 동안 아버지는 자신의 미국 친구들이 하나둘씩 직장을 잃거나 감옥에 가거나 추방되었을 때조차도 자신만큼은 사상경찰이나 적색공포의 영향권에서 벗어나 있다고 생각했다.

아버지의 외교적 면책권은 단지 이 나라에서 추방될 수 없음을 뜻하는 것만은 아니었다. 그것은 레이크 썩세스에서 일하는 유엔 직원들을 위해 특별히 정해놓은 인근 퀸즈 지역의 주택개발지 가운데 하나인 파크웨이 빌리지로 입주하는 것을 의미하기도 했다. 우리는 1947년 말 거기로 이사했는데, 이삿날이 또다시 공교롭게도 '망자의 날'이었다. 전세계 온갖 나라에서 온 가족들이 안락한 그 붉은 벽돌집에 도착함으로써 미국 땅 한 뙈기를 국제적인 마을로 바꾸어놓았다. 온갖 피부색들, 온갖 나라들, 온갖 종교들이 바로 거기 저 20블록의 정방형 교외 주거단지에 평화롭게 모여들어 나란히 살았다. 언어, 즉 집에서 쓰는 언어는 갖가지였다. 노르웨이인, 가나인, 중국인 어머니들이 동시에 각기 다른 언어로 자식들을 집으로 불러들였다. 그러나 바깥에서, 정원에서, 그리고 무엇보다 내가 2년간 다닌 국제학교에서 쓰는 언어는 영어였다. 영어는 모든 아이들이 선호하는 제2의 언어였다.

나는 영어가 처음으로 인류의 진정한 국제어가 되는 역사상의 시간과 장소에, 이 언어가 지구의 초국가적인 공간을 정복하기 시작하는 현장에 처음부터 있었다. 인터넷이나 월드 와이드 웹(www)에 관한 이야기를 들어보기 40년쯤 전에 이미 영어는 파크웨이의 우리 마을에서 시험적으로 세계의 만남의 장소가 되었으니, 모든 나라의 아이들이 이 공통기반 위에서 신나게 뛰놀면서 서로 얼러대고 상상하고 싸움질을 했다.

파크웨이 빌리지——그리고 이 마을에 들어선 국제학교——는 점점 더 외국인을 혐오하고 호전적으로 변해가던 미국의 언저리에서 관용과 올리브 나뭇가지와 평화가 자리잡은 섬을 꿈꾸었고, 어렵사리 이를 구현하기도 했다. 그곳에서의 첫 두 해는 마치 내가 마법의 영역 속에서 살고 배우는 것처럼 지나갔다. 두 초강대국 간의 극심한 불화, 그리스·베를린·이딸리아를 놓고 벌어진 쟁탈전, 장차 제3세계라고 알려지게 될 지역에 대한 미국의 격렬한 간섭과 개입, 헝가리·폴란드·체코슬로바키아 민주주의에 대한 소련의 야만적인 진압, 이 모든 것은 아득히 먼 곳에서 일어나는 일일 뿐이다. 마치 파크웨이 빌리지를 둘러싼 거리들은 헛것이고 우리의 치외법권 구역이야말로 유일한 현실인 듯했다. 내가 사랑스런 영어로 미국과 벌이는 장난이나 게임을, 가령 뽕나무 숲 돌아 돌아 원숭이는 족제비를 쫓아갔대요(『마더 구스』 가사—옮긴이) 하는 노래를 뒤집어엎는 것은 아무것도 없었다. 그러나 다른 방향으로 질주하는 데 열심인 세계에서 나의 이같은 순수와 면제의 피난처는 오래 지속될 수 없었다.

1949년 9월 두 사건——이 가운데 하나만 내 개인사와 관련이 있었고 나머지 하나는 세계사적인 의미를 지니고 있었다——이 우연히 겹쳐 일어남으로써 졸지에 나는 고치 같은 보금자리에서 쫓겨났고 집안에는 냉전이 찾아왔다.

첫번째 사건은 내가 유엔의 어린이학교를 떠나야 했던 것이다. 내가 나이를 먹어 더이상 그 학교에 다닐 수 없게 되자, 부모님은 몇 블록 떨어진 번잡한 그랜드 쎈트랄 파크웨이 맞은편의 한 미국 공립학교(117공립학교)에 나를 집어넣는 것 외에는 달리 대안이 없었다. 나는 관용이 통하던 다문화적 오아시스 바깥으로 느닷없이 쫓겨나, 나날이 편집증적으로 되어가는 또다른 미국의 광란적인 군중 속으로 냅다 던져졌다.

두번째 사건이 나를 덮친 것은 거기 그 학교에서였다. 거기서 나는 9월의 어느날 소련이 자기네들의 첫번째 핵폭탄 실험을 했다는 이야기를 들었다. 미국은 사실상 러시아인들을 뽕나무 숲 돌아 돌아 쫓아대고 있었는데, 이제 갑자기 그 적이 딱 버티고 서서 미국인들이 나가사끼 핵폭탄 투하 이래 러시아인들에게 위협하던 바를 거꾸로 미국인들에게 가하겠노라고 으름장을 놓은 것이다. "졸지에 족제비는 펑 터졌어"라는 구절이 돌연 족제비를 쫓던 원숭이와 전세계에 들어맞게 되었다. 지구 전체가 펑 터진 셈이었다.

그 다음 몇달간 히스테리가 미국을 휩쓰는 동안, 나는 치솟는 광란으로부터 떨어져 있을 수 없었다. 아이들이 끔찍한 비명을 울려대는 사이렌 소리에 윽박지름을 당하고 끝없이 계속되는 공습훈련 동안 책상 아래서 머리를 감싼 채 러시아인들이 와서 폭탄을 터뜨려 눈 깜짝할 사이에 우리 모두를 튀겨 날려버리길 기다리는 상황에서 내가 어떻게 그럴 수 있었겠는가? 적은 소아마비 — 집적대지 않아도 공격할 수 있으며, 우리 안팎의 오물과 죄로부터 스멀스멀 기어나와 아이들을 결딴내어 부목, 목발, 휠체어 신세로 만들어버리는 그 무서운 병 — 와 마찬가지로 어디에든 있는 것으로 묘사되는데, 내가 어떻게 냉전을 무시할 수 있었겠는가? 선생님이 저 순수한 단어 애플을 사용하여 — A는 애플을 뜻하지요 — 도처에 숨어 있는 위험과 부패를 가르치려 드는데 내가 어떻게 빨갱이의 위협을 무시할 수 있었겠는가? 내 여선생님이 "썩은 사과와 같은 사람들, 나쁜 미국인들이 있어요"라고 말하는 판국에.

나중에 운동장으로 나왔을 때, 한 아이가 다가오더니 그 시절 한창 유행하던 농담 같은 수수께끼를 냈다. 사과에서 벌레를 발견한 것보다 더 나쁜 게 뭐게? 그가 물었다. 나는 무심결에 답을 했다. 벌레 반쪽을 발견한 거지. 내가 그에게나 다른 누구에게도 하지 않은 말은 집안에 썩은 사과가 있다는 것, 내가 썩은 사과의 아들이라는 것, 내 속에는 내가 삼킨 벌레, 마치 내가 그 사과인 양 내 속에는 반쪽의 벌레가 있다는 것이었다. 나에게 빨갱이의 위협이란 저 바깥에서 흐릿하고 모호하게 존재하는 어떤 것이 아니었다.

내가 성공적으로 떼어놓았던 이 두 세계, 즉 내 가족이라는 세계와 나를 키운 나라라는 세계가 마침내 충돌했다. 그 공립학교에서 나는 내 영혼 속의 혼란과 직면하지 않을 수 없었다. 내 아버지는 내가 매일 아침 맹세를 하는 성조기의 적이며, 그 맹세의 대가로 나를 지켜주겠노라고 보증하는 성조기와 충성맹세의 적이었다.

그 무렵 바다 건너에서 포스터(E. M. Foster, 영국의 유명한 소설가로서 『인도로 가는 길』 등을 남겼음─옮긴이)는 슬프게도 나의 곤경에 딱 들어맞는(그리고 묘하게도 바로 그 순간, 왜곡된 전체주의적 경찰국가에서 자기 가족까지 고발하라는 요구를 받고 있는 소련의 수많은 아이들의 곤경을 반영하는) 이런 말을 쓰고 있었다. "내가 조국을 배신하는 것과 친구를 배신하는 것 가운데 양자택일을 해야 한다면, 조국을 배신할 배짱이 있기를 바란다."

내게 그런 배짱이 있는지 곧 판가름이 나게 되었다.

냉전은 여덟살도 안된 나를 충성시험에 들게 한 것이다.

한 사건이 내 속에 자리잡았는데, 마치 게처럼 총총히 기억 속에 들어와 거기에 머물렀다. 1950년 초가 틀림없었다. 어느날 아침 식사 때 내가 아버지한테 화가 났는지 아버지가 나한테 화가 났는지, 아버지와 나 사이의 그 쓸데없는 말다툼의 구질구질한 내막은 오래전에 내 뇌리에서 사라졌지만, 싸움 끝에 일어난 일은 그렇지 않았다. 나는 여느 아침처럼 바깥 인도에서 나를 기다리고 있는 두 명의 친구와 걸어서 학교에 가려고 문으로 가다가, 돌연 몸을 돌려 아버지에게 입을 삐쭉 내밀며 말했다. "선생님한테 아빠가 공산주의자라고 일러줄 거야." 아버지의 안색이 창백해졌다. 그러나 아무 말도 하지 않았다. 그냥 나를 쳐다보았다. 어머니는 몇초 동안 기다렸다. 지금, 바로 그 경계의 순간에 초점을 맞춰보면, 그때쯤에는 내가 그 단어가 뜻하는 위험스러운 함의를 필시 충분히 알고 있었음을 깨닫는다. 왜냐하면 어머니와 아버지는, 누군가가 아버지의 직업을 물으면 똑바로 대도록, 아버지가 경제학자라고 대답하도록 내게 단단히 일러두었기 때문이다. 만에 하나 우연히라도 내 혀가 실수로 공산주의자라는 그 위험한 단어로 빠져들지 않도록 내게 경제학자라는 단어를 한 음절씩 따로따로, 정확하게, 여러 차례 분명히 발음하게 시켰던 것이다. 아버지는 여전히 소련에 공감했지만, 공산당에서 나온지 10년이나 되었다. 그는 과거의 입당 사실을 심지어 내게도 비밀로 간직하였으나——이는 아버지의 용감한 생애에서 몇 안되는 조심스런 행동이었다——바로 그때 미국을 좀먹고 있었던 불순단체 가입죄, 불온한 견해를 가진 죄, 불고지죄 등이 내 마음속까지 파고든 것이었다. 아이들은 뭔가 잘못될 때 귀신같이 알아채는 면이 있는데,

나는 내 가족이 다르다는 것을 뼛속 깊이 알고 있었다. 나는 우리가 일종의 이중생활을 영위하고 있음을, 즉 집의 내밀한 분위기에서 한 말은 다른 곳에서는 결코 되풀이되지 않는다는 것을 알고 있었다. 비밀의 언어, 은밀한 감정의 언어인 스페인어가 지배하는 우리의 안전한 안식처를 공포로 더럽혀지고 있는 영어가 침범할 수 없음을 알고 있었다. 나는 부모님이 사용하는 그 외국어가 어떻게든 그분들을 보호하지만 또한 그분들을 다른 사람들과 분리하여 표적이 되게 하기도 한다는 것을 알고 있었다. 그리고 나는 다른 사실들, 이를테면 앨저 히스(Alger Hiss, 나는 이 사람을 만난 적이 있는데, 그는 아버지와 알고 지내는 사이였다)라는 이름의 매우 중요한 인물이 간첩 혐의로 체포되어 위증죄로 투옥되었음을 알았다. 탱글우드 연주회 때, 내가 넋이 나간 채 귀기울였던 「애펄레치아의 봄」의 작곡가인 아론 코플랜드(A. Copland)가——연주회가 끝난 후에 내게 말을 걸고 악수를 하고 머리를 쓰다듬었던 바로 그 멋진 사람이——공산당에 연루되었다고 냉혹한 얼굴의 의원들한테 직접 심문을 당했다는 사실을 엿들었으며, 흠모의 대상이던 찰리 채플린이 추방될 것이라는 소문이 무성했으며, 그리고…… 지금 생각해보면 이런 징후는 내 주위에 온통 널려 있었고 마치 천천히 스며드는 독약처럼 내 의식 속으로, 집에서의 토론으로, 걱정하는 아버지 친구들에게로 서서히 번져나갔다. 자네 오늘 하원위원회에 누가 불려나갔는지 아나? 누가 해고당할지 아나? 누가 증언을 거부했는지 아나? 누가 이름을 댔는지 아나? 이 모든 것이 조각조각 떠오르는데, 내 뇌리에서 소용돌이 치던 유독한 파편들이 그날 아침 문간에서 내 속에서 끓어올라 그 단어를, 그 위험한 단어를 크고 또렷하게 내뱉었음에 틀림없다.

"공산주의자라고 말이에요." 나는 농담이 아니라는 것을 부모님이 이해할 수 있도록 거듭 주장했다. 아버지는 계속 나를 물끄러미 쳐다보았다. 어떤 변명도, 어떤 간청도 하지 않았다. 그러자 어머니가 방을 가로질러 와, 내 곁에 쪼그려 앉아 내 눈을 똑바로 응시했다. 어머니는 내가 그런 짓을 하지 않으리라고 확신한다는, 그런 말씀을 분명히 하셨을 텐데, 정확한 어구는 기억나질 않고 다만 내 팔을 살며시 붙잡은 어머니의 손가락 감촉, 작별의 키스, 애수에 젖은 신뢰하는 눈동자만 기억날 뿐이다.

나는 대답하지 않았다.

나는 문을 닫고, 여느 때처럼 친구들과 익살을 떨지 않고 말없이 학교로 걸어가, 내가 한 위협을 실행에 옮겨야 할지를 생각하며 하루를 보냈다. 부모님의 운명을 내 손아귀에 쥐고, 마치 휙 집어던질 수 있는 동전처럼 혀로 이리저리 굴리는 것이 얼마나 대단한 권력을 부여하는지를 지금도 생생하게 떠올릴 수 있다. 그날 두 번이나 선생님은 조지 워싱턴과 에이브러험 링컨과 자유에 관해서 훈계를 했고, 그때마다 속으로 이렇게 말했다. 바로 이때다. 손을 들고 배신자인 네 아버지를 고발하면 되는 것이다. 집에 돌아왔을 때, 어머니가 나를 기다리고 있었다. 어머니는 하루종일 기다리고 있었던 것이다. 나는 어머니에게 아버지에 관해서 혹은 아버지가 어떤 사람인지에 관해서 누구한테도 한마디도 하지 않았다고 말했다. 어머니는 나를 끌어안고 착하다고 말했다. 그러고는 다시는 그 문제를 입밖에 내지 않았다. 단 한번도.

수십년 후에야 읽게 된 그 작품에서 E. M. 포스터가 제기한 그 선택, 즉 나라와 친구 가운데 하나를 택할 수밖에 없는 상황에 직면하여 나는 그가 바랐던 배짱을 내 속에서 발견할 수 있었다. 나는 내 자신이 조국으로 택한 나라, 나를 받아들인 그 나라보다 내 생애 최고의 두 친구인 부모님을 택했고, 그후로도 그 선택은 변하지 않았다.

그리하여 부모님이 라틴아메리카에 대한 그분들의 그 모든 향수와 스페인어에 대한 애틋한 유혹을 가지고서도 결코 성취하지 못한 일을, 즉 내 생애 최초로 미국과 나 사이에 쐐기를 박는 일을 냉전이 해내게 된 것이다.

나는 미국을 두려워하기 시작했다.

내가 독립적인 정체성 추구의 여정에서 수호자로 선포했던 나라가, 나를 보살펴주고 보호해준 나라가 내 가족을 잡으러 나섰고, 그들을 해치고 몰아대고 어쩌면 죽이기까지 하려는 것이었다.

그리고 내 공포가 추상적인 것이 아님을 증명이라도 하려는 듯이, 그해 1950년에 하나의 이름이, 사실상 두 이름이, 줄리어스 로젠버그(Julius Rosenberg)와 에셀(Ethel) 로젠버그라는 이름이 마치 병든 요정처럼 그 공포에 착 달라붙었다.

매일 저녁 식탁에는 그냥 도르프만 가족 네명만 앉아 있는 것이 아니었다. 50년대 초를 통틀어 저 다른 가족의 유령들, 즉 로젠버그 가족—두 부모와 두 아들—네명이 자리를 함께했다. 로젠버그 부부가 1950년에 체포된 이후부터 3년 후 그들이 처형당하는 밤까지 3년 동안 이렇게 총 여덟명이 줄곧 함께 저녁식사를 한 셈이었다. 그들이 줄곧 함께 있음으로써 우리에게 무슨 일이 일어날 수 있는지를 언제나 상기시켜주었다.

그 기억은 내겐 비수와도 같다. 우리 모두는 라디오와 신문에서 재판의 추이를 추적했는데, 저 두 소년의 아버지와 어머니가 반역죄로, 간첩죄로, 공산주의자라는 죄로, 소련에 기밀을 넘긴 죄로, 소련에 폭탄을 주었다는 죄로 유죄판결을 받았다는 소식을 들었으며, 그러자 도처에서 탄원과 사면의 요구가 일었다. 그들이 에셀과 줄리어스를 죽인다면 엄마와 아빠 역시 죽일 수 있다고 혼자 중얼거리던 기억이 난다.

이 사건은 테러가 어떤 식으로 작동하는지 일찌감치 내게 가르쳐주었다.

세상 저편에서는 스딸린이 수백만의 무고한 사람들을 무자비하게 죽음으로 내몰면서 사회주의의 꿈도 함께 도살하고 있었지만, 미국 정부는 반체제 인사들을 길들이기 위해 굳이 대량학살을 할 필요가 없었다. 두 사람을 가지고——그중 한 사람인 에셀은 분명히 무죄였는데——시범을 보여주는 것으로 충분했다. 정당한 절차를 짓밟고 법을 왜곡하여 그들을 무자비하게 정리하기만 하면, 감히 미국의 정책에 반기를 드는 자는 어떤 일을 당하는지 본보기만 보이면 족했다. 나머지는 상상에 맡기면 된다. 살아남은 자들은 시신들과 함께 전기의자까지 걸어가야 할 운명에, 스위치가 찰칵 하는 순간 희생자들이 어떤 생각을 했을지 상상해야 할 운명에 처한 셈이었다. 그리고 두려움이라는 속속들이 썩은 사과가 일단 마음을 더럽히면, 다른 모든 것을 감염시키고 반대하는 손을 마비시키고 입을 틀어막는 데는 그다지 오랜 시간이 걸리지 않을 것이다.

나는 수년 후 칠레의 쿠데타가 이런 지식을 뼈저리게 깨닫게 하기 전에 이미 이 전략의 효과를 배웠던 것이다. 나는 고아가 된 저 두 명의 소년이었고, 그들로 변했다. 1953년 6월 19일 그 무더운 날 나는 아버지와 어머니와 누나 곁에 서 있었는데, 아버지가 나를 안아 올렸다. 내 눈은 씽씽 교도소(뉴욕주의 주립교도소-옮긴이) 바깥에 운집한 군중을, 다수의 좌익 동조자를 굽어보았고, 죽음의 시간이 다가옴에 따라 침묵이 점점 커지고 기침소리마저 잦아들었다. 마음속으로 우리는 사형장으로 향한 복도 위를 발을 끌며 나아가는 로젠버그 부부를 따라가면서 에셀과 줄리어스가 처형당했다는 신호를, 우리 모두가 다음 차례일 수 있다는, 내가 다음 차례일 수 있다는 신호를 기다리고 있었다.

내가 미국을 떠나지 않는 한, 내 가족이 떠나지 않는 한 그랬다.

내가 미국을 잃어버릴 수도 있다는 생각을 하기 시작한 계기는 로젠버그 부부의 처형 사건이었다.

왜냐하면 내 부모가 처형될 수 있다는 두려움 속에는 또하나의 두려움이, 더욱 불길한 두려움이 있었기 때문이다.

그것은 나 자신에 대한 두려움이었다.

그분들은, 어색한 액센트로 말하는 엄마와 아빠는 미국인이 아니었다. 그분들은 그들의 외국어 덕분에 자신의 머릿속에서 적을 상대할 필요가 없었다. 반면에 나는 내가 사랑하는 언어의 타락을, 아비하고 편협한 말투로 어느새 빠져드는 그 언어의 천박함을 나날이 겪어야 했다. 순수함을 잃지 않도록 지켜주고, 밤에 잠들 수 있도록 도와주는 스페인어라는 안전한 피난처를 나는 갖지 못했다. 이 땅에 대한 나 자신의 배신으로부터, 영어이긴 하지만 침 흘리며 말하는 내 내면의 목소리로부터 숨을 곳은 어디에도 없었다. 그 목소리는 다른 보이스카우트 어린이대원들이 나의 진정한 정체를 발견할 것이며, 그런 다음에는 내 머릿속의 거칠고 느린 말투가 게임을 하는 도중에 튀어나오는 것을 막을 길이 없다고 하면서 그들은 내가 가짜라는 비난을, 내가 도망칠 수는 있지만 숨을 곳은 없다는 비난을 하며──이런 비난을 하는 사람은 결국 내 안의 존 웨인이었다──나를 호되게 닦아세우리라는 것이다. 나는 속으로 나 자신에게 말조심하라고 했다. 한마디 한마디를 조심하라고. 내 언어 속에 그들이──나의 이 전능한 나라의 정보원들이, 이 나라의 정부와 스파이와 군대와 영화배우와 라디오 방송의 명사와 이웃과 선생님과 놀이친구가──그들 모두가 들어와 있어서 내가 그들을 배반했음을, 내가 진짜 미국 아이는 아니며 결코 그렇게 될 수도 없음을 금세 적발할 태세였다.

게다가 그 벌은 사형은 아닐지라도 그 못지않게 가혹한 것이었다. 냉전이 내 안에 주입한 미국으로부터의 심리적·정서적·도덕적 거리는 곧 물리적 공간으로 탈바꿈하여 나를 수천 마일 떨어진 곳으로 보내겠다고 위협했다. 능히 그런 일을 할 사람이 있었다. 그해 1950년에 그 사람의 이름이, 조 매카시(J. McCarthy)라는 이름이 떠올라, 고뇌 어린 내 어휘 속으로 파고들더니 로젠버그 부부 옆에 똬리를 틀었다. 위스콘신 출신의 공화당 상원의원 매카시는 내가 아버지를 고발하지 않기로 결심할 그 무렵 "이 나라가 새로 태어날 수 있도록 이 나라의 풍경에서 뒤틀리고 삐딱한 사상가들의 더러운 짓거리를" 쓸어내자고 하며 미국을 성전(聖戰)으로 불러내었다. 1953년에 가서야 그가 아돌포 도르프만이라고 불리는 저 뒤틀리고 삐딱한 사상가를 정면으로 포착하지만, 그 사이 몇해간 내가 그를, 내 가족을 미합중국 바깥으로 내쫓을 그 복수의 화신을 떠올리지 않은 날은 하루도 없었다. 그가 주도한 미국의 숙청이 디즈니를 숭배하는 한 아르헨띠나 아이를 라틴아메리카로 되돌려보내 그곳의 온갖 썩은 사과들에 물들게 함으로써 결국 그 아이가 가장 제국주의적인 존재인 도널드 덕에 대한 최초의 좌파비평을 쓰게 되리라는 것을 그가 알았더라면 무슨 밀을 했을까? 생각해보라. 조 매카시가 나를 찰리 매카시(보드빌 출신이 에드거 비긴이 사신의 복화술 상대로 만든 인형으로, 1937~54년에 라디오 방송에 출연하여 대단한 인기를 누렸다—옮긴이)와 갈라놓았다는 것을.

아버지 주위의 그물망이 바싹 조여지고 있었다.

1953년이 흘러가면서 박해는 마침내 유엔에까지 미쳐, 유엔 집행부는 미국의 압력에 굴복했다. 아버지의 부서에서 일하는 열 명의 미국인 가운데 아홉 명이 해고되었다. 그러나 나귀처럼 고집이 세고 언제나 도전적인 아버지는 자신의 행적을 감추지도, 자신의 행동거지를 위장하지도 않았다. 오히려 아버지는 늘상 까페테리아에 가면 버젓이 해고당한 사람들 곁에 앉곤 했으며, 동료들의 마지막 근무일에 반드시 그들에게 말을 건네고, 게시판에 작별인사 메모를 꽂아놓고, 예전에 아르헨띠나 군대에게 곤욕을 당하게 한 편지만큼이나 충동적인 항의편지를 썼다.

아버지가 덜 경솔했더라면, 아버지의 상관 한 분이 시사한 대로 "협력을 했다면" 어쩌면 상황은 달라졌을 것이다. 그러나 아버지는 또 한차례의 무모하고 용서할 수 없는 죄를 막 저지를 참이었으니, 망명객의 상황이란 언제나 그런 게 아닐까?

아버지의 오랜 친구인 모리스 핼퍼린(Maurice Halperin)이 곤경에 처한 것이다.

뛰어난 좌익동조자인 모리스는 정보조정국(COI)의 와일드 빌 도노반에 의해 전시 동안 고위직에 앉아 있었는데, 이 기구는 곧 전략

사무국(OSS)으로, 그리고 나중에는 중앙정보국(CIA)으로 발전했다. 라틴아메리카국의 국장으로서 핼퍼린은 아버지를 포함하여 수십 명의 망명한 좌파 라틴아메리카인들과 친교를 나누었는데, 이들은 모두 친나찌 아르헨띠나 군부를 제거해야 한다는 그의 집념에 공감하고 있었다. 모리스는 아버지에게 구겐하임 장학금 이후의 첫 직장을 마련해줌으로써 아버지가 아르헨띠나에서 가족을 불러들이는 데 도움을 주었다. (30년 후에 칠레에서 나를 내쫓는 바로 그 CIA의 전신(前身)이 갓난애 적의 내가 아르헨띠나를 떠나게 되는 데 일조했다는 것이 묘하다.) 전후 모리스와 아돌포는 더욱 가까워졌는데, 아버지가 1953년 후반의 어느날 아침, 당시 보스턴대학 교수였던 핼퍼린이 하원반미활동조사위원회(HUAC)에서 간첩죄로 고발당하여 증언대에 서게 될 것이라는 기사를 읽자, 즉시 전화를 걸어 J. 에드가 후버 자신이 대화를 엿듣건 말건 아랑곳하지 않고 모리스에게 연대감을 표명했다.

핼퍼린이 필요로 하는 유일한 지원은 뉴욕에서 머물 장소였다. 모리스와 그의 아내, 이디스가 도착했을 때—그때는 필시 1953년 10월이거나 11월이었을 것이다—그들 부부가 우리에게 말하기를, 그들의 은밀한 의도는 곧장 차를 몰고 멕시코로 가는 것이라고, 더 나쁜 일이 일어나기 전에 이 나라를 떠나는 것이라고 했다. 나는 그들의 방문 때문에, 리버사이드 드라이브 아파트에서 우리와 함께 밤을 보낼 때의 그들의 모습 때문에 심란했다. 그리고 그들이 허겁지겁 도망치는 광경이라든지, 그 결과 그들의 열여섯살짜리 아들 데이비드가 학업을 마치기 위해 혼자 남는 신세가 된 것이라든지, 그들이 결혼한 딸인 주디스에게 전화로, 그래, 우린 괜찮다 애야, 내일 워싱턴에서 전화할게라고 말하면서 사실은 남(南)으로, 남으로 향할 때의 그 갈라지는 목소리에 깊은 인상을 받았다. 내 생애 처음 만난 것으로 기억히는 징치적 난닌이 미국시민이라니, 그리고 수많은 세월 후에 내가 가족과 함께 외국인 친구의 십에서 잠을 자듯이 그들이 우리 가족 사이에서 잠을 자고, 안헬리까와 내가 장차 다른 망명객들한테 제공할 것과 똑같은 은신처를 내 부모가 그들에게 제공하는 것이 얼마나 묘한지. 도르프만 가족 넷이 로젠버그 유령 식구 넷을 청한 식탁에 햌퍼린 부부가 두 자식도 없이 앉아 있는 꼴이었다.

다음날 그들은 떠났다. 모리스는 자신이 태어난 땅으로 결코 돌아오지 못했다. 그는 멕시코에서 5년을 보낸 다음 소련으로 가서 또 4년을, 그런 다음 꾸바에서 1968년까지 머물다가, 마침내는 조국을 빼앗기면서까지 옹호한 공산주의의 대의에 슬픈 환멸을 느끼며 여생을 밴쿠버에서 마쳤다. 나는 그와 이디스가 단단히 꾸린 여행용 가방을 그들의 스튜드베이커(당시 유행한 왜건형 차종의 하나―옮긴이)에 싣는 광경을 지켜보았고, 그들이 다시는 돌아오지 못할 긴 여정에 오르는 광경을 지켜보았고, 그들이 길 모퉁이를 돌아 시야에서 사라지는 광경을 지켜보았는데, 그건 마치 나 자신의 미래를 예견하는 듯했다.

실제로 그랬다. 아버지가 고발당한 스파이에게, 나라 없는 사람에게 피신처를 제공한 사실이 십중팔구 결정타가 되었음이 드러났다. 햌퍼린 부부를 배웅하고 난 며칠 후 아돌포는 한 유엔 관리한테 불려갔다. 그는 매카시 상원의원이 직접 사무총장한테 전화를 걸어 "그 말썽꾼 도르프만을 쫓아내라, 그렇지 않으면" 하고 경고했음을 알려주었다. 그렇지 않으면이라니 무슨 뜻인가? 십중팔구 국외추방일 것이다. 그것도 운이 좋으면 그렇다는 것이다. 그 관리는 불길하게도 한국전 발발과 때를 같이하여 1950년도 중반부터 해외출장에서 미국으로 돌아올 때마다 아버지의 비자가 취소되었다는 것, 아버지가 어김없이 매번 억류되어 취조를 받았다는 것, 그리고 그럴 때마다 유엔 당국이 강력한 항의서를 제출하고 난 다음에야 입국이 허락되었다는 것을 지적했다. 유엔 당국은 더이상 아버지를 보호할 처지가 아니었다. 사직하거나 아니면 방콕이나 싼띠아고의 유엔 지역 사무소에서 근무하든지 양자택일을 하라는 것이었다.

이틀 후 아버지는 칠레행 비행기를 탔고, 그로부터 8개월 후 학기를 마친 나는 미국 체류의 마지막 날을 맞게 되었다. 모든 것을 상자 속에 챙겨두었기에, 나는 소지품을 가지고 남으로 향하는 배에 승선할 준비가 되어 있었다. 우리 가족이 택시를 타기 전 마지막 몇 시간을, 나는 마치 내 뇌리나 마음속에 들쭉날쭉한 거울을 박아놓은 것처럼, 마치 과거라는 물웅덩이에 비친 영상처럼 너무나 또렷하게 기억할 수 있다. 그해 여름 나는 날마다 오후에 허드슨 강이 굽어보이는 우리 아파트 옆의 한 공원에서 야구경기를 했다. 나는 게임을 할 때마다 매번 나아졌고, 마지막날에는 주먹으로 글러브 안쪽을 탁탁 치며 길을 나서면서 마지막 경기에 임했다. 너무 감상적으로 들려서 차마 여기에 옮겨놓기 망설여질 정도이고, 내 기억이 이걸 꾸며낸 것이 아닐까 하는 생각마저 들 지경이다. 하여튼 내가 칠 차례가 되어 타석에 들어서서 눈을 부릅뜨고 공을 크게 휘둘러 쳤는데 그것이 홈런이 되어 나는 여유 있게 베이스를 돌아 양발을 홈에다 올려놓았다. 그것으로 경기는 끝났고 우리가 이긴 것이다. 너무 문학적이어서 사실이 아닌 것 같지만, 정말 이런 일이 일어났으니, 마지막을 최대한 멜로드라마적으로 장식함으로써 내 상황을 더 어렵게 만들어 버렸으니, 난들 어쩌란 말인가? 코치가 가까이 다가와 씩 웃으며 내일 경기 이야기를 했다. 나는 떠난다는 말을 할 용기가 나지 않았고, 설명할 엄두조차 나지 않았다. 나는 그럼요, 내일 보죠 하고 대답했으나, 그들이 한동안 나를 기다리다가 결국 코치가 할 수 없다는 듯이 어깨를 으쓱하고는 나를 대신할 누군가를 지명하리라는 것을, 그들이 나를 곧 잊어버리라는 것을 알고 있었다. 끝난 일이었다. 거의 10년 동안 두려워해왔던 날이 실제로 찾아온 것이었다.

그렇지만 나는 오랫동안 이 순간을 연습해왔다. 냉전이 내 마음속에 옮겨놓은 광기 어린 무익한 대립 때문에 나와 미국 간의 목가적인 관계가 파괴되도록 내버려두지는 않겠다고 맹세한 이후 줄곧 그랬다.

나는 내게 엄습할 조짐을 보이는 상실감에 대비하여 훈련을 했다. 내 좌초한 스페인어 가운데 아직도 내 삶의 근처에 떠다니는 얼마 되지 않은 부목(浮木)을 가지고 라틴아메리카와의 가교(架橋)를 확실하게 재건하는 것이 아마 논리적으로 여겨질 법한 대응이었을 것이다. 그러나 나는 정반대로 나아갔다. 내가 한 짓이란 그 가교를 더욱더 맹렬하게 불태우는 것이었다. 동과 서의 충돌이 사나워질수록, 떠날 때가 가까워올수록 나는 더욱 단호하게 반대 방향으로, 미국의 꿈이라는 역동적인 소용돌이 속으로 더욱 깊이 뛰어들었으며, 여느 때보다 더욱 무모하게 영어의 노이로제 속으로 휘말려들었다. 아니 어쩌면, 이 나라를 배반함으로써 마음속에서는 이미 이 나라를 떠나버렸기 때문에 이제 곧 떠나려는 이 나라에 나 자신을 더욱 송두리째 내어주었는지도 모른다. 어쩌면 이런 찢어짐이 아직 내 속내에 파고들지 않은 것처럼 보이려고 애쓰면서 사실은 이미 멀어져가는 거리로 말미암아 그 열정이 더욱 강렬해졌는지 모른다. 미국을 가까이에 두지 못할 장래에 대비하여 마치 내 속에 미국을 미친 듯이 축적해야만 한다는 듯이 행동했는지 모른다. 연인들이 헤어지기 전에 기력을 소진하듯이, 그들 중 하나가 전쟁터로 떠나고 다른 하나는 뒤에 남아 있어야 하는 새벽을 미루려고 하듯이, 나는 그 남자처럼, 그 여자처럼, 상대방의 몸을 내 몸 속으로 끌어들이려고, 시간과 장소의 어떠한 뒤틀린 농간에도 그가, 그녀가 지워지지 않도록 땀흘리고 비벼대고 만지고 냄새맡으려고 안간힘을 다하고 있는지 몰랐다.

나의 이런 노력은 내가 나의 보호자로 받아들일 수 있는 유일하고 영원한 미국에 대한 충성을 천명하고 과시함으로써 이루어졌다. 내 부모와 그들의 친구를 괴롭히고 나를 위협했던 정부가 통제하는 일시적이고 피상적인 미국이 아니라, 내가 정치나 정책으로부터 떼어놓은 미국의 좀더 심원하고 사랑스런 문화에 대한 충성이었다. 다른 대륙으로 떠나는 바로 그 찰나에 나는 무엇에 홀린 듯 눈이 부시고 어리둥절한 상태에서 미국이라는 거대한 용광로 속으로 녹아들었고, 녹아들려고 했으며, 녹아서 융해되고 싶었다. 나는 마치 미국이 일상적으로 하는 샤워라도 되는 양 미국의 세례를 가능한 한 자주 맞으며 50년대를 살았다. 「남태평양」이라는 브로드웨이 쇼에서 빼어난 가수 매리 마틴이 부르는 것을 직접 들었던 내 애창곡 중의 하나 「내 머리카락에서 그 사람 냄새를 씻어줘요」처럼 나도 그 사람을 씻어내려고 애썼는데, 내 경우 문제의 그 사람은 내 아르헨띠나적 자아의 잔여물, 스페인어를 하는 나의 분신, 즉 치끼따 바나나 소년이었다. 미합중국이 외래적이고 이국적인 모든 것과 전쟁을 하던 시절에 나는 내 태생 언어가 내게 악의적으로 던져준 모든 것을, 거지가

120

그러하듯 죄다 쓸어내겠다는 결심으로 내 나름의 내전을 수행하고 있었다. 그리하여 할 수 없이 라틴아메리카로 돌아가더라도 적어도 거기 머물러서 내 조국 미합중국을 잊게 되는 유혹에는 빠지지 않을 심산이었는데, 역설적인 것은 그 조국이 내 친아버지를 쫓아내고 있었다는 사실이다.

내 과거에 대한 이런 항전을 나는 극단적으로 밀어붙였다. 왜냐하면 이 모든 세월 동안 줄곧 자신과 모든 사람에게 내가 얼마나 다른 존재인가를 상기시켜주는 내 이전 삶의 흔적이 하나 남아 있었기 때문이다. 그것은 바로 내 이름이었다. 내 이름은 미합중국과 나 사이에 버티고 서서, 나로 하여금 매일 매순간 내가 진짜배기 미국인과는 얼마나 거리가 먼가를, 내가 러시아와 라틴아메리카 양자에 의해 얼마나 더럽혀졌는가를 기억하도록 강요했다.

나는 '블라지미로'라고 불리는 것이 싫었으나 '블래디'(Vlady)라고 불리는 것은 더 싫었다. 학교 아이들은 내 이름을 '블러디' '플러디' '플래티' 하며 사정없이 뒤틀어댔으며, 특히 뒷부분만 떼어 모욕을 주는, '래디' '레이디' 같은 별칭은 개들한테나 붙이는 이름이었다. 아이들은 잔인하다. 그러나—적어도 어린이들한테는—반드시 잔인하지는 않은 어른들 역시 내가 누구인가에 관해서 철저하게 자의식을 느끼도록 만들곤 했다. 어디서 그런 이름을 따왔지? 그게 무얼 뜻하지? 엉뚱하게도 부모님은 내 이름이 피아니스트 블라지미르 호로비쯔(V. Horowitz)의 이름을 딴 것이라고 주장하라고 내게 일러두었다. 그래서 나는 부모님의 말씀을 따랐다. 빨갱이사냥에 열올리는 미국에서 달리 뭐라고 대답할 수 있었겠는가? 아빠가 레닌을 흠모하신다고, 스딸린 아저씨가 원자폭탄을 만들어서 제국주의자들로부터 사회주의를 방어할 수 있어서 기뻐하신다고? 내 이름이 무얼 뜻하냐구요? 그건 내가 순응할 수 없다는 것, 내가 여기 출신인 척할 수 없다는 것, 그걸 뜻해요.

혼자 있을 때, 나는 서서히 나 자신을 다른 이름으로 부르기 시작했다. 그것은 많은 아이들이 빠져드는 환상——우린 실제로는 우리 부모님의 자식이 아니라 갓난애일 때 바꿔쳐진 것이며, 우린 왕자와 공주이며 우리 가문은 실제로는 왕족이라는 환상——이었다. 따라서 나 자신을 위해 내가 택한 이름은 고전만화 시리즈에서 마크 트웨인의 『왕자와 거지』를 읽다가 우연히 발견한 이름, 즉 에드워드였다. 이 작품은 나중에 내가 못 말리게 좋아하는 이야기가 되어, 에롤 플린(E. Flynn)이 영화로 만든 것도 보았고 원문의 요약판을 수없이 되풀이 읽기도 했다. 나는 영국 르네쌍스기에, 같은 날 하나는 가난과 곤경 속에, 다른 하나는 풍요와 권력 속에 태어난 생김새가 똑같은 두 남자아이의 이야기에, 그리고 이 둘이 거지와 웨일즈 왕자라는 각자의 처지를 서로 바꾸게 된 이야기에 매료되었다. 나중에 내 문학작품에 빈번히 출현하게 되는 도플갱어(doppelgänger, 본인에게만 보이는 생령—옮긴이)라는 발상을 그때 처음 발견한 것인지도 모른다. 저 바깥에(여기 내 안에?) 우리와 똑같은 누군가가 고통을 겪으며 지켜보면서 우리의 삶을 접수하려고 기다리고 있다는 확신 말이다. 아니면 정반대로 무지한 사람의 눈에는 우리가 주변적이고 무력하게 보일지 모르나 언젠가는 우리의 위엄이 알려져 세상사람들이 우리 앞에 무릎을 꿇고 경배할 것이라는 생각 말이다. 쌍둥이, 이중, 이중성, 표리부동성 등이 내 삶의 출발부터 존재한 것이다. 그래서 나는 속으로 스스로에게 내가 실제로는 에드워드 왕자라고 말했고,

대다수 아이들처럼 이 환상을 내 자신의 닫힌 세계 속에 숨겨두는데 만족하지 못하고 내가 왕자라는 것은 접어두더라도 적어도 내가 에드워드라는 것만은 세상사람들이 인정하게끔 강요하기로 작정했다. 부모님이 내게 할 수 없이 영어를 쓰게끔 했을 때와 같은 턱없는 각오로 나는 블래디의 서거와 에드워드의 등극을 세심하게 준비했다.

내가 자기기만에 빠져 일상적인 환경 속에 파묻힌 채로도 이런 변신을 도모할 수 있다고 믿을 만큼 맛이 간 것은 아니었다. 엄마와 아빠에게 호칭의 변화를 받아들이게끔 강요할 수 있는 유일한 길은 내가 어떻게 불릴지를 내가 통제할 수 있는 곳에서 그분들한테 느닷없이 새 호칭을 들이미는 것뿐이었다. 그래서 어느날 아버지가 유엔의 일 때문에 유럽에서 여러 달 보내야 하는데, 가족 전부를 런던·빠리·제네바·이딸리아 등지로 데리고 다니고 싶다고, 그런 다음 귀향 휴가차 아르헨띠나를 방문하고 미국으로 돌아오고 싶다고 말했을 때, 나는 몹시 기뻤다. 반년간 학교에 가지 않아도 되었고, 성(城)과 모험으로 가득한 전설적인 구대륙, 위대한 화가들의 고향에 갈 수 있었기 때문이다. 그러나 더욱 중요한 것은 이 판에 블래디를 바다 속으로 내던져 그놈의 자식을 수장시켜버리고 진정한 왕자의 칭호로 세례를 받을 기회가 왔다는 것이다. 우리가 1951년 6월 '드 그라스'라는 프랑스 배에 올라탔을 때 나는 부모님께 나의 이런 의도를 알리지 않았다. 우선 나는 나의 새 영어이름을 그 배에 탄 아이들에게 조심스럽게 퍼뜨렸고, 그 다음엔 그들의 부모들, 승무원들, 웨이터들, 접대원들을 차례로 공략하여 마침내 모든 사람이 나를 '에디'라고 부르게 되었다. 고상하고 군주다운 에드워드가 더 마음에 들었으나 그 역겨운 블라지미로를 제거하기 위해서는, 제길, 약간의 대가를 치른들, 그 착 달라붙는 애칭인들 어떠랴 싶었다. 부모님이 내가 무슨 짓을 꾸몄는지 알아차리기 시작할 즈음에는 때가 너무 늦었다. 나는 부모님께 '블래디'라고 불릴 때는 다시는 대답하지 않겠노라고 일러두었다. 그러나 완전히 성공하지는 못했는데, 그것은 우리가 여러 달 후에 미국으로 돌아왔을 때, 이웃들과 학교의 기억들 속에 블래디가 딱 기다리고 있었기 때문이다. 그래서 다음 몇년 동안 나의 두 이름은 서로 번갈아 군림하다가 1954년 우리 가족이 칠레로 추방될 때 나는 새 삶을 출발하면서 레닌의 그 영구보존된 이름을 내 삶에서 결정적으로 잘라낼 기회를 얻을 수 있었다. 덕분에 내 고등학교 졸업장은 모두 에드워드 도르프만이란 이름으로 작성되었다 (이는 터무니없는 일인데, 왜냐하면 나의 법적인 이름은 그때도 그랬지만 사실은 지금도 여전히 블라지미로이기 때문이다). 칠레 출신의 내 친구들 다수가 여전히 나를 '에드' 혹은 '에디'로 부르지, 내가 최종적으로 택하게 되는 '아리엘'이라고 부르지 않는다.

그러나 내 삶의 진정한 이행이 일어난 곳은 그 프랑스 배에서였는데, 그 일에 그보다 더 적절한 장소를 생각해낼 수는 없었을 것이다. 그곳은 막막한 곳 한복판에 떠다니는 호텔이자, 당신의 정체를 마음대로 조작할 수 있는 망명지였다. 거기서는 당신의 과거를 확인하거나 부정할 길이 없기 때문에 누구든 속여서 무엇이건 믿게 할 수 있었다.

그리고 내가 다른 종류의 이행, 그후 수십년간 내가 영어와 동일시하게 된 자아를 방어하는 데 훨씬 더 결정적임이 입증된 이행을 하기 시작한 것도 역시 그 배에서였다. 그것은 인류가 발명한 최대의 속임수 게임이라 할 수 있는 것, 즉 문학으로의 이행이었다. 나는 지금도 이 게임에 여전히 몰두하고 있다. 여기서 독자는 망실되기 쉽고 포착되기 어려운 내 말의 진실을 믿으며, 내가 모든 것을 꾸며 내는 것이 아니라는 일말의 증거도 없이 내 말을 신뢰하며, 내가 그 배 위에서 내 미래를 위해 하나의 이름을 발명했듯이(혹은 그랬다고 말하듯이) 이 책에서 하나의 자아를 발명하는 것이다.

그러나 문학이 그토록 어린 나이에 그토록 강력하게 내 삶에 들어온 이유는 그 때문이 아니었다. 적어도 처음에는, 그때는 아니었다. 유럽에서의 그 6개월 동안, 내가 상상하는 더욱 영구적인 출발을 위한 예행연습 기간 동안, 문학은 비록 그 언어가 사용되는 나라에 살지 않더라도 내 정체성을 보호하는 그 언어를 어떡하면 꼭 붙들고 있을 수 있는가의 문제를 해결하는 최상의 방법으로 비쳐졌다.

그때까지는 글쓰기가 내 존재에서 대수롭지 않은, 사실인즉 최소한의 역할밖에 하지 않았다. 모든 모국어화자에게 그렇듯이 영어는 내게는 입말의 경험이었다. 처음 그 병원에서부터 영어는 어른들을 매료시키고 다른 아이들과 동맹을 형성하는 방식, 그들의 이국적인 마음속에 춤추듯 내 말을 들여놓는 방식이었다. 미국이라는 세계를 만나자마자 내가 영어를 반복 학습하는 일은 금방 소속감을 표하는 의식(儀式)으로, 외로움과 싸우는 또하나의 방식으로 바뀌었고, 내가 최근에 이 대륙의 해안에 좌초한 한낱 이민이 아니라는 증거로서 나는 액센트와 문법과 어휘를 완벽하게 익혔다. 아이로서 나는 항상 연기를 했는데, 그 이유의 일부는 열광하는 성격(요즘 같으면 나는 주의력결핍증이 약간 있다는 진단을 받을 것이다) 때문이기도 하지만, 또한 내 믿음으로는, 태어날 때는 내 것이 아님을 알고 있었던 영어로 된 저 공적 공간에 대한 권리를 끊임없이 주장하는 하나의 방식이기도 했고, 아메리카 대륙의 동포들을 위하여 그런 숨겨진 욕구를 끝없이 표출하는 하나의 방식이기도 했다.

그때는 그 어린 시절의 내 연기들을 어떤 영구적인 형태로 고정할, 이를테면 그것들을 종이 위의 글자로 옮기거나 그것들을 '문학적'으로 만들 수단——혹은 욕망——이 없었다. 말을 가지고 장난치고 익살을 떨면서 사람들을 기쁘게 하면(혹은 괴롭히면) 그것으로 족했다. 이 떠들썩한 시위가 너무나 통제불능이었기 때문에 아버지와 어머니는 하루에 한 시간씩 '익살의 시간'을 설정했다. 공개적으로 내 상상력을 마음껏 발동하여 재잘댐의 대안적 세계를 만들어낼 수 있는 자유를 공식적으로 허용해준 것이다. 하지만 심지어 이것조차도 충분치 않았다. 나는 약식무대를 만들어, 가족들에게, 손님들에게, 이웃들에게, 다른 아이들에게, 선생님들에게, 내가 끌어들일 수 있는 사람이면 누구에게라도 꼭두각시와 그림들을 조정하여 인형극을 연출해 보였다. 사람 목소리가 낼 수 있는 놀라운 폭과 다양성을 고려하면, '얼루기를 보아라. 얼루기가 달리는 것을 보아라. 달려라, 딕아, 달려라' 하는 소심한 책읽기가 시작되었을 때, 내가 아무런 관심도 보이지 않았다는 것은 놀라운 일이 아니다. 나는 다른 종류의 언어적 원을 따라 달리고 있었고, 그것도 큰소리로 너무나 빠르게 달리고 있었기 때문에 결국 읽기 능력에서 뒤처지고 말았다. 그리고 어머니가 내게 기초를 잡아주려고 가르치려 했을 때, 나는 가만히 앉아서 공부에 집중하지 못하고 어머니의 의자 주위를 (문자 그대로!) 이쪽에서 저쪽으로 왔다갔다하는 통에 어머니가 현기증이 날 지경이었다. 정말 '블래디가 달리는 것을 보아라'였다.

내가 속도를 늦추고 차분하게 읽기를 시작할 수 없었던 것이 사실

126

이지만, 창조의 매체로서의 쓰기의 힘들고 고통스러운 시련은 읽기보다도 호감이 덜했다. 내가 처음 쓴 원문은 사실 제한적이고 부차적이고 기생적이며, 마치 그때 내가 흉내내어 만들기 시작한 만화책에 나오는 거품처럼 그림을 보완하는 구실이 고작이었다. 심지어 내 첫번째 '소설'(내가 일곱살 약간 넘어서 아버지한테 드리는 선물로, 갈겨쓴 20쪽짜리 카우보이와 아메리카 인디언 간의 괴상한 이야기) 조차 일련의 그림 곁에 여기저기 띄엄띄엄 몇마디 써넣은 단어들에 불과했다.

사실, 그해 유럽 여행 전까지 나는 자라면 내 삶을 조형예술에 바칠 것으로 여겨졌다. 그리기는 아주 어릴 적부터 나를 한 장소에 붙박아둘 수 있는 유일한 길이었고, 즉각적인 감정으로 세상에 자국을 남기는, 내가 가장 좋아하는 방식이었다. 색깔들이 그토록 생생하게 내 삶을 지배하게 된 까닭은 그것들이 언어와 마찬가지로 나 자신을 사랑하고 탐구하는 하나의 방식이었기 때문이고, 또한 거의 동시적으로 타인들로부터——처음에는 부모들로부터 그러나 나중에는 그분들 너머의 더 넓은 세상으로부터——사랑받고 탐사되는 하나의 방식이었기 때문이다. 그들은 내 속의 뭔가 경이로운 원천으로부터 내가 끌어내고 있는 그 게시물들의 형상을, 그들의 말로는, 그 아름다움을 즉각 알아보고 반응하는 사람들이었다. 마치 씨앗이 사람의 가슴속에 파고들듯이, 내 속에 있는 소중한 무엇의 보금자리를 타자 속에서 발견하는 것, 나의 즐거움 가운데서 잉태한 비전을 다른 사람의 가슴과 눈에 이전시키는 즐거움, 그것 이상의 기쁨이 그땐 없었고, 지금도 이보다 더한 기쁨은 없다. 어쩌면 내게는 나를 너무나 북돋워주는 환경, 즉 너무 헌신적이고 뭐든지 다 해주는 부모가 있어서 그런지, 내 예술은 즉각 '강력한' 것으로 공언되었다. '강력하다'는 것은 내 예술이 힘을 발산하는 동시에 그 힘을 저 바깥의 사람들에게 부여하여 나를 그들 속에 통합해주지만, 그럼에도 그것은 나를 개성적이고 특별한 존재로 만들기 때문에 나는 그들에게 속하는 동시에 전혀 다를 수 있다는 의미였다.

우리가 1951년 유럽으로 여행을 갔을 때, 조형예술이 내 삶에서 곧 다른 것으로 대체될 듯한 징조는 눈곱만치도 없었다. 그렇기는커녕 나는 퀸즈 칼리지에서 개설한 재능 있는 젊은 미술가를 위한 방과후 프로그램에 일년 내내 다녔으며, 여행에서 돌아오면 거기서 또 한번의 장학금을 받게 되어 있었다.

그러나 여러 달 후 유럽에서 돌아왔을 때 나는 그 유망한 미술의 길을 거부했다. 나는 그 항해에서 영어로 구축된 내 정체성을 보호할 수 있는 것이 문학이지 그림이 아님을 발견하였기에, 나 자신을—불과 아홉살의 나이에—작가로 생각했던 것이다.

어떻게 문학적 상상력이 나를 보호할 수 있는가를 발견한 계기는 소박한 데서 연유한다. 우리가 드 그라스 호를 탔을 때 부모님은 내게 붉은 가죽으로 제본된 작은 공책을 한 권 선물로 주었다. 부모님은 나더러 거기에 기록을 하라고, 그래서 이 여행에 관한 내 추억을 영원히(나는 '영원히'라는 단어가 아직 기억난다) 간직하라고 권했다. 그 일기장은 운 나쁘게 수년 후에 일어난 칠레의 쿠데타 통에 잃어버렸지만, 일기를 쓰면서 나는 처음으로 글쓰기의 특수한 경이로움을 시험적으로나마 맛보았다. 하루 온종일 별별 야단법석을 다 떤 후에 나는 차분히 앉아서 내일이면 잊혀질 일을 공들여 기록하는 내 손을 지켜보곤 했다. 나는 시간을 붙잡아두었고 시간을 정지시켰으

128

며 시간을 차분하게 만들었던 것이다. 나는 내가 쓴 것을 다음날 저녁에 다시 읽어보고 그것이 미흡하다는 것을 발견하고, 낱말 하나를 지우고 다른 낱말 하나를 집어넣어 어떤지 시험해보고 하면서 억지로 글쓰기를 해나갔다. 나는 아무도 이걸 읽지는 않을 것이라고 말했지만, (다른 사람들과 접촉해야만 하고, 항상 누군가의 공감을 구하고 있었기에) 가끔 가다 한번씩 어머니에게 내가 쓴 것을 보여주곤 했으며, 비록 내 몸은 거기에 없어도 내가 낱말들을 통하여 어머니한테든, 혹은 따져보면, 다른 누구한테든 존재할 수 있음을 깨달았다. 다른 사람들 속에 이처럼 나를 복제한다는 의미보다 더 중요한 것은 아마 글쓰기란, 다른 무엇보다, 일차적인 청중이 바로 자기 자신이 되는 사적인 행위라는 직관이었을 것이다. 그렇기에 외로움이란 타자의 열광적인 우애를 요구하며 자기자신으로부터 외부세계로 도망침으로써가 아니라 씌어진 낱말들을 가지고 그 자체 속으로 여행함으로써 정복될 필요가 있는 것이다. 이는 위험한 발견이었다. 왜냐하면 나는 그 순간부터 기록하기 위해 삶을 살기 시작했다고, 즉 삶의 기록이 삶 자체보다 더 본질적인 것으로 되기 시작했다고 생각하니까. 내가 어떤 일이 일어나고 있는 동안에, 어떤 때는 일어나기도 전에, 일어나고 있는 일의 표현을 구체화하기 시작한 것도 바로 그때였다. 그러나 나는 이것의 위험을 의식하지 못했다. 구어와, 혹은 좀더 핵심적으로는, 실제 기능과는 전혀 관계없는 영어를 씀으로써 나는 미합중국을 떠날지라도 나 자신의 언어로 택한 언어를 생생하게 간직하는 방법을 해결하는 데 획기적인 한걸음을 내디딘 것이었다. 그 일기장에서 나는 처음으로 내 몸 바깥에 상상의 공간과 자아를 창조했으며, 그리고 어쩌면 그 못지않게 근본적인 것은 특정 지역을 넘어, 몸이 어디에 있건 나를 둘러싼 지역이 어떤 곳이 되건 상관없이 심화될 수 있는 언어와의 대화를 창출할 수 있었다는 점이다.

문학의 힘과 그 힘이 나의 구체적인 요구를 충족시키는 방식에 대한 이 희미하고 어렴풋한 예감은 예기치 못한 곳으로부터 강화되었고, 사실은 후원을 받았다.

어느날 아침, 르 아브르로 향하는 우리 증기선 갑판에서 여느 때처럼 소란스럽게 익살을 떨며 달려가는 나를 아버지가 멈춰 세웠다.

아버지는 한 남자를 가리켰는데, 뱃머리에 서 있는 한 여자의 손을 붙잡은 채 우리를 등지고 있는 그가 내 기억에는 왠지 수척하게 보였다.

"저분이 토마스 만이야." 아버지는 경건한 어조로 말했는데, 그런 어조는 아버지한테서 거의 들어보지 못한 것이었다. 우리 가족은 종교적이지 않아서, 내 생각에는 그때까지 내가 교회나 유태교회에 발을 들여놓은 적이 없었다. 몇주 후에 프랑스와 영국 대성당의 내부를 둘러보았는데 그곳에서 맞이한 정적은 토마스 만을 언급할 때 아버지를 압도한 성스러운 경외감을 떠올리게 했다.

"저분은 위대한, 아마 세상에서 가장 위대한 소설가일 거야." 아버지가 속삭이듯 말했다. "저분한테 잠깐 인사하고 싶니?"

나는 고개를 끄덕였다.

우리는 그에게 다가갔다. 토마스 만은 자신의 태생지이지만 1938년 나찌를 피해 도망친 이후 처음으로 돌아가는 유럽 쪽을 바라보고 있었다. 만은 자신을 기다리고 있는 조국 땅을 마음속으로 그려보다가 고개를 돌려 나를 강렬한 눈빛으로 뜯어보더니 나와 악수를 했다. 나는 기죽지 않고 똑바로 쳐다보았다. 우리가 어떤 사소한 대화를 나누었는지는 기억나지 않는데, 아마 여행이나 날씨와 같은 그런 무의미한 것에 관한 이야기였을 것이다. 나는 내 이름이 에드워드라고 알려줌으로써 그를 속였음에 틀림없는데, 얼마 안 있어서 이 독일작가가 『사기꾼, 펠릭스 크룰』(*Felix Krull, Confidence Man*)이라는 작품을 고심하여 쓰게 된다는 사실, 심지어 글쓰는 일과 너무나 유사한 이 사기꾼이라는 직업에 관한 자료들을 자기자신의 특실에서 수집하고 있었을 수도 있다는 사실을 돌이켜보면, 이는 아이러니한 행동이었다. 그러나 오늘날 내게 무엇보다 중요한 것은 한 위대한 인간에게 나의 새로운 정체를 소개했다는 성취가 아니다.

우리가 나눈 짧고 맥빠진 의례적인 말들이 내 인생을 바꿔놓았다고, 일순간에 나의 진정한 소명을 내게 드러내주었다고 한다면 그건 그야말로 뻔뻔하게 꾸며내는 이야기가 될 것이다. 강렬한 한순간, 생각에 잠긴 듯하며, 그 유명하고 믿기 어려울 정도로 변함없는 토마스 만의 덩치를 맞대면하면서 내가 삶에서 바라는 바가 무엇인지를 돌연 깨달았다는 것은 사실이다. 나는 바로 그가, 토마스 만이 되고 싶었다. 모든 인류에 미치는 그런 힘을 원했다. 나는 세상사람들이 그를 흠모하듯, 내가 자질구레한 미술품을 가지고 칭찬을 받으러 달려갈 때 내 부모가 나를 흠모하듯이, 내 부모가 자신의 아들이 아님에도 그를 흠모하듯이 세상사람들이 나를 흠모하기를 바랐다.

나의 문학에로의 이행에서 이보다 더욱 핵심적인 것은 만의 투박하고 이상한 영어 액센트로 말미암아 촉발된 의문이었다. 이 의문은, 따져보면 결국 대수롭지 않지만 그래도 그 배에 운좋게 토마스 만이 타고 있었기에 구체화될 수 있었으며, 성공을 부러워하는 마음이 순간적으로 스쳐지나간 것보다 훨씬 더 흥미로웠다. 우리 부자의 목소리가 만에게 들리지 않을 정도로 멀어지자마자 나는 아버지에게 그 의문을 쏘아붙였다.

"저 사람은 무슨 언어로 글을 써요?"

만의 언어가 독일어였으며 나찌를 피해 도망칠 수밖에 없었던 때에도 자신의 모국어로 비범한 작품들을 계속 써냈다는 대답은 단순하기 그지없었다. 일년 전이었다면 내게 아무런 의미가 없었을 터였으나, 내가 유럽을 돌아다니며 여행한 그 다음 몇달 동안에 자주 그 생각으로 돌아가게 되었으니 내가 예감하던 저 다른, 더 긴 항해의 예행연습을 한 셈이었다.

그리고 그 여행이 드디어 도래했을 때, 또하나의 배가 3년 후에 발빠라이소 항에 접근했을 때, 열두살짜리 소년은 궁극적인 방어책으로서 문학을 무기로 삼아 스페인어와 라틴아메리카의 공포와 대적할 준비를 하고 있었다. 그로부터 나 자신을 칠레사람으로 생각하기까지는 10년도 채 안 걸릴 것이었다. 냉전의 정치가 내 속에 만들어놓은 거리감이 북아메리카와의 절연(絕緣)으로 자라날 것이었다. 그러나 영어와 글쓰기의 동맹은, 그리고 영어와 문학의 어우러짐은, 전혀 별개의 일이 되고 말았다. 내가 칠레에 내릴 때쯤에는 영어가 내 내밀한 삶의 효과적인 수단이자 내가 통제할 수 있는 내면의 왕국이 되었으며, 또한 이미 나의 천직이라고 부른 글쓰기의 기초가 되기도 했다. 그때 나는 세상과 역사 속에서의 내 위치란 내가 영어라는 이 언어에 어떻게 영구적인 영향을 끼치고 이 언어를 어떻게 빚어 만드는가에 따라 결정될 것이라고 확신했다.

스페인어와 역사는 나에 대해 다른 계획을 갖고 있었다.

칠레 **싼띠아고**에서 발견한

죽음을 다루는 장 | 1973년 9월 13~14일 |

아옌데가 죽자 나는 곧 도망치기 시작한다.

하지만 그럴 필요가 있을까? 이것이 진정 내 목숨을 구하는 유일한 길인가?

내 이름은 특별 수배명단에 올라 있지 않다. 9월 11일 늦은 오후, 나는 라디오에서 발표되는 명단에, 저 악명 높은 포고령 5호에 귀를 기울인다. 어제까지만 해도 장관이고 상원의원이고 노조위원장이고 집권여당의 총재였지만, 오늘은 도망자이고 추방자 신세가 된 남녀들은 당국에 가서 신고하거나 아니면 사태의 책임을 지라는 요청을 받고 있다. 나는 마누엘의 집에 있다. 우리는 이곳이 긴급상황시 모일 장소라고 당세포의 다른 조직원들과 합의해두었다. 나는 모네다 궁에 갈 수 없으리라는 것을 깨달았을 때 여기로 왔다. 다른 여섯명도 나타난다. 우리 모두는 지시를 기다린다.

당의 연락책이 도착하여 상부로부터의 한마디를, '퇴각하라'는 말만 우리한테 전달한다.

"그게 무슨 뜻이오?" 우리는 그에게 묻는다.

"말 그대로요." 그가 말한다. 우리는 뭔가 다른 말을 기다린다. "우린 볼 짱 다 봤다는 뜻이지요." 그가 말한다. "패배했다는 말이에요. 쓸데없이 죽음을 당하지 말라는 뜻이라고요."

그는 우리가 자신과 교신할 통로들을, 우리가 지난 두 달 동안 설치했던 통로들을 점검하고는 정세분석이 나오면 좀더 자세히 알려주겠다고 약속한다. 또다른 말은 없소? "맞아." 그가 말한다. "한 가지 더 있지. 당에서 아리엘이 꼭 무사해야 한다고 했고, 아리엘을 제외하고는 집에 가도 좋다고 했소."

나는 혼자 지목되었다는 데에 뭔가 묘한 만족감을 느낀다. 그러나 잠시 후, 칠레의 새로운 공적(公敵)들의 이름이 라디오에서 공표되자, 내가 예상한 만큼 그렇게 악명 높지 않음이 분명해진다. 바로 이 순간 나를 추적하는 사람이 아무도 없다는 사실에 안도감을 느끼는 동시에 나는 임시군사정부에서 긴급수배한 인물들 가운데 하나라는 그 병적인 표징을 거부당한 데 대하여, 적들이 나를 더없이 귀찮은 놈이라고 인정해주지 않은 데 대하여 뼈아픈 수치를 느낀다. 몇년 후, 칠레의 수용소에서 수감자들이 처음으로 풀려나 유럽으로 뿔뿔이 흩어졌을 때, 이와 유사한 종류의 기이한 자학증세에 대해 이야기를 들었다. "석방 예정자의 명단을 읽었을 때, 선처를 받은 우리들은 그걸 수치스럽게 느꼈으며, 우리가 더 오래 붙잡혀 있지 않는다는 사실에 괴상망측한 수치심을 느꼈으며, 이것이 우리의 사내다움에 영향을 끼쳐, 뒤에 남아 있는 사람들이 갑자기 더욱 전설적이고 용감무쌍한 사람이 되어버렸다. 우리는 가장 위험한 인물이 되고 싶었다. 설령 그것이 풀려나지 않는다는 것을 의미한다고 해도"라고 그들은 나에게 말했다.

이 사람들은 재판도 받지 않고 3년을 갇혀 있었고 총살집행조 부대 앞에 끌려나갔고 고문까지 받았으나, 그래도 파시스트들이 자신을 지독하게 증오하는 증거를 더 필요로 했다. 그러니 내가 칠레의 새로운 통치자들에게 공적 1호로 뽑히기를 열렬히 바랐다는 것은 별로 이상할 것이 없다. 그러나 나의 경우에는 그것이 내 혁명적 인격을 인정받는 문제만은 아니었다. 라디오를 통해 거듭 내보내는 명단에 올라 있지 않은, 나를 비롯한 수천명의 아옌데 지지자들에게 삐노체뜨가 거절하고 있는 것은 독재치하에서 가장 소중한 지식, 즉 실제로 당신이 얼마나 큰 위험에 빠져 있는가에 관한 선명한 인식, 그리고 가장 사활적인 질문인, 무엇을 할 것인가에 대한 대답이었다.

집으로 가야 하나? 내 이웃과 동료들에게 아옌데가 우리를 배신하고 우리를 재앙으로 이끌었으며, 나는 여기서 교훈을 배웠고 이제 조국의 더 큰 복리를 위해 일하겠다고 천명해야 하나? 어쩌면 임시정부는 쓰러진 적에게 자비를 베풀라는 교회의 호소를, 기독교민주당원들의 호소를 유념할지도 모른다. 아니면 떠나는 것이 더 나은가? 하지만 왜 이리 겁먹고 있는가? 근거 없는 두려움 때문에 이 나라에서 스스로 퇴각함으로써, 삐노체뜨가 할 더러운 일을 대신하고 있는 것이 아닐까? 이것, 우리가 내던져진 이 불확실성의 회색지대야말로 이미 우리 적들이 승리했다는 징후가 아닐까, 우리로 하여금 다음은 누구 차례일까 궁금히 여기도록 하면서 그들의 권력을 내면화시켜 그들을 우리의 뇌리와 집과 침대 속으로 불러들이게끔 하는 능력이 아닐까?

그 명단에 끼여 있지 않으면 확실한 답은 없다.

그렇기에 나는 도망친다. 실제의 위험에서라기보다 내가 진정으로 위험한지 아닌지 알아낼 시간이 필요하기 때문에 도망치며, 내가 더이상 도망칠 필요가 없음을 확신할 때까지 도망친다.

내가 받은 첫번째 신호는 유리한 것이 아닐 듯하다.

9월 13일 오후, 통금이 몇 시간 동안 해제되자, 나는 마누엘의 집을 떠난다. 내가 거기에 더 머물러 있는 것은 안전하지 못하기 때문에, 우리 그룹의 일원인 실험실 기술자——나는 이 사람을 알베르또라고 부르겠다——가 다른 사람 일에 간섭하지 않는 자기 동네의 작은 아파트에서 자기 아내, 세 아이 그리고 장모와 함께 다음 주를 보내자는 제안을 했다. 떠나기 전에 마누엘은 나를 근처의 집으로, 전화가 있는 집으로 데려다 준다. 나는 이틀 만에 처음으로 안헬리까한테 말을 할 수 있다. 그녀는 어쩔 수 없이 집에서 로드리고와 시부모와 외로이 아옌데를 추모하고, 나와 내 친구들을 걱정하면서 자신의 생일인 어제를 통금하에서 보냈다. 도시에는 온갖 소문이 무성하다고 그녀는 말한다. 공장이 폭격을 맞았고, 수인들이 처형되고 있으며, 대사관들은 피난처를 찾는 사람들로 사방이 꽉 둘러싸여 있다는 것이다. 희소식은 단 하나뿐인데, 우리 집이 공습을 받지 않았으며, 이는 아마 그들이 나를 잡으러 오지 않거나 혹은 우리를 추적하여 내 친가까지 오지는 않을 것임을 뜻하는 징후라는 것이다. 그러나 그녀는 정말 모르겠다고 했는데, 미래를 투시하고 사람들과 상황들을 투명하게 꿰뚫어보는 듯한 무당 같은 내 아내가 이번만은 어찌할 줄 모르고 있는 것이다. 그녀가 추측하는 것은 고작 내가 십중팔구 위험에 빠져 있지만 두고봐야 한다는 것이다.

버스가 없으므로 알베르또와 나는 여러 마일을 걸어서 도시를 가로질러 가야만 한다. 가는 곳마다 우리처럼 고개를 땅바닥에 처박고 서로의 눈길을 피하며 서둘러 지나치는 단자화(單子化)된 사람들이 있다. 불과 이틀 전만 해도 하나의 공동체 집단이었던 것이 공포의 압력하에 이미 흩어지기 시작하고 있다. 가까운 곳에서 기관총 소리가 들리는데, 그것은 전투가 아직 끝나지 않았다는 징후이다. 우리는 히치하이크를 하려고 시도하지만, 아무도 차를 세우지 않는다. 그러다 한쪽 인도에서 우리를 향해 성큼성큼 걸어오는 옛 친구의 모습을 나는 언뜻 보는데, 그는 아주 오래 전부터 전투적인 사회주의자이다. 지난해 우리는 너무 바빠서 만나지 못했지만, 그가 아내와 갈라선다는 소식은 들었다. 그런데 몇 걸음 떨어진 거리에, 조그만 갓난애를 안고 그가 지금 여기에 있고, 내가 한번도 본 적이 없는 한 여인이 그를 붙들고 있었다. 그가 멍하니 지나치는 순간, 나는 그의 얼굴을 똑바로 들여다보지만 그는 나를 보지 않는다. 그의 내면에는 너무나 큰 슬픔의 나락이 있어, 나는 마치 눈앞에서 한 사람의 영혼이 녹아서 해체되는 광경을 지켜보기라도 한 듯이 외면할 수밖에 없다. 그러나 내가 함께 공부하고 축구하고 술을 마신 이 친구와 나눌 시간이, 어떤 것도 할 시간이 전혀 없는데, 마침내 나머지 여정 동안 우리를 태워줄 차를 용케 붙잡은 알베르또가 내 소매를 잡아끈다.

우리가 차에 타자 운전사는 멈춰선 엔진을 첫번째 기어로 옮기고 안경 너머로 흘낏 우리를 쳐다보고는 거리를 바라보았다가 다시 나를 돌아본다. "어이," 그가 호방한 눈빛으로 나를 노려보며 말한다. "당신 아리엘 도르프만 맞죠?" 나는 대답하지 않는다. 그는 재차 내가 도르프만임이 확실하다고 주장한다. 나는 대다수 칠레사람들과 전혀 인종이 달라서 알아보기 쉽다는 것이다. "이 친구야, 그들이 당신을 찾고 있는 게 틀림없소." 그가 유쾌한 듯 덧붙인다. "당신을 찾고 있는 게 뻔하지."

나는 알베르또를 곁눈으로 흘끔 쳐다본다. 우리 둘은 모두 이름이 더 안 알려져 있기를 기대했다. "아, 그들이 내게 그렇게 관심 있는 것 같지는 않소." 나는 대답한다. "나는 한낱 작가일 뿐이오. 정치에 관여하는 사람이 아니오."

"그래요, 이제 정치에 관여하는 사람은 아무도 없죠." 운전사가 말한다. "하지만 권력을 장악한 후레자식들이 그걸 믿겠소?"

임시정부의 최우선 수배명단에 들지 않은 것에 대한 실망감이 다시 엄습하여 나를 사로잡았다. 내가 그토록 상상한 바, 즉 위험한 자로 눈에 띄는 것, 전에 만나지도 않은 사람들한테 경외심의 눈길을 받는 일은 당해보니 전혀 신나지 않다. 나는 곁에 있는 알베르또가 가족을 생각하면서 몸이 굳어지는 것을 느낄 수 있다. 우리는 신호등에서 멈추는데, 우리를 지나가는 낯선 사람들 모두가 위협적이다. 군인들을 가득 태운 지프차 한 대가 우리 옆에 멈춰선 채 엔진을 덜덜거리고 있다. 신병들 가운데 하나가 마치 내 생각을 읽을 수 있다는 듯이 내 눈 속을 응시한다. 나는 그가 내 사진을 꺼내 보고 총을 쏘기 시작할 것 같은 생각이 든다. 발가벗겨진 느낌이다. 우리를 태워준 이 사람이 내가 곤경에 처해 있다고 생각한다면, 어떤 점에선 모든 사람의 목소리를 대변하는 이 사람이⋯⋯.

내가 상상한 최악의 공포가 바로 그날 밤에 확인된다. 알베르또 집에서 팽팽한 긴장 속에 저녁식사를 한다. 식탁에서 누구도 한마디 말이 없다. 나중에 내가 거처할 방을 안내받는데, 나 때문에 그날 밤 제일 손위 딸 둘이 좁은 거실 겸 식당 방에서 자게 된 모양이었다. 알베르또와 그의 아내가 내 방 바로 옆의 침실에서 말다툼을 하고 있다. 벽들이 종잇장처럼 얇다. 알베르또의 아내는 걱정스러워 죽을 지경이다. 지난 이틀간 그녀는 남편이 살았는지 죽었는지조차 몰랐다. 이제 남편이 돌아와 그녀는 좀 낙관적이 되어 그가 대학에서 조사를 받을 테니 기껏해야 직장을 잃기밖에 더하겠는가 하고 기대한 것이다. 그런데 남편이 가족 모두를 살해당하게 할 수 있는 남자 하나를 집으로 데리고 온 것이다. 그녀는 목소리를 날카롭게 높이면서 말한다. 어제만 해도 여기서 불과 몇 블록 떨어진 곳에서 한 가족 전부가 잡혀갔어요. 누군가를 숨겨주고 있었다고 말이에요. 알베르또 당신도 그러길 바래……? 알베르또는 아내에게 조용히하라고, 목소리를 낮추라고 말한다. 나는 이제 그들이 하는 말을 들을 수 없고 그 절박한 속삭임들, 그녀의 공포, 그의 분노만을 들을 수 있을 뿐이다.

한 시간 후 그가 나를 보러 들른다.

"여보게," 나는 그가 한마디도 하기 전에 말한다. "나 내일 떠나겠네."

"여기 있어. 아내한테 자네가 여기 있을 것이라고 말했어. 그리고 그녀도 그렇게 믿는 편이 나아."

"내가 자네 아내라면," 나는 말한다. "나도 겁이 날 거야."

"겁 안 나는 사람이 어디 있어," 알베르또가 말한다. "우리가 겁에 질려 옳은 일을 하지 않으면, 그땐 그들이 정말 우리를 박살낸 것이지, 우린 정말로 진 것이고, 정말로 패배한 거야."

다음날 나는 떠난다.

알베르또의 아내는 자기 방에서 나오지 않고 작별인사도 하지 않는다. 알베르또의 딸들은 나를 껴안으며, 아저씨 언제 돌아와요? 손님이 찾아오면 좋겠어요, 제발 일찍 돌아오겠다고 말하세요, 하고 간청한다. 나는 그들에게 곧, 금방 돌아오겠다고 거짓말을 하고 알베르또는 안쓰러운 듯 고개를 끄덕인다.

그러자 나는 다시 길거리에 나와, 당 연락원과의 접선장소로 발걸음을 돌린다. 알베르또가 나를 도울 다른 사람이 있는지 알아보려고 이 만남을 주선해놓았던 것이다. 나는 넝마조각이 된 기분이다. 알베르또는 한사코 나와 동행하겠다고 우긴다.

아직 교통편이 없기 때문에 우리는 걸어서 갈 수밖에 없다. 우리는 도심을 가로질러, 어느 쪽도 이렇게 돌아가는 이유에 관해 일언반구도 없이 거의 동시에 모네다궁을 향한다.

저기 아옌데가 죽은 대통령궁의 폐허를 마주 대하니 속에서 불현듯 분노가 너무나 맹렬히 끓어올라 그 분노가 나를 죽일까봐 두렵다. 분풀이를 함으로써 분노를 내쫓지 않으면, 우리에게, 나에게, 우리의 땅에 이런 짓을 한 사람들을 죽이지 않으면, 그 분노가 나를 죽일까봐 두렵다.

살인과 보복의 절절한 욕망은 얼마 안 가서 충족될 기회가 있을 것이다.

연락원을 만나러 산산조각이 난 싼띠아고 거리를 헤집고 계속 가다가 우리는 모네다궁에서 네 블록쯤 떨어진 곳에 한 젊은 신병이 페인트칠이 벗겨진 벽에 아무렇게나 쓰러져 있는 광경을 본다. 처음에 그 신병은 저격수의 총에 맞아 죽은 것처럼 보이더니, 그게 아니라 얼굴의 절반은 응달에, 나머지 절반은 햇빛 속에 놓인 채로 자고 있는 것이다. 그는 십중팔구 근무하느라 밤을 새우고 눈의 피로를 풀려고 머리를 벽에 기대고는 어느새 잠이 들어, 지금 여기에 이러고 있는 것일 게다. 겨우 사춘기를 벗어난 그는 좁다란 인도에 다리를 순진하게 쭉 펴고 누워 있으며, 그의 발치에는 기관단총이 놓여 있다.

알베르또와 나는 멈춰 선다. 우리는 그 병사를 보고, 그의 무기를 보고, 그리고는 서로를 쳐다본다.

우리 외엔 아무도 없다. 목격자가 될 만한 사람조차 없다. 하나의 생각이 내 뇌리를 스치는데, 마치 거울에 반사된 것처럼 그 생각이 알베르또의 눈에도 비치는 것을 볼 수 있다. 총을 훔치는 것은 쉬운 일일 것이다. 그리고 저 자식이 일어난다 해도 그냥 방아쇠만 당기면 살인자 하나가 없어지는 것이다. 전쟁을 원한 것은 그들이 아니었던가? 그렇다면 전쟁 맛을 보여주는 거다.

우리는 둘 다 1야드도 떨어지지 않은 곳에 잠들어 있는 병사에게 매료된 듯 눈을 박은 채, 거기서 망설인다. 우리는 마치 영원의 언저리에 있기라도 한 듯 2초 정도 더 망설인다.

내가 그것을 미친 생각이라고 거부하는 데는 딱 그만큼의 시간이 걸렸으며, 그 생각이 알베르또의 얼굴에서 딱 그만큼의 시간 동안 머물다가 동시에 사라지는 것을 지켜본다. 마치 우리가 우리 속에 있는 공동의 시계에 시간을 맞춰놓기라도 한 듯이. 다음 순간, 우리는 그 병사와 그의 무기를 저기 저 모퉁이에 남겨놓고 가버린다.

그 몇초는 바로 사흘 전 모네다궁에서의 내 죽음을—따띠가 상상한 나의 죽음을—가로막은 경찰의 저지선에서 내가 되돌아올 때의 그 짧은 순간만큼이나 내 생애에, 그리고 내 조국의 생애에 중요한 예언적 의미를 갖고 있다. 알베르또와 내가 모두 본능적으로 거부한 것은 무장투쟁을 통하여 민주주의를 되살리는 길이다. 돌이켜보면, 이 사건은 우리가 상징적인 차원에서 국민들 전체와 함께 그런 결정을 내린 것처럼 느껴진다. 왜냐하면 다른 많은 칠레사람들이 바로 똑같은 순간에 군사적 폭력에 대해 국민들 자신의 폭력으로 응답할 것인지 아닌지를 놓고 번민하고 있었음에 틀림없고, 그 결과 독재에 대하여 평화적 저항의 전략을 집단적으로 수립하기로 하는데, 이 전략은 17년 후 민주주의로 회귀하는 데서 절정에 달하게 된다.

나의 경우 그런 결심을 하는 데 불과 2초가 걸린 것이지만, 따져보면 그것은 깊이 간직한 나의 신념에 뿌리박은 전략이기도 하다. 그 신념의 뿌리는 내가 어떤 사람인지, 그리고 어떤 사람이 되고 싶은지에 관한 발견에까지 거슬러올라간다. 이 발견을 한 것은 13년도 더 전인 1960년 3월이었고, 그때 나는 칠레대학에서 막 공부를 시작했는데, 강의 둘쨋날 내 생애 처음으로 졸지에 경찰과 전투를 벌이게 되었다. 그날 아침 비교문학 수업에서 우리는 어떤 사람의 발을 쪼아대는 까마귀에 관한 카프카의 단편소설을 재치있게 분석하면서 권력과 억압에 관한 좀더 심오한 논쟁에 초점을 맞추었다. 그러나 다음 시간의 수업은 학생들의 궐기대회에 양보하여 중단되었는데, 거기에서 공교육의 비참한 상태와 중등학교 교사들의 저임금을 규탄했다. 국고를 아껴보려는 정부가 협상을 거부함에 따라 다음 한 주 동안의 파업이 제기되었다. 교사들과의 연대의 뜻으로 우리도 즉시 모든 학부활동을 중지하자는 발의가 이루어져 통과되었고, 그 다음에는 당장 시위를 벌여 번개같이 가두로 출격하여 알레싼드리 (Alessandri) 대통령과 우파연정으로 하여금 우리가 앉아서 이런 대접을 받아들이지 않겠다는 것을 보여주자는 또하나의 발의가 박수 갈채 속에서 승인되었다. 나는 열띤 군중들에 합류했고, 우리는 행진하며 노래하며 마꿀가의 가로수 거리를 누비면서 무심한 행인들에게 팸플릿을 나누어주느라 교통을 가로막는 등, 사실은 고등교육의 대의를 제대로 진작시키는 행동을 하지는 못했다. 나는 불과 몇 개월 전인 고등학교 시절에 청년의 불구대천의(그것도 따분한) 적이라고 생각한 교사들에게 연대감을 표명한다는 것이 약간 껄끄러웠다. 평화적 시위행렬과 기쁘게 어우러지자 곧 나의 이같은 회의감은 사라졌다. 그런데 평화적인 시위는 경찰이 도착하여 해산명령을 내리고는, 지나치게 포악하게 하지는 않았지만, 두 명의 주동자를 붙잡고 때리기 시작하면서 끝났다. 그날 나는 데모중에 프레디 따베르나를 처음 보았다. 키가 크고 나긋나긋하며 매부리코를 한 지리학과 학생으로 나중에 내 가장 친한 벗의 하나가 되는 프레디, 쿠데타 나흘 후 칠레 북쪽에서 총살조에게 처형당하는 프레디, 시신조차 가족들에게 돌아가지 못한 프레디. 그런 프레디의 살아 있는 몸이 그 당시에는 경찰에게 소리를 지르고 경찰 앞에서 뻐기면서 그들의 약을 올리고 있었다. 나는 프레디가 경찰 곤봉에 맞아 쓰러졌다가 마치 아무 일도 없었던 것처럼 다시 일어서는 광경을 보았으며, 그러자 한 경찰간부가 최루탄 발사를 명령했고, 우리 모두는 숨이 막혀 콜록거리며 마꿀가를 부리나케 달려 대학으로 향했다. 라틴아메리카의 관습에 따르면, 대학은 대사관과 마찬가지로 사실상 치외법권지역으로서 경찰의 관할권 바깥에 있었다. 우리는 대학 정문에서 멈춰섰고, 고등교육의 성스러운 전당에 가까워지자 다시 용기를 얻어 다시 한번 경찰과 맞서기 위해 되돌아섰다. 그때 나는 경찰들이 한 여인의 머리채를 잡아 끌고가는 광경을 보았고, 그러자 내가 몇년 후 모네다궁의 폭격당한 벽들을 보면서 느끼게 될 분노에 비해 정도는 약하지만 비슷한 분노가 속에서 치밀었다. 내 주위의 학생들 모두 돌을 주워들었고 하늘은 곧 돌팔매가 빗발치듯 했으나, 그 대부분이 목표에는 거의 미치지 못했다. 그래서 나는 몸을 구부려 야구공만큼 단단하고 둥글고 잡기 좋은 돌을 하나 주워들고 목표물을 겨냥하여 공중에 던졌더니 그것이 다른 돌팔매보다 훨씬 멀리 날아가 쿵하는 소리와 함께 맷집 좋은 한 경찰관의 방패를 때렸다. 내 주위의 모든 사람들이 환호성을 질렀다. 나는 끝내주는 팔을 가지고 있었던 것이다. 내가 양키 스포츠인 야구 솜씨를 이용함으로써 축구를 즐기는 학과 친구들보다 더 멀리 돌을 던져, 미국에 의해 훈련받고 무장된 칠레 경찰을 공격했다는 사실은 하나의 문화적 모순이었지만, 이를 분석하고 있을 여유는 없었다. 요기 베라(Y. Berra, 양키즈 구단의 전설적인 야구선수—옮긴이)가 자기의 옛 팬 하나가 저 멀리 칠레의 시가전에서 자신의 기술을 전술로 사용하는 것을 어떻게 여길지 궁금해할 때가 아니었다. 뜻밖의 인기에 고무되어 나는 돌을 또하나 날려보냈고, 이번에는 쉬잇하며 다른 경찰을 지나쳤는데, 그의 머리를 아슬아슬하게 빗나갔다. 또 한차례의 환호성이 일었고 나는 돌을 또하나 집어들어 막 던지려다가, 그때…… 나는 돌을 내려놓았다. 그 두 번이 내 오랜 혁명적 인생 역정에서 돌을 던져본 처음이자 마지막 경험이었다.

대기를 가르고 날아간 두번째 돌과 내 손을 떠나지 않으려 했던 세번째 돌 사이에 일어난 심적 변화는, 내가 이러다간 결국 누군가를 회복할 수 없을 정도로 다치게 할지 모른다는 두려움이었다. 이 두 행동 사이의 일시적인 정적의 순간 나는 내 양키 같은 팔로 하마터면 쓰러뜨릴 뻔한 ㄱ 이름 모를 경찰과 나를 동일시했고, 그 경찰뿐만 아니라 그 사람의 아내와 자식과 가족과 동일시했다. 내가 피할 길이 있는데도 그나 다른 누구를 다치게 한다면 나라는 존재는 도저히 함께 살 수 없는 인간이 되어버릴 것 같았다. 그 손이 돌을 내려놓음으로써, 깊은 곳에서 가장 나다운 어떤 속성이 하나의 방법, 하나의 해결책, 하나의 삶의 양식으로서의 폭력을 거부했다고 생각한다.

사선(射線)에서 겪은 그 세례의 순간 동안 내가 갑자기 평화주의로 전향하여, 분노한 학우들에게 관용을 설교할 태세였다는 뜻인가? 전혀 그렇지 않다. 내 세대의 대다수에게 라틴아메리카에서 성공적으로 양키들에 맞선 최초의 혁명인, 피델 까스뜨로(Fidel Castro)의 토착혁명은 여러 해 동안 우리의 시금석이요 우리의 동경의 대상이자 우리를 인도하는 사나이다운 불꽃이었다. 나는 까스뜨로 혁명의 과도함뿐만 아니라 그 성취를 찬양했다. 나는 무장투쟁의 수출을 촉발한 이 혁명의 폐해를 정당화했다. 지금은 몸서리가 쳐지지만, 당시에는 피델이 자신의 정적들을 처형하고 추방한 행위가 절대적으로 필요했다고 생각하기까지 했음을 인정한다. 그들이냐 우리냐,라고 나는 말하곤 했다. 일천만명의 굶주리는 아이들이냐, 아니면 한두명의 부르주아 반혁명분자들이냐, 골라잡아라, 라고 말하곤 했다. 미묘한 점들을 따질 때가 아니었던 것이다.

그러므로 30여 년이 지난 지금, 1960년대 초의 첫번째 가두시위에서 내가 간디의 비폭력 정신을 순간적으로 깨우쳤다고 암시하면서 나 자신을 성자로 탈바꿈시키려 들지는 않겠다. 하지만, 그 사건이 적을—그 문제로 말할 것 같으면 적의 추종자들도—죽이지 않고 집권할 수 있는 무혈혁명에 대한 나의 더없이 깊고 내밀한 선망을 나타낸 징표임은 분명하다.

60년대 동안 나는 무장투쟁에 대해 열정적이고 노골적으로 옹호했지만, 그것은 기본적으로 입으로는 옹호하지만 몸으로는 실행하지 않는 그런 언사에 그쳤다. 민중을 구하기 위하여, 혁명을 구하기 위하여, 어린이들의 기아를 막기 위하여 저 경찰을 죽이라는 요청을 받았다면, 그땐 어떻게 했을까? 60년대 내내 까페에서의 논쟁과 담배 연기 자욱한 저녁식사 비밀모임에서 반복될 그 물음은, 기본적으로 내 아버지가 50년대에 미국에서 도망쳐왔을 때 순전히 우연하게 칠레에 정착했기 때문에 내가 결코 대답할 필요가 없었던 물음이었다. 칠레의 노동자들이 나중에 아옌데가 구현하게 되는 무혈혁명을 향하여 40년 동안 작업해오지 않았더라면, 내가 라틴아메리카의 무산자 해방에 헌신한 결과는 내 세대 다른 나라의 수많은 사람들과 마찬가지로 달동네와 빈민굴에서 총을 들고 싸우다가 결국에는 추적·살해당하는 것이었을 터이다. 실제로 나는 운좋게도, 구조적이고 천지개벽 같은 변화에 대한 나의 급진적인 요구와, 이 변화가 다른 사람들한테 어떤 해도 끼치지 않고 성취되기를 바라는 나의 욕망을 동시에 충족시키는 지구상의 유일한 대중운동을 발견하게 되었다.

1970년 인민통일전선정부의 성공 전에는 모든 혁명이 어김없이 폭력적이었다. 이 폭력의 전제는 우선 지배계급이 부와 권력을 소유하는 수단인 군사적 기구를 때려부수지 않고서는, 그리고 그것에서 시작하여 모든 국가기관(입법·사법·행정)과 모든 통신수단, 그리고 마침내는 모든 소유형태를 완전히—어떤 이의 용어로는 전면적으로—접수하지 않고서는, 사회와 경제의 급진적인 변화가 성취될 수 없다는 것이다. 이것이 볼셰비끼혁명 이후 좌파의 정설이었다. 사실 맑스에 의해 1870년의—정확히 칠레혁명의 성공 1세기 전의—빠리꼬뮌이 어떤 성공적인 혁명이라도 계속 권력을 잡고자 하면 따라야 할 강압정치 모델의 예로 처음 제시되었고, 불과 10년 전에 이 모델은 라틴아메리카에서 꾸바혁명과 함께 출범했다. 그런데 아옌데는, 그리고 대다수 칠레 민중은 민주적 수단을 통하여 그런 변화를 이뤄내는 것이 가능하며 또한 실로 바람직하다고 믿었다. 적을 중립화하기 위하여 적을 박해하고 죽일 필요가 없다는 것을, 기아와 실직과 노숙과 착취의 병폐를 제거하기 위하여 어떤 사람의 기본적 자유를 제한할 필요가 없다는 것을, 혁명의 결실을 수호하기 위하여 독재를 수립할 필요가 없다는 것을 믿었던 것이다.

이런 칠레식 사회주의 노선을 비판하는 사람들은 반혁명세력이 일단 질서를 회복한 다음에는 꼬뮌측 사람들을 대량학살한 빠리꼬뮌의 예를 들며, 이런 전략이 실패할 것이라고, 지배계급들이 결코 순순히 자신의 권력을 포기하지 않을 것이라고, 이 전략은 결국에는 유혈로 끝날 것이라고 예언했다. 아옌데의 대답은 적이 평화적이라는 환상을 자신은 전혀 갖고 있지 않다는 것이었다. 일단 민주주의가 자신들의 이익을 보호할 수 없다고 믿는다면, 칠레의 이전 통치자들은 서로 공모하여 바로 그 민주주의를 파괴하고 약탈할 것이며, 필시 군부를 전복하려 들 것이다. 그러나 그들은 고립되리라는 것이 우리의 이론이었다. 우리는 그들의 무장을 해제했으며, 변화의 산파로서 테러의 불가피성을 거부함으로써 그들 쪽에서 테러를 할 어떤 빌미도 주지 않았다. 이것이 역사에서 도덕적 힘으로서의 우리의 설득전략이었고, 이것이야말로 20세기 내내 서로를 게걸스럽게 잡아먹은 폭력과 반폭력의 악순환을 벗어나는 아옌데의 방식이었다.

우리는 우리의 손뿐만 아니라 적의 손에도 피를 묻히지 않으려고 애쓰고 있었다.

지금은 '우리'라고 말하지만, 사실은 아옌데 시절 초기에 나 자신은 무혈혁명의 가능성에 대해서 숱한 의문을 지녔다. 그러나 그 3년간의 세월이 끝날 즈음에는 나는 그것의 진정한 신봉자가 되었는데, 그렇게 된 큰 이유는 칠레 좌파 가운데 작지만 목소리는 큰, 먹물의 이론들로 가득한 소수파가 현실을 그 이론에 뜯어맞춰야 한다는 전제하에 우리의 혁명을 고의로 파괴하는 광경을 목격했기 때문이다. 아옌데가 자기들을 탄압하지 않으리라는 것을 알고 있는 그들은 무책임하게 사회적 변화를 가속화함으로써 갈등을 무력으로 해결하는 방식을 강요하려 들었다. 그들은 가난한 사회성원들을 끊임없이 동원하고, 산업체·서민주택사업·농장을 무차별적으로 접수하는 등, 혁명을 급진화하기 위해 박차를 가하여 결국 중산층을 소외시키는 결과를 낳았다. 중산층이야말로 혁명의 승리에 필수불가결했으며, 군부를 우리편에 붙잡아두기 위해서도 그랬다.

하지만 극좌파가 옳지 않았던가?

1960년에 곤봉으로 프레디 따베르나를 두어 대 호되게 때린 저 경찰이 1973년에는 프레디와 똑같은 어떤 사람을 고문하기 위하여 지하실 계단을 내려가고 있는데도, 저 옛날 1960년에 내가 여린 마음에 다치게 하고 싶지 않았던 저 무장한 사내들이 우리를 향해 총을 쏘아대고 있는데도, 우리가 그들한테 가하지 않기로 한 그 폭력을 그들이 우리한테 가하고 있는데도, 그래도 나는 다른 쪽 뺨을 대주어야 한다고 생각했는가? 그래도 그들에게 돌멩이 하나 던질 정당한 이유가 없다고 생각했는가? 그 무기를 그 잠든 신병의 손에, 깨어나면 우리한테 방아쇠를 낭길 만반의 준비가 되어 있는 그 신병의 손에 남겨두고 떠나야 했니? 폭력이 해결책이 아니라는 믿음을 나는 여전히 고수하고 있었는가?

내 신념은 그 젊은 군인에 의해 시험되었고, 우리는 그날 그를 죽이기를 거부한 것이다.

그러므로 쿠데타는 내게 나 자신의 죽음을 하나의 가능성으로 불러들였을 뿐만 아니라, 판이하고 사악한 모습으로 전혀 다른 종류의 죽음으로 나를 찾아왔다. 1973년 9월 14일, 아주 짧은 그 한순간 동안 나는 운명적으로 쫓기는 자가 아니라 쫓는 자의 위치에 놓였으며, 어떤 사람을 살릴 것인가 죽일 것인가를 결정하는 신이 되었던 것이다.

권력을 가진 누군가가 쿠데타 동안 내 목숨을 살려주었고, 마치 나 역시 잠들어 있었던 것처럼, 더욱 강력한 어떤 사람의 눈길을 받고 있었던 것처럼 죽음은 어둠속에서 나를 스치며 그냥 지나쳐갔다.

이제 이 젊은 군인의 차례였다.

그가 잠든 사이 나는 그가 살아야 한다는 결정을 했다.

우리는, 알베르또와 나는, 그를 반은 양지에 반은 음지에 내버려둔 채, 그가 거기서 숨쉬도록 내버려둔 채, 우리의 길을 갔다.

나는 그의 이름조차 알지 못했다.

칠레 **싼띠아고**에서 발견한
삶과 **언어**를 다루는 장 | 1954~59년 |

14년이 지난 후에야 나는 미국에 돌아왔는데, 그땐 너무 늦었다.

캘리포니아주 버클리에서 나는 어느날 조그만 방의 타이프라이터 앞에 앉아서——격동의 1968년 연말이었음에 틀림없다——한 문장을 쓰던 도중 그냥 불현듯이 멈췄다. 종이 위에 놓인 영어 단어들을 쳐다보면서 나는 혼자 중얼거렸다. 느닷없이 어떤 생각이 내 뇌리에 떠오른 것이다. 이 간단한 계시(啓示)는 상당기간 내 머릿속에서 숙성하고 있다가 칠레에서 멀리 떨어져 미국에 돌아와 있을 그때서야 비로소 표면화된 것이다. 양키라도 되는 것처럼 영어로 글을 쓰면서 내가 여기서 무슨 짓을 하고 있나? 영어가 문득 이방인의 글자처럼 여겨졌다. 나는 라틴아메리카 사람이었다.

그러자 내가 수년 전 미국의 뉴욕 해안에서 한 결심과 얄궂게도 정반대이지만 그것과 대칭적이고 그것만큼 사나운 결심이 찾아왔다. 태평양에서 그리 멀리 떨어져 있지 않은 그 방에서 나는 북쪽의 아메리카와 그 제국, 그리고 그 문화와 함께 영어와의 관계도 끊기로 했다. 이제부터는 그 언어를 통해 자기정체성을 찾느라고, 그 언어의 말과 글로써 자신의 인격을 구성하느라고 평생을 보낸 내 속의 그 사람과 인연을 끊고 그 존재를 비난하고 억제하기로 했다. 스물여섯의 나이엔 어떤 이도 한 언어를 없애거나 잊어버릴 수 없는 노릇이기에, 언어란 그런 늦은 나이에 포기선언을 한다고 해서 잊을 수는 없기에, 내 신념의 강도와 신뢰도를 굳건히하려고 나는 차선의 방법을 택했다. 모든 개종자들처럼 한때 흠모한 것을 불사를 필요를 느끼던 나는 다시는 영어라는 언어로는 단 한마디도 더 쓰지 않겠다고 맹세했다. 스페인어가 내 평생의 연인이 될 것이었다.

나는 내 의지로 다시 단일언어 사용자가 되기로 했다.

이것은 내가 포위된 자의 정신상태로 칠레에 도착했던 1954년에 예측할 수 있었던 결과는 전혀 아니었다. 스페인어는 도처에 있었고, 그 재잘대고 찐득거리고 질식시키는 듯한 소리의 바다로 나를 에워싸고 있었다. 그러니 지난 10년간 나한테 그토록 도움이 되었던 그 전술은—태어날 때 접수한 그 언어가 존재하지 않는 것처럼 행동하는 것은—이제 소용이 없었다. 내가 할 수 있는 짓이라곤 그 언어를 내 마음에서 인정하지 않을 것이며, 내 사랑하는 미합중국으로 돌아갈 수 있는 나이가 되면 즉시 이 쓰레기장 같은 이국을 떠나겠다는 다짐뿐이었다.

이 글을 쓰는 지금, 내 고립주의적 입장의 벽이 그때 실제로 얼마나 강했는지, 내가 칠레에서 즉각 영광스러운 환대를 받았더라면 그 벽이 폭삭 허물어지지는 않았을지 장담하지 못한다. 그러나 실제로 그렇게 되지는 않았다. 우리가 발빠라이소에 내린 다음날, 내가 어떤 교육을 받을 것인가라는 급박한 문제의 해결에 어머니가 착수하자마자 이 나라에 대한, 특히 스페인어에 대한 내 편견이 뚜렷이 강화되었다.

칠레의 교육제도 속으로 들어간다는 것은 악몽임이 입증되었다.

어떤 아이한테라도 어려웠을 이행(移行)은 지난 2년 동안 미국에서 내가 완벽한 학교에 다녔다는 사실 때문에 더욱 복잡해졌다. 그곳은 맨해튼의 이스트사이드에 있는 댈튼이라는 진보적인 사립학교로서, 어머니는 이 학교에서 스페인어를 가르쳤다. 이런 사정에다 내 미술재능 덕에 따낸 장학금을 합치면 내 수업료는 상당히 절감되었다.

자유를 부여하면 아이들은 잘 자란다는 전제 위에 세워진 댈튼학교를 상실한 나의 고통을 덜어주려고 부모님은 그와 똑같은 교육철학에 헌신한다는 싼띠아고의 한 실험공립고등학교인 리쎄오 마누엘 데 쌀라스에 지원했다. 타고난 낙천주의자인데다 모든 사람이 자기 아들을 자기처럼 무조건적으로 떠받들어야 한다고 가정하는 어머니는 내가 입학하는 데 전혀 문제가 없을 것으로 예상했다.

우리는 교장실까지 갔다.

교장은 엄하고 새침한 여성이었다. 그녀의 책상에는 댈튼에서 온 빛나는 소개장과 추천서가 있었는데, 어머니는 이것들을 꼼꼼하게 스페인어로 번역하여 미리 보냈던 것이다. 교장은 열광하는 체했다. 나는 열두살이었으나 교장의 가식을 알아보았다. 댈튼에서, 우리랑 자매와도 같은 학교에서 온 아이를 받게 되다니 얼마나 멋지냐고 그녀는 정답게 소곤댔다.

좋아요. 어머니는 내가 언제부터 나올 수 있는지 물었다.

교장은 입술을 오므리더니 "좋아요…… 근데……"하고 망설였다.

문제가 좀 있어요, 그녀가 말했다. 그녀는 나를 쳐다보지 않고 어머니를 향하여 긴 집게손가락으로 문제를 퉁기듯이 말했다. 우선, 아마 우리가 잘 모르고 있을 테지만 칠레는 프랑스 모델에 입각하여 운영된다는 것이었다. 미국에서, 그는, 블라지미로는(그녀 앞에 앉아 있는 나, 즉 에디는) 초중등교육을 2년 더 다녀야 하는 아이로, 꼬마로 간주되지만 여기서는—그때 어머니가 끼여들려고 했지만 교장은 손을 저어 어머니를 뿌리쳤다—여기서는, 십대 초반의 젊은이라고 주장했다. 열둘의 나이에 그는 여기서 고등학교에 다니는 것으로 되어 있는데, 왜냐하면 여기서는—그녀는 '여기'라는 말에 강한 액센트를 주었다—미국과는 달리 고등교육을 4년이 아니라 6년간 받기 때문이라는 것이었다. 그리고 여기서는 모든 학생에게 자동적으로 고등학교 진학이 허용되는 것은 아니라고 했다. 고등학교 교육비는 국가와 칠레 국민이 지불하므로, 아이가 고등교육을 시작할 준비가 되었는지 아닌지 결정하는 것은 국가이며, 입학을 허가받기 전에 모든 학생은 종합시험을 쳐야 한다는 것이다. 이 젊은이는 치르지 않은 시험을 말이에요, 그녀가 말했다. 다시 어머니가 한마디 하려고 했으나 교장은 통제불능이었다. 그뿐이 아니에요, 교장이 말했다. 또 문제가 있어요. 그녀는 긴 집게손가락을 흔들어대면서 말했다. 두번째 문제는 우리가 우연히 남반부에 있다는 사실인데, 아마 우리는 깨닫지 못했을지 모르지만 여기, '여기 칠레에서는' 계절이 뒤바뀌어 있다는 것이었다. 그녀는 외투를 입은 아이들이 떼지어 뛰어다니는 학교운동장 방향을 막연하게 가리켰는데, 그 아이들 몇몇은 도대체 무슨 일이 벌어지는지 보기 위해 교장실을 들여다보았고, 모두들 스페인어로 서로에게 소리를 질러댔는데, 칠레의 청결한 대기를 더럽히는 다정한 영어 욕설 한마디도 없었다. 그것이 무슨 의미냐 하면, 학교가 3월에 시작되었고 지금은 8월 말이니 내가 이미 5개월을 빼먹은 것이라고 교장은 말을 이었다. 그러나 추천서들이 들어왔으니, 그래요, 이 젊은 블라지미로가 이 모범적인 학교에서 공부를 계속할 수 있으면 좋겠다는 느낌이 든다고 그녀는 자신의 아늑한 왕국에 파묻혀 느긋하게 말했다.

어머니는 안도의 한숨을 쉬었다.

이로써 문제는 일단락되었구나.

하지만 실제로는 그렇지 않았다. 교장은 이제 내게 주의를 돌렸다. 그녀는 내게 질문을 했다. 나는 더듬거리며 스페인어로 몇마디 하기 시작했으나, 미국식의 엉터리 스페인어였고, 문법도 발음도 틀린 엉망진창의 스페인어였다. 내가 10년 만에 처음으로 모국어로 발언한 단어들이었다. 나는 주저하면서 그 단어들을 억지로 내뱉었지만 그것은 그 단어들의 의지에도 내 의지에도 어긋나는 것이었다. 내가 그녀에게 말한 첫 마디는, 바보같고 건방지고 도전적인 그 말은 내 이름이 에드워드라는 것이다. 혀가 돌아가지 않는 상태에서 나는 내 출생증명서에 적힌 것과는 다른 이름을 사용한다는 뜻을 전하려고 애썼다. 내가 칠레의 시민과 나눈 첫번째 대화였던 것이다. 그녀는 내가 하는 말을 끝까지 들었으며, 그런 표현이 가능하다면, 할 말을 다 하도록 내버려두었다. 그녀는 내가 꼽추 같은 단어를 허공 속에 내뱉으며 실수란 실수는 모조리 범하는 꼴을 지켜보았으며,

내가 삐걱거리며 멈칫거리고 더듬거리다가 마침내 세르반떼스의 언어를 학살하는 장면이 끝날 때까지 가만히 있었다. 그런데 내가 실수할 때마다 교장의 불신이 좀더 격한 적대감으로 변하는 것을 느낄 수 있었다.

교장은 나를 좋아하지 않았다. 아니, 그녀가 좋아하지 않는 것은 내가 아니라 내 언어였다. 내가 양키라는 것, 내가 자신을 에드워드라고 부르는 것을 좋아하지 않았다. 내가 여기에, 더없이 총명한 최상의 칠레 젊은이들이 동포가 낸 세금으로 자유롭고 독립적으로 교육을 받고 있는 그녀의 이 성소에 비집고 들어올 수 있다고 느꼈다는 것, 그리고 자신의 이름과 전통도 거부한 이 아이가 단지 북에서 왔다는 이유로 수천명의 뛰어난 토박이 지원자들을 가볍게 건너뛰고 입학허가를 받겠다고 나설 수 있다고 느꼈다는 것 자체가 그녀의 마음에 들지 않았던 것이다. 라틴아메리카의 대의를 배신한 이 아이는 북에서의 10년 동안 자국의 언어와 문화를 잊어버렸다. 이제 그 대가를 지불할 때이다.

내가 과장하고 있는 걸까? 지금 내가 아는 것을 그 당시엔 몰랐던 것 속에다 투사하고 있는 걸까? 그럴 것이다. 그러나 분명히 적의가 있었다. 나는 그때 그녀의 적의를 느꼈고, 수많은 세월이 지난 지금도 그녀의 피부 안쪽의 싸늘한 중심에서 발하는 적의를 느낀다. 설령 그 당시 나는 그 적의의 크기를 파악할 길이 없었고, 칠레에 대한 지식이 없어서 여기의 수많은 사람들—특히 지식인 엘리뜨들—이 미국을 꺼리고 심지어 증오하면서 이 나라의 가난과 낙후성을 미국 탓으로 돌리고 있다는 것을 깨닫지 못했지만. 일단 내가 미국의 영향권이 미치는 가장 극단에까지, 남쪽으로 갈 데까지 내려가니까 나를 미국에서 쫓아낸 냉전이 이제 나를 가만히 내버려두지 않으려 했다. 교장이 분한 마음에 점잔빼며 싸늘하게 나를 노려보고 있는데 거기 앉아서 내가 어찌 추측이나 했겠는가, 내가 북의 대리인으로—칠레에 내려와 경제를 인수하고 구리광산과 은행과 주요 산업체들과 외교정책과 증기선까지 몽땅 차지한 양키의 대변인으로—범주화되고 있다는 것을 어찌 알았겠는가. 한 세대의 젊은 남녀들을 자신의 힘으로 당당히 서게끔 하여, 자기네들의 달러와 기술과 언어 덕분에 한 주권국가에게 일방적인 조건을 요구할 권리가 있다고 믿는 저들 외국인들에게 도전하게끔 교육하는 것이 그녀의 임무였다.

여러 해 후에 나 자신이 그녀와 아주 흡사한 인물로, 즉 칠레에 대해 맹렬한 자긍심을 갖고 있으며 결연한 민족주의자이며 외국의 영향이나 간섭 없이 우리 운명을 우리가 결정할 수 있는 권리를 광적으로 수호하려는 인물로 변했기 때문에 나는 그 교장이 어떤 기분이었는지를 이해할 수 있었다. 나는 그때 이름도 알지 못한 그 교장처럼 되었으며, 그녀의 진영에 가담하게 되었고, 칠레 해방을 위한 그녀의 투쟁은 나의 투쟁이 되었다. 그렇다, 바로 그 여인은 만약 자신이 쫓기는 신세가 아니었다면—돌이켜보면 그런 신세가 되었을 확률도 높지만—반아옌데 쿠데타 며칠 후에 내게 기꺼이 피난처를 제공했을 것이며, 내게 숙소를 마련해주었을 것이며, 나를 구하기 위해 자신과 자기 가족의 생명을 무릅썼을 것이다. 그러나 내가 내 미래의 조국에 첫발을 내디뎠던 바로 그 순간에 그녀는, 그때 그 자리에서는 내게 도피처를 제공하고 나를 칠레 사회 속으로 안착하게 하고 나를 환대하여 내가 버린 스페인어 속으로 자비롭게 이끌어줄 용의가 전혀 없었다.

그녀는 어머니를 향해 돌아서서 내 스페인어가—그녀가 어떤 단어를 사용했던가? 그녀의 말을 지어내는 까닭은 지금 내 기억에 남아 있는 것이 특정한 어휘라기보다는 그 어조이기 때문이며, 선을 그어 배제하려는, 자신의 변변찮은 분파적 권력을 행사하려는 그녀의 사무치는 욕망이기 때문이다—그렇다, 그녀는 이 꼬마가 스페인어를 할 줄 모른다는 취지의 어떤 말을 했다. 이 아이는 스페인어를 못해요. 더이상 나는 젊은이가 아니었다. 나이 면에서 무력한 아이 수준으로 강등되어버린 것이다. 그녀가 어떤 식으로 말했건 간에, 그녀의 결론은 참으로 극적이었다. 그녀가 그 러시아 혁명가의 이름을 음절마다 액센트를 주면서 말하길, 블라지미로가 여기 들어오려면 1955년 3월까지 일곱 달을 기다려야 하며, 따라서 불행히도 일년을 통째로 손해보고 고등학교를 1학년에서 처음부터 시작할 수밖에 없지만, 자기가 자매학교인 댈튼에 대한 경의의 표시로 입학시험을 면제해주는 것만도 감사해야 하며, 내가 2년을 손해보지 않는 것만 해도 감사해야 한다는 것이었다.

5분 후, 어머니와 그녀의 열두살 아들은 복도에 나와 있었다. 5분 후에 교장실의 문이 닫히자마자, 나는 "이런 뚱딴지 같은 학교엔 다니지 않을 테야!"하며 내 결심을 불쑥 소리쳤다. 물론 영어로. 복도에서 깡충거리며 뛰어오던 어린 여자아이 둘의 얼굴에 나타난 흠칫 놀란 표정을 나는 아직도 기억한다. 내 입에서 튀어나온 외국어 소리에 놀란 것인지 아니면 그 말을 내뱉을 때의 격정에 놀란 것인지는 알 수 없었으나, 그들의 표정과 그 표정으로 말미암아 내가 그들에게, 그들의 체제에, 그들의 나라에 더욱더 이질감을 느꼈다는 것, 가능하다면 그런 유의 표정을 피하겠다는 내 결심을 재확인했다는 것은 기억할 수 있다.

어머니는 절망하여 고개를 흔들었다. "그럼, 대체 어떤 학교에 다닐 거냐?"

이틀도 안되어, 나는 명문 영어사립고등학교인 그레인지의 영국 태생 교장인 잭슨씨의 사무실에 앉아 있었다. 이 학교는 19세기에 칠레에 이주해온 영국 상인과 기업인의 자손들이 최상의 빅토리아 전통 속에서 교육받고, 또한 선조의 언어를 간직할 수 있도록 하려는 한 방책으로 설립되었다. 아버지는 이 학교를 하나의 가능성으로서 조사해보았으나 부정적으로 마음을 굳히셨기에 내게 그레인지는 모든 면에서 댈튼과 정반대라고 경고했다. 이 학교는 남학생만 다니는 학교인데다 엄격한 위계질서를 갖고 있으며, 젊은 남자들은 야만인들이라서 훈육과 위협을 받고 강인하게 단련되어야 다른 열등한 존재들에게 냉철한 통제력을 행사하여 성공적인 삶을 살 수 있다는 이론에 입각하여 운영된다는 것이다. 교복과 넥타이는 필수였고, 학생들은 교칙에서 한발짝이라도 벗어나면 회초리로 매를 맞았으며, 얼어죽을 만큼 차가운 물로 샤워를 해야 했고 싸늘한 이른 아침에 교문까지의 자갈길로 줄줄이 걸어나가 반시간 동안의 끔찍한 체력 단련을 견뎌내야 했다. 게다가 돌에다 손이라도 다치게 되면 더욱 괴로웠다. 또한 싫어하는 스페인어를 피할 수 있을 것 같지도 않았다. 칠레의 다른 모든 교육기관과 마찬가지로 그레인지 역시 공식적인 교과과정 전부를 스페인어로 가르쳤다.

"그런데 왜 영어학교로 불리는 거예요?" 내가 물었다.

체계가 영국공립학교를 모델로 하기 때문이라는 대답이 나왔다. 그레인지의 남학생들이 럭비와 크리켓(부모님은 야구나 미식축구나

농구는 하지 않는다는 점을 지적하신다)을 하기 때문이지. 여기에 더해 일런의 과목들을——언어, 문학, 역사, 시사, 지리, 심지어 수학까지——영어로 가르치는데, 이는 이런 과외과목들까지 끌어들이느라고 그레인지의 수업일수가 칠레의 다른 학교들보다 몇 시간 더 많음을 뜻한다고 부모님이 황급히 설명했다. 부모님은 이를 근거로 고집불통의 아들녀석이 권위적인 학교에 가지 않도록 설득할 수 있지 않을까 희망했다. 심지어 토요일 오전에도 수업이 있다는 것이었다.

"자유시간에, 아이들이 쉬는 시간에, 무슨 말을 하나요?"

"영어로 해야 한단다," 아버지가 말했다. "이 규칙은 아주 철저한 듯하구나."

그 말을 듣고는 그만이었다. 그 위풍당당한 교문을 통과하여 널찍한 녹색 운동장을 보고 담쟁이로 뒤덮인 교사(校舍)에 걸어들어가 보기도 전에 나는 그레인지야말로 내가 갈 곳이라고 결정했다.

나의 이런 선입견은 부모님이 본관 입구에서 이 학교의 교학처장과 몇분간 이야기를 나누는 동안 내가 목격한 자그마한 사건에 의해 굳어졌다. 근처에서 회색 재킷을 입은 세 명의 어린 남학생이 공기놀이를 하다가 그들 중 하나가 속임수를 썼니 안 썼니 하면서 스페인어로 열띤 언쟁을 했다. 흥분하여 떠들어대는 그들의 알아들을 수 없는 말은 푸른 재킷을 입은 좀더 나이 든 남학생에 의해 중단되었다. 그 학생은 홀연히 나타나는 푸른 그림자처럼 난데없이 그들한테 달려가 "영어로 해!"라고 호통쳤다. 그 말 한마디로 그만이었다. 야단맞은 학생들은 죄지은 듯 올려다보고는 아무 말 못하고 일어섰다. 나이가 좀 많은 아이(나는 나중에 그 아이가 규율부원이라 불린다는 것을 알았다)는 경찰관처럼 뒷짐을 진 채 몸을 건들거리며 거기서 몇초 동안 서 있었는데, 영판 디킨즈 소설에 나오는 계부의 어릴 적 모습을 풍자한 것 같았다. 그 규율부원은 공기놀이를 한 아이들을 좀더 기다리게 한 다음 그들의 이름을 묻고 로런스 올리비에식의 깐깐한 영어로 징계를 내렸다. "너희들은 회초리를 맞아야 해. 하지만 오늘 아침 난 자비를 베풀고 싶은 느낌이야. 방과 후 두 시간 동안 학교에 남아 있어. 토요일 오후에 말이야! 자, 천 번 복창한다. 난 휴식시간에 스페인어를 하지 않겠습니다. 복창."

남자아이들은 각자 스페인어 억양이 심한 영어로 그 구절을 거푸 복창하면서, 멕시코 사람들이 알아듣지 못할 영어를 하는 어느 서부영화에 나오는 단역배우처럼 단어들에 걸려 허우적댔다.

"한번만 더 걸려봐……" 그 규율부원이 말했다. 그러고는 팔을 허공에 번쩍 들었다가 내리면서 입으로 휘파람 소리를 내는 동시에 양손바닥을 야무지게 마주쳐 호된 소리를 냈다.

그러곤 그는 가버렸다.

나처럼 자기네들의 삶에 의미를 부여하는 언어를 박탈당한데다 힘을 쓰는 선배들 때문에 자기네들이 증오하는 외국어로 내키지도 않는 말을 더듬거려야 하니까 게임을 할 기분마저 시들해진 희생자들에게 내가 감격스런 연민을 느꼈다고 말할 수 있다면 좋을 것이다. 그러나 황량한 망명자의 마음속에 동정심이 깃들 여유는 없었다. 그 3인조 공기놀이꾼은 그레인지에서 박해를 받았다. 그래, 그들한테는 안된 일이었다. 나 역시 리쎄오 마누엘 데 쌀라스에서라면 내 언어 때문에 박해를 당했을 것이고, 칠레 학교운동장의 구석진 곳에서 그들과 같은 아이한테 매일매일 밥먹듯이 징계를 받았을 것이다. 푸른 재킷을 입은 그 금발의 규율부원이 고압적이고 극단적

160

이며 모진 방식으로 그레인지에서의 나의 이익을, 나의 언어를, 나의 외진 거처를 수호하고 있었으며, 반(半)야만적인 영토 한가운데서 내가 아무런 빈대를 받지 않고 영어를 연습할 수 있는 문명의 전초기지를 수호하고 있었다. 그는 가시철사를 두른 담벼락처럼 칠레가 못 들어오게 막았으며 스페인어를, 토착인들이 중얼대는 열등하고 야만적인 그 언어를, 그것의 마땅한 거처인 그레인지 바깥의 거리로 내몰았다.

그럼에도 나는 그 언어를 배워야만 할 것이다. 몇분 후 마침내 교장인 잭슨씨를 만났을 때 그는 직접 이것이 필수임을 내게 통보했다. 그는 나를 기꺼이 그레인지에 받아들이려 했으며 내가 블라지미로라고 불리고 싶지 않다고 해도 개의치 않았다. 여기선 학생들이 성을 불렀고, 게다가 에드워드는 적절한 선택인 듯했다. 하지만 그는 이렇게 학기의 막바지에 나를 학교에 들일 수는 없었다. 그러면서도 그는 리쎄오 마누엘 드 쌀라스의 교장이라면 입밖에도 내지 않았을 한가지 제안을 했다. 1954년의 나머지 몇달간 고등학교 1학년 전과목을 공부해서 네 힘으로 시험을 쳐보는 게 어때? 그러면 내년 3월에 2학년으로 배정해주겠다는 것이었다. 부모님은 내 스페인어 실력이 그런 시험을 볼 수준이 아니라고 설명했다.

잭슨씨는 내 눈을 똑바로 바라보았다. 천만에요, 도르프만, 넌 할 수 있어. 두 손을 내 어깨에 얹으며 그가 말했다. 넌 우리가 어떤 자질을 타고났는지 저분들께 보여줄 수 있어, 넌 스페인어를 단번에 배울 수 있어, 라고 그가 말했다. 나는 교장 자신의 스페인어가 형편없고 결코 스페인어에 능통하지 않다는 것을 나중에야 알았다. 우린 해낼 거야, 그렇지? 그가 말했다.

나는 고개를 끄덕였다.

나는 자기연민을 그만두고 그 일을 해내기로 했다.

이리하여 나는 1954년 9월 초, 지난 10년간 무시한 스페인어를 보충하려고 내 목을 억지로 사용했고, 열심히 공부하여 그 언어 속으로 들어갔다. 내가 그렇게 한 것은 영어에 대한 애정 때문이었다. 잭슨씨가 애독하는 키플링(R. Kipling)의 시 「만약」(If)에 표현된 대로, 주위의 모든 사람이 이성을 잃어가고 있을 때, 자기를 신뢰하고 자립성과 이성을 잃지 말라는 한 대영제국 옹호자의 격려 때문이었다. 그렇게 한 것은, 미국아이는 자기 학교에 들어올 자격이 없다고 생각한 그 칠레 여교장에게 앙갚음하기 위해서였다. 하지만 내가 그렇게 한 것은 무엇보다 부모님이 그 정도면 됐으니 그만 하라고 주의를 주었기 때문이다. 내가 시험에 낙방하면 마누엘 드 쌀라스에 1학년으로 입학하면 된다는 것이었다.

그리하여 나는 영어로 된 내 정체성을 수호할 한번의 기회를 얻었고 그것을 날려버리지 않으려고 열심히 노력했다. 해야 할 과목이 스페인어뿐이었다면 좋았으련만…… 하지만 수학, 기하, 식물학 그리고 기본적인 칠레 역사, 칠레 지리, 칠레의 꽃과 과일과 전투 등 내가 싫어하는 그 나라의 유산에 관한 단기속성 강좌도 들어야 했다. 무엇보다 힘든 과제는 내가 지긋지긋해하면서 수업을 듣던 사립학원 아카데미아에서 10구역도 못 미치는 곳에서 바로 그때 빠블로 네루다가 맹렬히 쏟아내고 있던 바로 그 언어였다. 아카데미아라니, 싼띠아고 중심가의 지저분하기 이를 데 없는 곳에서 운영되는 추레한 보충학습 교실 두 개에 대한 이름치고는 턱없이 과장된 것이었다. 거기서는 문제아들이 시험준비를 하고 있었는데, 대개 나보다 나이가 많은 이 아이들은 글을 못 읽거나 여타 다른 학습장애가 있거나 학교에서 퇴학당한 아이들이었다. 내가 맨해튼의 ㄱ 병원에서 끊었던 그 언어와의 관계를 마지못해 다시 맺은 것은 바로 거기, 부랑아와 부적응아 들 틈바구니 속에서였다.

스페인어를 혐오한 것을 감안하면, 내가 수학을 그럭저럭 하고 칠레 역사를 간신히 통과하여 12월의 시험에 마침내 통과할 수 있었던 것은 기적 같은 일이다. 그러나 스페인어에 관해서는 이야기가 달랐다. 내 필답시험이 너무 엉망이어서 정부가 지명한 교사들로 구성된 고사위원회는 내가 구두시험을 칠 것을 결정했다. 그들은 분개하여 시험 결과를 내게 보여주었다. 내가 저지른 실수 하나는 너무도 터무니없는 것이어서 아직 기억이 난다. 역겨운 입냄새를 풍기는 시험관이 불러준 단어들 가운데 수련(水蓮, azucena)이란 말이 있었는데, 이 꽃을 좋아해서가 아니라 라틴아메리카에서는 둘 다 S처럼 발음되는 Z와 C를 학생이 혼동하는지 보려는 심산으로 선택한 문제임에 틀림없었다. 하지만 나는 이 속임수에 넘어가지 않았으니, 이 단어를 한번도 들어본 적이 없었기 때문이다. 나는 교사에게 다시 반복해달라고 소심하게 요청했다. 그녀는 내가 귀머거리라도 되는 것처럼 화난 표정으로 쳐다보더니 가만히 다가와 네 음절의 이 단어를 훨씬 더 알아듣기 어렵게 쉿쉿 하며 발음했다. 이번에 내가 들은 것은──어쩌면 그녀의 입에서 풍기는, 채 소화가 안 된 돼지고기와 튀긴 마늘 냄새가 영향을 끼쳤을지 모른다──"그녀의(혹은 그의) 저녁 식사에"(a su cena)라는 말이었다. 구역질이 나서 어깨를 으쓱하며 나는 그 세 단어를 갈겨썼다. 시험관들이 내 시험지를 받아보고는 틀림없이 나를 천치로 여겼을 것이다. 하지만 그들은 내게 질문을 시작하자마자 내가 이 나라에 막 도착한 미국아이일 뿐이며, 석달 만에 이 언어를 배우겠다는 확고한 노력은 벌을 줄 일이 아니라 칭찬을 해야 할 일임을 깨달았다. 그들은 내게 합격점을 주었다. C⁻쯤 되는 점수였다. 어쩌면 내가 라틴아메리카에서 태어났고 내 부모님이 아르헨띠나인이어서 이런 시험쯤은 문제없이 통과했어야 마땅함을 그들이 알았더라면 그렇게 관대하지 않았을지도 모른다. 혹은 어쩌면 그들은 '아카데미아'가 제공한 푸짐한 점심식사에 대한 보답으로, 그 기름진 잔여물을 내 귀에 대고 트림했던 구술고사 여선생이 먹은 식사에 대한 보답으로 어차피 나를 합격시켰을지도 모른다. 내가 상관할 바가 뭐 있겠는가? 그들을 속여넘겼는데 말이다. 내 마음은 스페인어를 종속적이고 보잘것없고 부적절한 것으로 여기는 영어의 천국, 그레인지를 향하고 있었다.

잭슨씨의 영국학교에서 수업을 듣기 시작한 1955년 3월 어느날 그레인지에서의 내 첫 스페인어 선생을 불행히도 대면해야 했을 때, 그는 스페인어의 처지가 꼭 그렇지 않음을 즉각 선포했다. 오전의 첫 두 시간은 꿈결처럼 흘러갔다. 최근 정세와 문학이었는데 둘 다 영어로 진행되는 수업이라서 나는 뻔질나게 손을 들고 그럴싸한 영국식 억양을 구사하여 교사들의 환심을 샀다. 그런 후 휴식시간에는 운동장으로 성큼성큼 걸어가 내 말을 듣고자 하는 누구에게라도— 그리고 필시 듣고 싶지 않은 많은 아이들에게도—나의 잘난 영어를 열나게 뻐겨댔다. 그러고 나서 상기되고 자족감에 젖은 표정으로 교실로 당당하게 걸어들어와 내 언어유산을 계속 의기양양하게 방어할 태세를 갖추었다. 그런데 '까스떼야노'(castellano) 담당 선생과 얼굴을 맞닥뜨리게 된 것이다. '까스떼야노'라니? 라틴아메리카의 많은 나라에서 스페인어는 이렇게 불린다. 흔히 스페인어라 부르는 언어가 실은 까스띠야(Castile, 스페인 중부에 있는 도시 ─ 옮긴이)의 방언임을 상기시켜주는 이름인 것이다. 유태인을 몰아내고 종교법정을 설치하고 콜럼버스에게 돈을 대준 바로 그 카톨릭 제왕들인 이사벨과 페르난도가 이베리아 반도의 나머지 지역에 사용을 강요한 그 방언 말이다. 그리고 그것은 그 선생이 내게 억지로 시키려는 말이기도 했다.

출석을 부르자 듣기 거북하고 스페인어답지 않은 양키식 강세로 내가 대답하는 것을 듣고는, 그는 비꼬는 듯 입술 끝을 말아올리고는 나더러 교실 앞쪽으로 나오라고 명했다. 그는 2학년 교과서를 건네주며 시 한편을 읽으라고 했다. 내가 스페인어로 읽은 첫번째 시였다. 19세기 칠레 시인 벨리스(C. P. Véliz)가 쓴 「아무도 말이 없었네」(Nadie dijo nada)라는 시인데, 아무도 알아주지 않는 가운데 땅에 묻히는 한 노숙자에 관한 것이었다. 묘 파는 인부가 시체에 흙을 뿌릴 때 "나디에 디요 나다, 나디에 디요 나다"(아무도 말이 없었네, 아무도 말이 없었네)라고 한 것이다. 그 시를 읽으면서, 단어 하나하나를 겨우 발음해야 하기 때문에 더듬거리며 읽어나갈 때, 선생은 너무도 유쾌하다는 듯 교정해주며 동의어 몇개를 물었다. 나는 머리를 쥐어짜보았지만 텅 빈 공간밖에 없었다. 시에 나오는 사람들처럼 나는 아무 할 말이 없었고, 내가 매장되고 있는 그 사람처럼 느껴졌다. 그러나 선생은 몇 가지 예를 주고 그것을 칠판에 쓰게 하더니, 내 필체와 철자 모두를 비웃었다. 그런 다음 그는 내게 "아블로 에스떼 이디오마 엔 포르마 엑세끄라블레"(나는 이 말 실력이 엉망입니다)라는 구절을 거듭 발음하게 했다. 잠시 이렇게 즐기더니 그는 나를 자리로 돌려보냈고, 사람들 앞에서 창피를 당한 나는 나머지 수업 내내 속을 끓였다.

수업이 끝났을 때 나는 서둘러 선생을 따라가 복도에서 그에게 다가갔다. 내가 무슨 말을 할지 나도 몰랐고, 떨리는 입에서 나오는 내 말에 나도 그 선생만큼 놀랐을지도 모른다. 그레인지를 졸업하기 전에 스페인어 구사에서 우수상을 따내겠다고 말한 것이다. 그는 잠시 나를 쳐다보더니, 이 미국아이가 자기를 놀리는지 아니면 돌았는지 의아해하는 듯했다. 어느 쪽인지 마음을 못 정하다가 그는 "눈까"(결코 그런 일은 없을 거야)라는 한마디 말로 매조지를 했다. 그는 마치 군사동작을 수행하듯 발꿈치 끝으로 야무지게 돌아서서, 보복할 계획을 품고 있는 나를 거기 복도에 남겨두고 가버렸다.

다음 몇주간 그는 나를 무시했고 그후 어느날 수업에 나타나지 않았는데, 들리는 말로는 외국에서 한재산 모을 요량으로 학교를 사직하고 다름 아닌 미국(그의 반미감정을 감안할 때 대단한 일이다!)의 작은 대학으로 떠났다는 것이다. 다음에 온 선생은 생쥐같이 생긴 따분한 사람이었는데 내가 미국인이든 화성인이든 전혀 신경쓰지 않았다. 그리하여 거의 5년 후 1959년 말 졸업식에서 내가 맹세한 대로 스페인어 우수상을 받게 되었을 때, 나를 괴롭히던 그 선생은 그 자리에 없어서 자신의 잘못을 인정할 수 없었다. 그러나 그를 다시 한번 만난 일이 있었다. 수년 후 내가 망명중이던 때였다. 1977년 12월 말이었는데, 나는 스페인 문학과 라틴아메리카 문학을 가르치는 수천명의 미국 교수들에게 기조연설을 해달라는 초청을 받고 비행기편으로 암스테르담을 출발해서 시카고의 근대언어학회(MLA) 학술대회에 참석했다. 당시 나는 수편의 베스트셀러 산문집을 냈고 장편소설로 주요 문학상을 수상하여 이름이 나 있었다. (삐노체뜨에 대항하는 칠레의 문화적 저항과 아옌데 정권 당시의 실책들을 다룬) 연설을 마쳤을 때, 내게 다가온 이는 그레인지에서 내게 '까스떼야노'를 가르친 바로 그 선생이었다. 그가 재직하던 작은 대학에서 은퇴할 참이라는 소문은 희미하게 들었지만, 여기서 만나게 될 줄은 기대하지 않았었다. 그는 사뭇 감격적이고 감상적이었다. 도르프만 씨, 제가 당신 글을 얼마나 좋아하는지 알아주셨으면 합니다. 라틴 아메리카에서의 상상력과 폭력에 관해 쓴 당신 책——제 대학에서 지난 몇년간 학생들과 함께 사용해온 것인데요——에 싸인 좀 해주시겠습니까?

절호의 복수 기회를 맞아 나는 할 말을 잊은 채 그를 쳐다보았다. 그는 이 아리엘 도르프만한테서 예전 칠레에서 자기가 모욕을 준 그 에드워드를 알아보지 못하는 것이 분명했다. 수년 후 이 만남에 관해 들은 내 막내아들 호아낀은 내가 몽떼 크리스또 백작처럼 멋들어지게 정체를 드러내서 이 악한의 콧대를 꺾어주지 않았다고 나를 나무랐다. 오히려, 나는 별 의미 없는 친절한 말을 몇마디 중얼거렸고 싸인을 해주어 그를 그냥 보내버렸음을 고백한다. 내 혀는 우리가 처음 만났던 때처럼 굳어버렸는데, 이번에 나를 마비시킨 것은 스페인어 실력이 모자라서가 아니라 너무 지나쳤기 때문이다. 어떠한 말로도 우리가 헤어진 지 20여 년이 지난 그때 그 혀에 무슨 일이 일어났는지 제대로 설명할 수 없었다. 그렇다, 그는 자신을 방어할 수 없는, 나라 없는 아이에게 부당할 정도로 심하게 굴었다. 그렇다, 나는 아이들을 괴롭히는 사람을 정말 싫어한다. 하지만 나는 그가 내게 호의를 베풀었다는 터무니없는 결론에 도달하게 되었다. 그렇게 잔인하게 대한 것에 대해 감사해야 하지 않을까라는 괴상한 생각에 잠기기도 했다. 거기 시카고의 근대언어학회에서 그는 스페인어가 보낸 복수의 천사로, 내가 오만에서 벗어나도록 일깨우러 온 역사의 전령으로 내게 홀연히 모습을 드러냈다. 내게 충격을 주어 내가 출생 당시 부여받은 이 말이 마치 존재할 권리가 없는 것처럼 행동할 수 없음을 단호하게 이해시키려고 미지의 칠레 민중이 은밀히 보낸 하나의 대리인으로 나타난 것인데, 그 계시는 이 글을 쓰는 지금 더욱 확실하게 다가온다.

그 선생이 부당했던 것은 사실이지만, 그가 젊은이들 속에서 뿌리내리기를 열망하면서 헌신적으로 돌봐온 그 언어를 나 또한 부당하게 대접한 것이다. 나는 그의 경멸을 받을 만했는데, 그 깨달음은 나를 깨우쳐 내 삶에서 스페인어를 위한 공간을 열게 했다. 그 공간은 영어로 들끓던 내 뇌리 속의 거대한 영역에 비하면 터무니없이 왜소하지만, 그것으로 충분했다. 일단 그 말이 존중받게 되자, 일단 그 말이 내 삶에 뿌리박을 기회가 부여되자, 그 말을 막는 것은 불가능했다.

영어는 미국을 자신의 비밀무기로 활용했었다. 이제 스페인어가 칠레를 이용할 때가, 나를 칠레의 그물망에 끌어들일 때가 되었다. 저 바깥에, 이제는 존재하지 않는 옛 제국을 기념하는 오아시스 같은 이 영국학교 너머에 진짜 도전이 나를 기다리고 있었다. 그 도전은 (내가 구태여 관찰하려고도 하지 않았던 칠레와 조만간 충돌을 빚게 될 나라인) 새로운 제국 미국으로 돌아가려 용쓰는 내 몸의 경계 너머에서, 저 바깥에서, 내가 또렷이 말할 줄도 모르는 스페인어 단어 안에서, 내 혀끝에서 나를 기다리고 있었다. 그 언어로 말하는 사람들, 내 몸을 실제로 둘러싸고 이름을 물어보는, 수많은 사물과 경험 늘의 수호신 사람들이 바로 그 도전이었다. 저 바깥에 존재하는 스페인어가 내 미래를 담고 있었다. 그것은 언젠가 내가 안헬리까에게 말할, "연인처럼 푸른 욕망"이라는 가르씨아 로르까(G. Lorca)의 시구, 내 조국에 말할, "내 조국의 벽이 무너지는 것을 지켜보네"라는 께베도(Quevedo)의 시구, 혁명에 대해 말할, "일어나 나와 더불어 태어나자, 형제여"라는 네루다의 시구, 시간에게 속삭이게 될, "범 같은 기억"이라는 보르헤스의 구절을 담고 있었다. 나는 그런 범 같은 기억으로 죽음을 다시 한번 속이려 들 것이다. 언젠가 나는 스페인어로 희망이란 뜻의 '에스뻬란사'(esperanza)란 말이 그 음절 속에 '기다리다'는 뜻을 지닌 '에스뻬라르'(esperar)의 소리와 의미를 숨기고 있음을, 그 말 자체에 이미 좌절의 예고가 담겨 있음을, 이 음절을 만들어낸 이들은 경험을 통하여 우리가 번번이 역사에 유린당하고 말았음을 알고 있기 때문에 거기에는 조심하라고, 희망하되 지나치게 희망하지는 말라는 경고가 담겨 있음을 깨달을 것이다.

스페인어를 배우면서 그 말의 신기한 점뿐만 아니라, 책임을 회피하는 법도 배우게 되었다. 열여섯살 때였음이 분명한데 그날의 기억이 되살아난다. 스페인어가 내 습관 속에 깊이 스며들어 말이 저절로 나오기 시작한다는 것을 처음 깨달을 즈음이었다. 목공수업중이었는데 내가 만든 괴물같이 일그러진 공작품을 마지막으로 서툰 망치질로 꽝 내리치자 그것은 부서져 사방으로 흩어졌고, 나는 목공교사에게 어깨를 으쓱하며 "쎄 롬뻬오"(부서졌어요)라고 말했다.

그는 화가 나서 입을 씰룩거렸다. "쎄, 쎄, 쎄"('se'는 비인칭 재귀목적어로 사용됨—옮긴이)라고, 그가 야유조로 말했다. "이 나라에선 뭐든

'쎄'야, 부서졌다고, 어쩌다보니 그렇게 됐단 말이지, 도대체 내가 부 쉈다고, 내가 망쳤다고 왜 말하지 않는 거야. 그렇게 말해, 말해봐, 내가 부쉈어요, 내가요라고. 임마, 책임을 져야지." 돌연 나는 스페 인어를 쓰는 사람이 되어 자신을 숨기는 그 언어의 표현법을 사용했 다고 야단을 맞고 있었다. 나는 무심코 누구나 쓰는 비인칭 '쎄'(se) 를 썼고, 그 언어 속으로 도피했고, 그 언어에 동화되었다.

그러자 나는 이 나라 말에 가장 헌신적인 추종자들조차 책임을 남 에게 전가할 수 있도록 해주는 또다른 회피적 어법들을 의식하게 되 었다. 넘쳐나는 수동태와 너무도 자주 쓰이는 'hay que' 'había que' 'habría que'(대략 '……할 필요가 있다' 정도의 뜻이다)라는 구절은, 나중에 담배연기 가득한 방에서 모두들 무엇을 해야 할지 끊임없이 토론하면서도 정작 어떤 일을 실제로 하는 사람은 거의 아 무도 없었던 그 당시, 나를 열불나게 만든 말이었다. 하지만 그때 이 미 나는 이 언어 속으로 더 깊숙이 들어가 있어, 이런 다양한 가능성 과 유사한 행로들 또한 미덕일 수 있고 이 언어를 풍요롭게 할 수 있 음을 알았다. 나는 아마 인도유럽계 말 가운데 가장 풍요한, 스페인 어의 동사체계를 탐구하게 되었던 것이다. 나는 스페인어가 부리는 시제의 유동적인 용법에 감탄하게 되었고, 아직 발생하지 않은 시 간, 정지한 채 발생되기를 기다리고 있는 시간, 비록 역사에서 실현 할 수 없다 해도 마음속에는 존재하는 시간 등의 다양한 시간 형식 을 정신적으로 살게 해주는 가정법을 이미 내면화하고 있었다. 이런 시간 형식이란 대안적 상상의 우주를 세우는 일이 오늘, 지금 바로 여기의 감옥에 갇힌 우리들 가슴의 엄중한 현실에는 늘 따라오는 일 임을 보여준다.

그렇다고 내 마음속에서 어떤 일이 일어나고 있는지 의식하고 있었던 것은 아니다. 그것은 미묘하고 교묘하며 위장된 과정이었고, 어휘와 문법규칙은 서서히 내 의식 속으로 스며들어 부지불식간에 나를 양쪽 언어로 작동하는 사람으로 바꾸어놓았다. 하지만 처음부터 나는 내 새 언어가 옛 언어와 대화하도록 내버려두지 않았다. 나는 이 두 언어 중 하나가 줄 수 없는 것을 다른 하나가 줄 수 있는지, 그 언어들의 상대적 장점을 비교하는 일을 고집스레 회피했다. 그 두 언어는 내 마음속에서 엄밀히 다르고 격리된 두 지역에 거주하는 듯하였고, 어쩌면 두 사람의 에드워드가 있어 각기 다른 언어를 쓰고 분열된 인물처럼 단절된 상태에서 서로 감염될까 두려워 상대를 무시하는 것 같았다. 나는 두 언어 간의 상호교류를 시도하지도 않았거니와 그럴 가능성조차 고려하지 않았다. 왜냐하면 두 언어의 폭과 표현력을 서로 비교한다면 나의 내부에 그런 현상을 사유하는 영역이, 즉 그 두 언어가 공유하는 공통의 공간이 생겨남을 뜻하는 것이었을 테니까. 그것은 내가 돌이킬 여지없이 두 언어 상용자임을 인정한다는 의미였을 터이고, 너무나 유약하고 미숙한 나로서는 직면할 수 없었던 정체성의 문제가 대두됨을 뜻했을 것이다. 스페인어를 하는 이 자는 누구인가? 영어를 하는 바로 그 아이란 말인가? 어느 사전을 쓰건 간에 변치 않는 어떤 중심이란 존재하는가? 그리고 어떤 특정한 이야기를 하는 데 어느 언어가 더 나은가? 어째서 이 언어에서 저 언어로 전환할 때 너의 몸짓언어가 바뀌는가? 그게 서로 다른 몸이란 말인가? 이런 물음들은 많은 세월이 지나 이 두 언어의 공존을 받아들인 지금에서야 떠올릴 수 있는 것들이다. 만약 내가 이중성을 향한 여정을 처음 시작할 당시에 물었더라면 이런 물음들은 나를 엄중히 단속하고 스페인어를 다시 질식시키고 스페인어가 목소리를 낼 권리를 부인했을 것이다. 나의 스페인어는 이런 사실을 알았고 협력했으며 다시 한번 흔쾌히 내 머릿속에 존재하면서도 그 영역이 넓어졌다고 티내지 않았으며, 영어 문장 한가운데서 갑자기 스페인어 단어가 번역 불가능한 그 표현법에 대응하는 영어가 없다는듯, 마치 이보다 더 자연스런 것이 어디 있냐는 듯이 문득 출현할 때 승리의 쾌재를 부르는 어리석음을 범하지도 않았다. 나의 스페인어는 내 혀끝에 영어가 무한정으로 있는데도 왜 꼭 그 단어가 필요한지, 왜 그 단어를 대치할 수 없는지 생각해보라고 요구하지 않았다. 살그머니 잠입한 나의 스페인어는 지혜롭게도 나를 궁지로 몰아넣지 않았다. 대신, 아주 천진하게, 그것은 자라났다. 그리고 자라고 또 자랐다.

스페인어를 배우는 이 과정이 얼마나 급진적인 것이 될지, 그리고 어떻게 내 삶을 바꾸고 나를 칠레에 결속시킬지 알았더라면 나는 틀림없이 반항했을 것이다. 영어로 말하는 내 정체성의 우월성과, 미국으로 돌아가리라는 결심을 위태롭게 만들기보다는 수백명의 부당한 선생들과 조롱하는 급우들을 견디는 쪽을 택했을 것이다.

당시 나는 칠레나 스페인어가 나를 영구히 매혹할 위험은 조금도 없다고 생각했다. 내 머리는 확고하게 북을 향하고 있었고 전형적인 식민주의자의 꿈을 꾸며 살았으며 모든 가치를 모국인 미국에서 찾았다. 아버지가 외교관이란 이유로 내 머릿속뿐만 아니라 뱃속까지 우리가 아직 미국에 거주하고 있는 것으로 가장할 수 있었다.

그레인지의 칠판에서 스페인어를 배운 첫 수업으로 내가 칠레 쪽으로 나아간 지 몇주 후, 미국인으로서의 나의 과거는 아버지가 집에 가져온 커다란 박스의 모습으로 나타나 나에 대한 권리를 주장했다. 그것은 미국에서 직수입된 물건들이었다. 아버지는 칼을 건네주며 뜯어보라고 했다. 망설이지 않고 박스의 중앙을 푹 찌르자 선물들이 쏟아지면서 꾸러미들이 흩어졌다. 가족 모두가 함께 나누어 가질 콘플레이크, 허쉬 시럽과 캠벨 토마토 수프, 앤트 제미나 팬케익가루와 쉬래프 아몬드 과자 그리고 잡지와 책, 레코드, 셔츠, 수영복 등이 나왔다. 나만을 위한 선물도 있었다. 열두 개의 막대사탕 다발이었다. 석달마다 화물이 새로 도착할 것이라고 아버지가 말했다. 나는 환성을 지르며 내 방으로 올라가 책상 맨 아래 서랍, 가장 소중히 여기는 원고들 밑에 사탕을 숨겨두었다. 음식과 문학, 내 삶에 집요하게 붙어다니는 둘을 나란히 놓아둔 것이다. 정확히 열두 주 후의 다음 화물이 구호물자를 가져다 줄 때까지 이것으로 견뎌야 하는 것이었다. 나를 통제한다면, 로빈슨 크루소가 섬에서 그랬던 것처럼 야만인의 공격과 무자비한 시간의 수레바퀴에 저항할 수 있을 터였다. 말하자면 내가 유혹을 이겨낸다면, 이 막대사탕들은 나를 예전의 그 아이로 남아 있게 하고 매일밤 한 입씩 먹을 때마다 미국을 떠올리게 하여 내가 실제로 고향으로 돌아가 동네가게에서 한껏 먹을 수 있게 될 그날까지 나를 지켜줄 것이었다.

그때 나는 프루스뜨(M. Proust)를 읽은 적도 없었고 '마들렌느'(madeleine, 『잃어버린 시간을 찾아서』에서 회상의 모티프가 되는 과자의 일종—옮긴이)라는 단어의 발음도 몰랐지만, 칠레에서의 처음 몇년간 나는 막대사탕 덕분에 과거를 다시 붙잡아보려는 프루스뜨적 몸부림에 탐닉할 수 있었다. 다만 내 경우에 시간이 환상임을 입증하려는 이 시도는 운에 맡겨진 것이 아니라, 냉철하고 계산적인 과학적 작전

같은 것으로 변했다. 매일밤 잠자리에 들기 전, 나는 베이비루쓰 사탕 끄트머리를 깨물어 먹고, 조심스레 거의 숭배하듯이 나머지 부분을 다시 껍질에 싸곤 했다. 다시 잠자리에 들면 아이 적 그랬듯이 죽음에 대한 상념에 잠기는 것이 아니라, 도대체 베이비루쓰가 누구인지, 그녀는 이 사탕을 실컷 먹을 수 있었는지 골똘히 생각하며 누워 있었고, 그러다 보면 내 마음은 어쩔 수 없이 서랍 속 거기, 너무나 가까이 너무나 외로이 놓인 채 침 흘리는 나를 저 잃어버린 먼 나라로 기꺼이 데려갈 막대사탕으로 향하였다. 나는 이불 밖으로 가만히 기어나와 서랍을 열고 그 맛난 베이비루쓰를 꺼내 마치 꽃인 것처럼 껍질을 벗겨 향을 맡아보고 입술 가까이 가져간 후 한번 핥아보지도 않은 채, 사탕을 다시 껍질 속에 육감적으로 집어넣어 잠재우고는, 침대로 돌아와 더 많은 생각을 했다. 그러자 물밀듯이 엄습하는 거리감과 나락 같은 욕망에 시달리다 끝내는 달려가 서랍을 열고 껍질을 벗겨 사탕의 부드러운 가슴을 풀어헤쳐 아주 조금 베어물곤 했다. 초콜릿 조각이 나를 녹여 미국으로 데려다주리라는 희망에 젖은 채로. 하지만 그것으로는 결코 성에 차지 않아 어느새 나는 한 입 또 한 입 깨물어먹다가 마지막 조각까지 다 먹게 되었다. 그리고 자주, 너무나 자주, 또 하나의 베이비루쓰에 손을 대고 그 다음엔 마쓰 사탕을, 하나만 더. 하나만 더. 꼭이야, 맹세코 이것만 먹어야지! 하다 보면 어느새 방바닥은 빈 사탕껍질들로 쌓이고 나는 싼띠아고의 내 방에서 조금도 벗어나지 못한 채, 배는 살살 아파오고 한 자리에서 미국행 비밀통로인 사탕 한달 분을 다 먹어치웠음을 깨닫는다. 내일이면 고향으로 돌아가리라는 환상에 잠기는 모든 망명자들이 읊조리듯이 부질없이 이렇게 자신을 타이른다. 이 거리감은 단지 막간에 불과해, 내가 변치 않을 수만 있다면, 내가 시간의 공격을 물리칠 수만 있다년 끝장닐 형벌이야라고 말이다. 수년 후 나의 다음 망명 때, 칠레의 엠빠나다스(고기파이—옮긴이)가 과거로 가는, 내 몸이 입국금지당한 과거의 그 나라로 들어갈 수 있는 어른 차표가 될 것이라는 동일한 기대를 품고 그 고기파이를 탐식하게 될 줄은 알지 못하고서 말이다. 사춘기 내내 빠져나가기를 갈망했던 나라였고, 밀키웨이 초콜릿 맛에 빠져 당시에는 거의 입에 대지도 않던 그 엠빠나다스인데도 말이다.

물론 내가 애써 고향이라 부르는 그곳으로 돌아갈 좀더 확실한 방도들이 있었는데, 그것은 특히 스포츠 뉴스를 따라잡기 위해서 미국에서 읽었던 것보다 더 많은 잡지——『매드』(Mad)에서 『쌔터데이 이브닝 포스트』(The Saturday Evening Post)에 이르기까지——를 구독하는 것이었다. 그리고 만화와 추리소설은 사탕과는 달리 거듭 읽을 수 있었다. 그리고 영화는 서사극이든, 감상적인 연애 이야기든, 요사이 미국 텔레비전에서 농담의 단골메뉴가 된 실수연발의 싸구려 에드 우드(Edward D. Wood 감독을 가리킴—옮긴이) 유의 삼류 공상과학영화든 가리지 않았다.

거기 칠레에서 나는 미국의 여느 아이보다 더 확실한 미국아이가 될 작정이었다. 마치 아직 인정하지 않은 스페인어와 새 조국에 대한 끈이 나로 하여금 미국을 향해 더욱 격렬한 애착을 촉발한 듯 말이다. 미국과의 연계를 잃어버릴 위험이 실제로 존재할 수 있다는 어떤 의구심도 잠재울 각오로 미국에 대한 내 충절을 열렬히 과시해야 하는 듯 말이다.

그러나 그 연계가 나를 놓칠 위험은 전혀 없었다. 내가 돌아보는 곳 어디서건 미국은 풍성히 존재했는데, 칠레 청년들이 듣기 시작한 음악에서 특히 그러했다. 최근에 따라잡은 스페인어 덕에 나는 볼레로와 탱고와 란체로의 가사를 알아들을 수 있었지만 여전히 이런 라틴아메리카 노래들을 경멸했고——학교와 집에서 영어로 수다 떨던 저 그레인지 요새의 친미 성향의 패거리들과 더불어——이 노래들이 어두운 피부색의 하층민들, 지저분한 사람들의 취향을 반영한다고 생각했다. 방에 있을 때나 춤을 출 때 우리는 미국 음반만 틀어주는 라디오 방송에 늘 주파수를 맞추었는데, 세월이 갈수록 그 방송의 친미적 행태는 더욱 심해졌다. 처음엔 프랭크 씨나트라와 애임즈 브라더즈와 냇 킹 콜을 들었지만, 얼마 지나지 않아, 아주 때맞추어 엘비스와 빌 헤일리와 코니 프란시스의 초기의 반항적 가락을 듣게 되었다. 이런 가락들은 사춘기로 진입하는 반란하는 육체에게, 섹스가 주는 불확실한 약속과 격정을 표현할 수 있는 리듬을 갈망하는 육체에게 때마침 들려온 음악이었다.

내가 미국문화의 이 모든 표현들에 그토록 쉽사리 동화될 수 있었던 이유는 그것들이 내 아버지를 통해 수입될 필요도 없었으며, 석달에 한번씩 배편으로 도착한 것도 아니었기 때문이다. 그것들은 세계의 다른 지역에 침투해 들어가는 것만큼이나 급속히 칠레에도 침투하고 있었으니, 어느 곳의 청소년이건 같은 가락을 노래하고 춤추게 만드는 전지구적 문화의 서곡이 지구 곳곳에 울려퍼지고 있었다.

수년이 지나 아옌데 혁명기 동안 나는 미국 미디어산업의 이런 팽창을 민족적 정서와 감수성에 대한 위협으로 개탄하고 부정하게 되었으나, 1950년대 당시에는 내가 바로 그 산업의 수혜자였다. 내가 그렇게 많은 미국영화를 게걸스럽게 감상할 수 있었던 것은 지역 소유의 영화배급사들이 할리우드의 계열사로 인수되면서 2차대전 당시 번창하던 민족적 영화산업이 미국의 독점회사들에 의해 무참히 쪼그라들고 있었기 때문이다. 당시 나는 저항의 목소리를 한마디도 내지 않았다. 영어 발음을 동경하고 봉긋한 젖가슴을 가진 칠레 소녀들은 그런 노래라면 사족을 못 썼으니, 이 탐스러운 소녀들로 하여금 뺨에 뺨을 맞대고 더 가까이 좀더 가까이 춤추도록 부추기는 그 매력적인 가수를 방해하거나 저지할 이유가 없었다. 그래서 적자생존의 그 전장에서 나는 내 유일한 재산인 달변의 영어를 더욱 강화했다. 내게 힘을 부여한 것은 셰익스피어가 아니라 패쯔 도미노(Fats Domino, 1950년대 인기를 누린 미국의 로큰롤 가수-옮긴이)였지만 말이다.

주위의 모든 이들이 경외심을 품고 북을 바라보던 상황에서 나는 서슴없이 현대적 분위기를 연출했고, 미국에 관한 첨단정보를 구어로 알려주는 최신판 백과사전으로서의 내 장점을 부각했다. 비록 내가 미국 대중문화에 푹 빠져 있긴 했지만, 고등학교 시절 동안 나는 내가 택한 조국(미국을 가리킴-옮긴이)이 라틴아메리카, 특히 칠레의 비참한 현실에 책임이 있음을 점차 인식하게 되었다.

물론 뉴욕에서도 미제국주의에 대해 들었던 적이 있었다. 부모님은 미국을 연모하는 아들에게 「아름다운 미국」(애창되는 미국 찬가-옮긴이)이 국경 남쪽에서는 '추악한 미국'이 되었기 때문에 번영할 수 있었음을 기회 있을 때마다 일러주었지만, 미국이 자신의 뒷마당쯤으로 대접하는 남쪽 대륙으로 우리 가족이 일단 이주하자 그 추악함은 소름끼칠 만큼 명백해졌다. 한 예만 들어보자. 1954년, 내가 미국을 떠난 바로 그해, 과떼말라는 미국에 의해 훈련받은 군대가 (미 공군의 폭격지원을 받아) 감행한 침략을 당했는데, 그 이유는 이 나라의 민주적으로 선출된 대통령 아르벤스(J. Arbenz)가 감히 유나이티드 프루트 컴퍼니의 땅 일부를 국유화하려 했기 때문이다. 일년 후, 망명객이 된 아르벤스가 싼띠아고의 우리 집에 와서 저녁식사를 했다. 그의 고통과 그의 조국의 고통은 내 조국 미합중국이 거기 중앙아메리카에서 저지른 행동의 직접적인 결과였다. 이런 예는 수도 없지만, 우리가 싼띠아고로 이사온 지 몇년 후에 겪은 사건만큼 내게 강한 인상을 준 것은 없었다. 이 사건은 제국의 작동방식의 노골적인 실상을 내게 절실히 일깨워주었다.

우리 집이 있는 길 아래쪽에 안경을 끼고 짧은 머리를 한 버니라는 미국아이가 살고 있었는데, 그애의 아버지는 칠레의 광산을 소유하고 경영하는 미국의 한 구리회사 고위간부였다. 그애는 딱히 친구라기보다 놀이동무에 가까웠다. 우리는 고향에서 멀리 떠나 같은 동네에 살게 된 두 아이였다. 우리는 만화를 바꿔보고 레코드를 듣거나 고향에서 벌어지는 아메리칸리그의 최근 트레이드에 관해 이야기를 나누고 '야한 여자들'에 관한 상상을 하였으며 그애 어머니가 만든 브라우니과자를 먹고 누가 풍선껌을 더 크게 부는지 경쟁도 했다.

미국으로 돌아갈 날을 몇달 앞둔 어느날, 버니는 자기 방 옷장을 열어 옷더미 밑에 숨겨둔 커다란 유리병 하나를 내게 보여주었다. 거기엔 칠레 페소화가 가득 들어 있었는데 그것은 모두 구리돈이었다.

"어떻게 생각하니?" 그가 물었다.

무슨 생각을 해야 할지 나는 알 수 없었다. 이걸로 무얼 하려는 걸까?

"여기 놈들은 정말이지, 너무 멍청해." 라틴아메리카의, 칠레의, 싼띠아고의 거리 쪽을 가리키며 그가 말했다. "내가 이 동전으로 뭘 하려는지 아니? 이걸 녹여 동괴(銅塊)로 만들어 팔 거야. 열 배는 더 받을 거야. 이놈들은 인디언 야만인들이야, 여기 놈들 말이야, 당하는 걸 좋아해."

나는 충격을 받았다. 칠레를 두고 하는 상스런 소리야 전에도 들어왔고 그후에도 많이 들을 것이었다. 그레인지의 급우들로부터, 그들의 집에서, 그리고 현란한 내 영어솜씨로 칠레인 경비를 속여 회원이 아닌데도 입장한 프린스 오브 웨일즈 컨트리클럽 등에서 말이다. 그렇지만 그들이 불쑥 내뱉는 편협한 말들 어느 것도 버니의 벼락부자 계획만큼 통렬하게 다가온 것은 없었다. 어쩌면 그 어느 것도 이렇게 괘씸하지는 않았으며, 그 어느 것도 이렇게 뻔뻔스럽고 노골적이지는 않았기 때문이다. 사실 이 일화를 여기서 털어놓아야 할지 망설여질 만큼 비현실적이고 기괴한 사건이었지만, 그것은 탐욕과 제국을 상징하는 너무도 완벽한 메타포였다. 미국의 십대소년이 삼류 스크루지 맥덕(S. McDuck, 월트 디즈니 만화의 인물—옮긴이)처럼 동전을 긁어모아 자기 아버지가 대규모로 하고 있는 일을 자기는 소규모로 되풀이하여, 부자가 모두 이 나라의 금속을 빼가는 데 혈안이 된 이 일화 말이다.

내게 그토록 역겨웠던 것은 단지 버니의 욕심, 그의 인종주의, 이곳 사람들을 즐겨 속여먹는 그의 태도, 혹은 어쨌거나 내 가족에게 피난처를 주고 그토록 아름다운 자연 속에서 유쾌하게 살게 해준 이 나라에 대한 그의 경멸 때문이었을까, 단지 그것 때문이었을까? 아니면 소년시절 내 과거의 모습 속에 희미하게 꿈틀대는, 칠레에 대한 새로운 연대감의 징후를, 라틴아메리카 사람이 된다는 자긍심의 기미를 느낄 수 있어서였을까? 그때 처음으로 나는 '그들'에 대항하는 '우리'가 되어 경계선의 다른 편에 서 있다고 느낀 것이 아닐까? 만약 그렇다면, 버니와 나 사이에, 미국과 나 사이에 실제로 끼여들어 그 거리를 만들어낸 것은 다름 아닌 칠레의 가난이었다.

우리가 칠레에 살려고 온 후에야 내가 비로소 그곳에 가난이 존재한다는 것을 알게 되었다는 말은 아니다. 내 생애 어느 때를 돌아보아도 이 세상에 내 가족보다 불우한 사람들이 많다는 사실이 마음에 걸리지 않은 순간을 정말 기억해낼 수 없다. 돌이켜보면 내 삶의 가장자리에는 내가 그들을 주시하듯이 나를 주시하는 그런 불우한 사람들이 있었고, 애써 그들의 관점이 되어 굶주림이 무엇을 뜻하는지 아픔이 무엇을 뜻하는지 절망이 무엇을 뜻하는지 살아보기도 전에 죽는다는 것이 무엇을 뜻하는지 공감하며 생각해본 기억이 난다. 하지만 2차대전 후 벼락경기를 누리던 뉴욕에서 내 주변에는 실제로 그렇게 궁핍한 사람들이 많지 않았기 때문에 그들의 알 수 없는 운명은 어떤 의미에서 추상적인 문제였다. 궁핍한 사람들은 지적인 사유의 대상이 되었으며, 이해 가능한 범주들로 분류하여 설명해야 했는데, 이런 일은 특히 내 아버지가 잘하셨다. 왜 이 비참하고 곤궁한 인물들이 (내가 사는 동네보다) 내가 보는 책과 만화와 영화에 끊임없이 등장하는지 물을 때마다, 아버지는 예를 들어 나를 가르치기 위해 가난한 사람들은 소수가 가진 부의 직접적이고도 필연적인 결과로서 존재한다는 것을 지적하셨다.

그러나 일단 칠레에 도착하자 가난은 더이상 추상적 개념이 아니었다. 가난은 우리가 도착한 날, 배가 정박지로 삐걱거리며 들어올 때 부두 항만노동자의 지친 등에 이미 존재했다. 가난은 발빠라이소 언덕배기에 파리떼처럼 몰려 있는 찌들고 낡은 판잣집들 속에 존재하고 있었다. 가난은 우리 차가 싼띠아고로 가는 도로 위를 휑하니 지나갈 때, 구릿빛 얼굴을 숙인 채 자기 소유가 아닌 밭에서 노동하는 농부들의 맨발에 존재하고 있었다. 가난은 수도의 끝간 데 없는 빈민촌에, 잡초더미와 길 잃은 개들 사이에 불규칙하게 뻗어 있는 도심의 판잣집과 양철 움막집 속에 존재하고 있었다. 가난은 다리 다친 새들처럼 마뽀초(Mapocho)교 아래서 잠자고 교회계단 위를 뒤덮고 있는, 이 도시의 거리 곳곳에 깔려 있는 온갖 세대의 부랑자 무리 속에 존재하고 있었다.

"저런 모습에 익숙해져야 할 거야." 이렇게 광범위하게 퍼진 참상에 내가 놀라움을 표하자 아버지의 유엔 동료 한 분이 내게 영어로 말했다. "어차피, 네가 할 수 있는 일이라곤 거의 없으니 말이다."

그의 다소 경박한 평가는 따져보면 맞는 말이었다. 설혹 곤경에 처한 한 개인이 내 삶 속으로 절뚝거리며 들어올 때마다 가끔씩 당황하지 않을 수 없었지만, 나는 어느 모로 보나 칠레의 가난한 사람들로부터 근본적으로 격리되어 있었다. 나는 어렸고 유복한 동네에 살았으며 이 나라와 이 나라의 부를 다스릴 엘리뜨층을 훈련하는 학교에 다니고 있었다.

한번은 칠레의 이 빈곤의 늪에 개입하려고 시도한 적이 있다. 열네살쯤 되었을 때의 일인데, 당시 나는 집 바깥의 사람들과 일상적 대화를 나눌 정도의 스페인어는 구사할 수 있었다. 치과에 다녀오는 어느날 나는 버스에서 볼레로를 부르는 한 떠돌이 아이에게 동정심

을 품게 되었다. 그애의 목소리는 그애의 물집 난 발처럼 갈라져 있
었다. 몸은 딱지로 덮여 있었고, 부스스하고 끈적거리는 검은머리에
찢어진 셔츠를 입고 있었다. 그애는 기껏해야 여섯살밖에 되지 않았
다. 나는 동전 하나를 주고 질문을 던졌고, 그애는 내 눈에서 호의적
인 빛을 발견했거나, 어쩌면 내 이국적인 발음에 용기를 얻어 자기
이야기를 하기 시작했다. 집에 잘 들어오지도 않는 아버지의 매를
감수하느니 거리에서 사는 게 더 낫다는 이야기, 빠꼬스(칠레 경찰)
가 어느날 자기를 붙잡아 수용소에 집어넣겠다고 협박했으나 경찰
을 속이고 도망친 일, 항상 다정히 대해주고 그의 애창곡이 된 실연
의 깐쵸네를 가르쳐준 어머니를 만나러 간 일 등. 그애가 이야기를
하는 동안 우리가 탄 버스가 내가 사는 바리오 알또(barrio alto, 상류
층 지역이라는 의미—옮긴이)로 들어서서 상류층이 무진장 사치스럽게 사
는 부잣집들의 정면을 지나갈 무렵, 이 아이의 처지는 더욱 애처로
워 보였다. 이 지역에서는 다소 수수한 구역인 우리 동네의 정류장
에 도착했을 때 나는 그애에게 우리 집에 가서 따뜻한 식사나 하자
고 충동적으로 초대했다. 우리 집은 대저택과는 거리가 먼, 그냥 넓
고 안락한 주거지일 따름이었지만, 아이의 눈에는 웅장한 궁궐로 비
쳐졌다.

　우리 집에는 두 명의 하인—요리하는 사람과 청소하고 식사 때
시중 드는 사람—이 있었는데 내가 데려온 이 추레한 손님을 보자
그 누구도 반기지 않았다. 하지만 부모님이 안 계시는 상황이었으니
내가 바로 주인이었다. 아이는 밥 먹는 동안 계속 수다를 떨었고 그
후 어머니가 돌아와 우리와 잠시 계시다가 아이에게 줄 낡은 옷가지
를 찾으려고 다락으로 가셨다. 나는 내 어린 친구를 문까지 바래주

고 다시 만나기 바란다고 말했다.

바로 다음날 벨이 울리고 그가 왔다. 다시 한번 나는 그애를 불러들여 훌륭한 식사를 대접했지만 이번에는 어머니가 옷을 들고 나오거나 반갑게 미소짓지 않았을 뿐더러, 헤어질 때 그애가 어차피 또 올 것 같은 예감이 들어 나도 다음 만남을 청하지 않았다. 스물네 시간이 지나 그애가 두 명의 다른 부랑아를 데리고 나타났을 때 나는 놀라지 않았다. 이번엔 나도 망설여졌지만 내가 어떻게 하겠는가? 그들을 돌려보내겠는가? 그들은 부엌으로 씩씩하게 걸어들어왔고 내가 그들을 요리사 앞에 앉히자 요리사는 얼굴을 찌푸리며 냉장고에서 남은 음식을 꺼내 낮게 투덜대며 음식을 데웠다. 그때 다시 벨이 울리자 하녀는 누구인지 나가보고 오더니 "누가 왔어요"라고 얼버무렸다. 누군가 나를 만나러 온 것이었다.

대문 밖에는 노래부르는 내 친구의 어머니(아무튼 그녀는 이렇게 자신을 밝혔다)가 아기를 품에 안고 자기 옷자락을 잡은 좀더 나이든 남루한 계집아이를 데리고 서 있었다. 그녀는 자신이나 그 여자아이에게 시킬 일감이 없겠느냐고 물었다. 나는 기다리라고 말하고 위층으로 가서 어머니한테 말했고 어머니가 일을 처리하셨다. 어머니는 걸어나와 약간의 돈을 주면서 안됐지만 일감은 없다고 말했고 소년과 친구들이 곧 밖으로 나갈 것이라고 덧붙였다.

30분이 지나 이 모든 침입자들이 떠났을 때, 어머니는 나를 앉히시고 나의 착한 심성을 칭찬한 후 이런 일이 계속될 수는 없다고 단호하게 말씀하셨다. 이런 식으로 칠레의 상시적인 가난문제를 해결할 수 없다는 것이었다. 거지 하나가 둘을 더 불러들이고 이제 또다른 사람들이 문에서 소란을 피우고, 이런 사람들이 자꾸 늘어갈 터인데, 바깥에는 가난한 사람들이 너무나 많고 조금이라도 마음을 쓰는 우리와 같은 집은 극소수라는 것이었다. 우리는 그들에게 치여 정상적인 생활을 할 수 없으리라는 것이었다. 물론 내가 원한다면 내 음반과 책과 막대사탕——하지만 옷은 안된다고 어머니는 다급히 덧붙였다——을 팔아 내 고통받는 벗들을 위해 현금을 만들 수는 있을 것이다. 하지만 며칠 지나지 않아 물건은 바닥날 것이고 나는 정확히 지금의 내 자리로 돌아올 것이라고 어머니는 경고하셨다. 그들은 여전히 가난할 것이고, 나 역시 전과 다름없이 먹고 입고 안락하게 지낼 것이고, 우리를 가르는 그 선은 사라지지 않으리라는 것이었다. 아버지가 노력해오신 것처럼, 나 역시 앞으로 언젠가는 그 경계선과 가난에 대해 뭔가 조치를 강구할 수 있을 테지만 지금은 때가 아니며, 이런 방식으로는 안된다는 것이었다.

다음날 오후 하녀가 대문으로 나가기에 보았더니, 노래부르는 아이가 어제의 그 두 친구와 뒤에서 어슬렁대는 두 명의 좀더 나아 든 아이를 데리고 다시 찾아왔다. 나는 미술서적으로 가득한 방의 커튼 뒤에서 지켜보았다. 그 방은 내 영어 노래에 맞춰 어머니가 피아노를 치시는 방이었고, 라틴아메리카를 반인반수요 언제나 분열되어 고통받는 켄타우로스(Kentauros)로 나타낸 씨께이로스(D. A. Siqueiros, 1896~1974, 멕시코 벽화가이자 노동운동 지도자—옮긴이) 그림의 커다란 복사본이 걸린 방이었다. 하녀가 아이에게 내가 집에 없다고 말하자 그애가 내가 커튼 뒤에 숨어 있는 쪽을 똑바로 쳐다본 다음 내 방이 있는 우리 집 이층 쪽으로 올려다보는 것을 나는 지켜보았다. 불평등과 잉여가치와 경제적 저개발과 정의의 철학과 가난한 민족의 권리를 분석한 책들로 가득한 우리 집에서 나는 이 장면을 내려다본 것이다. 나는 그애가 돌아서는 모습을 지켜보았다. 다음날 그애가 마지막으로 한번 더 찾아왔을 때 나는 그애의 패배와 나의 패배에 대해 다시 한번 곰곰히 생각할 수밖에 없었지만, 그것으로 그만이었다. 그후 아이는 다시는 벨을 누르지 않았다. 그는 사태가 어떻게 돌아가는지, 그리고 내 동정심의 한계가 어디까지인지 깨달은 듯 더이상 찾아오지 않았는데, 내가 아무리 죄책감을 느꼈다 한들 여태껏 내가 누려온 생활을 방해할 정도는 아니었다. 나는 마치 아무 일도 없었던 것처럼 칠레에서의 내 격리된 삶을 계속해나갔다. 그러나 무언가 배운 것은 있었다. 우리가 누구인지, 그 아이와 내가 누구인지, 우리에게 어떤 운명이 주어졌는지, 그 진실을 배운 것이다. 나는 외국 태생으로 여기 안전하고 단란한 집에 살고, 칠레에서 가장 배타적인 학교에 다니는, 두 언어를 상용하는 외교관 아들이었고, 그 아이에게 죽음을 피하는 길이란 오로지 성인들의 사랑과 배신의 노래를 부르는 자기 목소리밖에 없었다. 수년 후 그것들에 대한 나의 애정 때문에 이 나라를 떠날 수 없게 된 싼띠아고의 그 무성한 나무와 산 아래에서 그애가 떠돌아다니는 것을 나는 목격했고, 그의 고생과 체념은 그들이 괴로움을 당하는 그곳의 숨막히게 아름다운 주위환경과 대비되어, 그리고 이런 아이를 백만배나 더 잘 먹이고도 남을 자원이 있음에도 그애와 그와 같은 수많은 다른 아이들에게 하루 한끼도 보장해주지 못하는 저 대지와 대조되어 더없이 참혹한 것이 되고 말았다.

만일 내가 일시적이나마 아버지의 유엔 동료의 예견을 받아들여 칠레의 저 해묵은 불의에 개입하지 않았다고 해도, 그것은 그리 오래 가지 않았을 것이다. 내 주위에는 좀더 단호한 조처를 취할 태세를 갖춘 수천의 칠레인들이 있었던 것이다.

내가 이 나라의 해안에 도착하여 천혜의 자원이 이렇게 풍부한데 어떻게 이다지 비참할 수 있을까 의아해하기 2백년 전, 스페인으로부터 독립하기도 전인 그때, 이리바리(José Cos de Iribari)라는 한 칠레인이 이와 유사한 물음을 이미 던졌다. "풍족하고 멋들어진 [라틴아메리카의] 자연의 한가운데서" 대다수 인구가 "가난과 비참 그리고 그것의 필연적 결과인 악습이라는 멍에하에서 신음하"는 일이 어떻게 가능하단 말인가? 그런데 칠레인(그리고 이 대륙의 나머지 지역의 라틴아메리카인들) 각 세대가 반복한 그 질문에 아무런 만족스런 해답이 나오지 못한 지금에 이르러, 이 세기에 형성되어온 지식인과 노동자와 농민 들의 좌파운동이 힘을 얻고 있었다. 식민지시대 이래로 똑같은 지배계급과 그들의 외국 동맹자들이 이 나라 경제의 숨통을 죄고 이 나라 정부에 압박을 가한 바, 그 결과는 사회적 불의, 교육과 기술 면에서의 정체 및 소수 독재자들과 대다수 빈곤한 국민 간의 소득과 생활방식에서의 극도의 불평등, 시민들 자신의 필요보다는 외국시장의 긴급사태에 맞게 조정되는 생산체계 등으로 나타났다. 좌파는 지금이야말로 진정한 개혁을 제도화하고 칠레의 부에 대한 통제권을 외국기업들과 한줌의 탐욕스런 재벌들로부터 박탈할 때임을 선포했다. 이제 다른 계급이 권력을 잡을 때였다. 그들에 따르면 지금이 혁명의 때였다.

내가 쌀바도르 아옌데라는 이름을 처음 들은 것은 1956년 무렵임이 틀림없을 것이다. 사회주의자이자 의사인 그는 쎄르다(P. A. Cerda) 대통령의 1938년 인민전선정부에서 최연소 장관을 지냈고, 칠레 최초로 사회보장과 국민보건관리체계를 제도화한 인물이었다.

그는 그때 상원의원으로서 이 나라의 구조적 문제들을 해결할 정책 입안에 힘을 쏟고 있었다. 구리, 질산, 석탄, 철강 광산들을 국유화하고 수요 산업과 은행을 몰수하고 거대 아씨엔다(스페인 식민주의자들이 수달한 원주민의 토지나 미개척지를 소수인에게 나누어주면서 생긴 반봉건적·전근대적 토지소유제—옮긴이) 농장들을 그 땅에서 일하는 농민들에게 분배하는 것이 그 내용이었다. 그리고 이러한 특권의 전복은 선거과정을 거쳐 민주적으로 이루어질 예정이었다. 이것은 아옌데가 1970년 대통령선거에서 승리했을 때 발의한 계획, 그리고 그가 1958년 선거에서 우파 후보인 알레싼드리에게 3만 표 차로 패배하여 이행할 기회를 아깝게 놓친 그때의 정책강령과 실질적으로 동일한 것이었다.

사회주의자 집안에서 태어난 내가 아옌데파가 되는 것은 너무도 당연한 운명이었다. 다른 행로가 가능하리라는 생각은 떠올릴 수조차 없었다. 매카시즘이 힘을 쓰던 시대인 터라 조심스럽게 내게 행해진 정치적 교육은 미국에서는 제한되었지만, 칠레에서는 그런 규제가 전혀 없었다. 좌파인 부모님은 같은 생각을 하는 친구들을 사귀는 것을 자랑으로 여겼다. 싼띠아고의 거지들을 받아들일 수 없었던 그 식탁에서, 나중에 아르헨띠나 대통령이 된 아르뚜로 프론디시(A. Frondizi)를 비롯해 가이아나 대통령이 된 체디 제이건(C. Jagan)에 이르기까지 이 대륙에서 거지를 없애겠다는 명분에 충실한 칠레와 라틴아메리카의 엘리뜨들이 식사를 하고 와인을 마셨다. 여기에는 많은 미국의 좌파들, 휴버먼(L. Huberman), 스위지(P. Sweezy)를 비롯한 『먼슬리 리뷰』(*Monthly Review*) 일파도 여럿 있었다. 식사 중에는 사회주의, 민주주의, 해방에 관해 토론했고, 특히 소련 제20차 전당대회가 스딸린의 만행을 인정한 일과, 그럼에도 불

구하고 곧바로 헝가리인들의 봉기를 폭력적으로 진압한 일이 있은
연후에는 소련형의 혁명적 변화에 기반한 미래에 대한 토론으로 뜨
겁게 달아올랐다. 헝가리 진압사건은 1940년대 후반에 이미 반놀림
조로 '다수 개혁된 생명보호 공산당'이라는 당을 만들겠다고 선언한
어머니와의 계속된 토론에서 강경노선의 아버지를 수세에 몰리게
했다. 이 당의 당원은 당분간 단 한 사람, 즉 자신뿐임을 어머니는 인
정했다. 하지만 이 조직은 성장할 것이고, 동구권국가들에서의 탄압
과 불행의 소식과 더불어 전세계의 한때 충실한 신봉자들 다수가 쏘
비에트 공산당에서 대거 탈당하게 되면 그녀의 정당함이 입증될 것
이라고 예언했다. 어머니는 일찍부터 폭력의 사용과 사형제도를 줄
곧 반대했다. 장차 아옌데와 그의 추종자들의 영향하에 나는 어머니
의 입장과 점점 동일시하고 아버지에 대해서 비판적일 것이었으나,
내 성장사의 그 시점에서 나의 태도는 사변적일 따름이었다. 정말
그랬다. 나는 몇몇 맑시즘 서적을 대충 읽었고, 그레인지 학교 급우
들의 부유한 부모들과 토론할 때면 우리 부모님과 친구분들을 흉내
내어 말했다. 내 급우들은 제임스 딘을 흠모하는 매력적인 괴짜인
이 좌파친구를, 신비주의적 성향의 이 무신론자를, 반듯한 예절과
너무도 부드러운 기질을 가진 이 과격한 인물을, 복잡하고 아리송한
이야기를 영어로 쓰면서도 씻지 않고 배우지 못한 칠레 민중들을 옹
호하는 이 인물을 참고 상대해주었다. 그들에게는 나의 이 모든 정
교한 논리를 김빠지게 할 손쉬운 방도가 하나 있었던 것이다. 넌 미
국으로 돌아갈 거잖아? 바로 이 물음이었다. 나 스스로 나를 미국인
으로 여기지 않았던가?

그들이 옳았다.

나는 나 자신과 칠레에서 누려온 생활과 그리고 내 주위의 고통에 상당부분 책임이 있다고 여겨지는 지구상의 바로 그곳으로 돌아가고자 하는 내 충동을 직시할 수 없었기에 급우들의 반론을 정면으로 반박할 수 없었다. 뉴욕이라는 약속된 땅으로 돌아가기를 꿈꾸고 있는 이상 나는 결코 이 고통에 개입할 수 없었다.

내 미래는 다른 곳에 있었다. 그리고 그레인지를 졸업할 날이 다가오자 나는 몇몇 미국대학에 지원서를 보내면서 칠레를 떠날 계획을 밀고나갔다. 만일을 대비해서 나는 라틴아메리카를 돌며 영어로 된 책과 잡지를 팔 젊은 대리인을 구하고 있던 한 미국회사의 일을 얻기 위해 면담도 했는데, 일년 후에는 훈련을 더 받기 위해 미국으로 보내주겠다는 약속도 받았다. 원하기만 한다면 그 일은 내 것이 될 것이라고 회사의 중역이 전화로 알려주었고, 그후 컬럼비아대학에서 장학생으로 1학년 입학을 허가한다고 통지가 왔다.

며칠 동안 열에 들떠 나는 거의 제정신이 아니었다. 다시 돌아가게 되다니! 마침내!

부모님은 이렇게 열광하는 모습을 걱정스레 지켜보다 열기가 진정되자 조심스럽게 한가지 제안을 내놓았다. 이 여행을 연기하는 것이, 내가 조금 더 나이 들 때까지 기다리는 것이 어쩌면 더 낫지 않겠느냐는 것이었다. 아무튼 열일곱살은 적어도 라틴아메리카의 기준으로 보자면 집을 떠나기에는 너무 어린 나이였다. 부모님은 이 나라에서 내가 누려온 매혹적인 생활과 황홀한 정원과 내 모든 요구를 들어주는 사랑하는 부모와 하인들이 있는 넓은 집, 충실한 벗들과 음반전집과 내 모든 책들과 오토바이…… 이 모든 것을 성급히 저버리지 말고 이 문제를 곰곰이 생각해보라고 타일렀다.

나는 혼자서 멀리 산책길에 나섰다.

당시 나는 싼띠아고의 여름 저녁을 사랑했고 지금도 여전히 사랑한다. 비록 지금은 스모그가 쎈트럴 밸리를 망쳤고 너무 많은 차들이 공기를 오염시키고 추한 건물구역과 불결한 거리를 만드느라 나무들이 베어졌으며 한때 마술 속 경관이던 곳을 무참히도 더럽혀버렸지만, 지금도 해가 지기 시작할 때면 거기에는 여전히 예전의 경이감과 감사의 마음이 남아 있다. 대지가 나를 진정시키는 듯, 미풍이 산으로부터 불어와 내 허파로, 피부 속까지 스며들어 깊은 숨을 쉬는 그 순간에 살아 있다는 사실은 진정한 용서가 무엇인지 알게 해준다. 어둠 속에 잠시 멈춰 선 순간이지만, 싼띠아고의 안데스산맥 아래에 서서 바로 천국의 문에서 불어오는 듯한 저 돌연한 한줄기 바람이 한낮의 메마르고 맹렬한 열기를 밀어내는 것을 느낄 때면, 고개를 들어 지는 해를 받아 온통 붉게 물든 산을 바라볼 때면, 안데스산맥이 주황색과 붉은 빛으로 변해가고 그 뒤편 하늘이 보랏빛이 되고 어두워져 밤이 심연 속에 걸려 있을 때면, 나는 우리가 바로 이런 상황, 이런 평화를 맛보기 위해 태어난 것임을 확신하게 된다. 축복받은 듯 잃어버린 길을 다시 찾은 듯한 이 황혼의 막간이란 모두 환상이고 지속될 수 없는 것이나, 그 순간의 몸과 미풍은, 빛과 어둠 사이에 걸린, 결코 끝나지 않았으면 하는 저 고요의 순간은 진실이다.

안데스의 천혜의 자연 속에 숨쉬며 아무래도 언젠가 여기에 묻히기를, 언젠가 이 평화 속에 내 유해를 태운 재가 흩뿌려지기를 바라면서, 나는 지금이나 그때나 이런 진실을 느낀다.

이 나라가 바로 내 고향이 아닌가 하고 나 자신도 예기치 못한 방식으로 불현듯 자문했던 것은 바로 그때 거기에서였다. 뉴욕과 부에노스아이레스에서 멀리 떨어져, 내가 내 삶의 다른 미래를 결단한 곳은 바로 그곳이었다.

하지만 나의 문학은 어떻게 되는가? 내 영어는?

고등학교 시절 동안 내가 비록 미국에서 멀리 떠나 있더라도 계속 영어로 소설을 쓰겠다는 결론에 이르지 않았더라면, 미국으로 돌아가지 않겠다는 나의 결단은 생각지도 못했을 것이다.

영어를 배운 나라로부터 내가 쓰는 영어를 억지로 분리하는 것, 이 결별은 점차 나 자신의 실존적 체험이 되었을 뿐 아니라 내 독서 습관의 산물이기도 했다. 싼띠아고에서 지낸 첫 몇년간 나는 뉴욕으로 돌아가려는 계획에 따라 내 글쓰기를 활용했다. 고향으로 돌아가려는 집요한 마음으로, 나는 역사에 남은 그렇게도 많은 망명자들의 발자국을 따라가며 내가 거주할 수 없는 그 나라를 언어를 통해 그리워하며 여행했으며, 전형적인 북아메리카 문학 장르를 통해 그 일을 수행한 것은 당연한 일이었다. 나는 하디 보이즈(Hardy Boys, 당시 선풍적인 인기를 끈 청소년물—옮긴이)와 그것의 모방작들을 본뜬 수많은 모험소설을 계속 써댔으며, 가공의 미국 풍경을 배경으로 한 반시간짜리 라디오용 희극대본 10여 편을 썼다.

열다섯살 무렵, 내 글은 갑자기 무르익었다. 다시 그 사이에 병이 끼여들어 위험한 간염을 앓게 되었다. 병과 창조성, 죽음과 예술적 탐색, 내면적 해체와 우리가 책에 부여하는 외적 질서, 이 모든 것이 서로 공생함을 믿는 나의 나이 든 벗 토마스 만에게 물어볼 수 있었더라면 육신의 이런 위험이 가져온 나의 갑작스런 변화를 해명해주었을지도 모른다. 원인이야 무엇이었건, 회복기 두 달 동안 나는 400

페이지짜리 몽환적인 공상과학적 유토피아소설을 썼다. 이 소설은 내 글 가운데 정치와 환상을 결합한 최초의 작품으로서 인물들도 미국과는 동떨어진 곳에 배치함으로써 사실주의로부터의 결정적인 일탈을 보여주었다.

학교로 돌아와 정상적인 활동을 재개할 무렵, 나는 글쓰기──대안적 비전을 창조하기──가 삶의 방식에 영향을 끼칠 수 있음을 발견했다. 나의 일과는 둘로 쪼개졌다. 물론 나는 외관상 정상적이고 일상적인 낮의 생활과 식민지화된 내 겉모습을 관장하는 도리스 데이(D. Day. 1950~60년대 세계적인 인기를 누린 미국의 가수이자 배우─옮긴이)와 록 허드슨의 유쾌한 세계를 여전히 고수했다. 반면 밤과 주말이 되면 나는 갈수록 더 어둡고 대담하고 내밀한 이야기를 쓰곤 하면서, 개인적으로는 아동기와 그 시기의 단순함, 낙천주의 그리고 손쉬운 해결에 대한 갈망으로부터 더욱 멀리 떨어져 나오게 되었다.

이런 변모는 내가 미국에서 읽기 시작한 문학작품에 의해 예견된 것으로, 한동안 잠복해 있다가 점진적으로 드러났다. 내가 하디 보이즈에서 헤밍웨이로, 톰 스위프트(T. Swift)에서 스타인벡(J. Steinbeck)으로, 낸시 드루(N. Drew)에서 케루악(J. Kerouac)과 비트파(派) 시인들로, 우디 우드페커(W. Woodpecker)에서 존 허시(J. Hersey)와 하워드 패스트(H. Fast)로 옮겨감에 따라, 나는 그때까지 내 글에서는 표현할 수 없었던 애매성이나 격동을 접할 수 있었다.(톰 스위프트, 낸시 드루, 우디 우드페커는 아동·청소년 씨리즈물의 인기품목들이며, 스타인벡, 케루악, 존 허시, 하워드 패스트는 모두 사회비판적인 작가들이다─옮긴이) 혹은 그 과정이 거꾸로 이루어졌을 수도 있다. 나 자신의 삶에서 나는 희미하게나마 이들 미국작가들이 그들의 인물로 하여금 우여곡절 끝에 절감하게 하는 발견, 즉 미국의 꿈이 결국은 악몽일 수 있다는 동일한 발견을 경험하고 있었기에 그런 혼돈스런 책들을 이해할 수 있었고, 가령 『위대한 개츠비』(*The Great Gatsby*) 같은 소설을 받아들일 수 있었는지도 모른다. 이런 지적이고 정서적인 성장은 영국의 고전 셰익스피어, 디킨즈, 스턴, 밀턴, 하디, 던, 오스틴을 열중해서 읽은 수확과 그후 스땅달, 졸라, 로맹 롤랑과 같은 프랑스 작가들(물론 영어로 씌어진), 그리고 그레인지에서의 마지막 해에 읽은 싸르트르, 까뮈, 보부아르와 같은 실존주의자들, 그리고 사색적이고 고뇌하는 러시아작가들로 확장된 독서를 통해 자양분을 얻은 것이기도 하다. 부모님의 서가에서 『부덴브로크가의 사람들』(*Buddenbrooks*)을 뽑아들던 그날이 기억나는데, 그 책은 내가 유럽으로 가는 증기선에서 망명중이던 내 스승(토마스 만을 가리킴—옮긴이)과 짧은 몇 마디를 나눈 이래 줄곧 뇌리에 남아 있던 것이었다. 그리고 마침내 어느 경이로운 밤, 나는 카프카의 『변신』(*Metamorphosis*) 및 요제프 케이(Joseph K. 『성』의 주인공—옮긴이)와 조우했고, 문학이 기도이자 곡괭이가 될 수 있음을, 우리가 사로잡힌 얼어붙은 세상에서 빠져나갈 길일 수 있음을, 죽음과 고독에 대한 우리의 유일한 저항일 수 있음을 알았다.

그리하여 칠레의 저 산자락 아래를 거닐던 그때가 되었을 때, 나는 이미 내 글이 뜻을 같이하는 개인들로 이루어진 이 공동체, 정선된 영혼들로 구성된 인류 외에 다른 어떤 곳에도 근거할 필요가 없다는 결론에 도달했던 것이다. 나는 언제까지나 칠레에 살고 동시에 영어로 창작을 하면서도 내 정체성이 좀먹거나 시험받지 않으리라는 것을 진심으로 믿게 되었다.

칠레 싼띠아고에서 석양이 장엄하게 지던 그날 저녁 거기서, 그로부터 십년도 지나지 않은 어느날 버클리에서 다시는 영어를 쓰지 않겠노라고 맹세할 순간이 기다리고 있을 줄 내가 어찌 예상할 수 있었겠는가? 역사가 다시 한번 격렬히 내 삶 속으로 개입할 참이었음을 어찌 알 수 있었겠는가?

나와 내 피난처로 선택한 이 나라를 향해 무언가가 다가오고 있었다. 영어로 글을 쓰고 스페인 말을 하며, 해뜰녘에는 미국 노래를 부르고 저녁이면 칠레 산자락이 불러주는 자장가 소리에 잠들며, 콘래드에 열광하면서도 세르반떼스에 열광하며, 두 나라와 두 언어 사이에 심약하게 끼인, 분열증적이고 불순한 존재였던 나로서는, 내게, 우리에게 닥쳐오고 있는 사태를, 내 세계를 둘러싸서 그것을 영구적으로 바꾸어놓을, 인간이 만드는 미래를 전혀 인식하지 못했다.

혁명이 라틴아메리카에 다가오고 있었다.

내가 태어나 살고 있는 대륙이, 여기서 도망가지 않겠노라고 마침내 결단을 내린 이 대륙이 1960년대에는 폭발 직전에 이르렀다.

제 **2** 부

남과 북

칠레 **싼띠아고**에서 발견한
죽음을 다루는 장 |1973년 9월 어느날|

9월 14일 아침, 쿠데타 이후 처음으로 나는 혼자다.

나는 알베르또에게 작별인사를 했고, 우리 당의 연락책으로부터 안헬리까가 변두리 까페에서 기다리고 있다는 정보를 접수했다. 그리하여 나는 지금 엘레오도로 야녜스 가(街)를 따라 걷고 있다. 처음으로 혼자 상실감을 떠안고 보니, 내 절망을 제어하도록 도와줄 사람 하나 없어도 내가 이 슬픔을 능히 감당할 수 있는 체할 필요가 없었다. 나는 이 나라를 덮치고 있는 엄청난 악과 폭력과 더불어 혼자이고, 길을 걷는 동안 마치 내가 출혈을 하듯 희망이 내게서 빠져나가고 있음을 느낄 수 있다. 칠레의 그 모든 분노가 나를 가득 채우고 있음을 느낄 수 있고, 그 절망을 막아줄 것은 내 안에도 내 밖에도 전무하다. 심지어 눈물마저 말랐다. 내 안에는 나의 죽은 대통령과 나의 죽어가는 조국과 나의 말라버린 가슴을 위해 통곡할 한방울의 눈물도 찾을 수 없다. 나는 자신이 누구인지 무엇을 할지 알지 못하는 사람으로서 속이 텅 빈 채로 띠돌아다닌다.

내가 그 사나이를 본 것은 바로 그때, 내 나이 서른하나를 갓 넘긴 인생의 중반에서 가장 실의에 빠져 있던 그때이다.

사실은 그가 나를 먼저 본다.

그는 길을 건너는 나를 보고, 길을 건너는 내 얼굴을 읽고, 길을 건널 때 내가 느끼는 모든 것을 간파한다. 그리고 내가 순간적으로 그를 돌아볼 때, 카메라로도 잡을 수 없고 어떤 스파이도 포착할 수 없는 그 찰나에, 길 한가운데서 그의 몸이 나의 몸을 스치는 그 순간에, 구릿빛 피부에 작고 근육이 단단하며 단호하고 위엄있는 칠레의 한 노동자인 그 사내가, 이전에 한번도 본 적이 없으며 아마 오늘 만난다면 알아보지도 못할 그 사내가 왼쪽 눈을 감았다 뜨더니 곧 사라진다. 마치 존재한 적도 없다는 듯 사라진다.

그가 내게 윙크를 한 것이었다. 그것뿐이었다. 그 이상 아무것도 아니었다. 그러나 그 윙크가 모든 말을 다했다. 그의 눈짓은 내게 말했다. 노 에스 빠라 딴또 꼼빠녜로(동무여, 사태가 그렇게 나쁜 건 아닐세). 바모스 아 쌀리르 아델란떼(우리는 헤어날 길을 찾아낼 거야). 노 에스따 딴 쏠로 꼬모 삐엔싸(자네는 자네가 생각하듯 그렇게 혼자인 건 아니라네). 그의 윙크는 이렇게 말했다.

그는 슬픔의 심연에 빠진 나를 보자, 다만 격려를 한 것뿐이었다. 그것은 내가 정말로는 혼자가 아니라는, 비록 우리가 다시 볼 수 없다 해도 그가 거기 있다는, 비록 군인들이 도로를 순찰하고 숨을 데가 하나도 없는 듯하고 그들이 몇 구역 떨어진 곳에서 갇힌 자들을 고문하기 시작한다 해도 우리는 서로 소통할 수 있다는 증거였다.

눈을 한번 감았다 뜸으로써, 우리가 강탈당한 이 나라를 저들의 총과 군화 아래서도 한치 한치씩, 눈짓과 눈짓으로 재건하기 시작할 것임을 예견한 것이었다. 그러나 무엇보다도 그 눈짓은 내가 인정받았다는 것을 말해주었다. 내가 하나의 공동체에 속한다는 것 말이다. 그는 내 언어를 말했는데, 그 언어는 스페인어도 아니고 물론 영어도 아니었고 연대라는 소리 없는 언어였으며, 희망을 잃지 않은 한 남자가 희망을 잃어버릴 위기에 처한 타자에게 보내는 몸짓이었다. 내 생각에 그것은 환영의 표현이자, 내가 이제는 더이상 이방인이 아니라 마침내 한 사람의 꼼빠녜로(동무)가 되었음을 말해주는 연루의 눈짓이었다.

'꼼빠녜로'(compañero). 영어에는 이에 해당하는 말이 없다. 영혼의 짝, 짝패, 친구, 동지, 심지어 동료라는 말까지도 빵을 뜻하는 스페인어 '빤'(pan)의 여운을 담아내지 못하기 때문이다. 꼼빠녜로라는 말에서 가장 깊은 울림을 갖는 부분은 빵을 나누어 먹는 두 사람, 한번도 만난 적이 없다 해도 형제가 되는 타자, 그리고 그런 신뢰를 뜻하는 '빤'이라는 음절이다.

여러 달이 지나, 나는 이 우연한 만남을 '데스뻬디다'(despedida)로, 즉 작별인사로 받아들이게 될 것이다. 내가 이미 떠나고 있으며 남아 있을 수 없음을 알아본 그가 내게 작별선물을 준 것이라고 상상할 것이다. 그는 앞으로 긴 세월 동안 기억하고 간직하라고 그 윙크를 내게 보낸 것이다. 그때 1973년 9월 14일 싼띠아고의 그 거리에서 내가 느낀 절망은 그후 망명을 하여 멀리서 조국이 더럽혀지고 친구들이 학살당하고 멀리 떨어져 있는 이 '동무'와 같은 이들이 나날이 수모당하는 것을 지켜보면서 내가 느낀 거리와 죄책감과 공포의 심연에 비하면 아무것도 아닌 것처럼 보이게 될 터이다. 그때 이 윙크가 내게 되돌아와, 내 절망의 날에 내가 그에게 의지한 것처럼 그가 내게 의지하고 있음을 일깨워주리라. 하지만 당시 나는 우리의 이 만남을 이렇게 받아들이지 않았다. 이 만남이 내 망명의 겨울 동안 나를 따뜻하게 지켜줄 것이라고 받아들이지 않고, 나는 여기에 속하며 이제 그 어느 때보다 더 내 고향이 된 이곳 칠레를 무슨 일이 있어도 떠나지 않겠다는 각오로 받아들였다.

아무도 내게 동의하지 않는다. 안헬리까는 어머니가 두 번의 협박 전화를 받았다는 소식을 전한다. 당신의 빌어먹을 맑시스트 새끼가 이제 당하는 꼴을 볼 테니, 부인, 녀석을 보면 작별인사나 해두시지, 다시는 당신의 유태인 배신자 새끼를 못 볼 테니까 하고 수화기 저편의 남자 목소리가 어머니의 두려움을 즐기듯이 말했다니 부모님 댁으로 가려는 것은 좋은 생각 같지 않다. 그리고 내 집으로 가는 것도 안되리라는 것이 분명했다. 집에서 안헬리까는 체 게바라의 포스터에서부터 당회의 의사록과 수많은 정치문건에 이르기까지 일체의 서류를 태우기 시작했다. 그 바람에 연기가 피어올라 싼띠아고 전역에 수상쩍은 장막을 드리운 저 연기에 합세한다. 저 모든 굴뚝들이 활활 타오르지 않더라도 올 봄은 너무 더운데 수천의 긍지 높은 남녀들이 아옌데 혁명의 공약을 태워 없앤다. 불길 속에서 아내는 내 원고를 건져내기 시작했고 나는 그 이유를 묻지 않는다. 그녀가 내게 이것이 조국을 떠나기 위한 한걸음이라고, 우리가 우리의 자그마한 방갈로에서 결코 더 잘 수 없을 것이고 내가 서재에 앉아 다시는 글을 쓸 수 없을 것임을 시인하는 한걸음이라고 대답하기를 원치 않기 때문에.

나는 그녀에게 다른 것을 묻는다. 그러면 난 어디로 가게 될 것인가라고.

안헬리까는 우리가 할 일에 대한 모종의 결정을 알아내기 위해 당 위계상 내 상관인 아벨과의 만남을 추진하는 중이기도 했다. 그동안 그녀는 내가 2, 3일 밤 동안만 한 친구——그녀를 까딸리나라고 부르자——의 아파트에서 보내도록 주선해두었다. 확실한 우파 부모를 둔 이 친구는 아주 최근에야 아옌데파 동조자가 된 사람이었으니, 도피자를 숨겨주리라고 의심할 사람은 아무도 없을 터였다.

"뭐 좋은 소식은 없소?" 내가 묻는다.

"있어요." 안헬리까가 말한다. "글쎄, 어쩌면요. 터무니없는 것 같지만. 누노아 문화국에서 전화가 와서 당신이 1973년 문학상의 심사위원단에 올랐으니 당신이 뽑은 후보자 명단을 보내달라고 알려왔어요. 그래야 당신이 다음주 회의에서 수상자를 뽑는 투표를 할 수 있다나요."

삶이란 이렇게 굴러가는 것이다. 나는 물에 빠진 광인처럼 이 지푸라기를 꽉 그러잡는다. 이 문학상을 조직하는 이들은 내가 위험하다고 생각지 않고 아무 일도 일어나지 않은 듯 내게 전화하고 있는 것이다. 어쩌면 이것이 내가 찾고 있던 신호이고, 어쩌면 그들은 나를 내버려둘지 모른다. 그러나 나는 이 말을 안헬리까에게 하지 않는다. 그녀는 이것이 함정일 수 있다고, 전화한 상대가 군 장교일지도 모르고 그가 원하는 것은 내가 나타나주는 것일지 누가 알겠느냐고 대답할 것이기 때문이다. 대신 나는 묻는다. "뭐라고 대답했소?"

그러자 안헬리까는 말한다. "새 소설을 쓰려고 해변에 갔다고 했지요. 돌아올 거라고 했어요." 그녀는 잠시 멈춘다. "로드리고에게도 그렇게 말했어요."

"그래 그애가 그 말을 믿던가?"

"아니요, 사실은 그렇지 않아요. 당신이 죽었다고 생각해요."

"내가 죽었다고 생각한다고?"

"말은 안하지만 그렇게 생각하고 있어요."

"아이에게 전화해야겠소."

"지금 당장은 하지 않는 게 좋을 것 같아요. 당 연락책이 당신은 절대 집에 전화하지 말고, 누구든 전화하면 당신이 어디 있는지 모른다고 하랬어요, 우리는…… 갈라섰다고요."

그날 밤, 우리의 친구 까딸리나의 아파트에서 안주인이 텔레비전을 켜자 뉴스에서는 싼띠아고 중심가에서 책을 불태우는 장면을 내보내고 있었다. 히틀러가 집권한 지 40년 후, 그의 나찌 추종자들이 독일 청년을 타락시킨 불온한 서적들을 없애려고 불을 붙인 지 40년이 지나, 칠레의 군인들이 저 불을 다시 지펴 또다시 분서를 하는 중이었다. 그리고 갑자기 카메라가 장면을 확대하자—거기엔 바로 내가 쓴 책, 칠레의 우파들 모두가 증오한 책인 『도널드 덕을 어떻게 읽어야 하나』(*Para leer al Pato Donald*)가 비쳐졌다. 책은 심판의 불길에 싸여 공개적으로 소각되고 있었다. 그리고 어쩌면 나는 자신의 작품이 TV에서 불타는 장면을 생중계로 지켜본 역사상 최초의 작가로 『기네스북』에 오를 수도 있었을 것이다. 나는 까딸리나를 쳐다보고 그녀는 시선을 피하고 우리 둘은 생각에 잠긴다. 저들이 책을 두고 이런 짓을 한다면 그 책을 쓴 손에는 무슨 짓을 할까, 그 책을 읽은 칠레 곳곳의 눈들에는 당장 무슨 짓을 하고 있을까, 그리고 저들이 여기 있는 내 몸을 발견한다면 까딸리나의 몸에 어떤 짓을 할 것인가?

이틀 후, 안헬리까가 와서 우리는 유엔에서 일하는 빠라과이인 변호사인 한 외교관의 집으로 간다. 도중에 우리는 칠레의 가장 뛰어난 가수의 하나이자 라틴아메리카의 가장 위대한 민속예술가로 오래 전에 작고한 비올레따 빠라(V. Parra, 「생의 찬가」로 잘 알려진 칠레가수. 칠레 고유의 음악을 발견하고 재해석한 인물—옮긴이)의 아들인 우리의 친구 앙헬 빠라를 만나러 들른다. 이틀 전 나는 앙헬에게 은신처를 구하라고 전화했었다. 그는 집에 없었고, 그의 아내 마르따가 전화를 받더니 앙헬은 칠레를 떠나기를 거부했다는 말을 전했다. 오늘 그녀는 충격받은 상태로 문으로 나와 우리를 맞이한다. "제발," 그녀는 속삭인다. "빨리, 가세요, 빠져나가세요, 빨리요. 저들이 금방 그를 잡으러 왔어요, 30분 전에요. 군인들이 그냥 쳐들어와서 그를 잡아갔어요. 그를 구해줄 사람을 찾아봐야겠어요, 저들이 무슨 짓을 하기 전에…… 중재해줄 사람을요." 그녀는 나를 돌아보며 말했다. "아리엘, 당신은 빠져나가야 해요. 대사관에 사람들이 몰려들기 전에 당신은 빠져나가야만 해요." 이 충고는 내가 그녀의 남편에게 해주고 싶었던 말인데, 그는 이 말을 들으려 하지 않았고, 지금 나는 계속 도망치면서도 그 말을 들으려 하지 않는다. 그리고 이틀 후, 나는 외교관 친구 집에서 그가 불러모은 외국 언론인들과 첫 대담을 가졌는데, 그들은 영어를 할 줄 알고 저항세력의 동향을 알려줄 수 있는 누군가의 브리핑을 받기를 원했다. 나는 내가 느끼는 바와는 판이하게 안정된 태도로 현재 정치상황을 분석한다("저들은 여기를 인도네시아로 생각하고, 민중들은 자카르타에서처럼 학살되고 있습니다. 저들은 이곳이 또하나의 베트남임을 알게 될 것입니다." 이것은 내 발언 중에 예상을 빗나간 한 구절이다). 이 대화가 끝날 무렵, 그들이 나를 통해 알게 된 것보다 내가 그들에게서 더 많은 것을 듣게 된다. 6천명을 수용하는 칠레경기장에서 나의 또다른 벗인 가수 빅또르 하라가 죽었다는 것을 확인하고, 군부가 6만명을 수용하는 국립경기장에 더 큰 규모의 강제수용소를 세우기로 결정했음을 확인한 것이다. 하지만 나는 이런 조짐을 무시하고, 행운과 의도가 기묘하게 결합되어 내 목숨을 구한 일──무심코 근무일을 바꾼 동료, 명단에서 삭제된 내 이름, 죽음과의 약속에서 나를 구해준 만화의 인물──이 어떻게든 영원히 반복될 것처럼, 내가 상처받지 않는 초연한 존재인 듯 느끼기 시작한다. 나는 도망치고 또 도망치는데, 안헬리까는 터무니없게 보일지 모르지만 자기가 대학에서 내 월급을 받을 수 있었다고 말한다. 나는 웃으며 그것을 내가 다시 돌아가 근무할 수 있다는 증거라고 지적하지만, 그녀는 자기가 곧 아벨을 만나나 대신 소식을 접할 텐데 좋은 소식이 아닐 수 있다는 말을 하기도 한다. 다음날 나는 빠라과이인 변호사의 집을 떠날 수밖에 없다. 간밤에 군인들이 또다른 유엔 직원의 집을 수색한 것이다. 나는 마치 B급 영화의 도망자처럼 도망친다. 나와 몰라보게 변해버린 내 조국에 일어나는 일을 받아들일 필요가 없도록 정신없이 도망치다가 끝내는 플라사 누뇨아의 까페에서 안헬리까가 전해야 하는 그 소식을 들을 수밖에 없다. 곁에서는 커피잔 부딪치는 소리가 들리고 웨이터로부터 로미또 꼰 빨따(남미산 과일 아구아까떼를 곁들인 등심 요리─옮긴이)를 주문하고 담배연기 때문에 눈이 따가운데 누군가가 들어와 나를 지목하지 않을까 살피려고 문 쪽으로 자리를 옮기면서 안헬리까가 지금 전하는 말들에서 나는 도망치려 한다. 아벨이 그녀를 만났는데 저항조직은 내가 이 나라를 떠나야 하고 대사관에서 도피처를 구해야 한다는 결정을 내렸다는 것이다. 내가 망명을 해야 한다는 것이다.

"난 안 떠날 거야."

"무슨 말이에요? 그렇게 결정되었는데."

"아벨에게 내가 만나고 싶다고 전하시오. 다른 소견을 원한다고 말하시오."

다른 소견이라니. 마치 병이 난 것처럼, 마치 다른 의사라면 다른 진단을 내릴 것처럼, 마치 이 나라를, 자라나는 암세포를 제거해야 살 수 있는, 수술이 필요한 몸으로 의학적 진단을 내리는 군사정부의 언어에 내가 포섭된 것처럼, 마치 누군가의 소견이 '아닙니다, 당신은 암이 아니에요, 당신은 제거될 필요가 없어요, 당신은 칠레를 떠날 필요가 없어요'라는 판단을 내릴 것처럼.

안헬리까는 동의한다. 그녀에게, 아벨에게, 나에게 위태로운 일이지만 그녀는 동의한다. 그녀는 내가 마치 선택권이 있는 듯 행동하고 있음을 알고 있다. 그녀는 내가 이런 식으로 도망다니면서 오래 살아남을 수 없음을 알고 있다. 그녀는 내가 결국에는 내 운명에 승복하리라는 것을 알고 있다. 하지만 그녀는 또한 내가 앞으로 수년 동안 어쩔 수 없이 떠나야만 했다고, 나는 겁쟁이가 아니라고 나 자신에게─그리고 지금 독자들에게 이야기하고 있듯이, 남들에게도─말할 수 있을 필요가 있다는 것을 알고 있다.

안헬리까는 마지막으로 한번 더 시도한다. "근데, 당신은 불사신이 아니에요"라고 말한다.

나는 아무런 대답도 할 수 없다.

그러나 이틀 후, 나는 내가 얼마든지 죽을 수 있음을 발견한다. 나는 다음 은신처로 가려고 생면부지의 한 여성이 몰고 있는 차에 타고 있다. 그녀는 방방곡곡에서 우후죽순처럼 생겨난 비공식 조직망, 즉 위험에 처한 이들을 보호하기 위해 자기 목숨을 무릅쓰고 있는 사람들의 일원이다. 나는 그녀의 이름을 묻지 않을 것이다──그녀에 관해 아무것도 알지 않는 편이 낫다──하지만 내가 수년 후 『죽음과 소녀』(*Death and the Maiden*)를 쓰고 있을 때, 나는 내 주인공 빠울리나로 하여금 쿠데타 발생 후 몇달 동안 이와 비슷한 일을 하게끔 한다. 당시 나를 구출한 그 여성이 결코 체포되지 않았기를, 그녀가 빠울리나의 고문과 강간 경험을 결코 겪지 않았기를 바랄 뿐이다.

내가 결코 그 이름을 알기를 원치 않았던 이 여성은 카톨릭대학에 다니는 자기 아들에게 심리학을 공부하는 1학년생 급우──그를 에스떼반이라고 부르기로 하자──가 있다고 말한다. 에스떼반은 저항조직의 완벽한 협력자이자 헌신적인 아옌데파인데, 지난해 아파서 정치에 관계할 수 없었기 때문에 대학당국이나 이웃으로부터 좌파에 공감을 품고 있다는 의심을 받지 않는다는 것이다. 직물노동자인 듯한 에스떼반의 아버지가 며칠간 그의 집을 제공했고, 내가 칠레를 떠나야 할지 여부를 결정할 아벨과의 만남을 그 며칠간 성사시키기로 한 것이다.

"그럼 아무 문제 없겠지요?" 그 여성에게 내가 묻는다.

"별탈 없을 거예요." 태연한 대답이 들린다.

우리가 쌘띠아고의 산업지대를 향하자 나는 몸 안에서 긴장감이 고조되는 것을 느끼기 시작하고, 운전하는 여성이 큰길에서 빠져 노동계급 주거지역의 측면에 위치한, 완공이 덜 된 거리를 따라 굽어들 때 긴장감은 한단계 더 뛰어오른다. 나는 내 몸을 예민하게 의식하게 된다. 내 녹색 눈, 우디 알렌 풍의 안경, 6피트 2인치의 키, 유태인의 코, 금발머리, 지나치게 흰 피부, 내 몸짓 하나하나가 이곳에선 나를 눈에 띄게 만든다. 차가 아담한 단층집 앞에 멈춘다. 내가 내리자 나를 보는 눈들을 느낄 수 있다. 누군가가 지켜보고 있다. 소년 몇이 거리 저 아래편에서 축구시합을 하고 있다. 그들 중 하나가 낡은 공을 세게 찬다. 너무 세게 차서 공은 내 근처에 와서 멈춘다. 그것을 보고 나는 가서 공을 되찬다. 그러고는 이런 행동으로 인해 내가 이목을 끌지 않았는지 걱정하면서 마음속으로 자신을 책망한다. 공을 못 본 체했다면 더욱 이목을 끌었을 테지만 말이다. 노파 하나가 옆집 문간에서 나타나 차를, 나를, 말쑥하게 차려입은 내 운전자를 본다. 노파는 아무 말도 않고 우중충하고 악의에 찬 석상처럼 그냥 거기 남아, 에스떼반이 나와서 우리를 따뜻이 맞이하는 것을 지켜보고, 내가 운전자의 뺨에 재빨리 입맞추며 작별인사를 하는 모습을 지켜보고, 내가 에스떼반의 집 안으로 사라지는 모습을 지켜본다. 이 동네엔 비밀이란 없다.

이런 쿠데타 같은 재난은 그들에게 무시로 일어날 수 있다는 듯이 처신하는 그 집 식구들의 유머와 소박한 용기에 힘입어 나는 곧 평정을 되찾는다. 우리는 자리에 앉아 신속히 식사를 한다. 날이 어두워지자 에스떼반은 집 뒤편, 벽으로 막힌 작은 마당으로 나를 데려가는데 거기에는 채소밭과 오두막집이 들어서 있다. 그가 이 노동계급 가족에서 대학에 들어간 최초의 인물이 되었을 때, 에스떼반의 아버지는 그의 공부를 위해 이 호젓한 오두막을 지어주었다. 거기엔 좁다란 침대와 책상 겸용의 식탁 그리고 벽 한쪽에 줄지어 늘어선 책들이 있다. 커튼이 두껍게 쳐진 창문은 마당을 향해 나 있다.

에스떼반은 플래시를 건네주면서 가능하면 밤에 전등을 켜지 말라고, 그리고 낮에는 아주 조용히 하라고 당부한다.

"군인들이 온다면," 그가 말한다. "십중팔구 밤에 올 겁니다. 그들은 지난주에 여기 왔지만 다시 올 것 같지는 않아요. 만약 정말 온다면 우리가 그들을 붙잡아두도록 해보겠습니다. 이 벽을 넘어 도피하십시오."

그는 지도를 그리기 시작한다. 집, 거리, 인근 주유소, 교회이고요, 이곳 신부는 믿을 수 있지만 거기 가는 최상의 길은 이쪽이 아니라 저쪽이에요. 왜냐하면 두 길을 지나 저 아래편 이 집에 파시스트가 살고 있기 때문이지요. 주유소에는 공중전화가 있지만 통행금지 이후에 그 전화를 사용하는 것은 위험합니다. "하여간," 그는 되풀이 말한다. "그 신부는 믿어도 좋아요. 그리고 여기 상황이 이상 없으면 언제라도 돌아오실 수 있습니다."

그리고 내가 알아들었는지 묻고 내가 고개를 끄덕이자 그는 어두워지는 황혼 속에 나를 남겨두고 밖으로 나간다.

나는 그가 한 말을 하나도 알아듣지 못했다. 나는 불신의 눈빛으로 지도를 응시한다. 나는 이 도표를 전혀 알아먹을 수가 없다. 그가 말하는 동안, 그가 지도를 가리키고 화살표를 그리고 신부를 신뢰하라고 말하고 어떤 길을 가고 어떤 길은 피하라고 말하는 동안, 내가 아주 또렷이 이해한 유일한 것은 내가 결딴날 운명에 처했다는 것뿐이다.

쿠데타 이후 매일 밤, 아무리 어설픈 변명일지라도, 내 집이 아닌 집에서 자는 데 어떤 변명을 댈 수 있었다. 나는 백가지 이유를 지어낼 수 있었다. 그러나 여기는? 여기서 내가 무슨 짓을 하고 있는가? 싼띠아고 외곽의 한 동네에 숨겨진 직물노동자의 오두막에서?

이 오두막에서 마침내, 최근 열흘 동안 내가 회피해온 공포가 내 속으로 넘쳐 흘러온다. 내 삶에서 한번도 존재하지 않았던 그 공포가. 배가 아프고 머릿속에 스멀대는 진짜 공포가 너무 늦기 전에 이곳을 빠져나가야 한다고 내게 비명을 지른다. 죽임을 당하고 있는 자들에게 일어난 일이 내게 일어날 수 있는 것이다. 내 상상 속에서 한 장교가 접근하고 있는, 끌라우디오 히메로의 벌거벗은 몸이 아니라, 현실에서 나 자신의 몸에 일어날 수 있는 것이다.

마당의 그림자가 통금이 다가왔음을 일러줄 무렵, 나는 오늘 저녁 여기 이 오두막에서 고립되어 있다. 나를 숨겨준 이 사람들보다 나는 훨씬 더 위험에 노출되어 있다. 만약 어느 군 지휘관이 오늘밤 이 마을을 급습한다면, 나의 엄청나게 좋은 행운이 바닥난다면, 나 자신의 환경에선 내가 살아남는 데 도움이 될 바로 그것들—나의 신체적 외모, 나의 지인들, 내가 태어난 계급, 나의 언어 자체—이 여기서는 불리한 것들이다. 나는 내게 주어진 경계선과 특권 바깥으로 발을 내디뎠기 때문에, 정확히 내가 그런 것들을 버리기로 했기 때문에 처벌될 것이다.

그리고 그 공포 곁에서, 어쩌면 그 공포 속에서, 그 공포를 녹여 없애지도 감추지도 못하면서, 내가 기이하게도 엄청나게 성공했다고 느낀 이유는 바로 이런 특권의 포기 때문인지 모른다. 특권의 부재야말로 지금 내가 조국이라 부르는 이 나라의 평범한 민중들이 늘 상 살아온 방식이고, 날이면 날마다 이 지구의 대다수 인구가 그들의 일상적 지평으로 경험하는 것이기 때문이다. 그들에게는 의지할 아버지도, 국제적 연계도, 피난처를 마련해줄 제2의 언어도, 그들을 공격하기 전에 그들의 적들을 주저하게 만드는 하얀 피부도 없다. 죽음을 퇴치할 거창한 말들도 없다. 비참함의 폭력, 질병의 폭력, 영양실조의 폭력, 무지의 폭력 그리고 만약 그들이 이런 상황에 감히 대항한다면 닥쳐올 경찰과 군대의 폭력——이것은 그들로서는 피할 수 없는 것이자 그들의 삶 자체인 것이다.

이것이야말로 내가 혁명의 가능성을 처음으로 꿈꾸던 아득한 60년대 시절 이래 줄곧 원하던 바로 그것이 아닌가? 이 모든 세월 동안 내가 무턱대고 추구해왔던 것——아무리 짧은 순간이라도 칠레의 노동계급과 융합하는 것, 그들의 운명을 공유할 수 있을 만큼 그들 속으로 아주 깊숙이 들어가는 것, 바로 그것이 아닌가?

그러자 생애 내내 나를 괴롭혀온 그 거리감이, 그 외로움이 이제 사라졌다. 가난하고 멸시받는 사람들과 내가 맺는 관계는 이제 돌이킬 수 없으며, 적어도 이 순간만큼은 나의 선택에 달려 있지 않았다. 내 생명은 나의 손을 떠나 이제 운에 맡겨졌고, 도피할 수도 계속 도망칠 수도 없다는 사실이 이상하게도 위안이 되었다. 마침내 진실의 순간이 다가와 내 몸이 고통 없는 세상에 대한 나의 꿈에 충실했다는 것, 내가 불의에 항거하는 자가 되어 그 결과를 기꺼이 받아들이게 되었다는 것을 알고 나는 묘한 위안을 느꼈다. 혁명이 나를 이 오두막으로, 이 있을 법한 결말로 데려왔고, 거기서 죽음과 홀로 남겨진 상태에서 전에는 결코 느껴보지 못했고 이후로도 느끼지 못할 완전함과 온전함과 진실함을 느낀다.

나는 집에 있는 것처럼 편안하다.

그날 밤 나는 악몽을 꾸지 않는다. 잠들었다가 가끔 깨어 멀리 개 짖는 소리와 이따금씩 울리는 총성을 들으며, 트럭 엔진소리가 적막을 깨뜨리지 않을까, 병사의 고함소리가 새벽을 찢어 열지는 않을까 귀기울이며, 새벽이 밝아오기가 어찌 이토록 오래 걸릴 수 있을까 자문한다. 그렇지만 이제 더이상 공포는 없다. 나는 다음날과 그때 일어날 일을, 그 다음날과 그날의 면담을 직면할 준비가 되어 있다. 나는 그 면담에서 연락책 아벨에게 무슨 일이 있어도 이제 내가 정말 조국이라 부를 수 있는 이 나라를 떠날 수 없다고 말할 것이다.

하지만 정작 일은 이렇게 전개되지 않는다.

다음날 이와는 다른 계시가 나를 기다린다.

날이 밝자 그 오두막에서 나는 에스떼반 소유의 책이 꽂힌 벽을 살펴보기 시작하고 거기서—도널드 덕에 대해 쓴 나의 책과 더불어—수백권의 다른 책들을 발견하는데, 그 대다수는 국립출판사인 끼만뚜에서 펴낸 값싼 보급판으로, 가판대에서 팔려 수백만의 칠레인들이 애독한 것들이다. 2년 반 동안 출판·배포된 책이 칠레 역사에서 그전 160년간 나온 것보다 더 많았다. 나는 이 엄청난 문화운동의 일원이었다. 끼만뚜의 자문위원으로서 나는 한 주에 두 번씩 대중의 손에 들어갈 문학·철학·역사 텍스트들을 선정하는 일을 도왔다. 나는 물론 이 책들이 판매되고 있음을 알고 있었다. 통계가 이를 말해주었다. 아옌데 시절 동안 종종 나는 우리의 선집을 읽고 있는 수백명의 노동자와 학생과 주부 그리고 심지어 한번은 젊은 농부를 만났다. 도스또예프스끼와 꼬르따자르(Cortázar)와 아이스킬로스(Aeschylus)와 라틴아메리카 단편들과 볼리바르(Bolívar)와 발자끄가 들어 있는 선집을 말이다.

그러나 이 책들을 여기 이 오두막에서 발견하는 것, 그것들 사이에서 내가 쓴 책을 보게 된 것, 패배의 와중에 지금 이 책들과 맞닥뜨리게 된 것, 이것은 달랐다. 마치 미지의 바다 속으로 병을 던지듯 나는 내 언어를 현실 속으로 넌져넣었는데, 설령 내 언어와 책들이 죽음과 고문으로부터 나를 보호할 수 없을지라도, 저 책들이 오늘도 내일도 여전히 여기 존재하여 읽힐 것이며, 사람들이 읽고 생각하고 내면에 품고 있는 것들은 그렇게 쉽사리 지워질 수 없다는 것 역시 부인할 수 없다. 지난번 만났을 때, 안헬리까는 어느날 버스를 타러 걸어가는 도중 로드리고가 인민통일전선 찬가를 부르기 시작했다고 내게 말했다. "벤세레모스, 벤세레모스, 라 미제리아 사브레모스 벤세르(우리 승리하리라, 승리하리라, 이 고통 끝장낼 방법을 찾으리라)." 그녀는 아이에게 그만 하라고, 다시는 그 노래를 부르지 말라고 했건만, 아이는 에싸스 칸시오네스 메 구스딴(이 노래들이 좋아요)이라고 하면서 그 당부를 거부했다. 그러자 그녀는 아이 곁에 쪼그리고 앉아 어깨를 꽉 잡고 아이의 턱을 치켜올려 자기를 정면으로 처다보도록 한 다음, 여섯살짜리 아들에게 말했다. 그 노래나 우리가 거리에서 부르곤 하던 다른 노래를 부른다면, 군인들이 와서 네 아빠를 쏠 거야. 알아들었니? 로드리고는 잠시 대답하지 않았다. 안헬리까는 기다렸다. 그러자 아이가 말했다. "하지만 머릿속으로 그 노래를 부른다면, 아무도 모를 거예요." 거기 상심한 어머니 앞에서 아이는 며칠 후 책으로 가득 찬 이 오두막에서 내가 발견하게 될 것을 먼저 발견한 것이다. 이런 식으로 저항운동은 자라날 것이고, 이렇게 해서 과거는 살아남을 것이다. 어제 우리가 세상에 뿌린 말과 행동은 이 지상에서 쉽게 뿌리뽑히지 않을 것이며, 그럴 수도 없을 것이다.

그러나 내 삶의 의미가 나 자신의 자아 속에서만 시작되고 끝나는 것이 아니라 그 자아를 넘어 공동체로 이어짐을 책들이 밝혀주었다면, 바로 이 책들이야말로 내가 정말 누구인지 숨기는 것이 가능하지 않음을 일러주는 지표였다. 나는 지식인이며 글을 쓰는 자이며 남들에게 말과 이야기를 들려주는 자인 것이다. 내 과거가 존재하지 않는 것처럼 가장할 수 없음을 책들은 말해주고 있었다. 내 책들——내가 쓰거나 출판을 도운 책들——은 이 오두막에 남아 있을 수 있을 것이다. 그러나 내게 은신처를 제공한 이들의 목숨을 위태롭게 하지 않고서 내가 여기 남아 있을 수는 없을 것이다. 결국, 어쩌면 나는 이 나라를 떠나야 할 수밖에 없을지도 모른다.

그래서 다음날, 아벨과 만나기로 한 아파트의 초인종을 누를 때, 나는 모순되는 욕구와 조짐으로 가득 차 혼란스럽다. 아벨이 문을 열고 나는 안으로 들어선다.

그곳은 꾸밈없는 중산층 아파트였고, 블라인드가 내려져 있는 것 말고는 특별한 데가 없다. 아벨은 여기에서 편안하게 보이고 잘 어울린다. 누가 그에게 이 집을 빌려주었나? 친척? 친구? 동조자? 모르는 편이 낫다. 집의 세부 하나라도 자세히 보지 않는 편이 낫다. 내가 이 아파트의 위치를 이미 잊었고 잊었기를 바라듯이 이곳에 관한 것이라면 깡그리 잊어버려라. 네가 알지 못하는 것까지 억지로 캐낼 수는 없지 않은가. 독재가 하는 짓이란 바로 이런 것이다. 독재는 우리를 순간적인 기억상실자로 만들고 눈가리개를 한 듯 삶을 건성으로 넘기도록 강요하며, 또한 말도 안되는 일이지만 그와 정반대의 것을 요구하기도 한다. 사소한 세목 하나가 생사를 가르는 차이가 될 수 있으니까 살아남으려면 주의를 기울여 머릿속에 모든 것을 세심하게 기록해야 하는 것이다. 아벨이 가리킨 팔걸이 의자에 앉으면서 나는 거실에 걸린 초상화 하나를 흘끔 보지 않을 수 없고, 아벨 뒤편 벽에서 정장을 한 멋진 해군장교의 눈부신 모습을 무시할 수 없다. 마치 함께 사랑을 나누게 된 풍만한 몸매의 여인이 처음으로 옷을 벗기 시작할 때 눈길을 돌리라는 말을 들은 십대의 소년처럼, 나는 이것이 해군 내부에 저항조직 사람이 있음을 의미하는지, 여기가 제독의 집인지 궁금해하며 금지된 것에 이끌린다. 그리고 이 추측을 확증하거나 부인할 표증을 거실에서 계속 찾지 않도록 하기 위해 내 생각의 연쇄를 끊어버리고 아벨과, 내가 그간 두려워해왔던 그와의 이 만남에 집중하고자 애썼던 기억이 난다.

"아시기를 바라오," 아벨이 말을 꺼낸다. "당신이 이 만남을 청해서 우리 둘을 위험에 빠뜨리고 있다는 걸 말이오."

나는 그 사실을 깨닫는다. 나는 미안하지만 대사관에서 피난처를 찾으라는 당의 명령을 받아들일 수 없다고 말한다. 그래서 다른 소견을 요청한 것이라고 말한다.

"글쎄, 다른 소견이란 당신이 너무 늦기 전에 당장 여기서 빠져나가야 한다는 겁니다. 그리고 세번째 소견도 같을 것이고 네번째도, 이 세상의 모든 소견은 다 똑같소. 자신을 봐요, 제발 거울에 당신 모습을 비춰봐요. 우리가 당신을 어디다 숨기겠소? 도대체 당신이 숨어서 우리에게 무슨 소용이 있겠소? 정말 여기에 당신이 필요하다고 생각하시오?"

"예." 나는 대답한다.

"그렇지 않소," 아벨이 말한다. "여기 있을 필요를 느끼는 쪽은 당신입니다. 칠레혁명에 관한 위대한 소설을 쓰기 위해 당신은 여기 머물러 있을 필요가 있는 거지요. 그래서 당신이 여기 있기를 원하는 게 아니오, 그렇죠?"

10여분 동안에 아벨에게 2천년간 도망 다닌 내 방랑하는 선조의 이야기를 어떻게 설명할 것인가. 이제는 멈출 때라고, 이제 정말 지쳤다고 어떻게 말할 것이며, 대부분의 아이들이 모국어를 배우는 나이에 내가 맨해튼의 한 병원에서 스페인어와 라틴아메리카를 부인했으며, 역사가 나를 이곳, 나를 매혹한 이 대륙에 오게 했고, 한 남자가 길에서 윙크했고, 내 책들이 저기 오두막에 있었으며, 내가 세상을 떠돌 만큼 떠돌았고 이제는 떠날 수 없음을 어떻게 설명할 수 있단 말인가? 이 나라가 약탈되고, 대통령이 죽고, 아벨이 자기 시계를 보고 우리가 통금까지 세 시간 남았고 세 시간이 지나 칠레 싼띠아고에 해가 지면, 그때는 군인들이 저항 없는 이 도시를 소유하여 지프차와 개들과 저들의 기관총을 동원해서 정찰을 하고, 대다수 민중들은 자기 집안에 갇혀 멀리서 들리는 총소리를 듣고, 정찰차가 점점 더 가까이 다가오는 소리를 듣고, 브레이크 소리와 병사들의 군홧발 소리와 명령 소리가 터져나오지나 않을지 귀기울이고, 차 소리가 나를 지나쳐, 이번에는, 이번에는 내 집 앞에 멈춰 서지 않아서, 이 도시 어디선가 나와 같은 한 사나이가 그의 이웃이 습격당하는 소리를 듣고, 비명을 듣고, 그 자신의 안도의 심장박동을 들으며, 자기가 아닌 다른 사람이 끌려가고 있음을 알게 될 때의 끔찍한 희열을 느낄 것을 우리 둘 다 아는 이때, 어떻게 이것을 말할 수 있겠는가? 그는 머물러 있을 사람이고 나는 떠나야 할 사람이라면, 내가—수만 가지 다른 이유들 중에서—이 나라에서 쫓겨나서 이 나

214

라의 이야기를 목격하고 그것을 나의 언어로 전달하는 일에서 배제되다는 생각을 견딜 수 없기 때문에, 나 자신을 이 나라 속에 세기고 이 나라를 내 안에 새김으로써 내가 완전히, 확고히, 영원히 칠레인이 될 이 기회를 놓칠 수 없기 때문에 내가 머물기를 원한다는 그의 생각이 옳다면, 그에게 어찌 나의 비극에 공감하도록 만들겠는가?

아벨은 자신의 유리한 위치를 밀어붙인다. "저 바깥이 바로 당신이 필요한 곳이오. 당신에게 필요한 것이 아니라 우리에게 필요한 것을 생각하시오."

물론, 그가 옳다. 그의 말의 냉엄한 논리를 거스를 수는 없다. 내가 칠레 민중의 죽음에 동참할 수 있기 때문이 아니라 죽음에 항거하는 그들의 투쟁에 헌신할 수 있기 때문에, 나는 칠레 사람인 것이다.

내가 결단에 이를 때 아벨은 내 눈에 비친 고통을 읽었음에 틀림없다. 그는 내 눈에서 지치고 오래된 무언가를 발견했음에 틀림없다. 그는 지금 내 생각을 읽을 수 있다는 듯, 한번도 그에게 해주지 않은 내 삶의 이 이야기를 아는 듯 말을 건넨다.

그는 나를 포옹하고 작별인사를 하고 내 귀에 속삭인다.

"비베 뽀르 또도스 노소뜨로스"(우리 모두를 위해 살아주시오).

그러고는 나를 껴안을 때, 그의 목소리는 다시 한번 더 낮아져서 그가 그 말을 했는지 아니면 내 상상인지 거의 알 수 없을 만큼 부드러워진다.

"당신이 진정 칠레를 사랑한다면……"

내가 진정 칠레를 사랑한다면…… 나는 망명을 견뎌낼 수 있으리라. 비록 나의 여정이 가로막힌다 하더라도, 나를 길러준 저 원천들이 아득하고 그 언어가 멀고 사람들이 투쟁이 포도넝쿨이 해변이 모두 멀리 아득히 멀리 있다 하더라도, 나는 이 나라와 계속 더욱 깊이 일체가 될 수 있으리라. 지금 당장은 이 모든 것이 이미 현실감을 잃은 듯하다. 내 속을 알아보는 아벨의 미소와 내리깐 속눈썹과 포옹과 제독의 기이한 초상이 걸린 이 아파트, 그것들은 이미 기억 속으로 물러나고 있다. 이 모든 것이 이미 꿈결이 된다. 사태가 힘들 때 내 마음속에 기억해야 할 말들이 되고, 내 손 안에 움켜잡을 수도, 내 귀에 부드럽게 속삭이는 말을 들을 수도 없을 아득한 추억일 따름이다. 아벨이 해주는 지혜와 연대의 말들은 나를 구해주지 못한다. 지금 내가 죽음보다 더 깊은 공포, 내가 사랑하게 된 이 땅에 다시는 돌아올 수 없을 거라는 공포를 직면할 수밖에 없음으로 해서 일어나게 될 일들로부터 그 어느 것도 나를 구해줄 수 없기에.

칠레 **싼띠아고**에서 발견한 **삶**과 **언어**를 다루는 장 |1960~64년|

너 어디서 왔니?

내 나이 두살 반부터 열여덟살이 될 때까지 이 질문에 나는 언제나 곧바로 한결같이 이렇게 대답했다. 미국에서 왔어, 난 미국인이야.

1960년 3월 칠레대학교에서의 수업 첫날, 그 대답이 내 혀끝에서 맴돌았지만 입 밖으로 나오지는 않았다. 미국과의 대결국면으로 치닫던 라틴아메리카의 열띤 정치적 분위기에서 나는 그 말을 내뱉을 수가 없었다.

너 어디서 왔니?

그 질문을 한 사람은 넌 누구야?라는 함축된 물음을 깔고 있다. 나는 그의 얼굴을 기억하지 못하지만 다만 순간적으로 당황해 내가 미국에서 왔음을 감히 인정하지 못한 사실만 기억할 따름이다. 아마 그는 바로 끌라우디오 히메노였을 것이다. 따져보면 내가 그에게 눈길을 준 것은 그날이 처음이었다. 나를 구출하여 결국에는 여기 미국에서 망명생활을 하게 해준 장본인이 내가 북아메리카 출신임을 부인하는 말을 들은 최초의 사람이었다니, 그 사실은 너무 기막히고, 어쩌면 너무 딱 들어맞을 정도로 문학적이고 대칭적이었다. 나는 그 순간을 기억해내려고 애를 썼는데, 내 일과표의 첫 수업인 아메리카 역사시간 직후였던 것 같다. 그 시간에 우리의 급진적인 파나마 출신 흑백혼혈인 교수는 아메리카라는 말 자체를 자세히 해부하느라고 열심이었고, 미국이 어떻게 그 단어를 전유(專有)하여 남아메리카를 그 이름으로 부르기를 거부했는지, 그리고 같은 방식으로 바로 그 미국이 멕시코 땅의 상당부분을 훔치고 니까라과를 점령했으며 지금은 파나마운하의 좁은 땅 자락을 차고앉아 이를 파나마 민중에게 반환하기를 거부하고 있는지를 지적했다. 영토란 일단 잃어버린 다음에는 되찾기 어렵지만, 대안적인 역사를 수립하는 것이 하나의 출발점이라고 그는 말했다. 그가 자신의 조국으로부터 망명을 강요당했다는 사실이 이런 지적 기획에 위험이 없지 않음을 입증하지만 말이다. 하지만 리오 브라보(Rio Bravo, 텍사스와 멕시코 국경을 이루는 리오그란데 강의 멕시코 이름—옮긴이) 남쪽의 아메리카인들은 자신을 다르게, 자유롭게, 그리고 주권을 지닌 사람으로 생각하는 것이 핵심적인데, 왜냐하면 그 생각에서부터, 그런 상상력의 영토에서부터 역사는 바뀔 수 있기 때문이다. 꾸바 독립이라는 자신의 꿈이 실현되기 전, 미국에 대한 자신의 예언적인 경고가 사실임이 입증되기 전인 1895년에 죽은 호세 마르띠(José Martí, 꾸바 독립을 위해 싸운 선각자로서 꾸바의 국부로 존경받고 있다—옮긴이)를 보라. 서반구에서 가장 강력한 나라인 미국이 스페인과 전쟁에 돌입했고(시어도어 루즈벨트는 그 언덕 위로 돌격한 적이 없다. 그것은 순전히 사기요, 날조된 사진이다), 그후 뿌에르또리꼬를 식민지로 차지하고 꾸바를 수년간 점령했는데, 새프터 장군(1898년 미국·스페인 전쟁 당시 꾸바 침공을 감행한 지휘관—옮긴이)의 유명한 표현대로, "자치(自治)가 전혀 당치 않은 저 사람들"에게 본때를 보여야겠다고 느낄 때마다 꾸바를 침공한 것이다. 하지만 마르띠와 그의 발언 덕분에 피델 까스뜨로는 1953년 그의 최초의 봉기를 단행하여 몬까다 지역을 차지했으며, 체포되었을 때는 자신에 대한 재판을 바띠스따 독재정권에 대한 고발의 기회로 둔갑시켜, 마르띠 탄생 백년 후에도 마르띠의 사상이 죽지 않게끔 하기 위해 자신이 반란을 일으켰다고 선언했다. 그래서 이제 꾸바는 아이젠하워에게 대항하고 있으며, 카지노와 창녀촌을 없애고 미국 기업이 운영하는 설탕농장을 환수하고 있는 중이다. 그런데 이런 일이 가능한 까닭은 마르띠가 꾸바를 저들의 미국과 대립되는 것으로, 즉 '누에스뜨라 아메리까'(우리의 아메리카)의 일부로 생각했기 때문이다.

그는 이렇게 말하고 의견을 물었고 우리들 각자는 대답을 했는데, 이제 내 차례가 되었다. 내가 무슨 말을 했는지는 정확히 기억나지 않지만, 그 말투는 분명 기억할 수 있다. 늪에서 나온 진흙처럼 내 목소리에 여전히 기어드는 미국인 특유의 미세한 액센트는 기억난다. 내가 새 급우들에게 얼마나 이국적으로 보였는지, 나의 머리카락, 나의 키, 나의 눈, 나의 피부, 나의 몸짓, 이 모든 것이 내가 여기가 아닌 다른 곳 출신임을 드러낸다는 사실을 의식하게 되었던 기억이 난다. '라 오뜨라 아메리까'(다른 아메리카) 출신의 급우들은 모두 흥미롭다는 듯 나를 돌아보았고 그들은 벌써 넌 어디서 왔니?라는 질문을 던질 태세였다는 것은 기억할 수 있다. 내가 앞으로 수년 동안 칠레식 강세와 칠레 속어와 칠레에 관한 잡다한 사항을 익히려고 집요하게 노력하면서 회피하고자 했던 그 질문 말이다. 하지만 당장은 수업이 끝나자마자 급우들의 호기심과 맞닥뜨려야 할 테니, 나는 전 세계 수백만 민중들이 미국에 의해 유지되는 식민지적 · 탈식민지적 질서에 반기를 들고 있다는 사실과, 내가 이 교실에 발을 들여놓기 일년 전 피델이 그의 게릴라 부대와 더불어 아바나에 입성했고 바로 그 시기에 최초의 미국 고문단이 베트남에 도착하고 있다는 사실 등을 고려해 대답하지 않을 수 없었다. 내가 대학교육을 받고 있는 이 나라가 보수적인 정부와 그 정부의 미국 후원자들을 겨냥한 폭동과 파업과 항의행진 때문에 흔들리고 있는 바로 그런 역사의 교차점에서 나는 교실 밖으로 나갈 것이며, 벽마다 "양키, 고 홈"이라는 저 유명한 문구로 도배되고 있는 세상에서 내 정체성에 대한 질문에 대답해야 할 판이었다.

데 돈데 에레스?(넌 어디서 왔니?)

수업이 끝나자마자 얼굴도 이름도 기억할 수 없는 어떤 애가 그 질문을 던졌다. 나는 모른다고 대답했어야 했다. 평생 내가 양키라고 생각했는데 지금은 잘 모르겠다고, 너무도 양키가 되고 싶어 내 이름을 에드워드로 바꿀 정도였다고 대답했어야 했다. 떼 야마스 에드워드?(네 이름이 에드워드니?) 넌 어디서 왔니? 이 물음에 나는 이렇게 대답했어야 했다. 사실을 알고 싶어? 난 아직 미국에 매력을 느껴, 내가 결국 거기서 살게 될지 누가 알겠어? 그 나라의 정치는 싫지만 그 나라의 재즈와 영화와 사람들과 그 사람들이 내게 준 언어, 내가 세상을 이해하기 위해 아직도 사용하고 있는 그 언어는 사랑해. 사실을 알고 싶어? 최근 들어 스페인어 맛을 조금 알 것 같아. 하시만 내 속 깊숙한 곳에서 그 말을 느끼진 않아. 난 너희들이 말하는 그 언어로 친밀하거나 적절한 어떤 글을 쓰게 될 것 같지 않아라고. 나는 이렇게 대답했어야 했다. 나는 나라가 없어. 나는 공동체가 없어. 나는 대의가 없어. 제기랄, 나를 한 곳에 안착시켜줄 여자친구조차 없단 말이야라고. 나는 대답했어야 했다. 이 지구에서 난 혼자고 내가 어디에 속해 있는지 모르겠어라고.

대신, 나는 아주 간단하게 말했다. "쏘이 데 아르헨띠나"(난 아르헨띠나인이야)라고. 나는 거의 알지 못하거니와 특별한 애착도 없는 내 우연한 태생지를 댔는데, 왜냐하면 내가 허공 속으로 떨어져서 대기중이던 부모와 나라와 말을 발견했던 그 아득한 순간 말고는 아무데도 기댈 곳이 없었기 때문이다. 그 대답은 나 자신의 혼란을 검토하지 않아도 되고, 내 유동적인 삶이 변전중임을, 내게서 떨어져 나가고 있는 북(北)의 나라와, 내가 아직 영구히 몸을 맡길 준비가 되지 않은 남(南)의 여기 이 나라 사이에 걸려 오도가도 못하고 있음을 인정하지 않아도 되는 편리한 방도였다. 그 대답은 내가 정말 누구인지 알아낼 시간을 버는 한 방도였다.

10년이 지나 나는 그 답을 알아냈다.

정확히 말해 10년하고도 반년이 지난 1970년 9월 4일 밤, 나는 싼띠아고의 중심가인 알라메다 가(街)에 서 있었다. 사방에는 대통령 선거에서 우리의 승리를 축하하는 동포들이 무리지어 열광적으로 춤추고 있었고, 학생연합 건물의 자그마한 발코니에는 쌀바도르 아옌데가 서 있었는데, 그는 새벽 두시에 새 나라의 탄생을 선언할 참이었다.

그날 밤 아옌데는 이렇게 말했다. "엔뜨라레 아 라 모네다, 이 꼰 밍고 엔뜨라라 엘 뿌에블로, 쎄레 엘 꼼빠녜로 쁘레지덴떼"(모네다 궁에 들어갑시다, 민중과 함께 거기로 들어갑시다. 나는 동무 같은 대통령이 될 것입니다)라고. 그것이 칠레의 소외된 자들에게 한 그의 약속이었다. 그는 평범한 대통령이 되지 않을 것이라고 했다. 그는 말했다. "나는 여러분의 동무 같은 대통령이 될 것입니다." 아옌데가 우리에게 충성과 평등과 동지애를 맹세할 때, 그가 우리를 배신하지 않겠다고 맹세할 때 나는 그 자리에 있었다. 그리고 나는 내 꼼빠녜로 영혼의 가슴 저 깊은 곳에서 외쳤다. 마치 무인도에 있는 나를 그가 구조하러 온 것처럼 나는 그에게 소리쳤고 "꼼빠녜로, 꼼빠녜로"를 연호하기 시작했다. 그것은 그를 향해 소리치는 수천의 사람들의 메아리였고, 그 말은 그 밤을, 그곳을, 역사의 이 순간을 발견하기를 아득한 옛날부터 기다려온 것처럼 내 입에서 쏟아져 나왔다. 꼼빠녜로, 꼼빠녜로, 영구히 우리의 것이자 우리의 타고난 권리로 주장할 이 거리를 가득 메우는 저 겨레의 소리만이 이 세상에 울릴 때까지 그에게 소리쳤다. 저 모든 목소리들이 하나의 목소리가 될 때까지, 우리가 그와 더불어 모네다궁으로, 동무 대통령과 함께 칠레 대통령궁으로 들어갈 때까지 연호했다.

나는 그에게 소리쳤고 그것은 더이상 나만의 부름은 아니었다. 구호의 저 바다에서 나의 말은 이미 그들의 말이 되어 있었다.

우리는 쌀바도르 아옌데에게 세례를 주었던 것이다.

사실, 세례를 받고 있었던 것은 다름 아닌 나였지만 말이다. 그때 나는 1960년대 초 내가 회피했던 저 물음에 대한 답을 완전히 알았고, 적어도 그렇다고 생각했다. 나는 내가 어디서 왔는지 알았고, 더욱 중요한 것은 이런 식의 문제제기가 잘못된 것임을, 그리고 정말 중요한 것은 당신이 어디로 가고 있는지를 아는 것임을 거기 군중들 틈에 서서 깨달았다. 내가 어디서 왔는가? 나는 이제 막 내 생애 최초의 투표를 했고 그것은 쌀바도르 아옌데를 지지하는 것이었다. 나는 어디서 왔는가? 나는 칠레 출신이고 여러 블록의 거리를 가득 채운 이 사람들의 바다가 나의 공동체이고, 그리고 곁에는 내 손을 잡은 나의 칠레인 아내가 있었다. 그리고 내가 미래를 상상하고 있는 언어는 내가 글을 쓰는 바로 그 언어였다. 내가 기도문처럼 외고 있는 이 언어, 확신컨대 내 눈앞에 펼쳐질 대서사시를 곧 쓰기 시작할 이 스페인어의 특권적인 수호자가 되기 위해, 나는 영어를 내 삶으로부터 추방했었다. 그리고 몇 마일 떨어진 집에는 우리의 세살 난 칠레인 아들이 잠들어 있는데, 그애는 자기 아버지와 조부모가 겪은 굴곡의 삶을 살지 않아도 될 것이었다. 나는 그애가 자기 가문의 많은 세대 중에서 한결같이 남반구의 별자리 아래서 태어나고 자라고 자기 아이들을 낳을 첫번째 애가 될 것임을 맹세했었다. 그애가 태어난 1967년 2월에, 나는 태어나는 사람이 나인 것처럼 그렇게 맹세했고, 스페인어와 라틴아메리카에 대한 나의 헌신을 상징하는 의미에서 이베리아반도의 최초의 영웅 엘씨드(11세기 스페인의 용맹스런 기사로 무어인의 공격을 여러 차례 물리침―옮긴이)의 이름인 로드리고와 미국인들로부터 꾸바를 해방한 피델이란 이름을 지어줌으로써 내 뜻을 확실히 해두고자 했다. 그리고 이제 우리는 칠레 역시 해방시킬 터였다.

모든 사람에게 집을 제공하는 일에 주력하는 거대한 사회운동 속에서 편안함을 느끼는 그런 순간으로 가는 길은, 칠레를 그 기반에서부터 뒤흔드는 혁명으로 가는 그 길은 내겐 정말 지진으로 시작되었다. 그렇다, 그 길은 남(南)에서의 그 모든 시간 동안 나로 하여금 격리와 무지와 특권 속에서 살게끔 한 그 장벽들을 갈기갈기 찢어버린, 문자 그대로 지진으로 시작되었다.

1960년 6월 하순의 어느날, 내가 누구인지를 묻는 대학에서의 첫 물음에 명확한 답변을 못한 지 몇달이 지난 때였다. 나는 친구들과 함께 축구경기가 열리는 국립경기장에 갔다. 그곳은 13년 후 그 친구들 중 하나와 내가 그후 만나게 된 많은 노동자들이 투옥되고 고문당한 바로 그 장소이기도 하다. 우리가 거대한 산맥을 마주하고 있었던 것이 기억난다. 내가 저 산맥들을 마주보고 앉은 내 위치를 정확히 기억하고 있는 것은 다음에 벌어질 일 때문이었다. 갑자기, 아무런 경고도 없이, 관람석이 흔들리기 시작하고 우르르 꽝꽝 하는 소리가 하늘을 찢더니 경기장 전체가 마치 거대한 배처럼 뒤로 흔들리고, 믿기지 않게도 한동안 안데스산맥이 보이지 않았다. 솟아오르는 경기장의 나머지 반쪽에 의해 산들이 시야에서 차단되어 정말로 사라진 것이다. 모든 사람들은 너무 놀라 망연자실했다. 나는 나무의자를 꽉 잡고, 아무렇게나 아래위로 튀고 있는 공을 술 취한 광인처럼 모두 넘어지면서도 얼빠진 듯 뒤쫓아가는 운동장 위의 선수들에게 멍청하게 시선을 집중했다. 그러자 사태는 끝났다.

말하자면 싼띠아고의 우리들에게만 사태가 끝난 것이었다. 왜냐하면 우리는 칠레 남부의 광대한 지역을 초토화시킨 구조지진판의 침강과 마찰의 여진을 경험했을 뿐이었기 때문이다. 여러 마을 전체가 폐허가 되고 수십명이 죽고 수천명이 부상당했으며, 생존자들은 언제 붕괴될지 모르는 집으로 돌아가기가 두려워 얼음같이 찬, 쏟아지는 비를 맞으며 길거리에서 잠을 잤다. 남부지방의 땅이 계속 덜컹거릴 때, 머지않아 아리엘이 될 에디 도르프만을 포함한 칠레의 학생들은 수업에 가지 않고 구조작업에 필요한 물품들을 모으는 일을 돕느라 그 다음 주를 보냈다. 음식, 옷, 담요, 건축자재, 그리고 무엇보다도 돈을 모았다. 그 주가 끝날 무렵이 되자 우리는 학부 건물의 여러 방들을 가득 채웠고 지원품을 트럭에 실어 남부지방으로 즉시 보냈다. 나는 지칠 줄 몰랐고 칠레의 노동자 빈민을 발견함으로써 내 노력에 대한 보상을 받았다.

빈민이란 적절한 말이 아닐 수 있다. 왜냐하면 그 말은 그 사람들을 그들에게 결핍된 것을 통해 정의하고, 그들을 근본적으로 고통받고 박탈당한 자로 정의하기 때문이다. 그리고 그들의 불가시성 아래 묻혀 있는 것으로 내가 발굴해낸 것은 정확히 그 사람들이 동정의 대상이 될 수 없으며 분명 선심의 대상일 수도 없다는 사실이었다. 그들은 내가 소비하는 모든 것, 사람들이 소비하는 모든 것을 생산했으나, 그들 손의 자긍심, 그 손들이 완수한 웅대한 이야기들, 그리고 칠레의 수많은 거리 모두를 깔았으나 그 어느 하나에도 그들이나 그들 조상의 이름을 붙이지 못한 그 손들 이외에는 아무것도 내세울 것이 없었다. 그들에겐 실제로 아무 소유물도 없었지만, 위협적인 하늘 아래서 그들처럼 헐벗은 칠레 남부의 저 멀리 떨어진 형제자매를 돕기 위해 자신들이 내줄 처지가 아닌 것조차 흔쾌히 내줄 태세였다. 그 주에 나는 그들의 용기와 유머를 한두번이 아니라 거듭하여 발견했다. 거대한 베틀에서 수고하는 수백명의 직물노동자들, 먼지 덮인 얼굴의 건축노동자들, 가혹한 불빛 아래 약제 실험실의 시큼한 냄새를 맡으며 깔끔한 하얀 제복을 입고 노동하는 구릿빛 얼굴의 여인들, 다리가 저리면서도 항시 웃는 낯으로 백화점에서 일하는 여성 판매원들, 식품점 계산대 뒤에서 굶주린 수염을 쓰다듬고 있는 젊은 남자들, 주저 없이 나와 눈이 마주쳤던, 메마른 땅을 가는 빈한한 농부들, 누추한 판자촌과 셋집에 사는 청결한 주민들, 그 어느 곳에서건 나는 그것을 발견했다. 내가 발견한 그것이 무엇이었냐고요? 한 단어로 대라고요? 그들에게서 내가 본 것을 한마디로 표현하라고요? 그건 희망이었다. 한 단어를 골라야 한다면, 그것은 바로 이 단어일 것이다. 에스뻬란사(희망) 말이다.

당시 나는 혁명에 관한 책을 어느 정도 읽은 상태였고 혁명이론들에 대해서도 조금은 생각해보았다. 나는 세상을 바꿈으로써 세상을 인식하고 무산계급이 기성질서를 끝장내는 자가 되며 대중의 물결 속에서 헤엄칠 필요성에 관한 구절들을 깊이 새겨보았지만, 그것들은 모두 종이 위에 적힌 말들에 불과했다. 만국의 노동자여 단결하라고 맑스와 엥겔스가 『공산당 선언』의 말미에서 촉구했고 나는 눈에 보이는 모든 가난한 사람들과 단결하는 데 대찬성이었지만, 실제로 노동자를 만난 적이 없었고 그때까지는 그런 사상들이 살아 있는 인간들 속에, '이 지상에 거주하는' 하나의 계급 속에 터를 잡고 영역을 만들고 가시화될 수 있음을 전혀 이해하지 못했었다. 내가 나의 고립된 위치에서 특권을 누리며 말로만 분개하며 살고 있던 곳에서 몇 구역 떨어진 곳에, 더 훌륭하고 더 아름다운 세상을 향한 나의 정처없는 욕망을 실현시켜주고, 그 희망을 메마른 책갈피의 미심쩍은 약속에서 현실세계 속으로 꺼내줄 사나운 역사의 행위자가 존재하고 있었다. 이 노동자들은 시야에서 보이지 않게 숨어 있었고, 쌴띠아고의 비포장지대나 들판이나 공장이나 술집에 보이지 않게 감추어져 있었다. 그렇다, 그들은 눈에 띄지 않게 숨겨져 있었다. 하지만 그들이 만일 가시화된다면, 그들이 만일 자신들의 몸을 보이는 곳으로 밀고 나온다면, 그들이 만일 자기들의 몸으로 만든 저 세상을 접수한다면, 그들은 인간석이라 부를 만한 사회를 빚어 만들 것이다.

내가 참여하든 않든 간에 그들은 이 서사시적 과업을 완수할 것이었다. 하지만 내가 참여한다면, 그들이 끈기와 용기로 자기들의 정체를 변화시키듯 세상을 바꾸려는 그들의 힘든 과업에 내가 만일 응한다면, 나의 고향 잃은 몸을 그들의 집 없는 삶에 동참시킬 수 있다면, 나는 불의의 세상만이 아니라 나 자신까지 바꿀 수 있는 일에 기여할 것이다. 나는 죽으면 없어질 그런 개인적 자기실현의 견지에서가 아니라, 사실상 죽음을 넘어서는 인류에 대한 헌신이라는 견지에서 내 삶을 생각할 수 있으리라. 그들에게서 나는 어릴 적 처음 꿈꾸었던 형제애를, 1940년대에는 외로운 어둠을 억누르기 위해 필요했던 그 형제애를, 그리고 지금 60년대에는 두 언어를 상용하는, 허약하고 혼란스러운 존재인 나로 하여금 그들의 대의에 동참하도록 자극하는 그 형제애를 마침내 발견한 것이다.

1960년 당시의 나로서는 그 도저한 과업을 대면할 준비가 완전히 되어 있지 않았다. 나는 저 강렬한 비전에서 비롯되는 논리적이고 과감한 다음 조치, 즉 혁명조직에 가담하는 일을 단행할 준비가 되어 있지 않았다.

지진은 노동자들로부터 나를 격리해온 저 벽들을 산산조각내기만 했을 뿐, 내가 태어난 이래 쌓아온 저 모든 장벽들, 인종과 계급과 언어와 이해관계와 생활방식의 장벽들은 그대로 남겨두었고, 이것들은 자연의 지진이 아닌 사회적 지진, 즉 아옌데 혁명이라는 지진이

나의 존재를 뒤바꿀 때까지는 실제로 무너지지 않았으며, 그때에도 일부만 무너졌을 뿐이다. 노동자들이 마침내 그들의 동네에서 벗어나 국가 자체를 인수하고 그 국가로부터 사회 전반을 재조직할 징후를 보였을 때, 노동자들이 우리의 삶을 분리시키는 경계를 가로질렀을 때에야 비로소 나는 더이상 방관자로 남아 있을 수 없다는 것을, 더이상 하나의 좌파 지식인이 아니라 투사로 변신해야 한다는 것을 깨달았다.

하지만 1960년 당시의 내 삶의 시점에서, 그리고 이후 10년 동안, 내 삶 전부를 억압받는 이들에게 바친다는 것은 생각조차 할 수 없었다. 내가 누구인지도 알지 못한다면 어떻게 헌신할 수 있겠으며, 어떤 삶을 헌신한다는 말인가? 세상 그 무엇보다 작가가 되고 싶다는 나의 확신과, 내가 거의 만나본 적도 없는 이들 민중의 요구를 어떻게 융합할 수 있겠는가? 내가 아무리 그들의 끈기를 높이 산다 해도 말이다. 개인적인 문제들엔 더없이 무심하며 개인적인 딜레마를 소시민적인 편향이라고 언짢아하는 조직의 깐깐한 심사에 비밀로 가득한 내 나약한 정체성을 어떻게 들이밀 수 있겠는가? 더욱 난감한 것은 당의 규율에 그렇게 복종함으로써 나는 내 존재의 모순을 직면하는 데 필요한 독자성을 박탈당하리라는 점이다. 나는 가난한 사람들에게 봉사하기를 원했지만 하녀 둘이 딸린 큰 집에서 살았고 아버지의 커다란 외교관용 승용차를 타고 다니면서 창피해서 대학의 새 동지들에게 그 사실을 숨겼다. 그리고 입으로는 소리 높여 라틴아메리카의 저항을 지지하면서도, 이 나라의 저개발에 책임이 있는 '양키 도둑놈들'의 언어인 영어로 더없이 사적인 작품을 집요하게 계속 써나갔다. 에드워드라는 내 이름 자체가 내가 칠레의 노동자들과 그들의 대의에는 물론, 이 나라에도 속하지 않는 가짜 칠레 사람임을 상기시켰다.

사실 내가 다른 사람이 되고자 했을 때 이름을 바꾸는 일은 내 정체성 전체의 좀더 심오하고 좀더 어려운 전환을 향한 첫걸음이자 가장 손쉬운 상징적 조처였고, 미국으로 가는 유럽 이민들의 발상을 비꼬아서 흉내낸 것이었다. 나는 그때 내 삶을 미국이라는 나라로부터 떼어내고자 한 것이다. 다음 몇달 동안 나는 거의 의식하지도 못하고서 아리엘이라는 이름을 택했다. 그 이름은 내가 무시하고 지낸 내 가운데이름이자 출생 이래 내 여권에 적힌 이름이기도 했다.

아버지가 장차 내가 본받아야 할 귀감으로서 레닌을 택했을 때, 두번째 선택권을 부여받은 어머니는 조용히 아리엘이란 이름을 정했다. 어머니는 셰익스피어의 『태풍』(The Tempest)에 나오는, 공기와 선의와 마법의 정령인 그 인물을 사랑했기 때문이라고 하셨는데, 그것은 남편의 지극히 현세적이고 공공연하게 정치적인 이름짓기에 균형을 잡는 하나의 방도이기도 했다. 블래디라는 그 지긋지긋한 이름을 바꾸려고 모색했을 때 나는 계집애같이 섬세한 아리엘이란 이름은 거들떠보지도 않았다. 그러나 대학에 들어오자 그레인지 고등학교에서는 그렇게 유용했던 에드워드라는 이름이 불편하던 차에, 나는 내 또래의 수많은 라틴아메리카 청년들——우리 학부에 다니는 몇몇 학생들을 포함하여——역시 부모에게 아리엘이라 불리고 있다는 사실을 알았다. 이 흔한 이름은 우루과이 사람 로도(J. E. Rodó)가 1900년에 쓴, 라틴아메리카 역사상 가장 영향력 있는 한 편의 수필에 그 기원을 두고 있었다. 내 어머니 세대의 사람들에게 로도의 책 『아리엘』(Ariel)은 그들의 라틴아메리카가 왜 미국에 한참 뒤처졌는가 하는 수수께끼를 풀고자 할 때 시금석이 되었다. 로도는 라틴아메리카를 프로스페로(Prospero, 『태풍』에서 마법의 힘을 소유하여 자신이 머물게 된 무인도를 마음대로 변화시키는 인물—옮긴이)의 이상적인 조력자 아리엘과 동일시하면서, 이윤과 실증주의와 공리주의에 과도하게 헌신하며 "복지 그 자체를 궁극적인 목적으로 맹렬하게 추구하는 것"을 신봉하는 캘리반(Caliban, 『태풍』에 등장하는 야수적이고 탐욕스런 인물로 프로스페로의 마법에 이용당함—옮긴이)의 조야한 물질주의와 대비시켰다. 어머니는 언젠가 라틴아메리카가 자기(와 어머니 자신)를 낳은 유럽만큼 훌륭하게 될 것이라는 뜻을 지닌 그 이름을 자기 아들에게 붙임으로써, 이 대륙의 젊은이들에게 정신적으로 우월한 남의 아메리카를 영혼 없는 북의 거인으로부터 수호하라는 로도의 요청에 응답한 것이다.

　나는 아리엘을 좋아하게 되었다. 나의 공감은 자기 주인의 언어를 배워 욕하는 법만 알게 되는 식민화되고 멸시당하는 캘리반에게 가 있었지만, 그리고 60년대를 풍미한 반식민주의적 해석에서 아리엘은 침략자 프로스페로의 엘리뜨 심복이자 권력에 머리 숙이고 유럽문명을 모방하기로 결심하는 혼혈 원주민으로 여겨졌지만, 그럼에도 어머니가 지어준 이 이름은 대다수 라틴아메리카 사람들에게 미국에 대한 항거의 상징으로 인식되었다. 나에게 그 이름은 내가 신봉하고 선망하던 극단적인 물질 중심의 그 나라로부터 점차 소원해지고 있음을 분명히 하면서, 동시에 여전히 나의 한결같은 동반자요 가장 절친한 벗인 그 언어, 셰익스피어의 작품에서 최고의 경지에 오른 바로 그 영어에 대한 나의 친밀한 관계를 은근히 과시하는 방식이 되었다. 그리하여 나는 신세계의 식민지화 과정에서 불거진 긴장을 포착하려 한 근대 최초의 작품을 통해 유럽에서 유명해진 성서상의 이름을 갖게 되었다. 이 인물은 그후 우루과이의 한 작가에게 전유되었는데, 아르헨띠나인 어머니는 이를 물려받아 자신이 사랑하는 라틴아메리카로 마침내 돌아온 방황하는 미국인 아들의 정체성을 규정하는 방도로 삼은 것이다. 그것이 나였다. 부에노스아이레스에서 태어나 뉴욕에서 자랐으며 칠레 사람이 되는 과정에 있는 청년, 라틴아메리카인과 앵글로 백인의 혼합물이 바로 나였다. 나는 그 이름을 집어삼켜 그것에 내가 간절히 바라는 의미를 부여했다. 나는 유태교의 신의 사자(獅子)인 아리엘(유대인에게 '아리엘'은 신의 '사자'라는 뜻을 지니고 있음—옮긴이)을 내 목적에 따라 잡아먹는 야만인 캘리반이었다.

나의 새로운 정체성을 창출해낸 과정을 묘사하기 위해 내가 '잡아먹다'(cannibalize)는 동사를 쓰는 것은 우연이 아니며, 셰익스피어의 인물 캘리반에 대한 동음(同音) 재담만도 아니다. 잡아먹다, 이말은 신세계가 외국으로부터 수입하는 유럽의(그리고 나중에는 북아메리카의) 형식들에 어떻게 대응해야 하는지, 신세계가 오로지 그런 형식들을 집어삼켜 소화하고 변형하며 형질을 변화시켜 새로운 합성물을 창출해냄으로써만이 번영할 수 있음을 분명히 표현하기 위해 20세기 초 브라질의 모더니스트들이 고안한 것이었다. 라틴아메리카의 정체성에 대한 이 이론은 외국의 영향에 등을 돌리기가 불가능한 상황에서 그것에 굴종적으로 복종해서도, 그것을 완전히 이질적인 것으로 배척해서도 안된다는 것을 암시한다. 해결책은 외국의 영향을 삼켜 자신의 것으로 만드는 것이다. 라틴아메리카 문학과 예술이 그 기원에서부터 그러했듯이, 아옌데가 혁명사업에서 그렇게 하겠다고 약속했듯이 말이다. 내가 어떻게 라틴아메리카 사람이 되었는지를 알려주는 것은 아리엘이라는 이름 자체보다 그 이름을 택한 과정 및 내 태생의 대륙과 외부세계 사이의 경계에 나 자신을 위치시키게 된 그 과정이다. 왜냐하면 간단히 말해서 나의 정체성을 재규정하는 그 과정을 통해서 라틴아메리카가 어떻게 나를 사로잡았는지를 알 수 있기 때문이다.

나의 모순을 해결하려는 이런 추구가, 이 지상에서 하나의 안식처를 찾고자 한 나의 바람이, 내가 태어난 대륙이 맞이한 절묘한 순간과, 수백년간의 수모가 끝나리라는 희망이 다시 싹튼 시기와, 라틴아메리카가 과거와 단절하고 이때껏 자신의 운명을 좌우한 외국의 영향력을 배격하기로 노력하는 때와 맞아떨어진 것은 나에게는 행운이었다. 그 추구에는 나 같은 사람을 위한 자리가 있었다. 그것은 조금이라도 안정되게 자신의 미래를 구상할 수 없는——마치 이 대륙처럼 성장 중에 막다른 지점에 봉착함으로써 자기 문제의 치유책이 외국에 있다고 스스로에게 계속 주장할 수도 없는——곧 어른이 될 한 젊은이에게는 매혹적인 초대장이었다. 내 질문에 대답하는 대신 이 대륙은 더 많은 질문들을 보내왔고, 그 모두는 모순된 것들이었다. 나와 마찬가지로 라틴아메리카는 수수께끼였고, 어지럽게 마구 뻗어나가는 역동적인 현실이었다. 그런 라틴아메리카는 자신의 과거를 발견하는 과정 속에 뒤얽혀 있는 탓에 자신의 정체와 방향성을 알지 못했다. 이곳은 하나의 대상이기보다는 기획에 가까운 대륙이며, 일련의 미완의 국가들이 자신이 만들지 않은 역사 속에 갇혀 대안을 창출하기 위해 애쓰는 곳이다.

미국은 가장 팽창적이고 낙관적인 전후 시기의 안락과 안전과 권력을 보여줌으로써 나를 자기 아이로 만들었다. 논쟁적이고 모반적이며 반란적인 라틴아메리카는 이와는 전혀 다른 모습의 나에게 호소할 것이고, 나의 개인적인 정체성의 위기를 그와 유사한 그 대륙의 위기와, 나 자신의 추구를 그것의 추구와, 나의 여정을 그것의 여정과 융합하도록 부추길 것이었다. 비록 내 내면에서 요동치는 저잿빛 황혼의 정체성의 영역이 두려웠고 다시 방랑하게 될까 두려웠지만, 얼마 지나지 않아 나는 이것이 내게 필요한 것임을 깨달았다. 이국적인 것과 지역적인 것이 결합된, 때로는 어디서 하나가 시작되고 어디서 다른 하나가 끝나는지 구별할 수 없는, 나 자신처럼 혼합된 이 대륙을 이해하기 시작한 것이다. 내게 어떤 일이 일어났는지 인식하기도 전에 나는 나 자신의 깊이 분열되고 잡종적인 상황을 소리쳐 불러내는 라틴아메리카에 완전히 매료된 것이다. 나는 라틴아메리카 문화 속에 내 은밀한 이미지를, 내 본모습을 비추는 거울을, 이 혼합체를——그리고 많은 라틴아메리카 사람들처럼 근대세계로의 도피를 꿈꾸었다가 여기 '남으로' 되돌아와 있는 자신을 발견하고 마치 보르헤스 소설의 인물처럼 자신의 혼란스런 운명을 규명해야만 하는 그 어린아이를——위치시켰다. 이미 나는 북으로 돌아가지 않기로 결심하고 있었다. 내가 발견할 수 있는 모든 길을 통해 동시에 라틴아메리카로 들어설 때가 된 것이다. 어쩌면 저 열광의 시대에 라틴아메리카가 내게로 오는 길을 택하여, 나를 침입하고 관통하며 내 감각에 스며들고 나를 사람들로, 풍경들로, 음식들로, 색깔들로, 기획들로 그리고 뒤죽박죽의 질문들로 가득 채운 것인지도 모른다. 나는 그간 내 스페인어를 몰아내고 나의 라틴아메리카적 자아에 등돌리느라 허비한 그 모든 정력을 잘 알고 있었기에 더욱 열광적으로 내 주변의 공간과 사람 들을 탐구하기 시작했다.

이와 비슷한 일이 새 국적을 얻는 과정에서도 일어났다.

새로운 정체성을 부여받는 일은 소속하고자 하는 당신의 의지와, 사람들이 그런 요구를 받아들이고 당신을 기꺼이 인정하려는 용의에 달린 반면, 칠레 시민이 되는 이행의 과정은 욕망이 아니라 국가의 승인에 달려 있기 때문에 훨씬 험난한 길임이 드러났다. 60년대가 경과하면서 나 자신을 라틴아메리카인으로 여기게 된 어느 명확하지 않은 시점에—그 일이 언제 일어났는지 정말 정확히 짚어낼 수 없다—나는 사람들에게 내가 아르헨띠나 출신이라고 밝히는 대신 칠레 출신이라고 대답하여 그들과 나 자신에게 거짓말을 하기 시작했다.

그 거짓말은 돌아와 나를 따라다니며 괴롭혔고 법적으로 칠레 시민이 되려는 나의 노력을 망쳐놓을 뻔했다.

사건은 1964년 아옌데 선거전 때 일어났다. 나는 지역정치에 깊이 빠져들게 되어 마침내 '칠레대학 아옌데파 자주학생회' 회장으로 선출되었다. 당시까지 나의 정치적인 활동은 동료 좌파 학생들 대다수에게 전형적인 것이었다. 즉 집에서 학교에 다니고 책을 많이 읽으며 끝없이 토론하고, 가끔 학생연합의 후원하에 열리는 지역 자원봉사 모임에 참가하기 위해 빈민가로 나가고, 기독교민주당원들로부터 대학을 되찾기 위해 그들을 물리칠 계획을 세우고, 시골에서 갓 도착한 농민들에게 읽기를 가르치느라 농가에서 한달을 보내고, 끝없이 행진하고 최루가스를 마시고, 야경봉에 갈비뼈를 맞아 한두 군데 멍이 생기고, 멍이 없어지고 삶이 계속되다보면 실제 사람들 자체보다 '엘 뿌에블로'(민중)라는 관념을 더 사랑하게 된다.

아, 세상과 나를 구원해주리라 믿어 의심치 않았던 저 대중에게 봉사하려고 나는 무진장 애썼다. 정당들과 그 완강한 관료주의에 회의적이었으므로, 미국인 특유의 '할 수 있다'는 정신으로 충천한 나는 화석화된 정당 구조를 우회하여 사회의 좀더 가난한 계층 속으로 곧장 들어갈 수 있으리라고 생각했다. 어쨌든 그들은 자신들의 세금과 노동으로 우리의 교육비를 충당했으니 우리에게서 어떤 혜택이라도 받아 마땅했다. 1963년 어느 땐가 나의 변함없는 조력자인 아버지에게서 받은 자금으로 나는 '노동자를 위한 이동대학'이라는 거창한 명칭하에 가장 뛰어난 급우들이 '버섯농가'에서 직접 강의하는 한주일간의 강연회를 구상했다. 그곳은 싼띠아고 전역에 우후죽순처럼 생겨난 영판 버섯 모양의 판자촌으로, 집 없는 가족들이 버려진 땅을 차지하여 밤새 양철 오두막을 짓고 칠레 국기를 꽂아둔 곳이었다.

나는 전에 자원봉사 활동을 한 적이 있는 한 농가의 마을 지도자들을 만났다. 나는 우리 프로그램을 제시했다. 월요일 밤에 '문학이란 무엇인가?'로 시작하여 다음 며칠 밤에 '칠레란 무엇인가?'와 '라틴아메리카는 무엇인가?'와 '역사란 무엇인가?'와 '육체란 무엇인가?'로 계속 이어지다가 토요일에는 '우주란 무엇인가?'로 끝나는 내용이었다.

그들은 회의적이었다. 문제들——석유도 가로등도 포장도로도 나무도 운동장도 상수도도 없었거니와 온통 진흙 천지였음은 물론이다——이 산적해 있는 상황에서, 우리의 교육적 기획이 정말로 우선적으로 고려될 사항인지 농민들은 의심했다. 나는 이렇게 대답했다. 우리가 누구인지, 우리의 기원이 무엇인지 이해하려고 노력하지 않는다면, 지식이 우리를 자유롭게 하리라는 것을 믿지 않는다면, 어떻게 이 난제들을 극복할 수 있겠느냐고. 마을 지도자들은 나의 논리보다는 기운 넘치는 열정에 감동을 받은 것 같았다. 그들은 서로 쳐다보더니 아무 말 없이 기다렸고, 그러고 나서 그들 중 하나가 초등학교가 들어선 쓰러질 듯한 한칸짜리 건물을 내주겠다고 제안했다. "이 모든 수고를 자청하다니 엄청 신경써주시는구려, 어떻게 될지 두고 봅시다"라고 그가 말했다. 나중에 버스 정류장까지 동행한 그는 내가 버스에 오르기 전에 나를 멈춰 세웠다.

"비결은 아이들이오." 그가 말했다.

"아이들이요?"

"아이들이 오면 부모들도 올 겁니다."

우리는 그의 충고를 받아들였다. 첫 강의가 있기 전 일요일에 우리의 용감무쌍한 강사 지망생들은 하루종일 농가마을에서 아이들에게 유인물을 나눠주면서, 내일 밤에는 이동대학이 개최하는 문학에 관한 개강수업이 있을 것이고 수업 전에 상영될 만화를 보려면 입장료 턱으로 부모 중 적어도 한 사람과 같이 와야 한다고 일러주었다.

이 작전은 먹혀들었다. 내가 우리 집에서 낡은 8밀리 영사기와 내가 어릴 때 보던 무성만화를 가지고 도착했을 때, 초등학교 교실은 꽉 차 있었다. 아이들과 부모들은 무엇보다 「마이티 마우스」(Mighty Mouse, 미국 테리툰즈사의 만화영화로 1940~50년대에 최고의 인기를 누렸음 — 옮긴이)를 좋아했다. 내가 다섯살이던 1947년, 당시로는 최신 가정용 오락기계인 그것을 아버지가 집에 가져왔을 때 내가 좋아했던 것처럼 말이다. 그들 대부분에게 이것은 종류 불문하고 그들이 본 최초의 활동사진이었다. 당시 칠레에는 텔레비전이 널리 보급되어 있지 않았던 것이다. 그리고 내가 그들과 나눈 대화 또한 성공적인 것 같았다. 우리는 음향과 리듬과 이미지에 대해 이야기했고, 그들이 일상적으로 말하는 방식 그 자체로 그들 모두가 시인이며, 가장 단순한 이야기라도 독자의 수만큼 많은 해석의 가능성이 열려 있음을 이야기했다. 마칠 무렵, 나는 모든 사람들에게 내일 또 토론이 있을 것임을 주지시켰고, 청중 가운데 많은 이들이 다시 오겠다고 약속했다.

그러니 다음날, 운좋게도 초등학교 안에 위치한 농가의 유일한 전화기로 '칠레란 무엇인가?'를 맡은 지리학과 학생 미구엘이 건 괴로운 목소리의 전화를 받았을 때 나는 깜짝 놀랐다.

"야, 저 소리 들려?" 미구엘이 말했다.

나는 귀를 기울였다. 전화기 너머로 둔탁하게 쿵쿵대는 소리와 비명을 지르는 어린아이들의 희미한 목소리가 저 멀리서 들려왔다.

"저 소리 들었어?" 그가 다그쳤다.

"응."

내 친구는 아주 침착했다. "농가의 아이들이야. 학교에 돌을 던지면서 「마이티 마우스」를 다시 안 보여주면 학교를 불질러버리겠다고 위협하고 있어."

"뭐라고?"

"자네가 와서 칠레에 관한 수업을 할 수 있도록 날 도와주는 게 좋겠어."

나는 아버지의 커다란 외교관용 승용차를 잡아타고 어울리지 않게도 수백명의 아이들의 환호를 받으며 도착했는데, 아이들은 「나는 생쥐」(「마이티 마우스」의 스페인어본 제목—옮긴이)를 한 번도 아닌 두 번 보여줄 것과 그밖에 두어 편의 단편영화를 보여줄 것을 요구했다. 영화관람을 한 다음 내 친구가 아이들에게—그리고 일단 돌 맞을 위험이 없다는 것이 확실해지자 하나씩 슬그머니 들어와 교실 뒤편에 앉아 있는 세 명의 외로운 어른들에게—칠레가 무엇인지에 대해 이야기하는 동안 나는 그 곁에 서 있었다. 하지만 그들이 칠레에 대해 배운 것보다 내가 배운 것이 더 많았다. 낙하산을 타고 이런 곳으로 하강하기만 해서 될 문제가 아니라는 것, 올바른 통로와 올바른 방법과 올바른 접촉을 구축하려면 많은 세월이 걸릴 것이라는 것, 내가 여기 이 사람들 사이에서 통용되는 방식을 무시하고 힘든 노력이 요구되는 그 수많은 세월을 건너뛰려 했다는 것, 그 결과 칠레에서 만든 우리의 급조된 이동대학을 구해내기 위해 나는 제국주의 미국에서 제조된 '나는 쥐'에게 도움을 청하지 않을 수 없었다는 것을 배웠으니 말이다.

우리는 만화를 먼저 보여준 후 강의를 하는 원래의 공식대로 돌아가 그 주의 나머지 수업들은 그런대로 진행되었다. 하지만 토요일이 되자 우리는 너무 미련하게 조직한 이 실험의 소득이 들인 노력에 못 미친다는 것, 다시 반복하지 않는 것이 낫다는 것, 이것이 칠레 민중의 의식을 바꾸기 위한 최상의 방법은 아니라는 데 모두 동의했다. 우리 동포들이 자신들에 대해 좀더 많은 것을 알도록 그들이 어째서 이렇게 박탈당하게 되었는지 알도록 설득하는 대신, 우리는 그들의 아이들에게 마이티 마우스처럼 되고픈 욕망과, 미국 매체의 위력을 동경하는 마음을 심어주었던 것이다. 우리가 이 기획을 그만두기로 결정한 데는 1964년 대통령선거가 다가왔고, 이번에 아옌데가 기독교민주당 후보인 에두아르도 프레이에 맞서 승리한다면 우리가 기울인 이런 노력들이 불필요하리라는 사실에 영향을 받기도 했다.

노동자들에게 지식을 일깨워주기 위한 완전하고 새로운 체제를 만들기 위해 노력할 쪽은 바로 정부 자신이 될 것이다. 만일 우리가 승리한다면 완전하고 새로운 체제는 물론, 완전하고 새로운 세상을 우리 손으로 빚어 만들게 될 것이다.

권력이 이미 손아귀에 들어온 것처럼, 나는 맑스주의자인 아버지도 질릴 만큼 열정적으로 선거전에 몰입했다. 나는 집회를 조직했고 정교한 선전전략(혁명에 봉사하기 위해 미국 광고업계의 테크닉을 사용했다는 사실이 내겐 아이러니로 여겨지지 않았다)으로 우리 학부의 학생연합을 기독교민주당으로부터 되찾는 일을 도왔다. 나는 스프레이로 벽에 구호를 그리고 표어를 만들어냈으며 가두시위에서 목이 쉬도록 소리지르고 미온적인 투표자들을 회유하고 고령의 할머니들에게 선거등록을 시켜주고 토요일과 일요일에는 집집마다 문을 두드리고 안헬리까와 수백명의 다른 학생들과 함께 발빠라이소로 내려가 달동네에서 자원봉사를 하고, 어느날은 저 위대한 네루다가 우리 학부에 와서 경쟁자들이 우리의 선전활동을 망친 데 항의하는 취지로 시를 낭송하도록 설득하는 등, 어디든지 끼여드는 골치 아픈 존재가 되었다. 나는 큰소리로 외치고 타이르고 설득하고 확신에 차서 동분서주했다. 나는 미국에서의 내 유년시절에 형성된 성향을 철저히 이용했는데, 나의 화려한 언변과 과시적 성향은 겸손하고 지나치게 형식적이고 다소 유순한 대다수 칠레인들의 행동양식과는 대조적이었다. 미국에서 배운 강박적인 책임감과 개인적 노력을 사회주의혁명에 복무하는 일에 사용한 것이다.

투표 며칠 전인 8월 하순의 어느날, 다가오는 아옌데 진영의 마지막 행진에 대비해 우리 학부가 쓸 표어를 고안하고 있을 때, 나는 갑자기 불쾌한 사실을 알게 되었다. 좌파 신문의 하나(나중에 나의 벗이 되었고, 1973년 9월 11일에는 우연히도 나를 구해준 아우구스또 올리바레스가 주간으로 있는 『울띠마 오라』였다)를 펴서, 칠레 정치에 불법적으로 개입하다 잡힌 체코 출신의 한 나찌 망명자(그는 CIA의 자금을 받은 것으로 추정된다)를 즉각 칠레에서 추방하라고 아옌데가 요구한 기사를 읽었다. 나는 어머니에게 이 소식을 알려주고 의기양양하게 웃었다. 이 나쁜 놈이 잡혔으니, 내쫓아야지.

그때 전화벨이 울렸다.

어머니는 당황하며 수화기를 내게 넘겨주었다. "호르헤 아우마다 씨야." 그녀가 말했다.

호르헤 아우마다는 그레인지 시절부터 사귀어온 몇몇 절친한 친구 가운데 하나인 께노의 아버지였다. 아버지의 유엔 동료이기도 한 호르헤는 그때 에두아르도 프레이의 수석 경제고문으로 있었다.

"에디야," 그레인지 시절의 내 이름을 부르며 호르헤가 말했다. "지금 기독교민주당 본부에서 전화하고 있는 거다. 경제정책에 관한 회의를 하고 있는 참이었는데, 아주 우연히도 동료들이 하는 말을 엿듣게 되었어. 정말 운이 좋았지. 그들은 체코 출신의 망명자에 대한 고발에 대응하는 방법으로, 우리의 내정을 교란하는 한 젊은 좌파 선동가를 축출하도록 정부에 요구하기로 했대. 그는 아르헨띠나 출신이거든. 그의 이름은 블라지미로 도르프만이야. 러시아 이름 같지."

그는 상황을 충분히 이해시켰다. 그러고는 말했다. "그들에게 말했어. 네가 어린아이일 때부터 알고 지냈으니 내가 보증하겠다고. 그러자 그들은 일을 추진하지 않겠다고 동의했어. 네가 지금 당장 모든 정치활동을 그만둘 거라고 내가 보증을 선 거야." 그러고는 잠시 멈추었다. "듣고 있니?"

"예, 호르헤 아저씨."

"그들이 네가 행진하는 사진을 찍거나 정치적 색채가 약간이라도 있는 공적 행사에 참석하는 모습을 포착하면, 그 다음날로 모든 신문에 네 이름을 도배할 것이고 하루가 지나면 경찰이 너를 칠레에서 내쫓아도 난 만류할 수 없을 거야. 알아듣겠니?"

"알겠어요. 고마워요. 고맙습니다, 호르헤 아저씨."

나는 전화를 끊었다.

다음날부터는 지옥이나 마찬가지였다. 나는 모든 활동에서 물러나고 급히 대리인을 앉혀야 했고, 게다가 내가 실제로 칠레인이 아니라 아르헨띠나 사람이라는 내 추한 비밀을 밝혀야만 했고, 황당하다는 듯 쳐다보는 내 동료들의 눈을 봐야만 했고, 나는 그들에게서 떨어져나와 다시 한번 이방인이 되어 배제되고 뿌리를 잃게 되었다. 나는 그렇게도 애써온, 다가오는 선거전에 헌신할 수 없다는 사실에 너무나 좌절한 나머지, 당시 많은 아옌데 지지자들이 그랬듯이, 이웃에 사는 기독교민주당 지지자 친구와 내기를 걸었다. 만일 내 후보가 지면 내가 혁명의 상징으로 기르기 시작한 수염을 밀어버릴 것이고, 만약 아옌데가 승리한다면 내 친구 가스똥은 당나귀처럼 소리 높여 울면서 모네다궁 앞의 분수에 벌거벗은 채 뛰어들기로 했다. (그는 계집애처럼 얌전한 친구였으니 프레이 후보가 압도적으로 승리할 것을 확신했음이 분명하다.)

그렇지만 내기로 수염까지 걸었어도 나의 자포자기한 심정은 하나도 누그러지지 않았고, 그런 심정은 아옌데 진영이 마지막 행진을 시작한 그날 정점에 달했다. 나는 이 행진이 주는 안도와 보상을, 군중의 흥분과 우애, 유머, 여자들의 예쁜 다리, 휘날리는 도도한 깃발들, 허공중에 떠도는 말들과 표지판에 적힌 구호들이 뒤섞이는 모습, 그리고 거대한 짐승 같은 군중 속에서 느끼는 흥분을 그토록 오랫동안 기다려왔던 것이다. 나는 행진이야말로 몇시간 동안 개인주의라는 저주를 떨칠 수 있고, 내가 다른 사람들과 다르지 않으며 열반과도 같은 무한한 팽창감과 더불어 자신들이 가는 방향을 확신하는 저 모든 생명들이 나도 휩쓸고 갈 것이라 믿게 해주는 가장 쉬운 방도였기에 그토록 행진을 사랑했다. 그런데 지금의 내 경우는 행진이 나를 쓸쓸한 허망함 속으로 쓸어넣어버린 셈이다. 안헬리까는 행진에 빠지고 나와 함께 집에 있겠다고 했지만 나는 그녀에게 급우들과 함께 참석하라고 말했다. 나는 혼자 생각에 잠겨 자책하고 싶었다. 나는 이런 벌을 받아도 싸다. 사실, 나는 이 나라를 내 나라로 정한 적도 없었다. 칠레에서 고등학교 시절을 보내면서도 이 근사한 집단을 탐구하는 대신 향수에 젖어 외국을 바라보았으니, 지금 이 집단이 힘차게 일어나 내 곁을 지나 내가 설 자리가 없는 미래를 향해 나아가는 것은 당연하지 않은가? 내가 군중 속에서 춤추고 소리지르고 열광하며 칠레 사람인 체하는 것보다, 동떨어지고 무관심한 저 방관자들과 뒤섞여 여기 주변에서 한쌍의 생기 잃은 눈만 움직이는 이 격리상태가 내 정체성의 좀더 진실된 표현이 아니겠는가? 사실 난 외국인이 아닌가? 그리고 영원히 그런 존재가 될 운명이지 않은가?

이런 가혹한 생각에서 나를 구해준 것은 따띠 아옌데와 그녀의 여동생 이사벨 아옌데였다. 쌀바도르 아옌데의 두 딸은 일반 시민들처럼 내 곁을 지나 행진하다가 십자가에 못 박힌 허수아비같이 거기

인도에서 자기들을 지켜보는 나를 알아본 것이다. 그들은 손을 흔들었고 니도 흔들어주었다. 그들이 군중들 틈에서 달려나온 것을 보면 내 몸짓에서 뭔가 쓸쓸하고 버림받은 면을 보았음에 틀림없다.

"안녕, 아리엘." 이사벨이 불렀다. 그녀가 나를 에디라 부르지 않고 한 사람의 라틴아메리카인으로 봐준 것은 천만다행이었다. "누구 기다리고 있어요?"

"같이 가요." 따띠가 말했다.

나는 왜 그럴 수 없는지 간단히 설명하면서, 마치 한 무리의 제국주의자 사진기사들이 쌀바도르 아옌데의 이른바 저 '사악한' 딸들이 나를 행진 대열 속으로 끌어당기는, 이런 수상쩍은 포즈의 내 모습을 찍으려고 벼르고 있는 것처럼 불안하게 등뒤를 돌아보았다. 나는 이미 어떤 하급관리가 확대경으로 유죄의 증거를 조사하고 추방명령서로 손을 뻗는 장면을 그려볼 수 있었다. 나는 그들과 함께 갈 수 없는 이유를 설명했다.

"나쁜 놈들!" 따띠가 소리쳤다.

그들은 출발하려 했다. 그들의 그룹은 한 구역 떨어진 곳에 있었다. 나는 전보다 더 처량해진 느낌으로 그들이 떠나는 모습을 지켜보았다. 그때 나는 이사벨이 돌아서서 다가오는 것을 보았다. "그런데 말이에요." 그녀가 말했다. "오늘밤 행진 끝나면 우리 집에 와요. 어떤 위험에 빠지지 않고도 당신이 할 수 있는 일이 있어요."

나는 그날 밤과 이후 몇날 밤을 쌀바도르 아옌데의 집에서 새벽까지 일을 하며 보냈다. 우리는 거주지역에서 투표지역으로 가기 위해 도움이 필요한 유권자들의 명단을 수집하는 일을 했다. 따띠와 이사벨 그리고 그들의 친구 두어명과 안헬리까와 나로 이루어진 젊은 혁명가 그룹이 커다란 칠레 지도를 펼쳐놓고 거실 마루 위에 엎드려 일했다. 그 며칠 밤 동안 나는 딱 한번 아옌데와 대면했다. 9월 3일에서 선거일인 4일로 넘어가는 바로 그때, 자정이 조금 지나서 그가 들어오던 것이 기억난다. 그는 문간에서 우리를 지켜보았는데 지친 모습이었지만 똑바른 자세로 서 있었다. 나는 그가 안경을 벗고 눈을 문지르는 것을 보았고, 그후 그는 우리들, 즉 그의 딸들과 그들의 친구들을 향해 미소를 지었다.

"꿰 딸, 무차초스?"(얘들아, 잘 돼가니?) 아옌데가 물었다.

우리는 일이 얼마나 멋지게 돌아가는지 말했고 그는 고개를 끄덕이고 다가와 명단을 보고는 어쩌면 선거전을 생각하면서, 어쩌면 자신이 칠레의 저 도시들과 읍과 마을 모두에 갔던 일, 자기가 통치하기를 원하는 이 나라 구석구석에 갔던 일을 생각하면서 다시 미소지었다. 어쩌면 이 선거에서 패배하게 될 것을 알고 있었는지도 모른다. 그러나 그는 자신의 생각을 드러내지 않고 다만 고개를 한번 더 끄덕이고는 우리에게 잘 자라는 인사를 하고 자기 침실로 갔다.

우리는 승리에 대비하면서 새벽까지 깨어 있었다.

승리는 오지 않았다. 아옌데는 선거에서 졌고, 나는 수염을 깎았다. 1964년 9월 5일 아침, 나는 수염을 밀어버렸다. 나는 맹세했다. '칠레에 사회주의가 들어설 때까지 다시는 수염을 기르지 않겠다'고.

그러나 그날 나는 이것보다 훨씬 더 중요한 것, 내게 좀더 현실성 있는 맹세를 했다. 지금으로부터 6년 후에 아옌데는 다시 칠레 대통령으로 출마할 것이고, 그때는 세상의 어느 누구도 내가 참여하는 것을 막을 수는 없으리라는 것을. 다음번에는 칠레 시민으로 참여할 것이며, 나는 내 나라를 갖게 되리라는 것을.

나의 귀화과정은 생각만큼 쉽지 않았다. 내가 아버지의 외교관 비자로 이때까지 칠레에 살았기 때문에 시민이 되려면 영주권을 신청해야 하는데, 그것은 이 나라를 잠시 떠났다가 임시 거주 조건으로 돌아와야 함을 의미했고, 그러고도 적어도 5년이 더 지나야만 시민권을 신청할 수 있다는 것이 밝혀졌다.

기독교민주당원 한 사람이 내가 칠레에서 추방당하는 것을 막아주었듯이, 또 한 사람의 기독교민주당원이 이 복잡한 법망에서 나를 구출해주었다. 안헬리까 어머니의 친구 한 분이 프레이 정부의 경찰 장관인 베르나르도 레이똔과 접촉했는데, 그는 아무런 대가도 요구하지 않고 이 관료적인 난제를 일거에 해결하고 내게 시민권을 부여했다.

망명 기간 동안 레이똔은 동맹자이자 친구가 되었다. 그는 로마에서 이딸리아 신파시스트들과 공조하는 삐노체뜨 비밀경찰의 암살 기도에서 살아남았다. 하지만 당시에 나는 그를 1964년 한 학생시위에서 우리가 토마토 세례를 퍼부은 사람으로만 알고 있었다. 그랬다, 나는 나를 마침내 시민으로 만들어줄 사람을, 내게 칠레로 들어가는 문을 열어주고 그를 적으로 여기는 혁명에 참가하게 허용해준 그 사람을 조롱했던 것이다. 우리가 천명했듯이, 그는 라틴아메리카의 혁명을 방해하려고 획책하는 진짜 적인 미국의 앞잡이라는 이유에서였다.

1961년 피델 까스뜨로의 혁명에 대한 대응으로 존 F. 케네디는 '진보동맹'을 출범시켰는데, 이는 리오그란데 이남의 공화국들로 하여금 사회적·경제적 불의의 수렁을 청소할 개혁을 채택하도록 설득하는 재정원조 계획이었다. 3년이 지나자 '진보동맹'은 가련하게도 흐지부지되는 듯했다. 그것은 지역 유지들의 착복 때문이기도 했으나, 주된 원인은 진정한 변화를 수행한다면 민족경제에 대한 미국의 장악력을 공격하는 결과가 될 것이기 때문이었다. 그러나 칠레의 기독교민주당은 아옌데의 혁명적 좌파와 알레싼드리 대통령의 반동적 보수주의자 사이의 중도노선을 지향하여 이 계획을 수행하기로 결심한 것 같았다. 그들은 진보동맹을 수용했다. 우리는 이것이 실제로는 '진보를 가로막는 동맹'이라고, 라틴아메리카를 제압하고 민중들을 분열시키려는 미국의 또하나의 책략이라고 그들에게 조롱을 보냈다.

1964년 선거전 무렵이 되자, 나는 그렇게 오랫동안 고국이라 불렀던 미국을 원흉으로 여기기 시작했고, 내가 새로 조국으로 택한 나라와 대륙에서 일어나는 모든 악을 그 나라 탓으로 비난하고 있었다.

그러나 나는 계속 영어로 글을 쓰며 그 언어를 통해 내가 영어를 배운 나라를 향한 일말의 충성심을 계속 느꼈는데, 그러는 동안 내 내 떨쳐버릴 수 없는 벌레처럼 꿈틀대는 생각을—내가 내 미래를 꿈꿀 때 사용하는 그 주된 언어와의 관계를 단절하지 않는 한 결코 완전한 라틴아메리카 사람이 되지 못할 것이라고 내 머릿속에서 빙빙 돌며 속삭이는 그 목소리를— 애써 무시하려 했다.

그것이 60년대 후반 나에게 예비된 도전이었다.

하지만 적어도 그때 나는 혼자가 아니었다.

나는 사랑에 빠져 있었다.

은유가 아니다. 어떤 나라에 대한 사랑을 뜻하는 것이 아니다. 민중에 대한 사랑도 아니다. 수백만의 다른 혀들이 만들어낸 한 언어의 음절들에 대한 사랑도 아니다.

나는 사랑에 빠져 있었다.

그녀의 이름은, 독자들도 알다시피, 안헬리까였다.

칠레 **싼띠아고**의 한 **대사관 바깥**에서
발견한 **죽음**을 다루는 장 | 1973년 |

9월 하순경이다.

내 사랑, 당신은 내게 작별인사를 하고 이제 계단을 내려가고 있다. 곧 대사관 문이 닫히는 소리가 들릴 것이고, 당신의 조그마한 모습은 문 저편으로 사라질 것이고, 그런 다음 당신은 길을 건널 것이다. 거기서 두 남자가 당신에게 말을 건네려고 다가온다. 대화는 체크무늬 상의를 입은 키 작은 남자가 담뱃불을 붙이는 시간 정도도 걸리지 않는다. 다른 남자는 당신의 눈을 바라보는데 당신의 시선은 필시 아득하고 놀란 표정일 것이다. 그런 다음, 그들은 당신에게 차에 타라고 한다. 그들 중 하나가 당신의 팔을 잡는다. 하지만 조심스럽게, 거의 정중하다 싶을 정도로 잡는다. 엔진은 잘 먹인 고양이 소리처럼 가르릉거리며 돌아가고 있지만 차는 움직이려 하지 않는다. 이제 당신은 차에 타고 있다. 당신과 키 작은 남자는 뒤에, 다른 남자

는 앞에 탄다. 그의 강인하고 과단성 있는 어깨는 그의 사과하는 듯
한 말투나 가늘고 숱 적은 콧수염과 대조를 이룬다. 당신을 보는 것
은 불가능할 것이다. 불현듯 담배를 받아들고 라이터의 깜빡이는 불
을 감싸는 당신의 손만 보일 뿐이다. 당신의 다른 쪽 손은 단지 한순
간——뒷좌석 위에서 잠시 떨리는 것이, 머뭇거리는 손가락이, 결혼
반지의 반짝임이——보일 뿐이다. 그러고는 사라진다. 텅 빈 운전석
옆자리에 앉은 사내가 질문을 던지는 자이다. 차가 대사관과 마주
보고 주차해 있기 때문에 앞 창문을 통해 그의 전신이 보인다. 이제
그는 왼손으로 시동을 끄고 차열쇠를 주머니에 넣는다. 당장 떠날
계획이 아니라는 뜻이다. 그는 차문에 기대어 몸을 반쯤 구부린 채
한 다리를 올리고 신발을 좌석 커버에 갖다대고 양 손가락을 무릎
안쪽에 꼬아 넣는다. 가끔 그는 양말 뒤쪽을 긁고 양말 속 피부를 문
지른다. 그들은 서두르지 않을 모양이다. 아이들이 그들의 부모가
여러 해 전에 붙여준 이름을 서로 불러가며 자전거를 타고 지나갈
것이다. 우편배달부는 뉴스와 선전물과 어쩌면 헤어진 애인이 보낸
편지를 싣고 여름 같은 이 봄날을 가로지를 것이다. 어머니들은 아
침산책을 하면서 아이들에게 기는 대신에 두 발로 서서 한두 걸음
떼는 법을 가르칠 것이다. 그때 새 한 마리가 차의 따뜻한 지붕에 내
려앉았다가 한번 지저귀지도 않은 채 화살처럼 날아가버린다. 어쩌
면 차 안에서 당신은 철 지나 조금 늦게 나무에서 떨어지는 잎사귀
같은 저 가냘픈 새가 왔다가 사라지는 기척을 감지했을 것이고, 어
쩌면 당신은 한쌍의 날개가 펼쳐지고 사라지는 것을 알아차렸을 것
이다. 남자는 상의주머니에서 작은 공책과 연필을 꺼낸다. 그는 당
신에게 그것을 건넨다. 찰나의 순간 동안 연필과 공책을 받아드는

당신의 손을 볼 수 있다. 그런 다음, 당신이 실제로는 차 뒷좌석 거기에 없는 것처럼, 당신의 손이 사라지고 더이상 아무것도 볼 수 없다. 남자는 열쇠를 공중에 던져 올렸다가 솜씨 좋게 받는다. 그는 미소 짓는다. 그는 열쇠로 당신을 가리키며 무슨 말을 하는데, 질문임이 분명하다. 당신이 뭐라고 대답하는지 알 길은 없다. 행인은 망설임 없이 신을 끌며 차 옆을 지나가고, 아무도 안을 들여다보지 않는다. 거지 여자 하나가 길을 따라 비척대며 걸어오고 누더기를 입은 아이들 한 무리가 그녀를 따라온다. 여자는 뭔가 구걸하러 차에 다가가고, 뭔가 알겠다는 듯이 혹은 알고 싶지 않다는 듯이 뒤로 물러선다. 이제 차창이 열리고 당신 옆에 앉았던 작은 남자의 가무잡잡한 얼굴이 나타난다. 그는 잠을 많이 자지도, 푹 자지도 못했다. 눈 밑의 살이 처지고 얼굴은 부어 있다. 그는 저 작열하는 햇볕 아래서 눈을 깜빡인다. 그러고는 대사관 쪽을 한동안 쳐다보면서 누군가 감시하고 있지 않은지, 반쯤 드리워진 커튼 뒤에서 누군가가 모든 움직임과 몸짓 하나하나를 새기고 기억하려 하지 않는지 보려고 유리창 쪽을 한번 쓱 훑어본다. 그는 저 벽들 뒤에서 일어나고 있는 일을 짐작할 수 있다는 듯 한참 동안 움직이지 않고 그 자세로 가만히 있다. 그는 손수건을 꺼내 이마를 닦고 얼굴의 땀을 닦아낸다. 그는 면도를 해야 하고, 말끔히 면도하기 위해 집에 가야 한다. 아마 간밤 내내 기다리면서 뜨거운 물이 가득한 욕조를 생각했을 것이다. 대기에는 하얀 포자들이 하늘거리고 그는 무거운 눈꺼풀을 끔뻑거린다. 한낮의 열기에 눌려 산들바람은 잠들기 시작했다. 그는 재빨리 차에서 나온다. 햇빛의 물결이 그의 몸을 훑고 내려간다. 이제 그는 다시 차 안으로, 운전석으로 들어간다. 그는 손을 내밀어 다른 사내에게서 열쇠를 받아든다. 뒷문이 여닫히는 소리, 앞문이 여닫히는 소리는 이 정적을 깨뜨리지 않는다. 그것은 마치 부드러운 금속이 내는 화음과도 같다. 엔진의 회선속도가 빨리지면서 차는 이편 건물을 지나가고 커튼 내린 창문을 지나간다. 영원과도 같은 백색의 그 찰나에 당신의 자그마한 얼굴을, 어깨가 들먹거리는 모습을, 연인의 피부처럼 당신 몸에 착 달라붙은 옷을 볼 수 있다. 당신은 끝없이 이어지는 번개의 몸체처럼, 끝없이 이어지는 탄생처럼 스쳐지나간다. 당신은 건물 쪽을 보지도 않고 지나갈 것이고 당신의 얼굴이 지나갈 때 당신의 내리뜬 눈에는 다른 거리들과 이어진 거리가 돌연히 활짝 펼쳐질 것이다. 하지만 그들은 당신을 데려가려 하지는 않는다. 조금 더 가서, 당신이 너무도 잘 알게 된 저 나무, 간밤에 바람의 무게에 휩쓸려 윙윙거리고 가지가 요동치던 소리를 들었던 저 나무의 푸근한 그늘 아래에서 이제 차는 멈춘다. 집에서 반 구역 떨어진 곳에 정지한다. 보이는 것이라고는 차의 뒷모습이 전부이고, 여름으로 치닫는 이 봄볕 속에서 부드럽게 일렁이는 나뭇잎 틈 사이로 당신의 머리카락일 수도, 머리카락 뒤에서 떨리고 있는 목일 수도, 당신의 머리카락 아래서 동요하지만 완강히 버티는 당신의 머리일 수도 있는 흐릿한 한줄기 색채만이 보일 뿐이다. 당신 팔 속의 느린 피가 당신 손 안의 신비한 피와 만나 나란히 흐르는 팔목에서 당신의 손목시계 분침의 느긋하지만 가차없는 움직임이 없다면, 지구의 알아챌 수 없는 회전이 없다면, 시간이 정체되어 모든 움직임은 마비되고 침묵은 확고해지고 당신은, 당신과 남자들과 차와 거리는 영원히 거기 머물러 있을 것 같은 생각이 든다. 거지 하나 지나가지 않을 것이다. 우체부도 다시 오지 않을 것이다. 아이들은 점심을 먹으러 가려고 자전거를 치워놓을 것이다. 태양이 다시 차 위를 침범하기 시작할 때에는, 한낮이 마침내 끝나고 오후가 드디어 시작될 때에는, 견디기 힘든 열기 때문에 운전자가 다시 한번 또다른 그늘을 찾아야만 할 때에는, 이 세상 그 어느 것도 시동을 다시 거는 걸 멈추게 하지 못할 것이다. 잉잉대는 벌들도 노랗게 피어나는 흥겨운 꽃들도, 그 어느 것도 시동을 다시 거는 걸, 차가 커브를 돌아 조금씩 멀어지는 걸 막지 못할 것이다. 이번에는 차가 그늘 아래나 햇빛 속에 정지하지 않을 것이고, 이번에는 차가 계속 달리고 달려 그 어느 것도 차가 거기서 사라지는 것을, 다른 거리들과 이어지는 저 거리 아래 먼 곳으로 사라지는 것을, 결코 돌아올 수 없는 그곳으로 당신을 데려가버리는 것을 막지 못할 것이다.

허구와 같은 이 이야기는 실제로 일어난 일이다. 이것은 우리에게, 안헬리까와 나에게 정확히 여기 적힌 대로, 수년 뒤 내가 적은 그대로 일어난 일이다. 결말만 제외하고 말이다. 그들은 그녀를 데려가지 않았다. 하루 동안도, 한 달 동안도, 영원히 데려간 것도 아니었다. 하지만 나머지는 사실이다. 9월 말이 될 때까지 나는 어머니의 친구인 이스라엘 대사 부인의 집에 임시로 피해 있으면서, 그 다음 주 동안 경비가 삼엄한 라틴아메리카 대사관 중 한 곳으로—국외로 안전하게 빠져나갈 수 있도록 보장해줄 수 있는 곳으로—잠입할 기회를 기다리고 있었다. 그래서 안헬리까가 나를 찾아와 밤을 보냈는데, 다음날 아침 그녀는 삐노체뜨의 비밀요원 둘에게 붙잡혔다. 그들은 나처럼 야위고 안경을 낀 수배중인 사회당 당수 까를로스 알따미라노 상원의원이 거기에 피신해 있다고 의심하고 그 집을 감시하고 있었던 것이다. 그의 친팔레스타인적 성향을 감안하면 터

부니없는 말상이었다. 하지만 안헬리까는 국제정세를 논하지 않고도 기지를 발휘하여 저 형사들을 속여넘길 수 있었고, 이야기 속의 인물이 피할 수 없었던 그 운명에서 벗어났다.

수년이 지나 내가 이 경험을 쓰게 되었을 때, 나는 이를 다르게, 비극적으로 결말지었다. 이와 같은 일의 대부분이 실제로 그렇게 끝난다는 것이 이런 결말의 부분적인 이유였지만, 그 주된 이유는 그런 결말만이 내가 사랑하는 여자가, 자기들이 원하는 것은 무엇이든, 정말 무엇이든 저지를 수 있는 자들의 손아귀에 잡혀 있고, 내겐 그들을 저지할 방도가 전혀 없던 그 시각 동안 내 마음속에서 일어난 공포를 나 자신과 다른 사람들에게 전달하는 유일한 방법이었기 때문이다. 그런 결말은 실제로는 일어나지 않았다. 하지만 다가올 나날들과 세월 동안 나의 기억 속에서 이런 결말을 거듭 보지 않아도 되기를 기도하면서, 안헬리까 없는 세상을 상상할 필요가 없기를 기도하면서, 창문 밖을 내다볼 때마다 그런 결말은 내 상상 속에서 반복되고 또 반복되었다.

조국으로부터 나날이 멀어져가는 거리감에 시달리던 수많은 날이 지난 후, 나는 안헬리까를 잃느니 차라리 칠레를 잃어버리는 편이 나음을 알게 되었고, 그녀와 더불어 만든 이 사적인 집이 칠레와 그 국민들과 함께 건설하고자 했던 공적인 집보다 더 중요하고 더 오래 지속되리라는 것을 깨닫기 시작하면서, 칠레 없이는 살아도 안헬리까 없이는 살 수 없음을 알게 되었다.

생각건대, 내 생애에서 내가 아내를 그녀가 태어난 나라와 분명하게 분리한 것은 바로 그때가 처음이었다.

그녀를 만난 이래 줄곧, 안헬리까는 내 마음속에서 칠레와 혼동되었다. 그 모든 독서와 여행과 시위, 그리고 저 모든 산 위의 눈도 연약한 이 한 사람만큼 내가 이 나라에 애착을 갖게 하지는 못했다.

　1961년 초 나는 그 땅에서 7년을 거주했지만 진정한 통로를 찾지도, 그 나라의 노래와 관습과 사람들을 거의 알지도 못하는 한 사람의 이방인이었다. 내가 그것들을 아무리 찬탄하게 되었다 해도, 그것들을 아무리 해방을 향한 잠재적 통로로 여기게 되었다 해도 이방인이긴 마찬가지였다. 그러던 어느날 안헬리까가 나타난 것이다. 솔직히 말해서 무엇보다 나를 매혹한 것은 그녀의 눈부신 표정과 불같은 영혼과 삶에 대한 환희와, 그녀의 옷 아래 나긋나긋하고 가무잡잡한 몸이 주는 강렬한 성적 환상과, 광고의 신들이 어떤 여인에게 천년에 걸쳐 아무리 값비싼 화장품을 쏟아부어도 가르칠 수 없을 그녀의 저 매혹적인 미소였다. 그녀의 이런 특징들 가운데 많은 부분을 내가 오랜 세월 동안 은밀하게 죄짓듯이 갈망해온 이국적인 칠레와 이국적인 라틴아메리카와 얼마나 많이 동일시했는지는 누구라도 짐작할 수 있을 것이다. 30년 이상이 지난 지금에 와서 내가 그런 생각을 아무리 의심쩍고 성차별적인 것으로 여긴다 하더라도, 당시의 나는 라틴아메리카——그리고 다른 어느 곳의——남자들에게 떠오르는 은유를 통하여 사랑을 경험했다. 여성을 대지로, 발굴의 대상인 대지의 여신으로, 탐험가에 의해 발견될 영토로, 당신의 남성됨을 마치 나무처럼 뿌리내릴 땅으로 여겼던 것이다. 우리가 사랑을 나눌 때 나의 내부에서 용솟음치는 것은 바로 이런 이미지들이었다. 나는 어쩐지 한 개별적인 여성 이상의 뭔가를 내 것으로 만들고, 그녀의 내부에 있는 하나의 공동체와 사랑을 나누고 있으며, 그녀의 몸과 그녀의 삶을 통해 이 지상의 영속적인 한 장소에 나 자신을 묶고 있다는 느낌을 완전히 지워버릴 수 없었다.

이 글을 쓰는 지금 나는 내가 그녀 안에서 욕망한 것이 궁극적으로 질레는 아니있음을 깨닫게 되었다. 내 아내가 될 이 여자에게서 가장 깊이 나를 매혹한 점은 국적이나 국경을 넘어서는 특징들이고, 그녀가 설사 리투아니아 사람이거나 화성인이었다 해도 내가 소중히 여겼을 것들이었다. 그녀의 열렬한 충성심, 사람을 꿰뚫어보는 놀라운 능력, 결과에 신경쓰지 않고 자기 생각을 말하는 고집스러운 (종종 사람을 화나게 하는) 성향, 거의 동물적인 충실성, 용맹성, 예상을 불허하는 성격, 이 어느 것도 꼭 칠레의 전형적인 면은 아니었고 그들 중 일부는, 가령 그녀의 비외교적인 직접성이나 타협을 거부하는 면 등은 사실 칠레의 전형적 모습과는 아주 다른 것으로 해석될 정도였다.

하지만 마침내 우리를 결합시킨 것이 칠레가 아니었다 하더라도, 칠레가 아니었다면, 내가 그녀 안에서 상상한 그 칠레가 없었다면, 우리의 사랑은 십중팔구 지속되지 않았을 것이다. 안헬리까는 멋진 여자이지만, 그녀의 이름에도 불구하고 그녀는 그 당시에도 그랬지만 지금도 분명히 천사(Angélica는 'angel'에서 유래된 이름—옮긴이)는 아니다. 세세한 부분을 말하지 않더라도(어쨌든 그녀는 내 작품을 읽는 최초의 예리한 독자이니 나는 이 대목이 그녀에게 통과되기를 바란다), 그녀는 좀 다루기 힘든 사람이라고 말한다면 충분할 것이다. 그렇다고 내가 그렇게 편한 사람이라는 것은 아니다. 우리가 서로 정반대라는 바로 그 이유 때문에 서로에게 이끌렸고, 그녀가 곁에 있는 동안 삶은 결코 지루하지 않았으며 앞으로도 그럴 것이지만, 그 삶은 끊임없는 충돌이었다. 상황이 이러하고 우리는 미숙했기 때문에, 우리 각자가 오랫동안 잃었던 반쪽의 영혼을 발견했다는 희미한 직관에만 의지해서는 결혼과 그 이상까지 가지 못했을 공산이 크다. 우리의 사랑이 젊은 연인이라면 누구나 겪는 저 힘들고 절박한 불화를 견디고 지속되기 위해서는 뭔가 부가적인 것이 필요했는데, 나에게 그것은 안헬리까가 자신 속에 담고 있다고 느낀 광대한 칠레 같았다. 나는 이 나라가 나를 더욱더 그녀를 향하게 하고, 그녀가 내게 주는 정체성에의 갈구가 나를 그녀에게 단단히 매어 있게 하며, 칠레가 은밀히 우리를 결속한다는 느낌이 들었다. 안헬리까에게는 그 반대가 진실이라는 것이 사랑의 얄궂은 논리일 것이다. 일이 잘 풀리지 않는 듯할 때도 그녀가 내 곁을 떠나지 않은 것은, 그녀가 말했듯이, 내가 다른 곳에서 왔다는 바로 그 사실과, 칠레 남자들이 여자를 다루듯이 내가 그녀를 대하지 않을 것이며, 내가 완전히 신뢰할 만하고 투명하며 순진하다는 그녀의 직관 때문이었다. 달리 말해 내가 미국인이었기 때문이다. 자신의 고독과 무상함에 해답이 될 나라를 필사적으로 찾게 된 한 사람의 미국인이었기 때문이다.

안헬리까가 단지 여기서 태어났다는 것만으로 이 나라를 자신의 내부에 소유하고 있었던 까닭은, 내 조상들은 이주할 꿈도 꾸지 못한 시절에 그녀의 선조 할아버지와 할머니가 이 산 아래서 사랑을 나누어 이베리아와 지중해와 인도와 아프리카 혈통이라는 그들의 많은 종족을 혼합했기 때문이다. 내가 「올드 마더 허바드」(Old Mother Hubbard, 미국인들이 아이들을 잠재울 때 종종 들려주는 『마더 구스』 노래의 하나―옮긴이)를 읊조릴 때, 그녀는 스페인어로 부르는 자장가 속에서 이 나라를 소유했고, 그녀가 성장한 아꼰까구아 계곡의 작은 시골 마을의 먼지 나는 광장에서 들은 농민들의 속담 속에서 이 나라를 소유했으며, 그리고 그녀에게 자양분을 공급한 갖가지 칠레 양념, 갖가지 칠레 과실, 갖가지 칠레 음식 속에서 이 나라를 소유했다. 그런 모든 것들이 바로 칠레였다. 그녀는 저수지처럼 자신 안에 경험의 물방울 하나하나를 축적해놓은 것이다. 서투르고 두려우며 기대에 찬 움직임으로 서로에게 다가가던 초기의 어느 시점에서 나는 이 저수지를 감지했고, 그 물을 마실 수 있으리라고, 그녀의 샘물에서 칠레를 마실 수 있으리라고 느꼈다.

우리가 '뽈로로스'──칠레인들이 진득한 애인 사이가 된 청춘남녀를 가리키는 말로, 꽃의 달콤함에 취해 이 꽃 저 꽃을 날아다니는 나비 비슷한 곤충에서 유래된 말이다──가 된 첫날 밤, 그 샘물은 얼마나 광대했으며 나의 갈증은 또 얼마나 무진장했던지. 우리는 디스코장 비슷한 곳에 살짝 들어갔다. 온 우주가 온통 수수께끼처럼 다가오고 멀리서 오케스트라의 볼레로 연주가 들려올 때 스무살 미만의 남녀가 그러하듯, 우리는 조심스레 서로의 몸을 탐색하기 시작했다. 베싸메, 베싸메 무초, 꼬모 씨 푸에라 에스따 노체 라 울띠마 베쓰(입맞춰줘요, 계속 입맞춰주세요, 오늘이 마지막 밤인 것처럼). 안헬리까는 내 입술에서 입을 떼더니, 라틴아메리카의 이 사랑노래를 따라 한 구절씩(음정이 조금 틀렸지만 누가 신경썼겠는가) 부르기 시작했다. 내가 프랭키 애벌런(F. Avalon, 1950년대 후반에서 1960년대 초반에 인기를 누렸던 미국의 대중가수이자 배우—옮긴이)을 따라 콧노래를 부르며 라디오에서 그렇게도 자주 흘려들었던 그 노래를 말이다. 그리고 그 노래 다음에는 탱고곡이 이어졌는데, 그녀는 이 곡 역시 외고 있었다. 그녀의 머릿속에는, 저 주근깨 뒤에는 내가 경멸했던 라틴아메리카 대중음악의 레퍼토리 전부가 들어 있었는데, 이제 나는 새로 발견한 나의 정체성을 입증하기 위해 그것들을 외고 싶었다. 그녀에게 칠레의 민속춤 꾸에까를 출 줄 아느냐고 물었던 것도 아마 바로 그날 밤이었을 것이다. 그녀는 장난기 어린 미소를 지으며 테이블에서 냅킨을 집어들고는 허공중에 흔들더니 그것으로 얼굴을 가리고는, 내게 몇가지 스텝을 가르쳐주겠노라고, 그것은 구애하는 수탉의 모습을 상상하면 된다고 했다. 나는 그녀를 손에 넣고 구석으로 몰아가야만 했는데, 그게 게임이었다. 그녀는 보물이고 나는 사냥꾼이었다. 그녀는 숨으려 했고 나는 찾으려 했다.

아마 그 다음날, 우리가 함께 싼띠아고의 중심가로 나갔을 때, 나는 안헬리까가 자신도 거의 모르고 있는 보물을, 내가 찾고 있으며 그녀가 숨기려고도 하지 않는 보물을 그녀 내부에 갖고 있음을 깨달았다. 내가 7년간 살아온 도시 중심가를 우리가 걸어갈 때, 그녀가 내 곁에 있음으로 인해 나는 졸지에 이 이국의 목적지에 처음 도착한 관광객 꼴이 되었다. 예를 들어 자주 지나치던 이 까페는 내게 아무런 의미도 없었지만, 안헬리까에게 그곳은 1940년대에 기자였던 그녀의 아버지가 기사를 송고한 후 그녀의 어머니와 인민전선의 친구들을 만나 새벽까지 술 마시며 세상을 바로잡을 논의를 하던 곳이었다. 안헬리까가 대수롭지 않게 그녀의 아버지가 연합군의 노르망디 상륙 소식을 기다리던 밤의 이야기를 해줄 때, 예쁘장한 젊은 여자 하나가 우리를 방해했다. 그녀는 다가와 안헬리까의 뺨에 입맞추었는데, 안헬리까는 어릴 적 시골에서 자기를 키워준 '롤로 엄마'의 딸이라고 내게 그녀를 소개했다. 두 사람은 한참 동안 내가 알지 못하는 사람들과 내가 한번도 가보지 못한 곳들에 관해 수다를 떨었다. 그 젊은 여자와 작별인사를 하고 계속 걸어가면서, 안헬리까는 갓난아이 때 집안일을 도울 사람으로 들어와 나중에 손자들을 돌보게 된 그녀의 보모가 사실은 안헬리까 할아비지의 사생아로 밝혀졌다는 이야기를 간략히 해주었다. "당신, 내가 자란 싼따마리아에 가서 롤로 엄마를 만나봐야 해요." 안헬리까가 말했다. 반 구역쯤 지나자 또다른 사람이 안헬리까에게 인사했고, 그런 일은 계속되었다. 사람도 많고 말도 많고 사연도 많았다. 어쩌면 바로 그때 나는 안헬리까가 이야기들의 그물망이고, 이야기들의 계보이며, 그녀를 만들어낸 이야기들의 원천임을 깨달았다. 그녀가 사람들로, 그녀를 만든 칠레 사람들로 가득 차 있음을 깨달았다. 어쩌면 그때, 혹은 조금 뒤였을 수도 있지만, 우리 관계가 시작된 초기의 어느 시점에, 나는 안헬리까와 칠레의 연관은 내 경우와는 정반대임을 알게 되었다. 그것은 억지로 맺어진 적도 없거니와 그럴 수도 없으며, 내가 미국을 버리듯이 그녀가 칠레를 버릴 수 없으며, 이 나라는 그녀의 허파나 피부처럼 그녀의 일부임을 깨달은 것이다. 다가올 여러 달과 여러 해 동안, 그녀가 나를 자기 삶과 자기 몸 속으로 안내할 때, 그녀는 타고난 권리로 보자면 내 것이어야 마땅하지만 내가 스스로 단절했던 이 대륙의 신비 속으로, 여러 해 동안 내가 다른 곳으로 가는 길 위의 정거장에 불과하다고 여긴 이 나라의 신비 속으로도 나를 인도한다.

그리고 쿠데타 이후 이 나라의 상실과 직면했을 때, 아벨에게 대사관으로 피신하겠노라고 마침내 응했을 때, 비밀스런 실루엣처럼 내 속에 들어와 그런 결정을 참을 만하게 해준 것은 결국에는 안헬리까의 약속이었고, 내게 칠레를 가르쳐준 이 여인이 곁에 있다면 언제까지라도 지상을 떠돌 수 있으리라는 확신이었다.

그런 그녀가 이제는 저 두 남자와 함께 차에 타고 있고 나는 그녀가 나의 방랑에 동행하지 못하고, 그녀가 아예 존재하지 않을 수도 있는 가능성을 대면한 것이다. 어쩌면 이것이 내가 기적적으로 살아남은 잔인한, 은밀한 이유로구나라고 나는 중얼거렸다. 죽음은 줄곧 나 대신 안헬리까를 데려가려고 나를 살려두었구나. 죽음은 내가 자기의 선물을 거부했다고, 한달 내내 이 나라에 머물렀다고 나에게 벌을 주는구나. 내가 즉각 떠나지 않아서, 가족을 멀리 보내지 않아서 벌을 받게 되는구나. 내가 마치 손댈 수 없고 불멸한 존재처럼 행동했으니 이런 벌을 받아 마땅한 거구나.

그러나 다시 한번 내게 집행유예가 내려졌다.

두 남자가 그녀를 놓아주고 그녀가 건물 안으로 돌아와 우리가 부들부들 떨며 서로에게 기댔을 때, 그녀를 다시 못 만져볼까 절망한 이 팔로 나의 연인, 나의 절친한 벗, 내 평생의 반려를 안고, 손으로 거듭 그녀의 머리칼을 쓸어내리고, 눈을 감았다 뜨며 이것이 진짜 사실인지, 그녀가 아직 여기 있는지 확인할 수 있을 때, 비로소 나는 죽음이 내게 한번 더, 어쩌면 최후로 보내준 교훈을 배울 준비가 되어 있었다. 쿠데타가 마침내 나를 따라잡은 것은 바로 그때였다. 모네다궁을 습격했듯이 쿠데타는 나를 습격하여 도시 곳곳에서 폭발하는 폭탄처럼 내 안에서 소리 없이 폭발하면서, 아옌데의 전복 이후 나를 찾아와 사라지지 않으려 하는 저 완전하고 돌이킬 수 없는 악의 현실을 이해하게 만든 것은 바로 그때였다. 노동자 집안의 헛간에서 나 자신의 죽음을 예감하며 마음 졸이던 그 공포의 순간에 나는 지옥이 무엇인지 발견했다고 생각했다. 벗어날 수 없는 곳에서 영원토록 고통받는 장소로 말이다. 이제 나는 내가 잘못 생각했음을 알게 되었다. 지옥이란 당신이 가장 사랑하는 사람이 언제까지나 고통받는 동안, 그녀가 거기에 있게 된 데 책임이 있는 당신은 개입하지 못하고 지켜봐야만 하는 세상의 그 자리를 말한다.

그리고 그 지옥은 바로 여기, 내가 천국과 관련하여 떠올렸던 바로 이 나라였다.

당장 칠레를 빠져나갈 때가 된 것이다.

칠레 **싼띠아고**에서 발견한
삶과 **언어**를 다루는 장 |1965~68년|

1965년 5월 6일, 나는 미국으로부터 독립을 선언함으로써 스물세
번째 생일을 자축했다.

그것은 공격적인 축하행사였으니, 나는 길쭉한 빠르끄 포레스딸
(산림공원)의 고목들로 덮인 싼띠아고의 미 대사관 앞에 서서, 미국
정부에 위협과 모욕의 언사를 퍼붓고 있었다. 규탄대열에 나 혼자만
있었던 것은 아니다. 수천의 시위자들이 싼띠아고 거리에서 나를 둘
러싸고 있었고, 우리 지역 너머에는 수만의 라틴아메리카인들이 공
동의 스페인어뿐만 아니라 급진적 정치로 하나가 되어 과달라하라
(멕시코 중부지역의 제2의 도시─옮긴이)에서 꼬차밤바(볼리비아 중부의 도시─
옮긴이)에 이르기까지 항의시위를 했다.

배타적인 미 동북부지역 사립학교 방식으로 영어를 말하도록 훈
련받고 폴 앵카(Paul Anka, 1950~60년대에 북아메리카에서 대단한 인기를

누린 캐나다 태생의 대중가수―옮긴이)를 흉내내느라 감미로워진 내 목소리는 그레인지에서 키츠를 낭송할 때 뽐내는 영국시 억양을 구사하던 내 목소리는 당시 꾸바혁명과 그 전투부대에 고무된 라틴아메리카 좌파들이 외치는 거친 격언 투의 구호에 합세하고 있었다. 알 빠레돈, 양끼 라드론(막다른 골목이다, 양키 도둑놈아).

우연찮게도, 꾸바에 대한 이런 우호적인 구호들에 대해 경찰은 그토록 거센 비난의 대상이 되고 있는 바로 그 미국인들이 제공한 신종 진압무기의 연발사격으로써 응수했다. 전에는 한번도 본 적이 없는 거대한 무채색의 경찰트럭이 시동이 걸린 채 대사관 앞에 서 있었다. 차 뚜껑에는 둥근 깔때기 모양의 이상한 기계장치가 붙어 있었는데, 그 기계가 작동하자마자 물대포로 변해 역겨운 붉은 액체를 뿜어냈다. 우리는 이전의 것들보다 더 오래 숨막히게 하는 최루가스 상당량을 시음(試飮)했다. 나는 일부러 '시음'이라는 단어를 쓰는데, 그 이유는 칠레에 대한 미국의 원조 프로그램이 제공한 최루가스를 맛보는 대신에 나는 저 대사관의 담쟁이덩굴 벽 안에서 미국 납세자들이 내게 베푸는 훨씬 더 감칠맛나는 새우 칵테일을 비롯한 진미를 시식하고 있었어야 했기 때문이다. 사실, 나는 바로 그 순간 미대사관 문화담당관과 그밖의 미국 관리들과 함께 시인 네드 오고먼(Ned O'Gorman)을 대접하는 오찬 자리에 앉아 있었어야 마땅했다.

나는 일주일 전 오고먼이 칠레대학 영문학과를 방문했을 때 그를 만났는데, 당시 나는 몇몇 영문학과 교수들의 조교였고 영문학과 북아메리카 문학을 가르치고 있었다. 오고먼은 매력적인 사람으로서 (지금 내가 기억할 수 있는 한에 있어서) 재능 있는 시인이었고 정치적 입장도 훌륭해 보였다. 그는 급진적 카톨릭 사상으로 말미암아 안락한 삶을 버리고 뉴욕의 가장 방치된 교구에서 가난한 사람들에게 봉사하고 있었다. 그것은 사회주의적 신념을 갖고 있는 우리 중의 어느 누가 실천한 것보다 더 나은 행적이었다. 그의 우리 학부 방문 행사는 너무도 훌륭하게 진행되어 대사관 측은 5월 6일 오고먼과의 오찬에 우리 모두를 초대했고, 우리도 이 무료 축하연에 참석하겠노라고 흔쾌히 동의했던 것이다.

내가 오고먼의 은유나 문화담당관이 고른 포도주를 칭송하는 자리에 가지 않고 대사관 바깥의 규탄시위에 참가하게 된 연유는, 내 생일 나흘 전인 1965년 5월 2일 린든 존슨 대통령이 (형식상 1천명의 미주기구 OAS 지원군을 포함시켜) 2만 2천의 미 해병대로 하여금 도미니까공화국으로 진입해 민중봉기를 진압하라는 명령을 내렸기 때문이다. 이 봉기가 성공하면 후안 보스츠(Juan Bosch)가 대통령으로 재선될 예정이었다. 보스츠는 몇해 전 선거에서 정당하게 승리를 거두었으나 워싱턴이 지원하는 반군에 의해 전복되었던 인물이다. 존슨은 그 나라에서 '공산주의 독재'가 권력을 잡도록 허용하지 않겠노라고 선언했다. 나약하기 그지없는 도미니까 공산주의자들이 보스츠를 지지한 세력에 영향을 주었다는 증거가 전혀 없음을 윌리엄 풀브라이트 상원의원과 여론이 나중에 알게 되었지만 말이다. 미국 정부는 꾸바와 1961년 피그만 침공 실패에 강박관념을 갖고 있었다. 이 사건에서 한줌의 반까스뜨로 추방자 무리들이 1954년 과떼말라의 아르벤스 대통령 축출 씨나리오를 재연하려 했으나 실패로 끝나고 말았다. 라틴아메리카 각국 내부의 군부가 (미 대사관의 공작에 의해 이루어진, 고울라르뜨 J. Goulart 대통령에 반대하는 브라질의 1964년 쿠데타의 경우처럼) 질서를 보장할 수 있는 한, 미국인들은 그들 군부에게 이 '추악한 일'을 시킬 것이다. 그렇지 않을 경우, 미 해병대가 직접 나서서 라틴아메리카에서 도미노 현상이 일어나지 않도록 조치를 취할 것이다. 이것이 존슨 독트린의 시작이었다. 대통령은 '또하나의 꾸바'가 현실화될 조짐이 보인다면, 지구 어디에라도 자기 '아이들'을 보낼 권리를 천명했던 것이다.

이것은 진보동맹의 사실상의 종말이기도 했다. 당근은 라틴아메리카의 부자들이 다 집어삼켜버렸고, 싼또도밍고(도미니까공화국의 수도—옮긴이) 침공에서 명백히 드러난 것은 커다란 채찍이라는 조야한 현실이었는데, 이것이야말로 지난 백년간 그랬던 것처럼 지금도 격동하는 남아메리카를 다루는 미국의 주요 방책이었다. 미국이 자기 사유의 호수 정도로 취급해온 카리브해뿐 아니라 멀리 떨어진 칠레에서도 이 방책은 그런 취급에 항거하는 사람들에게 무자비하게 적용되었다.

1965년 그날 대사관 앞에서 우리에게 가해진 진압은 흔히 보던 것이 아니었다. 신종 최루가스와 반짝대는 물대포를 갖춘 최신 차량과 더불어, 경찰은 전에 없이 정확한 군중통제 전술을 실행에 옮겼다. 그때까지만 해도 칠레 공권력이 행한 야만성은 항상 주먹구구식이었다. 이번에는 다르다는 것을 우리는 느꼈다. 체계적이고 계획적이고 과학적이었다. 이것이 현대적 억압의 첫 단계임을 우리는 후에, 아주 늦게, 너무 늦어버렸을 때 깨달았다. 경제구조와 케케묵은 사회적 관습 면에서는 후진적일지라도, 이 한 가지 분야에서만큼은 라틴아메리카가 다른 모든 지역보다 앞장서서 미래로, 그날 바로 거기서 우리가 문득 목격한 미래로 급속히 나아가고 있었다.

시위가 신속히 해산되자 군중은 흩어지고 내가 안헬리까의 손을 거머잡은 채 산림공원을 가로질러 늘 가던 강가의 대피처로 뛰어가던 광경이 기억난다. 우리는 수십번이나 이런 식으로 피신했다. 경찰이 공격해오면 우리는 흩어진 후 다시 집결하고, 그들이 다시 공격하면 그때 우리 모두는 귀가하는 식이었다. 그러나 이번에는 통하지 않았다. 무채색의 경찰트럭이 방향을 틀었는데, 이것이 잔디밭 위로 거칠게 올라오더니 풀밭을 내달리며 우리를 추적하기 시작했다. 우리는 백년 된 나무 뒤에 멈춰 섰고 트럭은 난폭하게 우리 곁을 지나쳤지만, 갑자기 제동을 걸더니 뒤로 돌아 돌진했다. 트럭이 나무를 들이박는 바로 그 순간 우리는 빠져나왔다. 나무는 충격으로 흔들렸고, 나는 내게 기댄 안헬리까의 몸 전체가 떨리는 것을 느낄 수 있었다. 트럭은 끼익 소리를 내며 후진하고 속도를 늦추어 지나치다가 우리를 잡기 위해 다시 한번 돌아섰다. 트럭은 다시 한번 들이받았다. 이번에는 거구의 경찰관 몇명이 야경봉을 흔들며 트럭 뒷자리에서 뛰어내렸고, 우리는 다시 도망갔다. 마침내 우리는 마뽀초 강을 가로지르는 다리에 이르러 근처에 있는 한 친구의 작업장에 겨우 피신하여 숨을 몰아쉬고 경악하며, 존슨과 그의 원조 프로그램을 비난했다.

우리를 불구로 만들 뻔한 그런 진압훈련을 제공한 미국인을 향한 이런 분노와 더불어, 나는 미국과의 모든 접촉을 끊어버린 것이 옳았다는 정당성도 느꼈다. 실로, 나는 내가 공개적으로 표명한 입장이 옳았음이 철저히 입증되었다고 느꼈다. 라틴아메리카 땅을 유린한 미 해병대에 대한 나의 분노가 길거리에서만 표출된 것은 아니었다. 대사관 앞의 시위가 있기 며칠 전, 실은 싼또도밍고 침공 소식을 듣자마자 나는 분노를 느끼며 항의편지를 썼고, 다른 교수들도 서명한 이 항의편지를 미 대사관 문화담당관에게 급히 보내, 린든 존슨이 군대를 철수할 때까지는 미국의 기금으로 칠레를 방문한 네드 오고먼이나 다른 누구와도 오찬이나 정찬이나 아침이나 차도 함께 하지 않을 것이며, 대사관의 다른 행사에도 참석하지 않겠노라고 선언했다. 미국 군대가 우리 형제의 영토와 생명을 유린하는 동안 남북아메리카대륙 간의 문화적 교류란 있을 수 없는 일임을 밝힌 것이다.

그 편지가 아무런 효과가 없었다는 것을 덧붙일 필요가 있다. 그것은 존슨 대통령을 겨냥한 것이었는데, 그 대신 가련한 네드 오고먼이 타격을 받았다. 그는 이번 라틴아메리카 여행을 수년간 고대해 왔건만, 지금 대사관 영내에서 외로이 점심밥을 우적우적 먹으며 반제국주의를 외치는 군중들의 함성과 돌멩이가 벽에 부딪히는 소리와 칠레의 시인 지망생들이 경찰의 곤봉에 맞고 지르는 비명을 들어야만 했다. 내가 이 편지를 굳이 언급하는 이유는 이것이 내 반미적 입장을 공개적으로 천명한 첫번째 경우였기 때문이다. 세계 곳곳에 미국이 개입하는 것을 반대하는 시위에 내가 별로 참여하지 않았다는 것이 아니라, 참여해도 나는 항상 군중 속에 묻혀 있었다. 이제는 공개적으로 나오게 되었으니 주목의 대상이 될 것이다. 심지어 나는 미 중앙정보국(CIA)의 소재지인 랭글리(Langley) 어딘가에서, 내 아버지에 관한 범상한 자료들로 채워진 두터운 서류더미 바로 옆에 내 이름이 적힌 서류철이 새로 만들어지는 장면을 상상하며 흥분하기도 했다.

다시는 내가 미국 영토 근처의 어디에도 갈 수 없을 것이라고 생각했다.

내 생각은 틀렸다. CIA한테는 요리할 더 중요한 거물들이 있었고,

그 편지는——그 모든 올곧은 반미적 맹세에도 불구하고——내가 2년도 지나지 않아 칠레대학과 캘리포니아대학 교류 프로그램의 일년 체류 장학금을 신청하는 데 방해가 되지 않았을 뿐 아니라, 선발된후에는 내가 예전에 점심 초대를 받았을 때 들어가기를 거부했던 바로 그 건물로 들어가 지문채취에 응하고 비자용 사진을 찍고 그후 1968년 안헬리까와 로드리고와 함께 내가 비난을 퍼부었던 그 나라로 가서 내가 비양심적이라고 선언했던 바로 그 문화적 교류에 참여하는 데도 전혀 장애가 되지 않았다.

결국 이런 식으로 될 줄 의심했었어야 했다. 따지고 보면 미국과의 대화 가능성조차 거세게 부정할 때인 1965년에도, 나는 관계를 단절하는 저 선동적인 편지를 통해 사실상 그런 관계에 참여하고 있었던 것이다. 문화담당관과 저 신화적인 CIA로 하여금 주권자로서의 내 언어인 스페인어를 번역할 수밖에 없도록 만들고 라틴아메리카의 문화적 자율성을 확립하는 대신, 나는 책상 앞에 앉아 내가 업다이크, 볼드윈, 벨로우, 플래너리 오코너(모두 20세기 미국의 유명한 소설가들임—옮긴이)를 비롯한 내 서재에 있는 백여명의 작가들뿐 아니라, 대사관의 문화담당관과 미 해병대원들과 CIA의 스파이들과 공유하는——그러나 내가 거리의 저 시위자들과는 공유하지 않는——사적이고 친밀한 그 언어에 자동적으로 손이 갔다.

나의 언어적 총기를 그것을 알아볼 수 있는 유일한 사람들——비록 그 편지가 그들을 모욕하고 그들이 나의 정적(政敵)이라 하더라도——에게 뽐낼 필요를 느꼈다는 사실은 내가 나의 문학적 언어가 얼마나 고립되어 있다고 느꼈는지, 영어로 우아하게 의사소통할 수 있는 청중이 내게 얼마나 적었는지를 잘 보여준다. 부모님은 나의 단편소설과 시와 형이상학적 희곡 들을 부지런히 읽고 당연히 그것들이 훌륭하다고 생각하셨고 안헬리까 역시 내 작품들을 지지해주었다. 우리가 처음 만났을 때 안헬리까는 우리 대학에서 영문학을 전공하고 있었지만(하고많은 칠레 여자들 중 영어를 직업으로 삼고자 하는 여자와 사랑에 빠졌다는 사실도 참 의미심장하다), 그녀의 영어 실력은 지나치게 정교하고 심원한 내 작품들을 감당할 만한 것은 아니었다. 두어명의 대학 친구들이 내 작품을 읽고 어렴풋이 칭찬하고 막연하게 비평할 정도의 영어 실력은 되었지만, 그들의 마음이 영어에 가 있지는 않았다. 우리의 일상적 상황과는 너무도 동떨어진 것으로 보이는 작품을 논하느라 시간낭비를 하기에는 우리가 사는 이 세상에는 너무도 많은 것들이 스페인어로 진행되고 있었다.

그럼에도 불구하고 스페인어로 집중적이고 공적인 참여를 하던 시기에 영어란 단지 나의 사적인 왕국이라거나, 혁명의 도정에 놓인 라틴아메리카라는 불확실한 일상적 아수라장에서 격리된 반성과 휴식의 공간이라고 말한다면 진실을 오도할 수도 있다. 영어는 또한 생계수단이자 나 자신의 판촉에 유리한 장점이기도 했다. 감히 라틴아메리카의 성스러운 땅을 침입하려는 미국인들에게 스페인어로 욕설을 퍼부을 바로 그 당시 나는 첫 주요 비평들을 준비하고 있었고, 그 작업은 둘 다 나의 영어 지식에 기반을 두고 있었다. 그것은 셰익스피어의 전원희곡에 대한 학위논문과 해롤드 핀터(H. Pinter)의 부조리극에 관한 책이었다. 내가 영어를 읽을 수 있다는 (그리고 내가 원하는 모든 책과 잡지를 기꺼이 해외에서 수입해주는 아버지를 두었다는) 사실 덕분에 나는 칠레의 대다수 사람들이 풍문을 접하기 수년 전에 이미 문학·철학·역사·이론·비평의 최신 동향에 접속할 수 있었다. 그런데 거기서 얻은 첨단 지식 덕분에 나는 칠레의 가장 권위있는 잡지인 『에르씰라』(*Ercilla*)에서 일할 기회를 가졌다. 원고 청탁을 받았을 때 안헬리까의 아버지가 편집장으로 있었다는 점도 물론 도움이 되었겠지만 말이다. 60년대 중반에 맡은 스페인 문학과 스페인어 라틴아메리카 문학의 조교 일에서 나오는 나의 보잘것없는 수입은 우리 학부에서 내가 가르치는 영시와 미국소설 강사료로 보충되었다. 그리고 나는 젊은 과부들과 말썽꾸러기 어린이들의 개인교습뿐 아니라 심리학과의 정규과목과 학업이 뒤처진 문제아들을 가르치는 보충수업과 더불어, 영어를 배우려는 온갖 학생들을 가르쳤다. 영어가 전세계에 제국주의적으로 확장되고 있다는 사실이 정치적으로 수상쩍은 일임을 인식할 수도 있었겠지만, 그 때문에 내가 영어로 밥벌이하는 것이 방해받지는 않았다.

그리고 영어노래에 맞춰 춤추는 것도 방해받지 않았다.

수십명의 친구들과 함께 존슨의 싼또도밍고 개입을 스페인어로 욕한 그날 밤, 우리 모두는 내 생일을 축하하기 위해 내 부모님의 집에 다시 모여 열광적인 로큰롤 파티를 벌였다. 거기에서 우리의 몸을 짜릿하게 흥분시키는 모든 노래는 내가 항의편지를 썼던 그 언어로 불렸다. 그 언어는 또한 사내다운 남미의 젊은 혁명가들이 애인을 흥분시키고, 곧 나올 롤링 스톤즈의 노래처럼 애인에게 함께 밤을 보내자고 하거나, 존 레논과 그 무리의 불후의 가사처럼 길에서 사랑을 나누자고 설득할 때 사용되고 있었다. 영어는 맥루헌(M. McLuhan)이 말하는 지구촌의 공용어로 변신하고 있었으므로, 내가 간절히 바랐다고 해도 그것에서 벗어나기란 쉽지 않았을 것이다.

그러나 나는 간절히 바라지도 않았다. 내 삶의 전부를 라틴아메리카의 열띤 대중적 가마솥 속으로 쏟아부으며 놀라운 속도로 그 삶을 개조하고 있을 당시, 움츠러드는 영어를 온전하게 유지하는 일은 내가 몸담고 있는 이 지나치게 정치적인 세계로부터 나의 과거와 자아의 사적인 어떤 부분을 은밀하게 지키는 방도이자, 모든 것이 당파적인 이데올로기 갈등으로 환원될 수 없음을 자각하는 내 나름의 방도이기도 했다. 어쩌면 나 자신을 라틴아메리카 사람으로 변형시키면서, 나는 한때 내 모습이었던 미국인과 나를 이어줄 하나의 변치 않는 정체성의 섬을 필요로 했는지도 모른다.

영어를 쓰는 나의 사적인 자아와 스페인어 사용권 라틴아메리카인으로서의 제스처를 취하는 나의 공적인 겉모습 사이의, 리차드 닉슨의 언어로 씌어진 전위적인 글과 체 게바라의 언어를 사용하는 혁명적 연설 사이의 이런 노골적인 모순을 가까스로 조정할 수 있었던 것은, 내가 이 두 심리를 조화롭게 유지할 수 있었던 것은, 어쩌면 자신의 잡종성을 표현할 언어를 탐색해온 라틴아메리카 역사에서 나의 분열증적 행동에 대한 묘한 합리화를 발견했기 때문이었을 것이다.

나를 미국으로부터 완전히 갈라놓지 않으면서 라틴아메리카 사람이 되어가는 과정에는, 칠레 속으로 좀더 깊숙이 파고들면서 느끼는 내 마음의 동요에는 뭔가 괴상한 면이 있음을 나는 알고 있었다. 어느 오후 가난한 아이들에게 운동장을 만들어주려고 농가촌락에서 힘겹게 도랑을 파던 일과, 바로 그날 저녁 나의 호사스러운 방에서 워즈워스나 E. 디킨슨의 어느 시에서 떠올린 적절한 형용사를 찾아내려는 한층 더 힘겨운 탐색 사이에는 뭔가 괴상한 면이 있었다. 나의 여정에는 뭔가 괴상하고 기이하며 뒤틀린 면이 있었던 것이다. 하지만 그것은 라틴아메리카가 그 기원 이래 다양한 방식으로 허용하고 인정하고 복속시키며 용인했던 그것, 즉 라틴아메리카의 이야 기이기도 하지 않은가?

내가 양다리를 걸치고 있던 두 대륙과의 불편하고 어중간한 관계에 대해 지적인 규명을 시도하던 60년대 내내 나를 따라다닌 하나의 핵심적 이미지를 발견한 것은 실은 이러한 잡종의 기원에서 비롯되었다.

나는 나와 같은 탐험가들이 이 땅을 발견하고 그것을 처음으로 서구 언어와 서구인의 시선에 맞게 번역하던 역사의 순간에 매료되었다. 내게 시원적 텍스트는 16세기 초 오비에도(G. F. de Oviedo)라는 스페인 식민주의자가 쓴 『인도 자연사 개관』(*Sumario de la Historia Natural de las Indias*)이었다. 여기서 오비에도는 멀리 떨어진 그의 동포들, 특히 스페인 국왕에게 신세계를 묘사하려고 노력했다. 이것은 아직 아메리카로 불리지 않던 곳에서 칼로 복속시켰던 것을 언어로 옮기려 한 최초의 시도 가운데 하나였다.

내 시선을 사로잡은 장은 '아메리카호랑이'(tigre americano)를 이에 상응하는 유럽말로 옮기려 한 오비에도의 힘겨운 노력을 다룬 대목이었다. 그는 그가 전달하려는, 이전에 한번도 관찰된 적이 없는 이 동물은 느린 데 반해 '호랑이'(tigre)라는 말의 어원은 화살과 속도를 가리키기 때문에 부적절한 용어라고 말했다. 오비에도는 계속해서 신세계와 구세계의 동물들을 비교한 후, 아무래도 이 동물을 아메리카 '호랑이'라고 부를 수는 없다고 마지못해 결론지었다. 이 동물은 그의 언어학적 올가미를 빠져나갔고, 그는 그것을 길들일 수도 분류할 수도 그의 체계의 일부로 만들 수도 없었다. 그것은 유럽으로부터 계속 미끄러져나가 기존의 합리적인 우주질서에 끼워 맞춰

지지 않았던 것이다. 오비에도는 다음과 같은 경고로 글을 맺는다. 한번은 그가 똘레도(Toledo, 스페인 중부도시—옮긴이)를 방문했을 때 국왕의 정원에서 끈에 묶인 이른바 '호랑이'를 보았는데, 사람들은 그것을 조심스럽게 다루지 않고 아주 친근하게 대하고 있었다는 것이다. 그런데 그 짐승이 어느날 거칠어져서 사육사가 죽일 수밖에 없었다는 소식을 나중에 들었을 때 그는 놀라지 않았다고 한다. 칼이 다시 한번 개입한 셈인데 나는 4백년 후에 이 책을 놓고 불길한 예감에 빠져들면서, 언어가 라틴아메리카를—외국으로부터 유린당했으되 저항적이고 예측 불가능한 라틴아메리카를—포착하지도 고정하지도 이해하지도 못했다는 이 심란하고 야만적인 현실을 칼로써 잠재우고 죽여버린 것이라고 생각했다.

나는 자기 고향에서 몰래 붙잡혀 수천 마일 멀리 실려가, 이해하지 못하는 유럽인들의 눈앞에 구경거리가 된 아메리카호랑이에게, 궁극적으로는 유럽인들의 눈을 통해 자기에게 남겨진 유일한 무기—즉 침략자들이 자기를 사로잡아 집어넣으려 했던 그 범주에서 죽음을 통해 빠져나오는 것—로 의사소통하려 한 아메리카호랑이에게 공감했으나, 내 속에서 꿈틀대는 다른 감흥도 있었다. 오비에도가 자신이 목격하였으되 본국의 스페인 동포들이 언어로 표현할 수 없는 그것의 힘과 역동성에 매료되었다는 사실을 알아챌 수 있었다. 나는 어찌하여 그가 자신의 새로운 고향에 유혹되었고 그곳의 위험까지도 찬탄하게 되었는지, 그리고 어찌하여 그가 자신이 옭아매어 실어가려 했던 바로 그 아메리카호랑이처럼 유럽으로부터 자신을 갈라놓아 자신을 이전의 자신과 다른 존재로 만드는 저 아득한 심연이 자기 발아래 열리고 있음을 느끼기 시작했는지 알 것만 같았다. 그리고 그가 자신을 인디아노, 즉 인도제국 사람으로, 그리고 이 곳을 자기 고향으로 파악하기 시작했다면, 그는 저 손에 잡히지 않는 아메리카호랑이만큼이나 라틴아메리카적인 존재였던 것이다. 그리하여 어쩌면 라틴아메리카는 그 둘 다이거나, 어느 쪽도 아니거나, 아니 오히려 그것들의 충돌에 의해 생겨난 환상적인 조합이었다. 그것은 신세계의 본성과 그 본성을 사로잡아 자신의 아버지의 형상에 맞게 개조하려 한 구세계의 언어적·문화적 충동 사이의 화해할 수 없는 긴장이며, 야만적 현실과 결코 그것을 완전히 포획하고 이해할 수 없었던 이른바 문명화된 언어 사이의 어긋나는 간극이라고 하겠다.

그리고 수세기에 걸쳐 이러한 의미 찾기는 계속되었고, 지금 나를 향해 손짓하는 이 세계는 하나의 이름으로 표현하기에는 실로 너무도 광대하고 각양각색의 역사와 문학과 민족을 얻게 된 것이다. 그리하여 어떠한 정의도 불완전하고 일관성이 없었다. '라티노'(Latino)는 프랑스에서 수입된 용어로서 혈통과 문화 속에 섞여들어온 다양한 비유럽 인종들을 담아낼 엄두도 내지 못한다. '히스패닉'(Hispanic)은 언어에 기반을 둔 용어인데, 브라질뿐만 아니라 앤틸리스제도(Antilles, 서인도제도의 일부—옮긴이) 사람들, 그리고 아메리카 인디언의 다양한 언어들은 물론 이 용어에 포함되지 않는다. '인도아메리카인'(Indo-American)은 이곳을 자기들의 고향이라 부르는 수백만의 노예화된 흑인들을 전혀 표현하지 못한다. '남'(South)에는 멕시코와 중앙아메리카 전부가 포함되지 않는다. 그밖의 용어들도 마찬가지다. 그러나 이 점이야말로 이 대륙의 진정한 의미였고, 당시 열광적으로 유행하던 싸르트르와 실존주의자들의 표현을 빌리자면, 이 대륙의 실존적 조건이었다. 이 대륙은 하나의 본질을 갖고 있지 않았다. 그것은 분통 터질 만큼 무든 정의를 비껴갔고, 더 많은 비전과 더 많은 의사소통을 맹렬히 요구했다. 식민화된 동시에 반란적인 이 대륙은 진정으로 자유롭다고 하기에는 외세로부터 충분히 자율적이지 않지만, 남김없이 사라질 만큼 그렇게 순종적이고 종속적이지도 않은 역사를 가지고 있어, 그럴듯한 하나의 이야기를 만들어내려는 고투 그 자체가 결국 유일한 규정요소이자 이야기의 핵심이 된다.

바로 이러한 상상력이 아메리카호랑이 같은 존재이자 끊임없는 번역자인 나를 사로잡았으며, 그 상상력의 소용돌이 속으로 나를 빨아들였다. 물론 상상의 항해는 실제 공간을 탐색함으로써 보강되었다. 차를 얻어타고 마추삐추까지 올라갔고, 고생하면서 띠에라 델 푸에고로 내려가고, 뚜꾸만의 사탕수수농장의 탄 연기도 맡아보았다. 이과수의 도도한 폭포와, 질산염으로 황량해진 북부의 버려진 마을과, 남부의 화산 아래 백색 바위에 세차게 부딪히는 에메랄드빛 푸른 강이 흐르는 칠레의 모습에 압도당하기도 했다. 돌아설 때마다 반기는 이가 있는 듯했으니, 정복된 지 거의 5백년이 지나서도 자신들의 께추아 언어를 잊지 않은 띠띠까까 호수 인디언들, 꾸라닐라우에 탄갱 속으로 나를 데려가면서 탄광이 무너지려 할 때 나는 저 소름끼치는 지하의 메탄가스 소리를 듣는 심정이 어떤지 말해주는 광부들, 땅이 없어 방랑생활을 하고 글을 읽을 줄은 몰랐지만 자기들의 손과 등으로—나의 많은 책들로는 헤아릴 수조차 없는 방식으로—라틴아메리카를 체득한 떠돌이 노동자들이 나를 반겼다. 돌아다니면서 나는 엄청나게 많은 사람들을 만났다. 리마의 한 술집에서 후에 테러조직인 '빛나는 길'(Sendero Luminoso, 마오주의 혁명론을 추종하는 뻬루의 부장단체—옮긴이)의 지도자가 된 열렬한 시인들과 철학자들을 만났고, 몬떼비데오의 판자촌에서 만난 교활한 흑인 사기꾼은 나를 속여 시계를 빼앗아 갔고, 폭우 내리던 밤 칠로에 섬에서 잠자리를 마련해준 어부는 아이들을 유괴해서 눈꺼풀과 입과 귀를 꿰매버리는 귀신이야기를 들려주었다. 주민과 사랑에 빠지는 것만큼 대지에 결속감을 느끼게 하는 일은 없다. 하지만 이 말의 좀더 정확한 뜻은 이렇다. 내 여정과 동시에 발생했으며 그 여정에 참조틀을 제공한 비범한 문학적 르네쌍스만큼 나를 라틴아메리카에 결속시킨 것은 없었다는 것이다. 내가 가로지른 저 공간과 내가 접촉한 저 사람들은 비전과 언어의 프리즘을 통해 내게 다가왔다. 그 비전과 언어는 그들에게 의미를 부여하며 그들을 성공리에 포착한 지적 모험 속에 존재했으니, 문화가 사회적·정치적 유기체와 동시에 작동하기 시작한 이 대륙이 성년이 되면서 오비에도가 아메리카호랑이를 추적할 때는 놓쳤던 성공을 거둔 것이다.

나처럼 언어의 힘을—소설과 시와 단편이 삶과 분리되어서는 안된다는 것을—깊이 신봉하는 사람에게는 현기증이 날 만큼 활기찬 시대였다. 라틴아메리카로부터 나온 이러한 문화적 선물은 타당하고 절박하며 도발적인 것으로서 내가 행하고 본 모든 것에서 즉각적으로 울려퍼졌으며, 변화하는 수백만의 사람들의 정력과 희열과 회의의 물결에 동행하였으며, 나 자신이 여태 이름짓지 못한 이 대륙에 이름을 붙여주었으며, 실재의 공간과 그 영토의 실재 주민들을 해방하는 길을 닦는 하나의 방식으로서 상상력의 영토를 해방시켰다. 라틴아메리카는 현대예술가들의 딜레마를 해결할 수 있으며, 지적인 것과 사회적인 것, 전위와 대중, 작가의 영웅적 행위와 민중의 영웅적 행위를 융합시킬 수 있다고 나는 느꼈다.

이때는 내가 씨름하고 있던 문제에 해답을 줄 책이 나오기를 손꼽아 기다리며 살던 시기였다. 나는 꼬르따자르와 마르께스, 요싸와 푸엔떼스(각각 아르헨띠나, 꼴롬비아, 뻬루, 멕시코의 20세기 대표적인 소설가─옮긴이)의 다음 작품들과 빠라, 헬만, 달똔과 미스뜨랄(칠레, 아르헨띠나, 엘쌀바도르, 칠레의 20세기 대표적인 시인─옮긴이)의 다음 시집을 기다리며 살았다.

우리의 문학이 우리를 자유롭게 하리라는 이런 환상에 사로잡혀 있던 것은 나 하나만이 아니었다. 정체성의 갈림길에 있던 라틴아메리카의 젊고 교육받은 엘리뜨 세대는 실험성과 사회의식적 관심사가 결합된 저 전위적 언어에서, 형이상학적인 것과 사회적인 것, 환상적인 것과 기록적인 것이 만나는 그곳에서, 그리고 이 대륙의 실상과 마찬가지로 근대와 전근대와 원시적인 것이 불편하게 공존하며 함께 뒤섞이는 문학에서, 자신들의 이미지를 발견했다.

그러나 그것이 나의 혼란스러운 이중적 삶을 결합시킬 수 있을까?

영어로 글을 쓰는 나의 행위가──당연하지만 주로 스페인어로 수행되고 있던──라틴아메리카를 향한 이 정체성의 여정을 이해할 수 있을까?

믿기지 않겠지만 당시의 내 대답은 그래, 그럴 수 있다는 망상이었다.

그 망상은 역설적이게도 라틴아메리카 문학이 해외에서 성공을 거두었기에 품게 되었다. '붐'(Boom, 20세기 후반 세계문단에 돌풍을 일으킨 가르시아 마르께스, 푸엔떼스, 요싸, 도노쏘 등의 작가를 지칭. 현실과 설화가 복잡하게 뒤얽힌 양식실험으로 유명함―옮긴이) 작가들의 탁월한 재능은 영리한 판매전략과 결합되어 1960년대 유럽과 미국에서 돌풍을 일으켰다. 한편으로 나는 자부심을 느꼈다. 우리가 경제적인 면에서는 선진국들과 겨룰 수 없고 정치적으로 당장은 저들의 변덕스러운 뜻에 종속되어 있을지라도―우리는 꾸바를 예외로 생각했으며 그 섬나라가 소련에 점차 의존하고 있다는 점은 무시했다―그 때문에 우리가 문화적으로 더 우수할 수 없다거나 우리가 뒤처지지 않고 앞서 있는 이 분야의 성취를 확고히 할 수 없는 것은 아니었다. 또다른 나의 감흥은, 글쎄, 선망이라고 표현하는 것이 가장 적합할 듯하다. 라틴아메리카 대가들은 내가 열망하고 나의 글이 도달하고자 하는 저 권위 있는 외국의 봉우리들로 밀치고 올라갔고 그들은 내가 아직도 문학적 숙명의 언어로 받아들이지 않는 스페인어로 그 일을 완수한 것이다. 하지만 나는 그런 성공을 내가 보편적으로 인정받기 원할 때 스페인어도 영어만큼 유리한 도구일 수 있음을 입증하는 것으로 받아들이지 않고 이 현상 전체를 판이하게 해석했다. 사실은 이러했다. 라틴아메리카 역사상 처음으로 자국의 독자들에게 말하는 동시에 외국의 다수 대중에게도 호소력을 갖는 문학이 존재했고, 이 문학운동은 라틴아메리카적인 것이 되기 위해서 국제적인 것을 거부할 필요가 없음을 확실히 보여주었다. 나는 이러한 사실들을 나의 기이한 실험들―토착적인 것과 이국적인 것, 민족적인 것과 다문화적인 것, 스페인어를 쓰는 일상적 경험과 밤이면 영어를 공들여 가다듬는 일을 결합하는 나의 특이한 방법―을 허용하는 청신호로 해석했다. 나는 번역할 필요 없이 미국과 유럽에 영어로 직접 말하는 최초의 라틴아메리카 작가가 될 수 있으리라고 생각했다.

어쩌면 그것이 내가 미국에 끌린 궁극적인 이유였을지 모른다. 미국은 아직도 내 안에 간직하고 있는 영어로 속삭이고 있는 그 소년이 스페인어로 숨쉬는 성인을 대등하게 만날 수 있는 유일한 곳이자, 서로를 시험할 수 있고, 내가 변했다면 얼마나 많이, 얼마나 돌이킬 수 없이 변했는지를 측정할 수 있는 유일한 곳이었다.

그리고 그곳은 이 기이한 개인적 방랑의 비용을 기꺼이 대줄 유일한 나라이기도 했다.

이는 내 존재를 실존적으로 발견하는 문제만도 아니었다. 그것은 다른 필요들, 좀더 물질적인 종류의 필요에 대처하는 항해이기도 했다. 안헬리까와 나는 1966년 초 광풍이 몰아치듯 결혼했고, 몇달 후 행복하게도 그녀는 임신했다. 경제적 궁핍이 우리의 기쁨을 제약하기는 했지만 말이다. 여러 일을 해댔으나 나는 우리 집의 집세를 마련할 수 없었다. 우리는 결국 내 부모님과 함께 살게 되었다. 설상가상으로 『에르씰라』에 문학비평과 서평을 써서 얻는 나의 주 수입원이 아기 출산예정일 몇달 전에 끊겨버렸다. 이 잡지의 소유자는 꾸바의 가장 위대한 시인인 니꼴라스 구일렌(Nicolás Guillén)과의 대담을 검열했고(그는 식자공의 손에서 대담원고를 빼앗고는, 자신이 월급을 주는 한 어떠한 빌어먹을 검둥이 공산주의자 꾸바인과의 대담도 있을 수 없다고 단언했다), 나는 사직했다. 그후 얼마 되지 않아 캘리포니아대학에서 라틴아메리카 문학에 관한 책을 완성할 기회가 생겼을 때, 나는 그것을 우리의 경제적인—그리고 나의 문화적인—딜레마를 해결할 기적적인 기회로 받아들였다. 비록 그것이 내 아버지가 구겐하임 장학금을 받은 이래 남(南)의 지식인들을 유인해가기 시작한 바로 그 두뇌유출이라는 역사적 법칙에 복종함을

뜻했고, 그에 대해 내가 이론적으로는 개탄했지만 말이다. 아버지가
그랬듯이 나는 나를 원하는 다른 곳이 없었기에 미국으로 향하게 되
었다.

뿐만 아니라 나의 공표된 신념과는 너무도 맞지 않는 여행에 대한
불편한 심사를 떨쳐버리려 애쓰면서 나는 스스로에게 이렇게 타일
렀다. 세상이 어디로 가고 있는지 이해하려면 제국의 중심부에 가봐
야 한다고 아도르노가 말하지 않았던가? 괴물은 그 뱃속에 들어가
봐야 알 수 있고 그 괴물 같은 국가를 죽이려면 괴물에게 삼켜져야
한다고 마르띠 자신이 말하지 않았던가? 우리의 동맹군인 반전운동
과 흑인해방운동가들, 치카노(chicano, 멕시코계 미국인-옮긴이)와 혁
명에 동조하는 수천의 미국인들에 의해 그 괴물이 내부로부터 잠식
당하고 있지 않은가? 그들을 방문하는 일이 중요하지 않겠는가?

사실 점점 더 라틴아메리카 사람이 되어가면서도 나는 미국에 대
한 이런 논쟁적인 관점을 계속 접하고 있었고, 미국의 진정 아름다
운 면이 쎌마와 몽고메리(1960년대 흑인해방운동의 격전지들-옮긴이)에서
위력을 보이고 피 흘리며 남부의 인종차별을 철폐하도록 강요했을
때 전율을 느꼈다. 아름다운 미국이 마틴 루터 킹과 함께 워싱턴으
로 행진하고, 말콤 엑스와 더불어 빈민지역에 아연 활기를 불어넣
고, 차베스(C. Chavez, 농장노동자연합노조UFW를 건설한 치카노-옮긴이)
와 함께 농장노동자들을 조직하여 포도 수확을 보이코트하는 광경
을 목격했으며, 또 아름다운 미국이 거리로 넘쳐나와 베트남전쟁을
반대할 때 나는 싼띠아고에서 환호를 보냈다. 미국 정부뿐만 아니라
미국식 생활방식에 의문을 던지는 운동의 성장을 면밀히 따라가면
서 멀리서 그 운동의 지적 헤게모니 투쟁을 주시했으며, 비트 작가

들과 아서 펜(A. Penn, 영화감독으로 「보니와 클라이드」 「리틀 빅 맨」 등의 대표작이 있음-옮긴이)과 재니스 조플린(J. Joplin, 격렬하고 거침없는 음악 스타일로 1960년대에 큰 인기를 얻은 미국 여가수-옮긴이)을 즐겁게 감상했다.

그런 과정을 통해 나는 이 기나긴 시간 동안 어린 시절 나를 구해준 그 언어로 글쓰기를 고집한 것이 그렇게 미친 짓은 아니었다는 생각이 들었다. 내가 그렇게 오래 고향이라 여겼던 그 나라로 돌아간다면 내가 그랬던 것처럼 정치적으로 각성하기 시작하고 신통하게도 영어로 말하고 먹고 글을 쓰는 사람들——독자들!——이 있지 않을까! 하는 생각이 들었다. 어쩌면 나는 내가 생각한 만큼 소외되지는 않았으며, 어쩌면 이 모든 세월 동안 써온 것을 읽어줄 독자들이, 내가 영어에 바친 신실함만큼이나 나를 신실하게 기다려온 독자들이 있을지 몰랐다. 나는 배이 브리지를 건너 쌘프란씨스코로 가서 정처없이 걷다가 씨티 라이트 서점 인근의 술집으로 들어가 밤새 미국의 인종관계와 불교와 월트 휘트먼과 핵폭탄에 대해 토론하고, 내가 1만 마일 떨어진 곳에서 끄적거린 것을 누군가에게, 아니 누구에게라도 보여주는 모습을 상상했다.

그리하여 이 모든 갈등하는 이유와 욕망과 두려움을 마치 나의 기본 여장인 양, 세관에 신고하지 않는 밀수품——너무 비밀스러워 자신에게도 감히 인정하지 못하는 밀수품——인 양 짊어진 채, 나는 젊은 아내와 갓난 아들과 함께 미합중국행 비행기에 올랐고, 12시간 뒤에 내 유년시절 꿈의 나라에 도착했다.

역사는 다시 한번 나를 가지고 놀 심산이었다.

내가 아직 미국사람인지 아닌지 알아보기 위해 택할 수 있는 그 모든 해 중에서 하필 나는 1968년을 택한 것이다.

그리고 모든 고장 가운데서 하필 버클리가 나를 택했다. 그리고 이런 식으로 반겼다.

고향에 온 걸 환영해, 블래디. 아니 에디인가? 아니면 자네가 진짜 아리엘이야?

네가 누구건 이름이 뭐건, 넌 엄청 놀라게 될걸.

14년 동안 나는 떠나 있었던 것이다.

칠레 **싼띠아고**의 한 **대사관 안**에서 발견한 **죽음**을 다루는 장 |1973년 10월|

그리하여 나는 결국 여기에, 내가 함께 살아가리라 맹세했던 농부들과 노동자들, 대다수 민중들은 존재한다고 상상하지도 못하는 이 대사관 안의 이 건물에 있다. 법률상 아르헨띠나로 간주되는 이 한 조각 영토에 나는 와 있다. 내가 태어난 나라의 보호하에 다시 돌아왔으니, 내 기원이 다시 나를 구해주는 악순환 속에 갇힌 꼴이었다. 부에노스아이레스로 돌아가는 것 말고는 어디에도 갈 곳 없이 나는 여기 있다.

나의 도피가 정당하다는 것과 다른 대안이 전혀 없다는 것을 알지만, 대사관으로 도망온 수많은 다른 난민들과 더불어 나는 여기서 수치를 느낀다. 그들과 공유하는 저 공포로 인해 나는 발가벗겨져 온 세상의 구경거리가 되는 수모를 당하고, 졸지에 고향을 잃고, 혁명에 대한 헌신이 목숨에 대한 애착보다 덜 중요하게 느껴진다.

내 평생 고문 피해자를 처음으로 맞대면한 것도 바로 이곳이다. 지난 몇주간의 소문은 내게도 들려왔다. 사람들이 말했다…… 경기장에서 놈들이 어떤 짓을 하고 있는지 알지…… 그에게 무슨 일이 있었는지 들었니……라고 말하지만 그것은 모두 이런저런 말을 들어보라는 식이었고 풍문이었다. 내가 간신히 대사관 안으로 잠입한 지 몇시간이 지난 지금 이 사람들은 여기에 있지만, 얼마 전만 해도 내가 느낀 것처럼 은유적으로 벗겨진 것이 아니라 오줌과 구토와 땀내 나는 방이라는 냉혹한 현실 속에서 발가벗겨진 채 책상 위에 눕혀져 있었다. 그들의 성기가 집게에 연결되자 손 하나가 나타나 스위치를 당겼으니, 그들이 그 방을 탈출해 여기 오게 된 것만도 운이 좋은 것이다. 그들은 칠레의 달콤한 시월 햇볕 속에서도 떨고 있다. 담요를 두르고 떨고 있다. 시선은 어디에도 고정되지 않고, 입술을 씰룩거리며 나에게나 다가오는 어느 누구에게나 미소로 답하려고 애쓰다가도 갑자기 움츠러든다. 대사관의 커다란 무도장에 나란히 누운 거의 천명의 사람들의 숨결과 방귀와 한숨으로 탁해진 공기 속에서 우리 모두가 잠들려고 애쓰는 한밤중에 그들은 비명을 내지른다. 한달 전만 해도 연미복 차림의 남자들이 질질 끌리는 긴 드레스를 입은 여자들에게 몸을 기울이며 입에 발린 찬사를 속삭이던 이곳에서 말이다. 난민이 된 아옌데의 재무장관은 예전에 자신이 칵테일을 홀짝였던 그 피아노 아래에서 지금은 약간의 휴식을 취하려고 몸을 뒤척인다.

내게는 담요가 없다. 내가 도착했을 때는 너무 늦었던 것이다. 나보다 먼저 들이닥친 9백명 이상의 사람들에게 모두 나누어졌고, 우리 모두가 나찌 동조자로 의심한, 큰 키에 찢어진 눈을 한 노에우만이라는 잔인한 성품의 대리 대사는 더이상의 담요를 충당할 예산이 없다고 난민들에게 통보했다. 그래서 나는 엘 히따노라는 친구의 담요를 같이 쓴다. 그는 가수이고 지난 2년간 우리는 집회 때마다 "하예가도 아껠 파모소 띠엠뽀 데 비비르"(때가 왔네, 그토록 고대하던 삶을 시작할 때가)라는 그의 인기곡을 힘차게 불렀건만, 이제 그 노래는 예언이 아니라 희망사항임이 입증되었다. 그는 자기 담요의 반쪽으로 밤새 나를 따뜻이 감싸준다.

나는 담요가 없는 편이 좋다. 담요가 없다는 건 내가 이 대사관에 즉각 달려오지 않았음을 딴 사람들에게 일러주니까. 나보다 먼저 온 이들한테 내가 지난 몇주간 어리석게도, 그리고 어쩌면 용감하게도 죽으려고 용을 썼음을 넌지시 알려주니까.

아무것도 덮을 것 없는 내 처지는 살아남았다는 죄책감을 떨쳐버리고, 수많은 세월 동안 지속될 긴 망명길로 들어서는 나의 결단을 감당하는 하나의 방식이다. 그 죄책감은 그로부터 14년이 지나 내가 여덟살 된 아들 호아낀과 함께 싼띠아고 공항에서 체포되어 추방당할 때, 그런 폭거를 당하고서 내가 진 빚을 마침내 다 청산했다고 느낀 그날에야 비로소 진정 사라지게 될 것이다. 하지만 군사정권이 내게 충분히 상처 입히지 않았기에, 이 피난처 바깥의 사람들을 다 치게 하는 만큼 내게 상처 입히지 않았기에, 여기 이 대사관 안에서 덮을 것 없는 내 처지는 자학의 한 방식일 뿐이다.

오래지 않아 나는 담요 없이 지내는, 눈에 띄는 이 상태를 벗어난다.

도착한 지 며칠 후, 나는 오후의 햇빛을 즐기며 너른 정원을 걷고 있다. 우리를 둘러싼 8피트 높이의 담에 가까이 가지 말라는 경고를 받았지만, 나는 어쩔 수 없이 다가간다. 나는 바로 바깥에 칠레가 있다는 데 매료되고, 여기서 보이지는 않지만 들을 수는 있는 저 도시의 시끌벅적함과 갑자기 들리는 어린아이와 어머니의 노랫소리 같은 대화, 소형버스의 기어 바꾸는 미세한 소리, 저기 싼띠아고 거리에서 수레를 끌며 칼을 간다고 외치는 남자의 목소리에 매료된다.

갑자기 보따리 하나가 내 발치에 뚝 떨어진다. 잠시 나는 그것이 어디서 왔는지 모르다가 곧 벽 위를 꽉 잡는 두 손을 본다. 힘을 쓰느라 핏기가 가신 손가락들만 보일 뿐이다. 누군가 저 담을 넘어 대사관으로 들어오려 하고 있구나! 그러나 두 발의 총성이 울리고 ── 비명도, 절규도, 심지어 낮은 신음도 없이 ── 벽 반대편에서 뭔가 떨어지는 둔한 소리가 날 뿐이다. 경찰이 방금 그 남자를 죽인 것이다. 나는 왜 그가 남자라고 상상했을까, 여자의 모습은 왜 그려보지도 않았을까? 왜 그가 단지 부상당했거나 총성에 발길을 멈춘 것이 아니라 죽었을 것이라고 생각했을까? 나는 저 바깥의 세상과 단절된 채 오직 상상력에 내맡겨진다.

보따리 속에는 담요와 슬리핑백이 들어 있다. 여권도, 신분증명서도, 내게 이 선물을 준 사람이 누구인지 알려줄 그 무엇도 없다. 그것들은 선물이기 때문이다. 이 희생자의 비극이 내게는 더 포근한 밤을 의미할 것이다. 그리고 나는 라이너스(Linus Pauling, 노벨 화학상과 평화상을 수상한 세계평화주의자─옮긴이)처럼 이 담요를 한시도 떨어질 수 없는 친구로 대할 것이므로 그의 비극이 내게는 덜 외로운 날들을 의미할 것이리라. 아르헨띠나 외교관들이 국내외 사교계 인사들을 접대하던 이 방에서 이리저리 배회하는 나 자신을 상상할 때마다, 나는 내 어깨를 편안히 감싸던, 피난처를 찾다가 실패한 남자의 이 담요가 저절로 떠오른다.

물론 우리를 보호한 진짜 담요는 바로 대사관이다. 이 시점에서 안전과 죽음 사이의 거리란 절망적으로 벽을 향해 내뻗는 손가락들에서부터 그 손가락들이 벽에서 떨어져 나가는 것을—나중에는 파묻히거나 부러지는 것을—무력하게 바라보는 눈 사이의 몇 피트밖에 안되는 미미한 거리이다. 그 눈은 결코 잊지 않으리라 맹세하지만, 곧 또다른 종류의 거리가, 또다른 종류의 무력감이 그 눈을 시험할 것이다. 내 눈은 아주 멀리, 외국의 아득한 피난처로, 대사관이 기약하는 최종적인 담요이자 면책권 속으로 떠날 것임을 안다.

이미 나는 나라를 잃을 때 관철되는 법칙들을 익히기 시작한다. 나는 내 존재가—대사관에 나와 함께 있는 수많은 라틴아메리카 망명자들과 마찬가지로—자기 나라의 좌절된 혁명을 피해 칠레로 왔고, 내 앞에 놓인 저 미래를 이미 경험한, 모든 망명자들의 존재와 비슷하게 되리라는 것을 이미 깨닫기 시작한다. 우리 모두는 뒤에 남은 사람들에 의해 가차없이 규정되고, 우리의 존재는 도피하지 않았거나 할 수 없었던 사람들의 존재와 대비될 것이며, 우리의 존재는 우리 대신 어제 죽었거나 오늘 죽음의 위험을 겪는 사람들에게 우리가 어떤 도움을 줄 수 있는가에 따라 정당화된다는 것을 깨닫기 시작한다. 망명자들은 벽을 움켜잡은 저 손가락을, 넘어서기에는 너무도 광대한 저 거리를 움켜잡은 손가락을 사뭇 떠올리며 괴로워한다.

그 거리는 내게 고국에서 자행되고 있는 만행을 목격하게 했고, 사실 내게 목격자의 과업을 수행할 것을 요구했다. 그렇지만 떠나는 그 순간부터 그런 목격행위란 간접적인 것이 된다. 내가 떠나기 전에도 대사관 벽은 피신하려던 그 사람으로부터 나를 격리했다. 나는 그가 누구인지, 그의 운명이 어떤 것인지, 그가 왜 자기 보따리를 벽

너머로 던지게 되었는지 알지 못한다. 나중에 그 간격이 커지고 거리와 시간대가 멀어져, 나는 사람들이 벽에 다가와 벽을 넘기도 전에 죽어버리는 칠레로부터 분리된다. 나는 오직 신문기사, 편지, 카세트, 잠깐 보고 지나치는 사진, 전화로 들리는 경계의 목소리, 최근의 난민이나 출소한 사람들이나 마침내 방문한 친구들이 나직이 들려주는 이야기들을 통해서만 다른 이들이 어떻게 살았고 말했는지 그 먼 곳의 모든 사정을 접하게 될 것이다. 내가 찾은 피난처가, 하나의 목소리가 살아남도록 보장하는 바로 그 피난처가 동시에 그 목소리—그 땅을 살아남게 지킬 책임이 있는 그 목소리—의 땅으로의 직접적인 접근 통로를 차단한다. 타인들에게 전달되기를 바라는 그 땅으로부터 말이다. 이것이야말로 망명의 가장 큰 역설이다.

그러나 할 수 있는 일을 할 따름이다.

그리고 20년도 더 지난 지금, 나는 일면식도 없는 어떤 사람이 마치 하늘에서 보낸 것처럼 내게 보내준 담요 이야기를 하고 있다. 그가 어떻게 되었는지 결코 알 수 없을지라도 나는 그의 이야기를 한다. 내가 그의 이야기를 하는 것은 그것이 나를 따뜻하게 감싸준 고마움을 그에게 표하는 유일한 방법이기 때문이며, 그것이 그를 애도하고 그를 살아 있게 하고 그에게—그 사태에서, 그토록 오래 전에 그와 나에게 이미 일어난 그 사태에서 그를 구할 수는 없지만—이 언어의 담요를 보내는 유일한 방법이기 때문이다.

캘리포니아 **버클리**에서 발견한 **삶**과 **언어**를 다루는 상 |1968~70년|

버클리에 도착한 날 오후 우리는 처음으로 진짜 히피를 보았다. 안헬리까, 로드리고, 나, 이렇게 우리 셋은 외출해서 쌘프란씨스코 베이 지역의 청명한 산들바람을 즐기고 있었는데, 거기 버클리 시내 새턱 가(街)의 오스카 햄버거 가게 앞에 두 명의 '히피아이'(flower children, 히피족을 가리키는 말―옮긴이)가 있었다. 그들은 20대 중반으로 내 나이 또래였으니 어쩌면 '히피성인'이 더 나은 표현이었을 것이다. 하여간 그들은 머리에 그 유명한 꽃을 꽂고 있을 뿐 아니라, 신문의 사진이나 영화와 노래 등에서 우리가 주워들은, 히피족이라면 갖고 있을 법한 그밖의 모든 장신구를 갖췄기에, 사실상 풍자만화 같은 모습이었다. 여자는 중고품 할인시장에서 산 것 같은, 길고 치렁치렁한 치마를 입고 딸랑거리는 구슬과 싸구려 장신구를 잔뜩 달고 있었다. 남자는 찢어진 청바지와 해적처럼 앞을 풀어헤친 셔츠를 입고 있었고, 피부는 너무 하얘서 탈취제 광고에 나올 법했으며, 계단식 폭포 같은 금발머리가 그 둘의 등을 타고 신발을 신지 않은 발쪽으로 흘러내렸다. 남자는 하모니카에 맞춰 부르는 노래를 마치려는 참이었고, 여자는 캘리포니아의 딱딱한 포장도로 가까이서 『버클리 바브』(Berkely Barb)지를 사라고 외쳐대는 뚱뚱한 신문팔이의 고함소리도 잊은 듯, 출근을 서두르는 사람들로 가득한 차량들은 존재하지도 않는 듯, 남자의 노래에 맞춰 몸을 부드럽게 흔들면서 초원의 정령처럼 맨발로 춤을 추고 있었다. 그들에게서는 향과 오렌지 냄새가 났고 내가 식별할 수 없는 자극적인 향내도 섞여 있었는데 그것이 마리화나라는 것은 나중에 알았다.

그들 앞에 멈춰 서서 한참 머물면서, 우리 셋은 모두 그 남자와 그 여자의 살아 있음에의 환희를 들이마셨다. 그들이 자기들의 몸에서 얻는 고요한 기쁨은 한가로운 가운데서 평온하게 빛을 발하면서 최근에야 이 해안에 도착한 우리를 반기는 듯했고, 어쩐지 우리가 이 이국의 오후와 지는 해와 딱 어울린다는 느낌을 주었다. 여자는 야생적이고 섹시한 보띠첼리의 성모상처럼 등을 굽히고 눈을 뜨지도 않은 채 하모니카 연주자를 향해, 부드러운 수염과 모든 것을 용서할 듯한 예수 그리스도 같은 그의 얼굴을 향해 미소지었다. 이 두 사람은 히피들을 "타잔 같은 옷에 제인 같은 머리를 하고 치타 같은 냄새를 풍기는 사람"이라고 묘사한 당시 캘리포니아 공화당 주지사 로널드 레이건의 경멸 섞인 표현이 사실이 아님을 입증했다. 아마 그들의 외모라기보다는 '미국의 꿈'을 거부하는 태도가 그의 이런 발언을 촉발했을 것이다. 그들은 마음만 먹는다면 차를 몰고 출근하는 베이 지역 부부들 중 하나가 될 수 있었을 터이고, 오스카 햄버거 가게를 운영하여 전국에 햄버거를 팔기 위해 새 대리점을 낼 궁리를 할 수 있으며, 캘리포니아대학에서 내가 하려는 것처럼 대학원 과정 같은 것을 밟으며 책을 집필하거나 이력서에 논문 한편을 더 올릴 수도 있을 것이다. 그러나 그들은 풍요와 근심과 고된 업무의 연속인 그런 삶에 등을 돌렸고, 잔디정원과 퀴즈쇼를 즐기면서 미국의 고속도로처럼 앞만 보고 달리고 시대에 뒤떨어지지 않으려고 신형 세탁기를 사는 미국 교외의 삶을 거절한 것이다. 그들은 물건이나 돈 그리고 이런 물건으로 말미암아 안게 되는 일의 부담과 생활방식에 감금되기를 원치 않았다. 그들은 이런 삶을 중도에 포기했고 신경을 끈 채 밖으로 떠돌았다. 그들은 밖으로, 밖으로, 밖으로 나아가, 마침내 사회와 그 규범 바깥으로 훌쩍 빠져나왔으며, 다시는 그 속으로 되돌아간다거나 그 속에서 책임감을 떠맡는다거나 심지어 정치적 힘을 갖고 싶은 욕망이 전혀 없는, 사회 바깥의 존재들이었다.

남자는 입술에서 하모니카를 떼고 연주하던 선율에 가사를 붙여 노래하기 시작했다. 그것은 밥 딜런(Bob Dylan, 1960년대 반전가요로 유명했던 미국의 대중가수―옮긴이)의 「미스터 탬버린 맨」이었는데, 전에 들어본 적이 없는 이 노래는 그 우울한 코멘 소리로 내 속에 파고들었다. 탬버린 맨에게 "씽 어 송 포 미/ 아임 낫 슬리피 앤드 데어즈 노 플레이스 아임 고잉 투"(날 위해 노래해줘/ 난 졸리지 않고 갈 곳도 없어)라고 소리치는 그 목소리가 마치 맹수의 유연한 발톱마냥 내 속에 쑥 들어오더니 내 가슴을 비틀어댔다. 불현듯, 나는 그 노래 속에 빠져 헤매면서, 정박하지 못해 방랑의 삶을 살았던 그 숱한 세월로 한동안 되돌아가 있었다. 나야말로 탬버린 맨에게 노래를 부탁하는 사람이었고, 갈 곳을 모르는 사람이었다. 그리고 깊은 슬픔의 한가운데서 놀랍도록 고통스런 욕망이 솟구쳤고, 그 남자와 그 여자의 구속받지 않는 삶의 자유를 느꼈고, 예수 같은 그 사나이와 성모 같은 그 여자가 나를 불러 자기들과 함께 떠돌자고, 자기들과 함께 자기들 나름의 정체성 탐구에 나서보자고 간청하고 있다고 느꼈다. 나는 그들이 자신들의 삶과 몸을 내가 늘 갈망하던 곳으로 건너가는 교량으로 내놓고 있음을 느낄 수 있었으며, 내 속 깊은 곳에서 뭔가가 꿈틀대고 있음을 느꼈다. 그 뭔가는 내가 억눌러서 밀어냈다고 여겼으나 사실은 아직 거기 존재하고 있던 나의 미국적 분신임에 틀림없었는데, 그것은 이 사람들이 누구인지 알고 그들이 어디서 왔는지 그리고 그들이 어떻게 거기 오게 되었는지를 이해한 것이다. 불현듯 한순간에, 나와 그들의 마음속의 뭔가가 내게 그들의 탐구의 여정에 동참하라고 속삭이듯 청했다.

노래가 점점 잦아들고 사라지면서 나는 그 마력에서 풀려났다. 여자는 눈을 떠서 우리를 보고 미소지었는데, 돌연 나는 그녀가 그날 아침 급히 입은 그 집시 옷 속에 브래지어도 속옷도 전혀 입지 않았으며 그 겉옷 속은 완전히 맨살이라는 것을 알아차렸다.

그러자 그녀는 우리에게 말을 걸었다. 그녀는 새처럼 머리를 한쪽으로 젖히고 우리를 훑어보더니 물었다. "잔돈 있으세요?"

"뭐라고요?"

"잔돈 좀 있냐고요?"

나는 즉시 대답하지 못했다. 아, 나는 그녀의 말을, 그것이 의미하는 바를 알아차렸다. 내 속에서 대공황기에 쓰이던 "형씨, 한푼만 보태주겠소?"라는 그 유명한 구절이 울려퍼졌다. 정말 어이없는 일은 그녀가 실제로 우리에게 돈을 요구하고 있다는 사실, 담황색 머리에

건강하고 성자 같은 이 미국인들이, 푸른 눈의 이 아름다운 사람들이 거지 행세를 하고 있다는 사실이었다. 내가 떠나온 인종차별주의적 라틴아메리카에서는 옅은 빛의 눈과 금발과 흰 피부는 특권을 보장하는 신분증이자 상류계급 출신의 증표였으니, 이런 행운을 입고 태어난 사람 가운데 누구도 거리에서 구걸하는 신세가 되었다는 이야기를 들어본 적이 없었다.

우리 라틴아메리카 걸인들은 『노트르담의 꼽추』의 '기적의 법정'(빅또르 위고의 이 소설 속에서 여주인공이 끌려가는 무시무시한 지하 심문소·감옥—옮긴이)에서 기어나온 것처럼 더럽고 불구이며 굶주렸으며 고약한 냄새가 났다. 그들이 신을 안 신은 것은 돈이 없기 때문이다. 그들이 다 떨어진 옷을 입고 있는 것은 가난 때문이지 유행 때문이 아니었다. 내가 한끼 먹이려고 집에 데려왔다가 나중에는 등을 돌렸던 그 아이는 대안이 없었기에 버스에서 목이 쉬도록 노래를 불렀던 것이다. 그 아이로서는 추위와 흙탕과 매질과 강간과 노숙의 처지를 벗어날 수 없듯이, 그 아이가 배회하는 싼띠아고 거리는 자기가 거기서 태어난 이래 벗어날 수 없는 또하나의 악몽이었다. 그가 볼레로를 부른 것은 그것이 죽음을 유예하는 유일한 길이었기 때문이다. 이 히피들의 가난처럼 인위적이고 자진해서 택한 것이라서 손가락 하나 까딱하면 벗어날 수 있는 그런 가난이 아니었다. 칠레의 그 거지 소년은 내 나라와 라틴아메리카 도처에서 내가 목격한 거의 모든 궁핍한 사람들과 마찬가지로 자기 계급뿐만 아니라 자기 인종에도 갇혀 있었다. 아메리카 인디언 조상의 피가 그의 얼굴과 키와 피부에 지울 수 없이 각인되어 있었다. 그 검은 용모에 그가 타고난 혈통으로 말미암아 예속의 삶을 살 운명에 처했다고, 가난이라는 삶의 굴레를 떠날 수 없다고 적혀 있는 꼴이다.

조금 전만 해도 그렇게 유혹적이던 두 집시의 행복이 돌연 모욕처럼 여겨졌다.

"한푼도 없네요." 내가 말했다. "잔돈이 없어요."

"괜찮아요." 여자가 말했다. 그러자 남자가 덧붙였다. "축복 받으시오."

내가 자리를 막 뜨려는 순간, 로드리고가 아장거리며 그들에게 다가가서 나를—그리고 나중에 안 것이지만, 안헬리까를—압도한 그 문화적 충격을 전혀 감지하지 못한 듯 아주 흥겨운 낯으로 하모니카를 가리키며 손을 내밀었고, 곧 첫 하모니카 연주 수업을 받았다. 나는 여전히 그들을 좋아하긴 했지만(어쨌건 그들은 내 아이를 얼러주고 있었다) 그들에게 은근한 우월감을 느끼기 시작했고, 내가 목격한 저 먼 곳의 고통과 비애를 그들은 조금도 알지 못한다는 생각에 푹 빠져 있었다. 나는 그들에게 다가가 그들의 눈에서 환상을 떨쳐내고 그들로 하여금 꿈에서 깨어나 진짜 세상을 보게끔 강요하고 싶었고, 억압을 종식하는 길은 체제에서 이탈하는 것이 아니라 체제를 전복하는 것이라고 그들의 귀에다 속삭이고 싶었다. 거기 선 채로, 나는 내가 누구인지 알고 있다는 사실에 구원받고 순수해지고 온전해지며 강건해짐을 느꼈다. 이 나라를 떠났을 때 나는 북(北)의 에드워드였지만 돌아올 때는 단호하게 남(南)의 아리엘이었다. 그런데 여기서의 첫날 오후에 14년간 떠나 있던 부재의 시간이 나를 얼마나 철저히 라틴아메리카 사람으로 변모시켰는가를 보여주는 증거가, 내가 줄곧 찾아왔던 그 증거가, 내가 내 유년의 땅을 다시 찾아오는 여행을 한 이유 중의 하나가 나타난 것이다. 내 반응은 뱃속 깊숙한 곳에서 우러나왔고 거의 본능적이었다. 이 양키 거리에서 흥겹게 꼼지락거리는, 저 황홀경에 흥거워하는 순진한 미국인의 발가락을 보자 자동적으로 내 가난한 동포들의 헐벗은 발의 암울한 광경이 떠올랐고, 그럼으로써 전자의 의미가 확연해진 것이다. 나는 저개발의 경험을 떨칠 수 없었고, 고향땅에 남은 무일푼의 사람들에 대한 기억에서 벗어날 수 없었다. 나는 내가 어디로 가고 있는지 안다고 속으로 말했다. 난 답을 알고 있어, 탬버린 맨 나는 길 잃은 수백만 민중을 위한 노래가 필요한 나라와 대륙으로 돌아갈 거야. 이 얼치기 히피 거지들처럼 가난을 선택할 수 있는 역겨운 호사 따위는 부리지 않는 민중의 현실로 돌아갈 거야.

몇해 후 우리가 싼띠아고 알라메다 거리를 가득 메우고 승리를 축하하게 될 그 밤이 기다리고 있다는 것을 그때의 나는 물론 알지 못했고, 저 칠레의 거리들이 미래로부터 내게 손짓하고 있다는 것을 알지 못했지만, 버클리가 내 길에 깔아놓은 바로 그 첫번째 유혹이야말로 라틴아메리카와 칠레의 인력(引力)이 내 안에 아직 남아 있던 미국인으로서의 정체성보다 훨씬 강할 것임을 일찌감치 알려주었다. 버클리에 머무는 동안 내 나라로 선택한 칠레에 나 자신을 한결 더 단단하게 묶을 것이며, 칠레로 정말 돌아가기 위해서는 아직도 나를 미국에 묶어두는 마지막 고리인 영어를 나 자신에게서 제거할 필요가 있음을 마침내 깨닫게 될 것이었다.

그러나 이런 식으로 이야기를 하면 가장 흥미로운 부분은 빼먹는 셈이 된다. 고향으로 돌아가는 여정은, 원조 히피들을 보고는 그들이 내게 가르쳐줄 수 있는 것은 죄다 무시하고 내가 이 나태한 양키들과 얼마나 다른가 하고 자축하던 그날 오후에 생각한 것만큼 그렇게 순탄하고 편치만은 않았다.

멍청한 미국인들, 엿같은 미국놈들.

그것이 내가 로드리고를 팔에 안고 묵고 있던 호텔 쪽으로(은유적으로는 머나먼 칠레 쪽으로) 돌아설 때 내가 그들을 향해 속으로 내뱉은 작별의 인사였다. 하지만 버클리에서의 일년 반의 생활이 끝나기 전에 이 두 히피의 형제자매인 미국의 젊은이들은 내게 도전하여 내 모든 신념을 흔들어놓고 혁명에 대한 나의 헌신을 시험하고 내가 영위해온 삶을 문화적으로, 성적으로, 그리고 직업적인 면에서 회의하게 만들며 나와 미국의 관계를 이해하는 방식을 심각하게 바꾸어놓았다.

우선, 바로 그날 나는 몇분 후에 내 또래의 젊은 미국인 둘을 또 만났는데 그들은 노래하고 춤추던 히피들만큼이나 논쟁의 소지가 있는 입장이었으나 좀더 점잖은 차림새에다 자기들의 정치적인 사명을 공공연하게 드러냈다. 베트남에 관한 어떤 정책에 대해서인지는 기억나지 않지만, 내 생각에 버클리 소재 캘리포니아대학에서 CIA가 학생들을 신병으로 모집하는 것에 항의하는 서명을 받는 중이었던 것 같다. 어쩌면 그것은 시의회나 히피를 '애호하는' 로널드 레이건에게 보내는 탄원서였을 수도 있다. 하나는 백인, 하나는 흑인인 두 반전운동가는 섀턱 가와 대학 사이의 길모퉁이에서 조그만 책상에 앉아 청원서에 서명하라고 행인들에게 소리치고 있었다.

"이봐요, 거기."

우리는 걸음을 멈추고 그들이 무엇에 항의하고 있는지 유심히 들었다. 십중팔구 로드리고는 차라리 하모니카를 또 한번 불어보고 싶어했겠지만 말이다.

"자, 어떻게 하시겠소?"

"미안합니다." 나는 대답했다. "우린 서명할 수 없어요."

"왜요?"

"우리는 칠레에서 왔어요."

"어디에서라고요?"

"칠레에서요. 남아메리카 말이오."

"아, 칠레."

그들 둘은 내가 자기들에게 무슨 사기를 치려 한다는 듯이, 베트남에서의 범죄적 전쟁에 반대하는 애국적인 의무에서 슬그머니 도망가려는 사람인 듯이 나를 못 믿겠다는 듯이 쳐다보았다. 그들은 내가 뉴욕 출신이라는 것을, 발음이 그렇다는 것을 알아차렸고, 나처럼 영어를 하는 라틴아메리카 외국인을 만난 적이 없었던 것이다.

"정말 칠레에서 온 거요?"

"그렇소." 나는 내 말투에 리키 리카도(Ricky Ricardo, 1950년대 미국의 인기 씨트콤 시리즈 「I Love Lucy」에 등장하는 남자 배우—옮긴이)식 액센트를 살짝 가미하고 싶은 유혹을 억눌렀다.

그들은 서로 쳐다본 후 다시 나를 쳐다보았다.

"글쎄요, 당신이 어디서 왔건 무슨 상관이요. 당신은 어쨌건 서명할 수 있소. 여긴 미국이란 말이오."

그의 말이 옳았다. 내가 무엇을 두려워하고 있었던가? 내가 안헬리까를 쳐다보자 그녀는 살짝 고개를 끄덕였고 내가 서명하는 것을 지켜본 후 자신도 서명했으며, 우리는 운동에 쓰라고 인심쓰듯 그들에게 2달러를 주면서 이런 대의야말로 잔돈을 기부할 명분이 된다고 느꼈다.

우리가 돌아서 갈 때, 흑인 운동가는 연대의 표시로 주먹을 치켜올렸고 백인 운동가는 잽싸게 V자 신호를 그려보이며 "지금 평화를"이라고 말했다. 그리고 그날 오후 두번째로 나는 모퉁이에 있던 그들에 대해서만이 아니라 방금 저 아래서 헤어진 다른 젊은 미국인들에 대해서도 한가지 깨달음을 얻었다.

이들은 나의 미국으로의 귀향을 환영하는 내 세대였던 것이다. 그들은 나처럼 '애모스 앤 앤디' 라디오 쇼와 에스더 윌리엄즈(E. Williams, 수영선수 출신의 미국 여배우로 1940~50년대에 대단한 인기를 누렸음─옮긴이)가 출연한 영화와 저속한 농담을 즐겼고, 「와일드 원」의 말론 브랜도와 「이유 없는 반항」의 제임스 딘을 우상화했으며, 1940년대의 스윙(swing)과 50년대 폭스트롯(fox-trot)의 관능적인 음색으로부터 리듬앤블루스와 재즈를 거쳐 60년대의 저항적인 록음악으로 이행하는 음악적 발전과정을 함께 겪은 세대였다. 그들은 소비재 상품이 쏟아져 나오고, 맛은 다 같지만 포장은 각기 다른 수백 가지 상표의 씨리얼이 넘쳐난 세대였고, 그들은 세상을 언제나 똑같은 방식으로 구원하고 어떤 딜레마이건 다 해결할 수 있는 노하우가 있다고 믿는 낙천적인 영웅을 떠받들었으며, 그들은 내가 그랬던 것처럼 아이 적에 미국의 꿈을 받아들였다가 나와는 다른 어떤 이유 때문에 그들이 태어난 나라를 부인할 수밖에 없었던 세대였다. 뉴욕에서 추방되었기에 나는 그들의 반란에 참여할 기회가 없었다. 하지만 내가 추방되어 전세계를 뒤흔들고 있던 민족해방전쟁의 한복판에 안착했다는 사실은 전형적인 미국아이였던 나로 하여금 몇년 후 미국에서 그들이 어떤 식의 반응을 보일지 머나먼 칠레에서도 예상할 수 있게끔 해주었으니, 그들은 자기들의 이름으로 전세계 곳곳에서, 특히 베트남에서 자행되고 있던 참사에 대해 그들 자신의 생명을 걸고 반빌하고 있었던 것이다.

그러므로 나의 반미사상은 탈선적인 것이기는커녕 정상적인 것이었고, 그들의 미국이, 나의 미국이 수치스럽게도 세계의 깡패가 되고 말았음을 예견하는 것이었다. 비참한 삶에서 벗어나지 못한 절대다수의 인류가 요구하고 있는 것은 독립——그래, 그리고 행복의 추구——이었을 뿐이고, 이런 요구들은 바로 내가 택했던 나라이자 그들의 고국이 모든 인간의 타고난 권리라고 독립전쟁 동안 최초로 선언한 것들이었다. 그들의 분노와 마찬가지로 나의 분노는 독재자들에게 자금을 대고 경찰에게 고문하는 법을 가르치고 해병대를 보내 대저택의 부자들을 안전하게 보호하고 가난한 자들을 움막에서 비참하게 살도록 한 나라가 바로 제퍼슨의 나라라는, 믿기지 않는 역설에서 비롯되었다. 내가 그랬던 것처럼 내 앞에 있는 이 젊은이들은 미국 특유의 자유라는 이상을——지금 미국이 꾸바와 베트남과 콩고와 칠레를 다루듯 한때 미국을 엇나가는 부랑아처럼 다룬 머나먼 식민제국 영국의 면전에서 과시한 독립선언문을——척도로 삼아 미국을 평가하고 있었다. 우리는 미국이 남북전쟁 중 노예제에 대항해 싸웠듯이 전세계의 무산자들과 더불어 싸우기를 원했고, 미국이 나찌즘에 대항하는 선의의 전쟁 동안 그랬듯이 해방을 지지하는 군대가 되기를 원했으며, 미국이 이민들에게 관대했듯이 세계에 대해 관대하기를 원했고, 네이팜탄이 아니라 미국의 자유를 수출하기를 바랐다. 그래서 미국이 이러한 이상에 따라 살지 않을 때, 우리는, 나와 이 두 젊은이와 미국 전역의 수많은 사람들 모두는, 우리의 믿음이 짓밟혔다고 느꼈다.

하지만 그들은 여기 붙박혀 있었고 나는 멀리 떠나 있었는데, 그들은 나 대신 선한 미국에 대한 신념을 간직했고, 미국이 상징하는 바를 저버린 자들로부터 그런 미국을 구출하려는 이 행진에 나섰다.

내가 도착한 첫날 오후 나는 특별한 환영선물을 받은 것이다. 두 히피와 두 운동가의 모습에서 나 자신의 운명을 보고, 나 자신일 수도 있었을 인물을 잠깐 동안 볼 기회를 가진 것이다. 매카시 덕택에 미국에서 쫓겨나지 않았더라면 나는 신을 신지 않은 채 하모니카를 불며 밥 딜런의 노래에 맞춰 춤추거나, 정말로 신발이 없어서 저항하고 있는 지구 저편의 사람들을 살육하고 있는 전쟁을 끝내라고 미국의 양심에 외치고 있을 것이다. 정말 그러고 있을 것이다. 내가 미국을 떠나지 않았더라면 나는 오늘날의 미국에 대한 이 두 형태의 저항 가운데 하나를 받아들였거나, 아니면 버클리 같은 곳에서 내 정체성을 찾고 있었을 것이다.

몇달 지나서 나는 저항적인 미국인들의 두 대안——물러남과 참여——사이의 경계가 첫날 오후에 여겨졌던 것만큼 선명하게 갈라지지 않는다는 것을, 미국의 위기에 대응하는 이 두 관점이 내 세대의 대다수 남녀들의 삶과 교차하고 뒤섞이며 혼합되고 있다는 것을 발견할 수 있었다. 왜냐하면 일상생활에서 정치를, 정치적인 것에서 개인적인 것을, 문화혁명에서 정치혁명을 분리하기를 거부하는 것이야말로 그들 대다수의 특징적인 면모였기 때문이다. 하지만 나는 이를 즉시 간파하지는 못했다. 내가 문화적인 것이라 부르는 도전이, 내 삶을 구상하고 조직하는 방식에 대한 도전이 내 마음속에 의문을 심어놓는 데는 다소 긴 시간이 걸렸다. 하지만 그 도전은 결국, 미국과 세계의 행로를 영구히 바꾸어놓을 기세로 미국 전역에서 터져나오던 정치적 운동보다 훨씬 더 집요하게 나의 신념에 영향을 미치고 내 미래를 탐사하게 된다.

적어도 그때는 그렇게 여겨졌는데, 우리는 바로 당일인 1968년 3월 31일에 그 문화적 도전을 경험하게 되었다. 약간의 잔돈을 얻으려던 히피족과 민중권력을 주장하는 사람들 모두를 각자의 길모퉁이에 남겨둔 채, 우리는 뭔가 좀더 실용적인 것을 사러 대학의 구내 매점에 갔다. 약간의 기저귀(소비주의의 끔찍한 폐해에 대해 히피들이 무슨 말을 하건, 일회용 기저귀란 얼마나 놀라운 물건인가!)와 유아식(그것을 제조한 회사가 베트남 파병 미군에게 식품을 공급하는 업체라고 해도)을 산 후, 우리는 간단한 저녁으로 핫도그를 단숨에 먹어치웠다. 나는 핫도그를 좋아했다. 14년간 나는 기름진 핫도그와 '원더' 표 흰 빵과 밝은 색의 겨자 없이 지냈던 터라서, 그날 아침에 이미 아침식사로 핫도그 두 개를 먹었다. 쌘프란씨스코행 비행기가 로스앤젤레스에 잠시 섰을 때 나는 안헬리까가 당황하면서도 동정적으로 지켜보는 가운데 핫도그를 사러 달려갔으나 그것만으로 족하지 않았던 것이다. 나는 핫도그를 하나 더, 그것도 즉시, 먹어야 했고, 그런 다음에 우리의 호텔 방으로 들어가 텔레비전을 켰다. 웨스트모어랜드(Westmoreland, 베트남전에서 미국에게 결정적인 타격을 안겨준 월맹군의 테트 공세 당시 미군 사령관─옮긴이) 장군이 파괴적인 1월 테트 공세에 대한 대응으로 엄청난 규모의 증원군을 요청해 린든 존슨이 베트남 확전(擴戰) 성명을 발표할 예정임을 알고 있었기 때문이다. 그런데 바로 그때 미국 대통령이 세상사람들에게 재선 출마를 포기하기로 결정했다고 말하는 소리를 들었다.

이전에 하나의 미국이 나를 쫓아냈었는데 이제는 다른 미국이 또

다른 선물을 가지고 기다린 것이다. 그 선물이란 싼또도밍고를 침략했고, 머나먼 칠레의 이름없는 지식인들의 반미위협을 묵살할 수 있었던 바로 그 존슨이 내가 만일 이곳에 남았더라면 그 일원이 되었을 이 반란적인 세대에 의해 권좌에서 밀려났다는 소식이었다.

하지만 그것이 나를 반긴 유일한 미국은 아니었다.

칠레 학자들을 초대하는 라틴아메리카 연구쎈터의 한 여직원이 공항에서 우리를 기다리고 있었는데, 이 만남은 앞서 언급한 만남들보다 훨씬 덜 상징적이며 덜 정치적이었다. 그녀는 우리를 차에 태워 버클리 주변을 돌면서 우리가 살 만한 집을 물색한 후 우리를 호텔에 내려주었다. 그녀는 작별인사를 하더니 내게 차열쇠를 건네주었다. 쎈터 소유의 차였는데, 내가 주말 동안 사용하도록 기꺼이 빌려주겠다는 것이다. 차는 천천히 돌려줘도 된다고 했다.

안헬리까와 나는 깜짝 놀랐는데, 그렇게 하는 것이 너무나 당연하다는 듯이, 우리가 차를 갖는 것이 당연하다는 듯이 아무렇지 않게 너그러이 베푸는 방식에 더욱 놀랐다. 칠레에서 우리에게는 차도 아파트도 침대도, 심지어 우리 것이라 할 만한 냉장고조차 없었다. 엄청나게 풍요롭고 풍족한 사회만이 그런 식으로 차열쇠를 건네줄 수 있고, 차가 사실상 타고난 권리로 여겨지는 사회만이, 오로지 그런 사회만이 아무것도—심지어 내게 면허가 있는지, 보험은 들었는지조차도—묻지 않고 모르는 사람에게 차를 맡길 수 있을 것이다.

다음날 우리는 드라이브 삼아 차를 몰고 몽고메리 워드 백화점으로 쇼핑을 가기로 했다. 호텔 직원에 따르면 거기로 가는 유일한 길은 고속도로를 타는 것이라고 해서, 나는 이를 악물고 롤러코스터를 처음 타는 아이처럼 비명을 지르며 주간(州間) 고속도로로 처음 들어섰고, 안헬리까는 있는 힘을 더해 꽉 붙잡았다. 우리 둘은 질주하는 차량들과 여러 갈래로 갈라지는 다차선 고속도로를 보고 놀랐다. 캘리포니아 고속도로를 두어 마일 가는 동안 칠레의 아득한 사막 최북단 도시 아리까에서 수천 마일 남쪽의 풀로 뒤덮인 뿌에르또 몬뜨로 이어지는 외로운 일차선 도로에서보다 더 많은 분리대와 시멘트를 볼 수 있는 것도 놀라웠다. 그러고 나서 비교적 소규모라는 그 백화점에서 싼띠아고의 상점들을 다 합쳐놓은 것보다 훨씬 더 많은 물건들을 발견했을 때의 놀라움이란! 우리에게 필요하다 싶은 물건들은 다 있었고, 필요치 않은 것들도 많았다. 그리고 거기에는 로드리고에게 필요한 것도 있었다. 그것은 간살을 두른 놀이터 겸 아기침대였다. 아이가 잘 수도 있고 장난감을 넣어둘 수도 있고 어디든 가지고 다닐 수 있는 조그마한 보금자리였다. 모양도 근사하고 편리하게 설계된 그런 기묘한 장치는 편안한 생활을 할 수 있도록 세심하게 고안된 물건으로서, 휴대 가능하고 간편하지만 칠레에서는 돈이 있어도 구할 수 없는 것이었다. 물론 우리에겐 돈도 없었지만 말이다.

구색 갖춘 갖가지 차들과 청바지와 슈퍼마켓과 여러 상표의 비누와 아기옷들을 대면하자, 내 가족이 생활하는 데 필요한 기본적인 물품들이 바로 거기에 다 있다는 가능성을 대면하자, 나는——다른 무엇보다도!——주머니 사정이 허락하는 한 내가 원하는 것을 살 수 있다는 바로 그 사실로 말미암아 돌연 어른으로 변모한 느낌이었다.

우리의 생활비는 물론 빡빡했지만, 그럼에도 그 며칠 사이에 미국에서는 당연한 것으로 받아들여지고 칠레에서는 단연코 엄두도 낼 수 없는 그 모든 기본품목들을 갖춘 삶을 꾸릴 수 있었다. 그후 몇달 동안 나는 소비주의적인 꿈을 혐오하는 히피철학을 잠시 기웃거리기도 했지만, 안헬리까와 나는 그런 대안문화적 반란은 반란자들 자신이 이미 생활의 가장 기본적인 물건들을 갖추어놓고 그것을 천부의 특권으로 받아들이는 상황에서만 가능함을 알아차렸다. 자본주의적인 꿈을 타도하자고 외쳐대기는 하지만, 그러는 동안에도 감자칩 건네줘, 아니 그런 것 말고 저쪽에 있는 꿀바베큐 맛 말이야 하는 식이었다. 칩을 먹으면서 싼띠아고에서라면 억만장자나 외교관의 아들만이 갖고 있을 유모차 안에서 로드리고가 편안하게 있도록 챙기는 식이었다. 미국의 풍요가 제3세계 민중의 궁핍을 기반으로 세워진 것은 비난할지라도, 나는 이 진기한 물건들을 박탈당하지는 않을 터였다. 그렇게 오랜 동안 막대사탕을 조금씩 아주 조금씩 빨아먹을 수밖에 없었던 내가, 잡지에서 켄터키 프라이드 치킨에 관해 읽었던 내가, 이제 진짜 쌘더스 대령(KFC 앞에 세워진 할아버지 상—옮긴이) 앞에 서서 '테이크 아웃' 통닭을 주문할 수 있게 되었으니, 일년 반의 짧은 체류 동안 이런 자잘한 기쁨들을 포기할 마음이 없었다.

대량생산 상품에 대한 사이비 금욕주의적 거부가 내게는 그리 큰 매력은 아니었다면, 버클리에서 우리 가족 주위에 폭넓게 포진한 젊은 남녀들이 현대사회의 인습적이고 억압적이며 판에 박힌 합리성에 이의를 제기하는 방식이야말로 내 존재에 깊은 충격을 주었다. 그들이 '이 체제는 파산했다'고 선언하는 전세계 수백만의 사람들과 같은 목소리를 낸다는 것, 그들이 아래 혹은 외부에서 내일 그들을 해방해줄 어떤 사람이 나타나기를 기다리는 것이 아니라, 개인의 자유가 모든 사회변화의 초석이라고 주장하는 그런 운동을—자신들의 삶을 통해 실험하면서—바로 지금 바로 여기에서 시작하고자 한다는 것이 커다란 충격이었다.

버클리에 도착했을 때 안헬리까와 나는 정치적으로 우리 자신을 극히 혁명적이라고 여겼지만, 우리의 실생활, 즉 우리가 사는 방식과 우리가 따르는 규칙과 우리의 개인적인 열망은 상대적으로 인습적이었고, 심지어 부르주아적이라 불릴 수도 있었다. 새로운 미래를 열겠다는 우리의 열화와 같은 선언에도 불구하고, 또 가족과 친구들 대다수가 우리를 기이할 정도로 자유분방하다고 여겼음에도 불구하고, 우리가 몸담은 칠레 사회는 차분하고 조용하며 따분했다. 우리는 외국에서 찔끔찔끔 들어오는 대항문화적 예술과 조류와 사상, 패션과 음악과 책과 영화를 소비하는 사람들이었지만, 우리의 존재가 과거의 나른한 리듬으로부터 정말로 분리된 것은 아니었다. 그러다 이제 세상에서 가장 히피적인 버클리에 오니, 솔직히 말해서 싼띠아고가 문화적으로 신나는 일이라고는 전혀 일어나지 않는, 세상에서 가장 외진 곳에 위치한 정체된 지역, 소심하고 둔한 도시처럼 보였다. 찍찍거리는 음반을 틀어놓고 싸코와 반제띠(Sacco and Vanzetti, 무정부주의사상을 가진 이딸리아 이민들로서 살인 누명을 쓰고 1927년 처형됨. 이 사건은 '적색 공포' 시기 미국사회의 보수성에 대한 뜨거운 논쟁을 불러일으켰다—옮긴이)에 관한 노래를 흥얼거리는 것과, 내가 다름 아닌 존 바에즈 자신과 1만명의 형제자매와 함께 바로 그 노래를 부르는 것은 전혀 다른 경험이었다. 내 귀가 그 모든 꽃들은 어디로 사라졌느냐고 묻는 피트 씨거(P. Seeger, 60년대 시민권운동 당시 유명한 저항가수—옮긴이)의 구슬프면서도 희망찬 목소리를 빨아들일 때나, 내 다리가 필모어 웨스트에서 그레이트풀 데드(Grateful Dead, 60년대 반체제적·히피적 록그룹—옮긴이)의 연주에 후들거릴 때나, 내 입술이 마리화나를 한 모금 빨고 '하나, 둘, 셋, 넷, 뭘 기다리고 있냐'고 재촉하는 피쉬는 말할 것도 없이 컨트리 조에게 그걸 건네줄 때(Country Joe and the Fish, 1960년대 쎈프란씨스코를 무대로 활동한 록밴드—옮긴이)의 느낌도 마찬가지였다. 칠레의 벨벳 안락의자에서 마르쿠제(Herbert Marcuse, 1968년 미국 학생운동의 지주 역할을 한 비판이론 사상가—옮긴이)를 읽는 것과, 쾌락을 억압하는 사회에서 쾌락이 혁명적일 수 있다는 생각을 하나씩 실천하는 다수의 젊은이들 속에서, 그럴 배짱이 있다면 그같은 생각을 실행해보라고 이 사람 저 사람에게 도발하는 사람들 속에서, 그의 이론이 생동하는 것을 지켜보는 것은 전혀 별개의 문제였다. 우리 둘 모두 고향을 떠나 살아보는 것은 처음이었고, 가족과 직업과 공부와 친구와 일과표와 처세방식의 제약에서 벗어나는 것도 처음이었다. 새로 사귄 미국 친구들이 개방적이고 관대한 태도로 그들의 자유분방한 삶 속으로 우리를 초대했을 때, 우리는 진정으로 해방된 느낌이 들면서도 진짜로 겁이 났다.

어느날 갑자기 우리는 새로운 종류의 남녀들과 맞닥뜨린 것이다. 그들은 모든 형태의 권위에 반항하고, 가족에서부터 시장, 두뇌에서 아이 양육에 이르기까지 모든 것이 구성되는 방식에 의문을 제기하고, 자신의 육체는 부모나 상사의 소유물이 아니기 때문에 그 육체로 자신이 원하는 것을 뭐든 할 수 있는 권리를 주장하며, 그들이 원하는 상대와 원할 때는 언제든지 성교하면서 황홀경과 정분을 강화시켜주는 것이라면 어떤 것이든 몸 속에 삽입할 수 있는 권리를 거침없이 주장했다. 그들의 이런 시도에 위험이 따른다는 것은 의심의 여지가 없었지만, 그 위험 역시 그들이 내게 행사하는 자력(磁力)의 일부였다. 그 끔찍한 흡인력은 그들이 자신의 벼랑 끝에서, 바로 역사의 벼랑 끝에서 춤추면서 죽음과 자기파괴의 위험을 기꺼이 감수하고 순간순간을 열광적으로 즐길 때의 불경스러운 유희로 인해 한층 고양되었다.

일년 반의 기간 동안 우리는 그 회오리 속으로 뛰어들었지만, 빠져나오지 못할 정도로 격렬히 몰입한 것은 아니었다. 그것은 우리가 라틴아메리카로 돌아갈 것을 알았기 때문이거나, 우리의 놀이에 참가할 수 없는 수백만의 맨발의 사람들의 모습이 사뭇 내 마음에 걸려 파티를 망쳤기 때문이거나, 어쩌면 더 빠져들지 않도록 나를 만류하는 안헬리까의 신중함과 현실적인 성격 때문이었을 것이다. 그녀가 버클리에서 맺은 인간관계는 칠레의 위선적이고 억압적인 중산층 사회에서 발견되는 그 어떤 것보다도 훨씬 더 진실하고 고무적이고 민주적이었지만, 그런 매력조차 지상에 굳건히 뿌리내린 그녀의 현실적 전망을 저버리게 만들지는 못했다. 그녀는 이런 식으로 벼랑 끝에서 영원히 살 수 없으며, 버클리에서의 우리 삶이 인위적이고 일시적인 것이므로 고향에 돌아가 시험해보아야 한다고 생각했다. 우리가 고향에 돌아갈 때에만 우리 속에 깊이 자리잡아 칠레와의 충돌을 견디고 살아남을 수 있는 것이 무엇인지 알 수 있다는 것이었는데, 칠레는 따져보면 아주 보수적인 관습을 지닌 나라였던 것이다.

하지만 버클리 체류기간이 반쯤 지난 어느 땐가, 이런 생각이 우리 둘에게 떠올랐던 적이 있었다. 그날 우리가 하던 일을 멈추고 거의 동시에 고개를 들고는 만약 여기 머문다면, 돌아가지 않는다면 어떻게 될까 생각했다. 우리는 여기서 행복해라고 서로에게 눈으로 말했다. 나는 안헬리까가 환한 얼굴로 춤추는 모습을 보며 소리없이 말했고, 그녀는 미키 맨틀(M. Mantle, 1950~60년대 미국의 유명한 야구선

수—옮긴이)이 누구인지 아는 미국인들 속에서 너무도 편하게 있는 나를 지켜보며 소리없이 말했다.

그런 생각이 실현 가능성에 대한 어렴풋한 무언의 암시 이상으로 나아가지 못한 것은 두 가지 사건 때문이다. 그 하나는 정치적인 것이었고 다른 하나는 문학적인 것이었다.

영어가 아직도 내 정체성의 토대임을 발견했더라면, 내가 계속 머물려고 했을지 누가 알겠는가. 칠레에서 스페인어는 일이나 여행을 할 때 나의 동반자였고, 친구를 만나고 안헬리까를 사랑하고 라틴아메리카의 내 세대와 더불어 우리가 도대체 누구인지 이해하며 세상을 변혁시킬 꿈을 꾸는 자리를 차지하고 있었던 반면, 영어는 점차 나 자신과 주고받는 사적인 대화의 위치로 밀려나 있었다. 버클리에서 상황은 거의 정반대로 뒤바뀌어 있었다. 모든 난관을 무릅쓰고 온갖 무리를 하면서 내가 칠레에서 명맥을 유지시켰던 영어가 버클리의 일상생활에서 기쁨으로 생동한 반면, 스페인어는 내가 라틴아메리카 현대소설에 관한 에쎄이를 힘들여 집필하는 저 격리된 책상머리로 물러났다. 스페인어로 책을 쓰는 6개월 동안, 영어가 나를 불러내어, 미국의 활기찬 일상어를 통해 자기 속에 주입된 새로운 에너지가 내 소설 속으로 흘러들 것이라고 약속하는 것을 느낄 수 있었다. 마침내 에쎄이들을 완성하여 쌘띠아고의 편집자에게 부친 후, 나는 눈부신 비약을 기대하며 단편소설 집필에 착수했다. 하지만 종이 위에서 나를 바라보는 언어는 과장되고 답답하며 정체된 산문이었다. 그것은 어떤 막막한 외딴 무인도에 거주하는 듯한 지극히 현학적인 영어로서, 쌔뮤얼 베케트 소설에 나오는, 암에 걸려 콜록거리는 식객이나, 누구도 감히 쫓아내지는 못하지만 제풀에 지쳐 마침내 죽기를 바라는 친척과도 같았다. 내 영어에 활기를 불어넣는 유일한 방법이 있기는 했다. 그것은 거리에서, 침실에서, 소풍에서, 행진에서, 상상이 아닌 실제의 캘리포니아의 토론에서 터져나오는 언어의 떠들썩한 창조성에 영어를 열어두는 것이었고, 나 자신을 백인으로서의 자아에, 나의 미국적 자아에 열어놓는 것이었다. 그러나 나는 그렇게 하지 않고 타자기에게 이렇게 토로했다. 나의 라틴아메리카적 경험을 표현하기 위해 영어로 더 깊이 뛰어들려는 노력을 하는 대신에, 괴상한 인위적 발걸음을 다시 한번 떼는 대신에, 만일 내가…… 만일 내가…… 하면서 영어로 문장을 쓰고 있던 도중에 별안간 결정이 내려졌을 때, 어떤 깨달음이 의식 속으로 비집고 들어왔을 때, 그것은 부인할 수 없는 것이 되었다.

그 기나긴 세월 동안 나의 스페인어를 옥죄는 데 동원된 그 모든 에너지가 이제는 내 삶의 연인이었던 영어를 추방하려는 맹렬하고 광적인 결단의 형태로 나타났다. 유년시절 그 병원에서의 제스처를 20년이 지나 다시 반복함으로써, 옛날 뉴욕에서 보였던 바로 그 반응을 버클리에서 재연함으로써, 나는 이때껏 고독의 피난처로 삼았던 그 언어와의 관계를 결연히 끊어버리고, 공동체와 나를 연결해줄 언어를 껴안았다. 그 공동체가 자신과 나를 위해 새로운 역사를 상상하고 있던 시점에서 나는 하나의 일관된 존재가 되기를 선택한 것이다. 나는 자신에게, 그리고 듣고자 하는 누구에게나, 살아 있는 한 다시는 영어를 한마디도 쓰지 않겠노라고 말했다.

나는 어디에서 왔는가?

그날 캘리포니아 버클리에서 타자기 앞에 앉아, 스페인어와 영어 사이에 위태롭게 균형을 잡으면서, 내가 얼마나 특이한 이중문화적

인간인지를 아마 생전 처음 완전히 의식했지만, 내가 일부는 양키이고 일부는 칠레 사람이며 약간은 유태인이자 중심을 찾아나선 하나의 메스띠소(백인과 아메리카 인디언 사이의 혼혈아—옮긴이)라고, 즉 '잡종'(hybrid)이라고 대답할 만큼 성숙하지 못했으며, 혹은 그럴 만한 감정적·이념적 공간을 갖지 못했고, 십중팔구 그런 어휘도 알지 못했다. 나는 분열되어 있는 내 정체성의 신비를—어디서나 우리에게 단일한 목소리를 내고 티없이 순수할 것을 요구하던 시절에, 두 언어를 사용하고 이중의 국적을 갖는 존재의 심연을—정면으로 바라볼 수 없었다. 세계 각지에서 사람들은 빵과 주택과 존엄성에 대한 권리를 위해 싸우다 죽어가고 있었고, 언젠가는 그런 종류의 정체성 문제를 자문할 만큼 여유를 누릴 수 있는 권리를 위해 죽어가고 있었다. 때는 극단적인 민족주의가, 전부가 아니면 무, 이것 아니면 저것이라는 식의 양자택일이 판을 치던 1960년대였다. 미묘한 차이, 복합성, 이질적 정체성의 수수께끼를 풀기 위한 영혼의 탐색에 적합한 때는 아니었다. 당시는 이쪽 사람이 아니면 저쪽 사람이고, 영혼과 세상의 부를 위한 투쟁에서 우리 편이 아니면 적의 편일 수밖에 없었기 때문에, 영어에 대한 애착을 나의 일상적 존재와 정치적 선택으로부터 떼어놓았던 정신적 양동작전은 결국에는 작동할 수 없었다. 나는 자기 정체도 모르는 채, 자기 내부와 외부의 두 아메리카에 의해 찢겨진 세계에 표류하며 양자 사이에 낀 젊은이가 되고 싶은 마음이 없었다. 그 시점에서 나는 두 언어가 어떻게 다른지, 서로가 어떻게 보완되고 상충하는지, 영어가 나를 이런 종류의 작가, 이런 종류의 인물이 되게 하고, 스페인어가 나를 또다른 종류의 사람으로 만드는 그 미묘한 방식에 대해 자문하고 싶은 마음조차 없었다. 서로 경쟁자인 두 언어는 내 생애 내내 분리되어 있었는데, 이제 내가 두 언어의 자리를 다시 바꾸고 있었기에, 여느 때보다 더욱 그것들이 서로에게서 격리되어 있기를, 연관되지 않고 구획화된 다른 우수에 속해 있기를 원했다. 마치 그 둘을 비교하기만 하면 내가 치유할 길 없이 이중적이라는 것을, 그 두 언어가 공유하는 오염된 중간지대가 있어 거기서 각각의 언어가 서로를 검사하고 접촉하고 있다는 것을──그리하여 내가 "버스를 놓쳤다"(I missed the bus)고 말하는 대신 "버스가 가버렸네"(se me fue la micro)라고 말할 때 변하는 것, 즉 영어와는 달리 스페인어에서는 버스가 아무 잘못도 없는 나를 두고 그냥 떠나버린 것이 된다는 사실을 인식하기를 요구한다는 것을──받아들이지 않을 수 없는 것처럼. 하지만 나는 그런 것들을 알고 싶지도, 생각하고 싶지도 않았다. 당시의 나는 나 자신이 그토록 일방적이고 격렬하게 껴안았던 스페인어로 말하고 글쓰는 방식을 면밀히 들여다볼 마음이 없었다. 그것은 영어의 은폐되고 오염된 영향력이 끈질기게 살아남아 내 의식 속으로 넘쳐흐르면서, 스페인어의 모든 단어들을 머나먼 이국의 언어처럼 판단할까봐 두려워서 그랬다고 나는 생각한다. 그러나 두 언어가 내게 어떤 식으로 영향을 미쳤는지 깊이 생각하지 않겠다는 나의 기계적인 결정에는 그 이상의 이유도 있었을 것이다. 왜냐하면 사실 지금도, 내가 두 언어 속에서 즐겁게 유영(遊泳)하는 지금도, 어디서 한 언어가 끝나고 다른 언어가 시작되는지, 어떻게 두 언어가 겹치는지를 분명히 해두려는 시도만 해도, 마치 내가 금기를 깨고 있는 듯, 언어의 차이에도 불구하고 나를 통합해주는 그 신비한 중심에 너무 근접하는 듯, 극심한 불편을 느끼기 때문이다.

그러므로 어떤 비교도 삼가는 것이 더욱 절실한 명령이 되었다. 나는 손상되지 않은, 갈라진 틈이 없는, 온전한 존재가 될 필요가 있었고, 그것이 이 전쟁에 참여하여 살아남는 길이라고 스스로에게 타일렀다. 그것이 내 나라 민중이 내게 요구하는 것이라고 스스로에게 타일렀다.

이러한 정치적 각성은 나를 칠레에 묶어두는 두번째 연결고리였고, 그것은 1968년 10월 하순의 어느날 밤, 왜 미국의 혁명이 실패할 수밖에 없는지를 이해하게 됨으로써 더욱 촉진되었다. 그날 밤 신좌파운동의 진정한 한계가 내게 드러난 것이다.

그날 아침 일찍, 나는 수강하고 있던 셰익스피어 후기비극에 관한 훌륭한 강의가 열리기로 되어 있는 대학강당 앞에 길게 늘어선 피켓라인에 우연히 다가갔다. 학생운동가들이 어떤 명분으로 수업거부를 요구했는지 아무리 생각해도 기억나지 않지만——언론자유운동이나 제3세계 연구 프로그램과 관련된 어떤 사안이었을 것이다——내가 수업거부를 존중한다면 무지하게 좋아한 셰익스피어 강의에 갈 수 없다는 것, 벽지인 칠레로 돌아갔을 때 자유로운 토론이 이루어지는 지적인 공간을 놓쳐버린 것을 애석해할 것이라는 것, 명상과 자기수련 삼아 참가하고 있던——그날 오후에 일정이 잡혀 있던——가라테 교습에 빠지게 될 것도 알았기에 피켓라인 앞에서 망설였던 것은 확실히 기억난다.

그때까지 미국의 시위에서 내 역할은 방관자적인 것이었고, 존슨 대통령이 재선에 출마하지 않겠다고 텔레비전에서 선언하는 광경을 본 순간부터 기본적으로 달라지지 않았다. 당시 나는 환호했고 이후에도 계속 환호하면서 때때로 시위대 옆에서 고함을 지르거나 그 현

312

장을 머릿속에 기억해두거나 슈퍼-8카메라로 찍는 등 간접적으로 참여함으로써 정치적 행동을 격려했다. 나는 마틴 루터 킹의 죽음을 애도했고 프랑스와 프라하와 멕시코에서의 진압과, 미국에서 그렇게 많은 시위를 불러일으킨 경찰의 야만성을 거부했지만, 보안요원들의 주목을 끌지 않도록 극히 조심했다.

이것이 나의 운명 같았다. 칠레에서는 아르헨띠나 사람이었고 여기서는 칠레 사람이니, 언제라도 추방될 위험과 외국 여권이 나를 짓누르고 있었다. 그래서 나는 사람들의 머리가 깨지고 농성자들이 강제해산당하고 궁지에 몰린 소녀들이 '돼지들'(이러한 언어적인 비인간화가 적을 정확히 표현하기보다 우리 자신의 정신을 마비시키지 않을까 의심하였기에 나는 그들을 이렇게 부르면서 불편함을 느꼈다)에게 질질 끌려가는 것을 지켜보았다. 나의 참여는 언제나 은밀하고 간접적이었고, 일부 시위자들이 겪고 있는 고통을 알고 있었기에 나의 열의는 어쩔 수 없이 한풀 꺾였다. 저 먼 안전한 칠레에서라면 베이비붐 세대의 젊은이가 징병용지를 불태우는 기사를 읽을 때마다 쉽게 유쾌한 기분을 느꼈겠지만, 여기 버클리에서 그 용지는 벗들의 것이고, 여기 버클리에서 저 벗들은 손쉬운 해결책이 전혀 없는 도덕적 딜레마로 고심하고 있었다. 한 친구는 감옥에 가기보다는 징병에 응할 것을 마지막 순간에 결정했고, 또 한 친구는 관심도 없고 학비도 없는데 대학원의 연구 프로그램에 들어가기 위해 필사적으로 노력했으며, 행진(나는 행진을 정말 좋아했다!)하면서 만난 또다른 친구는 어느날 한밤중에 우리 아파트 문을 두드리며 캐나다로 가는 데 도움이 될 약간의 돈을 얻으러 왔다. 역사는 바로 여기서, 바로 지금 이루어지고 있었는데, 내가 기여할 방법은 이 역사의 합창에 희미하게나마 내 목소리를 보태고, 인간띠에 몸 하나를 더하고, 필요할 때 잔돈 몇푼을 보태주는 게 고작이었다.

그러니 저 피켓라인은 속죄의 뜻으로 최소한의 뭔가를 바칠 수 있는 최초의 기회였다. 나는 고상하게 뒤돌아서서 집으로 갔다. 안헬리까에게 사정을 말하자, 그녀는 나를 바보라고, 도덕군자 같은 바보라고 했으며, 그래도 바보는 바보라고 덧붙였다. 내가 수업에 들어갔는지 않았는지 신경쓰거나 알고 싶어하는 사람은 없으며, 어쨌거나 내일이면 학교가 다시 열리리라는 것이었다. 더 중요한 투쟁을 위해 지금은 삼가는 게 더 나아요라고 그녀가 말했다. 하지만 내가 그날 밤 수업거부를 하는 학생들의 공개회의를 살펴보러 갈 것이니 새벽까지 돌아오지 않더라도 걱정하지 말라고 하자 그녀는 아무 말도 하지 않았다. 셰익스피어와 일본무술을 화장실 물 내리듯 포기할 만한 가치가 있었는지 내가 직접 판단할 필요가 있음을 그녀는 알고 있었다.

2백명의 운동가들이 쌔서 게이트 근처에 쳐놓은 바리게이트 뒤에 여기저기 흩어져서, 다음날 경찰이 해산시키러 진입할 때 어떻게 대응할지 토론하고 있었다. 폭력을 써서 저항해야 하나? 아니면 수동적 저항이 필요한가? 아니면 전혀 저항하지 않아야 하는가? 협상의 여지는 있는가? 대다수 학생들이 운동에 동조하는가, 아니면 등을 돌렸는가? 버클리와 오클랜드의 흑인들과 접촉해서 그들을 투쟁에 끌어들일 방법은 무엇인가? 회의는 밤새 이런 식으로 5시간, 6시간, 7시간 계속 이어졌다. 발언을 한 일부 학생들은 전략이 충분히 진전되지 못했다고 화를 냈고, 다른 학생들은 전략이 너무 앞서나가 자유주의자들과 노조와 교수들을 소외시키고 말았다고 마찬가지로 화를 냈다. 거의 참석한 사람 수만큼이나 많은 그룹과 분파와 분파의 분파 들이 있었다. 사회주의자 청년단과 흑표범단(Black Panthers, 말콤 엑스와 마르틴 루터 킹의 살해 후에 결성된 혁명적인 흑인 무장단체—옮긴이) 과 여러 유형의 뜨로쯔끼주의자와 공산주의자와 SDS('민주사회를 위한 학생연합'으로 1968년 학생운동을 주도한 좌파 학생연합체—옮긴이) 대표와 기억 나지 않는 다른 많은 이들이 있었는데, 어느 것 하나 합의하지 못했 다. 다만 그들은 모두 자신들의 활동을 조정하는 데 아주 조심스러 웠고 자신들의 개성을 포기하게 될까 두려워했으며, 자기들의 메시 지를 전달하는 방법이나 매스컴이 이번 사태에 주목하도록 확실한 방법을 강구하는 데 사로잡혀 있었다.

구석자리에 앉아 주의깊게 들으며 입을 꽉 다물고 있었지만, 나는 그들에게 적을 보라고, 그들의 투쟁상대인 저 괴물은 합리적이고 효 율적이며 조직적임을 알아야 한다고, 그러니 계획이나 전략이나 분 명한 목표가 없이는 승리할 가망성이 전혀 없다고 일어나 소리치고 싶었다. 내 생각에 이 운동가들은 전형적으로 미국적인 함정에 빠져 있었다. 그들 자신과 자신의 올바름에 너무 빠져 있었고, 모든 것을 이미지에 맞게 조절하고 그 이미지를 현실과 혼동하며, 자기들이 텔 레비전에 방영되는 최초의 혁명가가 되기를 너무도 절절히 바란 나 머지, 사진발이 잘 받는 순간들을 만들어내지만 그런 순간들을 자기 들이 통제하지는 못하는 것이다. 나는 그들에게 열정과 도덕적 우월 성으로는 충분하지 않다고, 결코 충분할 수 없다고 말하고 싶었다. 하지만 그렇게 말해봤자 소용없었을 것이다. 그들은 전국적으로 운 동 전체를 분열시키던 한 논쟁의 양상을 그대로 반영하고 있었을 뿐 이기 때문이다.

나는 감탄과 슬픔이 뒤섞인 심정으로 그들을 지켜보았다. 이것은 혁명이 아니었다. 이것은 머나먼 베트남 사람들이 승리하고 있는 전쟁을 마무리짓는 데 도움이 될 만한 힘과 고결함은 지녔을 수 있겠지만, 권력을 잡는 것은 요원하게 보였다. 신좌파운동에 대한 나의 비판이 이 엄청난 에너지 폭발에 대한 미국 구좌파의 반응방식과 놀랄 만큼 흡사한 것임을 나는 알고 있었다. 내 아버지의 경우처럼 1930년대에 성년이 되고 억압적인 50년대에 가까스로 살아남은, 링컨 브리게이드(Lincoln Brigade, 파시즘의 확산을 막기 위해 1936~39년 스페인내전에 참전한 미국의 좌파 의용군—옮긴이) 세대는 그들이 잠재적으로도 혁명적이라고 생각해본 적이 없는 지역에서 전혀 예상치 못한 사회적 소요의 부활에 맞닥뜨린 것이다. 나는 육체적 나이에서는 히피와 SDS와 흑인권력운동 친구들과 함께 젊은 세대 특유의 권위에 대한 혐오라든지 대중의식 형성에서의 매체의 중요성을 이해했지만, 정신적 나이에서는 나는 그들보다 구세대였다. 대중운동의 경험과 칠레 아옌데파에게서 받은 교육으로 말미암아 나는 이 사람들과 동년배지만 그들의 할아버지 세대와 거의 비슷하게 느꼈다.

다음날 나는 그들이 경찰에게 쫓기는 광경을 지켜보았고, 대학건물 지붕 위에서 그들을 촬영하면서 그 필름을 칠레의 어느 벽면에 비추어보면 그들이 어떻게 보일지 그려보았다. "우리가 민중이다"라고 외치는 소리를 들었을 때, 멀찍이 떨어진 곳에서 나는 그들처럼 대중과 하나가 되려는 욕망을 느끼면서 그들의 예정된 파국을 애통해했다. 그리고 그 말이 진실이 아님을, 그들은 민중이 아님을, 그들은 민중이 아니라는 바로 그 이유 때문에 자신들을 극단적 행동과 분노로 몰아가고 있음을 이해했다. 나는 그들이 이 영화의 주인공이 아니라는 이유 때문에 자신들을 벌하고 있다는 것을 이해했다. 그들은 베트남 사람이 아니라는 이유로 스스로를 벌하고 있었던 것이다.

이 순진하고 두려움 없는 활동가들에게는 넘치는 격정과 재주, 친절과 용기가 있었다. 그들에게 부족한 것은 아무리 노력해도 만들어낼 수 없고 상상 속에서 불러낼 수 없는 그 무엇이었다. 자신들의 탓은 아니었지만, 그들에게는 그들의 혁명을 현실 속에 뿌리박을 노동계급이 없었던 것이다.

운좋게도 나는 칠레에서 왔고, 내 조국의 노동 빈민에 대한 기억이 내 속에 있으며, 전혀 다른 집권전략을 가진 운동에 속해 있었다.

여기 도착한 이래 미국인들에게 이런 논쟁적 물결이 존재한다는 사실, 그리고 나 자신의 반미적 입장이 이렇게 정당화될 수 있다는 사실 때문에 나는 열광했고 심지어 희열감까지 맛보았다. 하지만 그들의 자기중심적 저항과 자기과시적 경향과 견디기 힘든 순진성에 내가 점차 싫증을 냈다는 사실은, 옳든 그르든 내가 나 자신의 미국적 분신으로 일컫는 것, 즉 미국이 언제나 북돋았던 분신이라 할 내속의 유아적 경향을 넘어설 필요를 느꼈다는 의미이기도 했다. 또한나의 미국적 분신이 이곳을 방문하는 자유를 부여받아 지나칠 만큼누렸으나 이제는 진정한 혁명운동의 성공에 요구되는 규율과 목적과 질서에 기꺼이 복종할 준비가 되어 있음을 뜻하는 것이기도 했다. 내 세대의 미국인 남녀들이 하룻밤을 새워 장황하게 논쟁을 하고도 아무런 결실을 맺지 못하는 것을 지켜보면서, 나는 운좋게도내 고향이라 부르는 그곳과 그곳의 좀더 오래되고 좀더 신뢰할 수있고 단련된 방법과 원칙 들에 대한 그리움을 느꼈다. 나는 정말로더이상 미국 사람이 아니라는 것을 발견한 것이다.

하지만 칠레와 그곳의 덜 화려하지만 좀더 효과적인 형태의 정치 투쟁으로 돌아가게 될 사람은 버클리에 도착했던 사람과 똑같은 존재는 아니었다. 내가 신좌파의 이상에 기꺼이 유혹된 것은 내 존재의 미국적 부분의 덕분이었음이 분명하다. 가령, 내가 동일한 교환 프로그램으로 온 다른 칠레인들과 안헬리까는 도저히 근접할 수 없는 방식으로 신좌파운동의 주역들과 나 자신을 동일시할 수 있었다는 사실도 그렇다. 그러나 이런 매혹을 단지 정체성의 문제로만 환원한다면, 내 의혹에도 불구하고 왜 버클리의 이 운동이 그토록 강력하고 그 효력이 그토록 지속되는지 하는 이유를 잘못 해석하는 것이 된다.

전세계 곳곳에서 어마어마한 수의 젊은이들이 반란을 일으킨 것은 20세기 사회주의혁명이 크고작은 많은 나라에서 권력을 잡았음에도 불구하고 해결할 수 없었던 쟁점과 문제 들을 제기하고자 한 것이다. 혁명적 정당들이 인간해방을 위해 만들어낸 수미일관한 지나치게 전투적인 레닌주의 조직들이 결국에는 순수라는 이름으로 괴물을, 국가의 폐지라는 이름으로 관료주의를, 자유라는 이름으로 억압을, 그리고 국제적 연대라는 이름으로 국수주의를 만들어내고 말았기 때문에 나의 SDS 동료들이 조직과 위계질서를 의심할 이유는 충분했다.

사회주의혁명들은 막 승리를 거둔 최초의 국면에서는 예술적·성적·생활양식적 관습들을 해방하도록 고무했지만, 결국에는 어김없이—러시아와 꾸바가 그랬듯이—그러한 실험들을 탄압하고 말았다. 좌우파의 적들에게 포위되어 그들은 자신들의 탐구를 부적절하다거나 반혁명적이다거나 혹은 단지 소모적이라고 하면서 단념하고, 살아남기 위해 사회의 군사화를 진척시켰다. 이런 현상들은 사회주의혁명이 언제나 지구상에서 가장 가난하고 가장 개발되지 않은 지역에서 권력을 잡았으며, 혁명의 적들을 따라잡지 않을 수 없었으며, 근대화, 자본주의화 그리고 자신들의 방어를 위해 규율을 (그리고 결과적으로 근엄함을) 강요해야만 했던 상황의 직접적인 결과라고 생각했다. 만일 부유하고 개발된 사회에서 권력의 주인이 바뀐다면, 그때는 모든 형태의 권위를 일거에 파괴하고, 육체적 기쁨을 얻는 방식과 더불어 상품을 생산하는 방식을 변화시키며, 인간적 노동조직과 더불어 인간의 심성을 바꾸는 일도 가능할 수 있을지 모른다.

1968년 운동이 내게, 그리고 전세계 내 세대의 많은 사람들에게 가장 호감을 준 것은 개인적인 것과 정치적인 것, 사회적인 것과 미적인 것의 이런 결합이었고, 수세기 동안 불편하게 공존해온 저항의 두 갈래를 하나로 결합하는 이런 가능성이었다. 격동의 해인 1968년이 끝날 무렵 이런 기획이 유럽과 북아메리카의 각축장에서 실패한 것처럼 보였다고 해서, 오랜 혁명투쟁에 새로운 운동의 의문과 요구를 불어넣을 필요성이 무효화된 것은 아니었다. 저 자유주의적이고 반권위적이며 쾌락주의적인 충동들, 그리고 혁명을 마냥 미룰 수만은 없는 자유의 영역으로 인식할 필요성은 내게 영구적인 영향을 미칠 것이었다. 신좌파는 나의 반스딸린주의, 나의 관료주의에 대한 의구심, 그리고 기계적이고 교조적인 쏘비에트식 관행——내가 매우 소중히 여긴 노동계급운동이 이런 관행 속에 깊이 빠져 있었는데—— 에 대한 나의 거의 무의식적인 불신을 굳건히 하는 데 도움이 되었다. 그날 밤 버클리에서 개탄해 마지않던 바로 그 미국식 투쟁의 분열상과 혼돈이야말로 전통적 좌파가 연기하거나 무시한 일련의 사회적·문화적 투쟁을 위해서는 필수적인 전제조건임을 나중에 가서야 비로소 깨달았다. 사실 칠레나 다른 모든 나라의 혁명정당에는 여성운동과 생태학이 제기하기 시작한 문제들을 다룰 여지가 없었다. 성과 원주민의 권리와 예술적 실험의 새로운 모델들에 대한 탐색을 전통적인 조직이 구상한 세계 속에 맞추어 넣을 방도가 없었던 것이다. 나는 이런 많은 질문들을(해답은 별로 없었지만) 가지고 칠레로 돌아왔다. 내 생애의 그 시점에서 그런 질문들에 전력을 기울이는 것과, 마실 우유가 없는 아이들과 직장이 없는 노동자들과 아이를 너무 많이 낳아서 다리 혈관이 터질 듯 부은 여인네들의 절망적인 상황을 해결하려고 매진하는 사회를 건설하는 것 가운데 양자택일할 수밖에 없었다면, 나의 자유와, 손 잡아줄 사람 하나 없이 객사하는 노인 중에서 양자택일해야 했다면, 그런 선택에 결국 직면했다면, 착잡하겠지만 나는 가난한 사람들이 우선이고 좀더 유복한 사람들의 관심사는 나중이라고 결정했을 것이다. 하지만 그런 관심사에 주목하지 않는다면, 새로운 사회란 것이 우리 주위의 슬픔과 비참함을 덜어줄 수 없는 막다른 곤경에 봉착할 수도 있다는 의구심은 갖고 있었다. 하지만 나는 그런 양자택일을 요구하지 않는 혁명으로 돌아왔으며, 그 혁명의 독창성과 놀라운 점은 동시에 두 과제를 수행함으로써 그런 모순을 해결할 수 있다고 주장하는 바로 그 점에 있었다. 아무리 해도 어떤 누구하고도 그런 혁명을 성취할 수 없었던 마오 주석의 말을 인용하고는 연이어 "우리 모두 노란 잠수함에 살고 있어요"(비틀즈의 노래 「노란 잠수함」의 가사 일부—옮긴이)라고 노래부를 수 있는, 혁명이 무르익는 대학교정에서 그 노랫말을 목청껏 부를 수 있는 나라로 되돌아왔다.

칠레로 돌아왔을 때, 나는 현대적인 세계를, 새로운 미국을 가시고 왔다.

내가 아직 갑갑한 전통 속에 잠들어 있는 칠레와 융합하는 데 내 안의 이 새로운 미국이 어떤 방해를 했는지는 내가 조깅을 시작했을 때, 싼띠아고 거리에서 맞닥뜨린 육체적이고 문화적인 장애물에서 가장 잘 이해될 수 있다.

조깅은 내가 프리즈비(던지기 놀이의 플라스틱 원반—옮긴이)와 마리화나 맛의 브라우니 과자와 더불어 건강에 신경쓰는 캘리포니아 친구들한테서 배운 생활습관이었다. 그래서 칠레로 돌아온 지 얼마 안된 어느 이른 아침 나는 번쩍거리는 조깅화를 꺼내 신었다.

안헬리까는 잠이 채 깨지 않은 상태에서 몸을 일으켰다. "아, 설마 당신 조깅하려는 건 아니겠죠?"

나는 싱긋 웃으며 그녀에게 다시 자라고 말했다.

"여긴 버클리가 아니에요." 팔을 괸 채 그녀가 말했다. "당신 고생 좀 할 걸요."

"거리란 사람들이 다니라고 있는 거요." 나는 대답했다.

그리고 내 주장을 입증하려고 나는 출발했다.

안헬리까는 성난 개들이 짖어대는 소리를 들으며 동네를 지나가는 나를 뒤따라올 수 있었다. 개들이나 그들의 주인들 어느 쪽도 홀쭉하고 긴 다리에다 안경을 끼고 금발머리를 한 미국인이 정적을 깨뜨리며 그들의 부유한 저택 옆을 뛰어가는 이런 광경을 본 적이 없었다. 거리는 거지나 부랑자나 노숙자들이 다니는 곳이거나 한가한 할머니들이 아장아장 걷는 아기들과 산보하고 새침데기 하녀들이 모퉁이 가게로 빵을 사러 가는 곳일 뿐, 이색적인 운동복을 갖춰 입고 정신없이 달리는 사람을 위한 곳이 아님은 명명백백했다.

내가 운동을 마치고 집에 올 때마다 매번 안헬리까가 지적하는 점이 바로 그러했다. 그녀는 내가 때와 장소에 맞게 처신하지 못한다고 늘 염려했고 그것은 지금도 마찬가지이다. 기본적으로, 이 말은, 그녀가 준수하도록 배운 엄격한 규칙과 범절에 따르자면, 내가 항상 터무니없는 짓을 저지르고 있음을 의미했다. 사람들이 흰히 볼 수 있는 데서 달리고 땀흘리는 것에 대한 그녀의 반응은 칠레의 전형적인 시각을 대표하는 것이었다. 자신을 드러내지 말라, 괴상한 구석은 모두 감추어라, 겸손하라, 네가 누구인지 '노출하지' 말라는 식이었다. 그러나 며칠이 지나도 격한 사태가 일어나지 않자, 그녀는 쿵쿵거리며 거리를 달리는 나의 민주적인 행위를 묵인하는 듯했고, 심지어 내가 언제쯤 돌아올지 이미 알고 있는 개들의 약해지고 커지는 소리를 통해 나의 행로를 따라가는 일이 즐겁다고 말할 정도까지 되었다.

어느날 아침, 그녀가 주의깊게 들었다면 개 짖는 소리가 평소와는 다르다는 걸 알았을 것이다.

항상 나를 괴롭히던 특히 못생긴 똥개가 있는 집이 하나 있었는데, 나는 그놈을 약올리듯 반드시 그 집 앞을 지나갔다.

그날 누군가가 일부러 대문을 열어두었고, 내가 숨을 헐떡이며 지나가자 그 개는 나를 향해 뛰쳐나와 내 조깅바지를 사납게 물었다. 나는 개를 떼어내려 했지만 개는 놓지 않으려 했다. 개가 한참 으르렁대며 침을 흘리자, 마침내 목욕옷 차림의 한 남자가 문에 나타나 그 역겨운 놈을 불러들였는데, 자신과 자기 개, 자기 평화, 자기 어머니, 자기 할머니 등 모든 사람을 방해했다고 내게 모욕을 주었다.

사나운 이빨을 가진 개가 대문 뒤로 사라지자마자, 나는 내 방식으로 그의 비난에 대항했다. 나는 ㄱ와 ㄱ의 '낀뜨로'——개를 경멸적으로 부르는 칠레 말——를 고소하겠다고 위협하고, 내일 바로 이 시간에 이곳을 지나 달릴 것인데 이번에는 곤봉을 갖고 오겠으니 다시는 이런 일이 안 일어나게끔 확실히 해두는 게 좋을 것이라고 했다. 이 말은 그를 더욱 화나게 했다. 곤봉으로 맞아야 할 사람은 바로 나이고, 나와 나의 정신나간 외국 습관이라는 것이다. 그는 해괴망측하다고 소리쳤는데 그 단어는 아직도 기억이 난다. 그리고 그는 외국물이 든 히피와 빨갱이의 태도에 넌덜머리가 난다며, 다음번에는 나를 개처럼 묶어버리겠다고 말했다.

그러자 갑자기 나는 내 상대가 누구인지 깨달았다. 그는 치노 우르끼디라는 유행가 가수였는데, 칠레 농촌을 낙원으로 선전하는 감상적이고 간드러진 노래로 유명세를 타고 있었다. 나는 라디오에서 흘러나오는 그의 가식적인 민요——시골주민들에겐 인생의 유일한 걱정거리가 짝사랑의 시련인 듯이 끝없이 이어지는 일종의 음악엽서들——을 참고 들어야만 했었다. 그의 노래에는 굶주린 농민이나 살충제 따위는 나오지 않았다. 그의 정치적 연설도 마찬가지였다. 그는 극우파의 공천으로 시의원에 출마했지만 상당히 거만한 보수적 유권자들에게 그의 음악적 재주가 사람들의 속내에 패인 골을 메우는 데 유용하리라는 것을 납득시키지 못했기 때문에, 지금은 아옌데에 반대하는 악랄한 선거전에 참여하고 있었다. 당시의 그는, 아직 좌파가 이 나라의 어린애들을 잡아먹을 계획——1964년에 우리를 비방하는 데 사용되었던 스위프트식 계획(조너선 스위프트 J. Swift는 1729

년 「온건한 제안」에서 갓난아이를 식용으로 영국에 수출해서 아일랜드의 가난을 해결하자는 주장을 함으로써 영국 제국주의의 야만성을 풍자했다-옮긴이)── 을 꾸민다고 비난하지는 않았지만, 우리가 승리한다면 아무도 먹을 것을 갖지 못하리라고 청취자들에게 경고했다. 어쩌면 그의 똥개는 주인이 사회당이 승리하는 무시무시한 날을 대비해 굶겨놓아 배가 고파서 나를 공격했는지 모른다. 내가 너무도 당황하고 겁먹지 않았더라면 이 아이러니컬한 상황을 즐겼을지 모른다. 미국이 칠레의 가장 절친한 우방이라고 맹세하는 남자가 미국인들이 칠레를 착취하고 있다고 주장하는 한 사회주의자가 수입한, 길거리에서의 조깅과 같은 미국적 습관에 열을 받은 이 상황을 즐겼을 것이다. 그는 자기가 계속 살아왔고 바꾸고 싶지 않는 예전 칠레의 이름으로 나와 내 조깅화를 거부했으며, 나는 내가 건설하기를 희망하는 새로운 칠레, 버클리의 멋진 거리에서 내가 경험한 자유로 가득 채우기를 희망하는 새로운 칠레의 이름으로 그와 그의 파쇼적 개를 거부했던 것이다.

이 아이러니는 반년 뒤 아옌데가 승리하자 한층 더 미묘해지면서 좀더 심각해진다. 치노의 보수적인 생활방식과 재산을 보호한 것은 어린 나에게 타인의 권리를 존중하고 억압받는 사람들을 옹호하라고 가르쳤던 양키들의 나라인 것이다. 얼마나 웃기는 일인가! 치노와 그의 반민주적 도당들을 보호하고 지탱하고 구제한 것은 자칭 세상에서 가장 위대한 민주주의라고 하는 나라, 그 자체가 외세저항의 반란에서 태어난 나라 미국이었으니 말이다.

공정히 말하자면, 우리의 민주주의혁명에 대한 이러한 탄압은 동서갈등에 의해 조장되었다. 우리가 사회주의를 이룩한 경로는 지구의 절반을 다스리는 전체주의적인 사회주의국가들과는 사실 완전히 달랐지만, 그 국가들은 우리의 동맹국이었고 그들의 원조가 없다면 우리에겐 서방에 대한 다른 대안이 전혀 없었다. 우리는 결국 소련과 소련이 강압하여 스딸린주의적·관료적 형태의 사회주의로 개조한 국가들의 행태와 농일시되고 말았다. 우리는 핵무기를 보유한 두 강대국이 제3세계에서 벌이는 전쟁의 대리인으로서 악마로 낙인찍히고 옥죄임을 당하고 말았다. 1968년의 체코 사람들의 경우처럼, 우리를 영향권하에 두고 있는 초강대국이 우리가 살아남는 데 필요한 숨쉴 공간을 주지 않은 것이다.

당시 내가 이런 숨쉴 공간에 대해서 걱정했다는 것은 아니다. 숨쉬고 활보할 영토권을 주장하는 데 몰두한 나는 다음날 고집스럽게 치노 우르끼디의 집을 조깅하면서 지나갔는데, 개가 묶여 있고 대문이 잠겨 있는 것을 보고는 아침 조깅 때 다시는 이 근처로 오지 않겠다고 결정했다. 하지만 그것이 우리의 마지막 만남은 아니었다.

아옌데가 선거에 승리한 그날 밤, 내가 마침내 망명에서 벗어났음을 깨달은 순간이라고 묘사한 1970년 9월 4일 그날, 나는 우르끼디를 다시 만났다.

일단의 아옌데 지지파 친구들과 함께 우리는 패배한 적들의 닫힌 창문에 경적을 울리고 영구히 그들과 그들 가족의 것인 듯했던 그 거리를 하룻밤 몰수할 양으로 싼띠아고에서 가장 부촌인 '바리오 알또'(윗동네)로 올라갔다.

돌연 우리 눈에는 싼띠아고에서 가장 넓은 거리 한가운데 삼사십 명 가량의 사람들이 둥글게 모여 승리를 축하하는 듯한 광경이 들어왔다. 아니면 그들은 새벽 3시에 모종의 가두논쟁을 벌이고 있었던 것일까? 우리는 함께 즐기려고 차에서 내렸는데, 거기에 그가, 다름 아닌 치노 우르끼디가, 아옌데 지지자들과 함께 장광설을 늘어놓으며 민주주의에 대해 열변을 토하고 이제 선거가 끝났으니 화해할 필요가 있다고 역설하고 있었다. 그를 둘러싼 모든 사람들이 완전히 동의하는 것 같았다. 그랬다, 한 여자가 치노에게 바로 그거예요, 치노, 애국가를 부릅시다, 다같이 새로운 칠레를 노래합시다라고 말했다. 그러자 나를 공격한 개의 주인은, 그 대문을 열어두었던 바로 그 손을 내밀어 그의 파쇼 같은 가슴에 얹고는, 나더러 싼띠아고의 평화로운 거리에서 나가라고 했고 날이면 날마다 라디오에서 아옌데를 모욕한 바로 그 입을 열어 미국식 칠레 국가라 할 「순수한 칠레」를 부르기 시작했다.

그는 얼마 노래하지 못했다. 다른 사람들이 따라 부르기 전에 내가 미친 사람처럼 그들 속으로 뛰어들어가 손가락으로 그쪽을 가리키며 합창에 끼려던 동료들 모두를 향해 말했다. "당신들 미쳤소?" 나는 말했다. "당신들의 역사의식은 다 어디 갔소? 부끄럽지 않소?"

모인 사람들이 조용해지자 치노의 목소리는 두어 소절을 간신히 부르다가 끊어졌다.

"이 자는 우리를 증오하고, 지난 몇년간 우리가 믿는 모든 것을 공격했소." 나는 말을 이었다. 그의 똥개에 대한 개인적인 원한이 나의 정치적 분노를 촉발하고 부채질했음은 물론이다. "이 자를 보시오, 이 자는 우리의 적이요. 그에게 돈을 주고 그를 사랑하는 사람들이 저 창문 뒤에서 우리를 죽이는 방법을 궁리하고 있소." 그러면서 나는 사실상 칠레의 유산자들이 그 순간 우리와 우리의 해방운동을 파괴하려는 음모를 꾸미고 있는, 통화불안을 야기할 계획을 세우고 있는 대저택을 가리켰다. 실제로 통화불안 때문에 바로 다음날 이 나라 은행들 절반이 텅 비게 된다. "그는 지금 웃고 노래하고 있지만 내일이면 지들을 위해 노래하고 우리의 죽음을 준비할 겁니다. 그 사람 옆에 가지 마시오, 말도 걸지 마시오. 그가 칠레를 떠나 다시는 돌아오지 않기만을 기도하세요."

나는 한바탕 박수갈채를 받았고 투사들이 손으로 원을 만들었고 치노 우르끼디는 원 밖으로 내몰렸으며, 나는 춤추는 우리를 처량히 바라보는 그를 보면서 엄청난 만족감을 느꼈다.

내가 치노의 과거와 그의 개와 그 개의 사나운 공격을 용서해주었어야 마땅한가? 내가 우리 혁명의 잘못된 점을—적어도 상징적으로—드러내는 그런 실수들 가운데 하나를 저질렀던가? 우리와 견해를 달리하는 사람들에게 손을 내밀어 권력을 정말로 정복할 수 있을 만큼 강력하고 넉넉한 정치적 연합을 건설하지 못하는 무능함을 보여줬던가?

곧바로, 불과 며칠 뒤에, 그 사이비 대중가수가 공중파 방송에 나와서 우리에게 증오 섞인 말을 내뱉었다는 점을 감안하면, 그의 정체에 대한 내 평가가 선견지명이 있었음이 드러났다. 하지만 그의 평화제안을 배척한 나의 종파주의적 태도가 바로 그를 잘못된 노선에 들게 한 것은 아니었는지, 유사한 정황들이 바로 그 순간 칠레 곳곳에서 일어나고 있으며 나와 같은 누군가가 그와 같은 누군가에게 우리는 네가 필요 없다고 말하고 있지나 않았는지 나는 줄곧 궁금해했다. 그날 밤 화해와 형제애를 제안했으나 거절당한 사람들 가운데 우리의 알량한 자존심 때문에—우리가 그들의 도움 없이도 수세기의 칠레 역사를 몇년 안에 급속히 변모시킬 수 있다는 믿음 때문에—우리한테 멸시받은 잠재적 동맹자들이 얼마나 되는지 나는 확실히 알지 못한다.

승리의 그날 밤, 적이 우리한테 내미는 우애의 손길을 받아들여야 할 때와, 내가 방금 그랬던 것처럼 욕설을 퍼부어야 할 때를 어떻게 구별할 것인가라는 전략적인 문제를 내가 심사숙고하지 않았던 것은 분명하다.

내가 이런 딜레마들을 깊이 생각하지 않았던 것은 분명했다. 쌴띠아고의 새벽에 그의 집 앞에서 이루어진 우리의 잘못된 만남 때문에 내가 치노에게 필요 이상으로 분개했을지라도, 그 저택들 안에서 벌어지고 있던 일—아옌데에게 대통령직을, 민중에게 자유를 부여하지 않으려고 꾸미는 공모—에 관해서는 내 판단이 절대적으로 옳았다.

치노와 그의 무리들은 우리를 죽이는 일에 나선 것이다.

은유적으로 하는 말이 아니다. 한달 반 뒤인 1970년 10월 말 라디오를 켰을 때, 시네이데르 장군이 해결사 키씬저의 탈(脫)안정화정책의 일환으로 CIA의 자금과 조종을 받은 극우파 특공대원의 손에 암살당했다는 소식을 들었다. 시네이데르는 칠레 육군의 총사령관으로 선거에서 승리한 아옌데를 몰아낼 선제 쿠데타를 일으키자는 보수파와 미국 정부의 제안을 거절했었다.

아옌데 세력은 총동원령으로 맞섰다. 모든 투사들이 최고의 경계 태세에 돌입하고 모든 사람이 혁명을 사수할 태세를 갖췄다. 하지만 나는 아니었다. 나는 또다시 무용하고 공허하고 말만 번드르르한 존재가 되어 표류하고 있었다. 다시 한번 나는 정처없이 떠돌고 있었다. 민중을 너무나 사랑하고 있음에도, 칠레의 치노 우르끼디 같은 자들의 면전에서 불같은 주먹을 그토록 자주 휘둘렀음에도, 경계를 초월히고 밑바닥을 형성하는 민중의 힘을 끊임없이 깨닫고 있었음에도 불구하고 말이다. 이 가운데 어느 것도 내 삶을 조직하는 방식을 근본적으로 바꾸어놓지는 못 했다.

나는 더이상 머뭇거릴 수 없었다.

나는 수화기를 들고 친구 안또니오 스까르메따(A. Skármeta) — 독자들은 상을 받은 「일 뽀스띠노」라는 영화의 원작 소설을 쓴 작가로 그를 기억할 것이다 — 에게 전화를 걸었다. 그는 여러 달 동안 나에게 MAPU에 참가하기를 권하고 있었다. MAPU는 기독교민주당에서 떨어져나온 당으로서, (교조적 스딸린주의는 없는) 공산당의 규율과 (혼돈스러운 당파주의는 없는) 사회주의자들의 자유를 결합하고 있는 단체로 알려졌고, 당시 나 자신의 입장이라고 느꼈던 것과 비슷하게 구좌파와 신좌파 사이의 어딘가에 위치한 신생 운동단체였다. 게다가, 나는 그 당의 이름이 마음에 들었다. MAPU는 '인민통합실천운동'의 약자로서 마뿌체 인디언 말로는 '땅'이라는 뜻이기도 했다. 실제의 내 모습보다 훨씬 더 참되고 토착적으로 보이게끔 하는 또하나의 요소였다.

나는 안또니오에게 말했다. 아끼 에스또이. 에스뻬로 오르데네스(이제 난 명령을 기다리고 있어). 혁명 전사로서 말일세.

자못 극적으로 심각하게 나는 '죽을 각오가 되었으니 죽음이 우리를 지배하지 못하리라'고 다짐했다.

안또니오는 지시를 기다리라고 말했다. 6년 전 호르헤 아우마다가 내게 어떤 상황에서도 칠레 정치에 절대로 참여할 수 없다고 하는 말을 들려준 바로 그 전화기를 내려놓으며, 나는 다시는 돌아올 수 없는 어떤 영역으로 건너갔음을 알았다. 나는 나 자신을 변화시키는

데 따르는 공포를 정복했고 마침내 세상을 변화시키는 신나는 모험을 시작할 태세가 되었음을 알았다.

그 당시, 그리고 쿠데타가 일어날 때까지, 죽음이 무엇을 의미하는지 진정으로 이해하지 못한 것은 사실이다. 하지만 전쟁이란 군인들이 있어야 수행할 수 있다는 것은 알았다. 군인, 라틴어의 miles, militis는 투사(militant)의 어원이며, 혁명군은 자신의 삶의 의의를 자아의 계발이 아니라 공익을 위해 자아를 포기할 용기에서 찾는 사람이다.

너는 어디에서 왔니?

반세기 전, 나의 할아버지 할머니는 그들의 자식들이 평화롭게 살 수 있는 평등과 정의의 땅을 찾아 바다를 건넜다. 그들의 자식들인 나의 부모는 망명을 강요당했고 그 바람에 삶의 끈은 끊어져버렸다. 그런데 지금, 동요하는 삶을 겪은 후에 나는 마침내 이민을 선택한 내 선조의 꿈과 다시 연결되어 이곳을 내 고향으로 삼고 이곳을 위해 싸울 각오가 되어 있었다.

나의 할아버지 할머니가 그들의 신세계로 선택한 남의 아메리카로 돌아가려는 나의 결단을 가로막는 것이 내가 이제 막 유대를 잘라버린 북의 아메리카라는 것이 참으로 기이했다. 내가 출신이나 지연과 같은 우연한 계기가 아니라 미래를 중시하는 개척자로서 거듭나는 바로 그 순간에, 대륙의 반대편에서는 개척자들이 세운 땅의 대통령이자 아옌데와 마찬가지로 자기 국민들의 자유로운 선거를 통해 집권한 리차드 닉슨이 안보담당 보좌관들과 국제전신전화공사(ITT) 우두머리들과 만나 칠레의 민주혁명을 고사시킬 준비를 하고 있었다는 것이 참으로 기이했다.

여러 해 전에 매카시의 측근인 닉슨 덕분에 우리 가족은 미국에서 도망치는 신세가 되었다. 이제 그는 나로 하여금 우리가 도피해온 이 나라마저 잃어버리게 한다. 그는 나로 하여금 내 조국을 두 차례나 잃어버리게 한 것이다.

하지만 그러기 전에 우리는 한판의 지독한 싸움을 하게 된다.

칠레 **싼띠아고**의 한 **대사관 안팎**에서

발견한 **죽음**을 다루는 장 | 1973년 11월 초 |

유엔에서 나온 그 여자는 목청을 가다듬더니 자기 맞은편, 아르헨띠나 대사관의 화려하고 고풍스런 탁자에 앉아 있는 내게는 눈길 한 번 주지 않은 채, 1951년의 유엔 법규를 읽어 내려간다. 난민이란 "인종이나 국적을 이유로, 특정집단의 성원이거나 정치적 견해를 이유로 박해받을 것이라는 충분한 근거가 있는 두려움 때문에 자신의 국적이 있는 나라 바깥에 있으며, 그러한 두려움 때문에 그 나라의 보호를 받을 수 없거나 받기를 꺼리는" 모든 사람들이라고 그녀는 나직한 목소리로 단조롭게 읽는다.

그녀는 잠깐 쳐다본다. "이해하시겠습니까?"

나는 말없이 고개를 끄덕인다. 이해할 게 뭐가 있단 말인가?

"내가 묻고자 하는 것은"——그녀는 아기에게 설명해주듯 스페인어로 한단어씩 또박또박 발음하는데, 바로 오늘만 해도 그녀는 이

332

대사관의 다른 사람들에게 똑같은 문구를 읽어주었고, 사실 그것을 큰소리로 읽어주는 데 이골이 나 있었다── "내가 알고 싶은 것은 당신이 난민 지위를 취득힐 의향이 있느냐는 것입니다."

다시 결정을 내릴 순간이다. 내가 누군가가 아니라, 내가 되고자 하는 존재를 말이다. 내가 그런 인물이었고 내내 그런 두려움이 있었고 내게 여권이나 안전통행권을 발급하기를 원치 않은 나라가 칠레라는 것은 의심할 여지가 없었다. 유엔에서 나온 여자는 난민이 누리는 이점들을 설명한다. 직업훈련과 일자리, 망명국에서의 언어 연수, 주택 우선권, 무상진료, 사회보장 그리고 관할 이민국에서 매년 비자 승인을 갱신할 필요가 없어요. 어때요?

나는 싫다고 말하는 내 목소리를 듣는다. 놀란 그녀가 화들짝 고개를 들고 내가 다른 사람인 듯, 별개의 사람인 듯, 현실의 사람인 듯 처음으로 나를 볼 때 나는 그 여자의 얼굴에서 놀라는 표정을 발견한다.

난민으로 분류되기를 거부한 것은 어쩌면 바로 그 때문이다. 그래야만 그녀와 같은 사람들이, 바깥세상의 사람들이 나를 무기력한 대중의 일부로서가 아니라 하나의 개체로서 인정할 것이다. 대중은 뉴스 장면과 텔레비전 화면에 넘쳐나고, 너무도 많은 책과 신문에 사진으로 실리며, 자기가 통제할 수 없는 세력에 의해 압도당하는데, 대중은 그 점을 이해하는 것 같지도 않다. 내 속에는 히틀러 집권 당시와 그 이후의 유태인들이, 그 유태인들이 쫓아낸 팔레스타인 사람들이, 파키스탄과 비아프라(나이지리아의 동부지방. 1967년 독립을 선포했으나 1970년에 붕괴되었음─옮긴이)와 동남아시아에서 뿔뿔이 흩어져 나오는 끝없는 행렬들이 국경과 강과 시간을 가로질러 이동하면서 마치 시련이 그들의 유일한 정체성인 듯, 그들의 하나뿐인 무기인 듯, 그 것을 꼭 부여잡고서 정처없이 떠돌고 있다. 유엔에서 나온 여자가 '난민'이라는 단어를 말했을 때 떠오른 것은 나라 없는 사람들이 오 물과 파리떼 속에서 무기력하게 살아가는 수용소, 바로 그것이다.

물론 나는 칠레의 난민들이 수용소로 이송되지 않으리라는 것을 알고 있었다. 하지만 이 대사관에 피신처를 구함으로써 내 삶에 영 웅적인 역사를 거부했기 때문에, 지금 나는 역사 속에서 희생자로 사는 미래를 제안받고 있는 것이다. 육체적 죽음의 위험에서 벗어나 고 보니, 이제 자신의 삶이 다른 사람들에 의해 결정되는 이 상황은 우리의 패배를 보여주는 좀더 영속적인 모습이었다. 대사관에서 치 욕스러운 여러 주를 보낸 후 나는 우리가 우리에게 군림하는 이 관 리들을 신뢰하지 않으면서도 그들에게 우리의 식량과 우리의 안전 과 외부세계와의 접촉을 의존한다는 사실을 명심하게 되었다. 그들 은 식량의 일부를 전매(轉賣)할 수 있었으며 실제 그렇게 했고, 그들 은 우리의 출발을 지연시킬 수 있었으며 실제 그렇게 했고, 그들은 우리의 친척들이 보내는 전언을 막을 수 있었으며 실제 그렇게 했 다. 그들은 그렇게 할 수 있었으며 그렇게 했고, 우리는 감히 불평할 수 없었고 불평하지도 않았다. 이해해야 할 것은 내가 기근을 피해 국경을 막 넘어온 사람처럼 이 대사관에서 완전한 결핍상태로 살아 가고 있었다는 사실이다.

그렇다, 난민의 정의는 내게 딱 들어맞는 것인지도 모른다. 하지 만 나는 난민의 이미지 속에, 그것이 암시하는 내 미래의 자아 속에 느긋하게 안주하지 않았다. 내 존재가 역사적인 파국 속에 휩쓸린 것은 사실이지만, 그 파국이란 비참한 20세기 동안 수백만명의 사람들을 뿌리뽑고 계속 떠돌아다니게 만든 파국들과 정도에서만 차이가 났을 뿐이었다. 그렇다, 하지만 내게는 아무리 미약하더라도 내 존재를, 나 자신의 이미지에 대한 어느 정도의 통제력——혹은 통제할 수 있다는 환상이었던가?——을 회복할 방도가 있었다.

"나는 난민이 아니오." 나는 그 여자에게 말했다. 나와 같은 수백 명의 사람들이 옆방에서, 바로 거기서, 내 뒤에서 자기 차례를 기다리고 있음을, 네덜란드나 아일랜드나 소련이나…… 어디서라도 받아주기를 기다리고 있음을 알고 있었다. 나는 불쑥 내뱉었다. "나는 망명자요."

이 용어는 어떠한 법률적 의미도, 국제적 의미나 절차상의 의미도, 어떠한 보장도, 어떠한 보호도 갖고 있지 않았다.

나는 나의 이주를 다른 전통으로, 어쩌면 좀더 문학적인 전통의 일부로 보고 싶었기 때문에 무의식적으로 이 말을 택한 것이다. 망명자가 된다는 것에는 반항적이고 도전적이며 바이런(Byron, 19세기 초 영국 낭만주의 시인으로 비장하면서도 반골적인 시풍과 모험으로 유명함—옮긴이)적인 뭔가가 있었고——20세기의 너무도 많은 대량학살과 유랑의 결과로 공식화하지 않을 수 없었던——'난민'이라는 최근 고안된 말 속에 내포된 운명보다 훨씬 더 낭만적이고 프로메테우스적인 뭔가가 있었다. 물론 나는 나보다 앞서간 희뿌연 성운(星雲) 같은 익명의 존재들과 마찬가지로 희생자이고 그들처럼 추방된 운명이었지만, 수동적인 용어를 거부하고 좀더 적극적이고 세련되고 우아한 용어를 선택함으로써 나의 여정을 내 손아귀를 벗어나 소용돌이치는 역사적 힘들이 아니라 나 자신에게서 비롯되는 어떤 것으로 기획할 작정이었다. 지금 내가 구하고 있는 '피난처'라는 용어로 내 미래를 공식화하는 대신, 세상의 많은 나라들 가운데 자유로운 내 몸이 떠돌 수 있는 곳을 어디든 마음대로 선택할 자유가 있다는 듯이 나 자신을 '바깥에 포함되고'(ex-cluded) '바깥을 추구하며'(ex-pelled) '바깥세상에 적합한'(ex-iled) 존재로 인식했다. 나는 자욱한 역사의 먼지 속의 티끌이나 연감 속의 통계숫자가 될 마음은 없었다. 나는 고독하고 박해받는 반란의 천사처럼 황야 속으로 걸어나갈 작정이었다.

나는 앞으로 일어날 일들——수년간의 탄원과 동정심으로 내게 주어지는 일거리들과 가방을 거칠게 뒤지는 세관 관리들——을 이미 느낄 수 있었고, 저기 쌘띠아고에서 고문받는 벗들의 명단은 점점 늘어나는 반면 그들을 변호할 신문 지면은 점점 줄어들어 무관심으로 변하리라는 것을 예감하고 있었으며, 내 앞에 더 많은 패배가 있으리라는 것을 감지하고 있었기에, 내가 직면한 저 불모지대의 안전한 통과를 보장할 수 있는 유일한 것을 지키기로 했다. 그것은 바로 내가 독립적인 인간이고, 나는 떨쳐 일어날 것이며, 살아남기 위해 어느 누구로부터의 어떤 도움도 필요하지 않다는 것이었다. 그간 책과 기사 속에서 개인주의의 신화를 분쇄하고 비판하는 데 그렇게 많은 정성을 쏟았건만, 지금의 나는 무너지고 있는 세상에서 그것이 유일한 안정의 요소인 것처럼 단단히 붙잡고 있는 것이다. 가난한 이들에게 다가가는 데서 자부심을 느꼈고, 노동자 마을의 헛간에서 그들과 똑같이 죽음을 당할 수도 있었던 때에도 평화를 발견했음에도 불구하고, 나는 첫 기회가 오자마자 나의 평등주의 신조를 제쳐두고 해외에서 집 없이 떠도는 형제자매와 동일한 범주로 분류되기를 거부했다는 것을 당시에는 깨닫지 못했다. 나는 본능적으로 나의 차별성을 활용하는 쪽을 택했고, 내 자아의 바탕에서 떨어져 나오는 첫 표류물을 향해 삼사하는 심성으로 손을 내밀었으며, 영원토록 함께 융합하겠다고 맹세한 대중들로부터 니 자신을 정신적으로 분리하려 했다.

나를 대중들 곁에 바싹 다가가게 했던 죽음은 이미 우리들 사이에 쐐기를 박기 시작하면서 나더러 자기 손아귀에서 벗어나려면 빨리 표류를 시작하라고 속삭였다.

그 당시에 이런 면을 인식한 것은 아니다.

오히려 그 반대였다. 나는 대사관에서 노동자 나라 칠레에 복무하겠다는 맹세를 매일 거듭하여 다짐한다. 칠레는 나의 신념상실이나 모호한 말보다 훨씬 더 위험한 세력들의 공격을 받고 있는 것이다. 군부의 드러난 탄압이 아니라 좀더 괴상한 위험이 문제인데, 이에 대해 당시의 나는 골똘히 생각하기 시작한다. 유엔측과 면담이 끝나고 자리에서 일어나려고 할 때, 또 하나의 유엔 관리가 다가와 은밀하게 쪽지 하나를 건넨다. 안헬리까한테서 온 것인데, 몇주 만에 처음으로 직접 받아보는 그녀의 소식이다. 그녀는 이렇게 적었다. 아르헨띠나에서 나를 기다리려고 로드리고와 내 부모님과 함께 칠레를 떠나기 전에 작별인사차 대사관 앞을 지나가도록 하겠어요.

작별인사라, 굳이 말하자면 그렇겠지.

대사관에 갇힌 사람들의 친지들은 그들이 우리가 피신해 있는 건물의 맞은편 인도에서 산책을 하면 사랑하는 사람들의 눈에 띌 수 있다는 것을 알아냈고, 우리 수백명은 이 친지들을 보는 일이 지루한 나날을 보내는 소일거리의 하나가 되어 벌떼처럼 창문에 달라붙어 친구나 식구나 아는 사람이 지나가는 모습을 멀리서나마 흘끗 보

려고 여러 시간 지켜보곤 한다. 우리라고 했지만 나는 이 행사에 참
여하지 않았다. 잃어버린 나라를 유심히 바라보다보면 너무 울적해
지기 때문이었다.

이제 나는 안헬리까를 포착하기를 기대하면서 다른 난민들 속으
로 들어가, 마침내 그 보답으로 그녀의 모습과 그녀의 손에 이끌려
아장아장 걷는 로드리고의 잠시 스치는 모습을 본다. 로드리고는 창
문 쪽을 바라보지 않는다. 나는 아이가 봐주기를 간절히 바라지만,
아이는 경찰과 삐노체뜨의 첩자들이 지키고 있는 저 벽 뒤에 자기
아버지가 있다는 말을 엄마한테서 듣지 않았다. 저기 바깥에서 걷고
있는 사람들은 여기 안에서 바라보는 추방당한 자들과 친척이라는
어떤 표시도 해서는 안되기 때문이다. 친지들은 절대로 멈춰 서지
않고 그들이 누구인지 절대로 내색하지 않는다. 단지 안헬리까의 엉
덩이가 약간 움찔거리고 내 쪽의 공기를 환하게 만드는 미소가 비치
더니, 그녀는 사라진다. 몇분 후 그녀는 로드리고를 이끌고 다시 나
타난다. 아이는 뭔가를 불평하고 있음을 알 수 있는데, 십중팔구 일
정한 목적도 없이 이 거리를 터벅대며 왔다갔다하기 때문일 것이다.
이제 그들은 보이지 않고 나는 좀더 기다리지만, 그들이 되돌아오지
않으리라는 것, 그리고 얼마나 오래 떨어져 있을지 모르지만 내가
방금 가족에게 작별인사를 했다는 것이 분명해진다. 커다란 커튼이
드리워진 창가 자리를 나는 친지 관찰에 열심인 다른 어떤 사람에게
양보한다.

나는 다시는 창문 밖을 내다보지 않으려고 애쓴다.

안헬리까가 잠시 지나가는 것을 기다리며 거기 서 있던 며칠 동
안, 나는 너무나 고통스러워 응시하기조차 힘든 칠레의 환영을 보았

다. 수백명의 사람들이 매시간 대사관 곁을 걸어 지나간다. 우리와 은밀히 접촉하는 행사의 일환으로 온 사람과, 그냥 평범하게 생업에 종사하는 사람을 구별하기란 불가능하지만, 바로 그것이 요점이다. 마치 아무 일도 일어나지 않았다는 듯이 저기 도시에서의 삶이 계속 흘러가고 있다는 것 말이다. 우리를 염려하고 우리의 모욕당한 조국을 애통해하는 사람들이 살아남기 위해서는, 전혀 염려하지 않고 전혀 애통해하지 않는 다수의 사람들 혹은 자기 몫의 애도는 표했으니 이제 자기에게 남겨진 생활을 누리기를 바라는 다수의 사람들을 흉내내야 한다. 저기 창가에서 나는 대사관을 지나 몽유병 환자처럼 걸어가는 한 무리의 넋빠진 사람들의 환영을 본다. 그것은 내가 한순간에 근원적으로 포착한 칠레의 상(像)이다. 나 자신은 거기서 걸을 수 없지만 만일 그럴 자유가 있다면 나 또한 그들처럼 내색하지 않고 초연한 듯 걸어갈 것이다. 나는 칠레를 죽은 자들의 나라로 본 것이다. 이 나라에서는 죽임을 당하지 않기 위해서는 스스로를 죽여야 하며, 자신을 둘로 분열시켜야 하고, 자신의 본모습이 무엇이든 질식시켜야 하며, 자기 주위를 감싸는 외피에 어울리는 무관심의 외피를 만들어내야 한다. 나는 이런 칠레를 보았기 때문에, 사람들이 이런 미친 삶을 계속 살다가는 얼마 못 가서 자기가 흉내내는 외면적인 인물이 속에서 파괴되어 가면이 얼굴이 되고 나라가 타락해서 파멸하지 않을까 생각한다.

나는 창가에서 돌아서면서 잠깐일 거라고 속으로 중얼거린다. 우리는 곧 돌아올 것이고 그들은 가장된 삶을 살면서도 순수함을 잃지 않을 것이라고 나 자신에게 거짓말을 한다. 나는 창가에서 돌아서고, 제 아버지에게 손조차 흔들지 못하는 내 아이와 내 쪽으로 미소만 짓고 사라지는 안헬리까의 모습에서 돌아서고, 그런 칠레에서도 돌아선다. 사람들만이 아니라 나라도 죽을 수 있다는 것을 인정하고 싶지 않기에, 나라 역시 죽을 수 있다고 속으로 되뇌고 싶지 않기에.

칠레 **싼띠아고**에서 발견한 **삶**과 **언어**를 다루는 장 | 1970~73년 |

이 글을 쓰고 있는 내 앞에, 싼띠아고 모네다궁의 발코니 사진 한 장이 나를 정면으로 노려보고 있다. 칠레의 사진작가 루이스 뽀이로 뜨가 쌀바도르 아옌데가 칠레공화국 대통령으로 취임하던 1970년 11월 4일에 찍은 사진이다. 사진 속의 아옌데는 발코니에서 손수건을 흔들며 그 아래 광장에 모인 보이지 않는 군중에게 인사를 건넨다. 대통령 뒤편에는 그의 아내 뗀차가 있고, 아옌데 정부의 장관인 호세 또아의 염소수염과 장난기 어린 얼굴도 언뜻 보인다.

나는 그 사진 옆에 거의 3년 뒤, 그러니까 호커 헌터스 비행편대가 1973년 9월 11일 대통령궁을 공격한 지 며칠 뒤 똑같은 사진작가가 바로 그 발코니를 찍은 또 한장의 사진을 걸어두었다. 폭격으로 발코니가 있던 자리에는 아가리를 벌린 검은 구멍만 남아 있다. 한때 대통령이 손수건을 흔들던 곳에는 아무것도 없다. 아옌데는 죽고 뗀

차는 망명중이며, 또아는 감옥에 갇혀 있는데 몇달 후에 거기서 간수들의 손에 살해될 것이다. 그리고 사진에 찍히지 않은 발코니의 돌출부 아래는 텅 비어 있음을, 차갑고 무정하며 고독한 카메라 렌즈만이 이 장면을 목격하고 있음을 느낄 수 있다. 얼마 지나지 않아 나는 그 사진의 검은 구멍을 직시하지 않을 수 없을 것이다.

지금 나는 저 발코니가 우리의 꿈처럼 온전하고, 나의 이 눈과 수천 군중의 다른 눈들이 우리를 기다리는 파멸을 조금도 눈치채지 못한 그날로 돌아가고자 한다. 그때는 그런 터무니없는 예감이 끼여들 여지가 없었다. 역사상 최초의 평화적이고 민주적인 혁명이었으니 이것이야말로 역사의 전환점이었다. 누가 우리를 막을 수 있겠는가? 누가 감히 그럴 시도라도 하겠는가?

신비적이라고 하기에는 주저되지만 내 평생에서 가장 종교적인 현현(顯現)에 가까운 경험을 한 것은 내가 만난 적도 없고 알지도 못하는 남녀 군중들 사이에 끼여 있던 바로 그때, 내가 그들이 내쉬는 숨을 들이마시던 바로 그때였다.

아옌데는 짧은 연설을 하고 있었다. 우리는 이제 우리 운명의 주인이자, 우리 자신의 토지와 땅속의 금속과 우리가 걸어다니는 거리의 주인이 될 것이며, 우리는 국가에서부터 도시와 들판에 이르는 칠레의 모든 것을 소유하기 위해 투쟁할 것이며, 이 나라는 여기서 고생해온 민중의 것이라는, 그런 내용이었다. 자세한 대목들은 기억나지 않지만 그 연설 도중의 어느 시점에서 나는 듣기를 멈추고 군중을, 희망에 찬 수천의 얼굴을, 볼 수 있는 데까지 헤아려보았다. 그러자 다가오는 장래에 내 사명이 무엇인지 불현듯 깨달았다. 내 운명을 손에 쥐고 있는 이 남녀들은 나에게 절대적으로 신비로운 존재지만, 그들은 그들 자신에게도 신비로운 존재임을 나는 깨달았다. 그들의 삶의 이야기는 한번도 이야기된 적이 없으니, 그 언어는 다른 사람의 소유였던 것이다. 이런 상황은 이제 변할 것이다. 나는 바로 그때 거기에서 그들의 이야기가 속에서 발버둥치다 마침내 터져 나와 그 광장으로 흘러넘칠 것 같은 느낌이 들었다. 태어날 때부터 이 남녀들은 그들이 가로지를 수 없는 한계에 대해, 물을 수 없는 질문들에 대해 들어왔다. 그들이 인생에서 패배하는 것이 당연하다고, 그들이 궁핍에서 벗어날 길을 찾지 못했다는 바로 그 사실이 그들의 패배가 당연함을 입증한다고, 그들은 천성이 인간 이하이고 무능하고 열등하고 쓸모없으며 게으르다는 말을 들어왔다. 평생 동안 그들은 폐기처분할 수 있고 결함 있는 물건처럼 취급당했으며, 평생 동안 그들은 살아남기 위해 고개를 숙이고 눈을 내리까는 법을 배웠고, 복종하지 않으면 벌준다는 경고를 받았기에 굴종의 원리가 그들 몸의 신경에까지 속속들이 파고들었으며, 비참함에서 벗어나는 유일한 길은 개인적이고 고독한 길, 즉 각각의 개인이 빡빡 기어서 꼭 대기에 올라가는 길뿐이며, 그 꼭대기에서 운이 좋거나 엄청 무자비하면 자기 형제들의 착취자가 될 수 있으리라고 배워왔다. 무엇보다 그들은 그들의 운명을 변화시키려는 어떠한 집단적 시도도 실패와 고통으로 끝나게 마련이라는 경고를 받아왔다. 그런데 그들은 이런 경고를 무시했고, 그들을 염두에 두고 구상된 각본에서 벗어나려는 참이었고, 다른 사람의 이야기 그늘에서 줄곧 살아온 삶을 끝내고 마침내 그들 자신의 방식으로 그들 자신의 삶을 말하려는 참이었다. 그리고 그들이 그렇게 할 수 있다면, 나도, 나도 할 수 있으리라. 이런 생각이 들자 갑자기 내 몸은 그 공간을 벗어나 군중들과 나 자신까지 보이는 어떤 다른 영역 속으로 이동한 듯, 돌연 모든 목소리들이 잠잠해지고 그 침묵 속에서, 마치 우주라는 건축물 자체에 어떤 실제적이고 물리적인 틈새가 벌어지듯, 현실이 내 발밑에서 말 그대로 갈라져 벌어지는 것을 느꼈다. 바로 그때, 내 인생이 그러했듯이 무방비로 노출되고 열려 있는 그 갈라진 틈을 응시하면서 나는 삶이 활기를 띠고 가속되는 것을 느꼈으며, 모든 것이 가능하며 어떤 일도 가능함을 깨달을 때——우리 인생의 몇 안되는 위대한 순간들——의 아찔함을 느꼈다. 나는 내가 지구상의 최초의 사람이고 이 날이 역사의 첫날이며 세상이 너무나 아름다운 모습으로 시작되려 하고 있으며, 바로 우리의 손닿는 곳에 놓인 그 아름다움을 탄생시키려면 그 아름다움을 과감히 창출하여 그것에 과감히 이름을 붙이기만 하면 될 듯한 느낌이었다. 그 투명한 한순간 나는 민중과 하나로 융합될 수 있다고 믿었고, 그들의 이야기와 나의 이야기를 동시에 할 수 있다고 믿었으며, 어떠한 거리도 우리를 갈라놓지 않고 우리의 이야기들이 같은 이야기가 되는 그런 때가 오리라고 믿었다.

그것은 놀라운 비전이었고, 나는 칠레혁명 내내 그것을 마음속에 간직하고 있었다. 그 비전은 너무도 강렬하여 25년이 지난 지금도 나는 그 비전과 교감을 나눌 수 있다. 하지만, 군중이 해산하고 우리가 밝아오는 새 시대를 각자 제 나름의 방식으로 축하하기 시작하자마자, 내가 책과 음반과 원고와 내 탐닉하는 자아의 강박관념과 기억이 있는 나의 중산층 집으로 돌아오자마자, 그 광장에 모였던 대다수 민중은 접하지 못하는 전통과 취향과 규칙 속에서 교육받은 지식인의 모습으로 돌아오자마자, 우리를 갈라놓는 그 모든 틈과 격차가 나의 엘리뜨적인 삶 속으로 순식간에 몰아닥치자마자, 나는 불가능하고 유토피아적인 목표를 세웠음을 깨달았다.

하지만 나는 놀랄 만한 정열로 그 목표 달성에 매진했다. 당시 나도 놀랐고 지금 생각하면 더더욱 놀라운 그런 정열로 임했다. 내가 민중과 단번에 융합될 수 없다 하더라도, 그들의 이야기와 나의 이야기가 아직 서로 다른 길을 가고 있다 하더라도, 적어도 나는 그들의 이야기가 표출될 수 있는 공간을 창출하는 일을 돕고, 한 사람의 시민이자 투사로서 노력하여 나와 같은 사람이 누린 자원과 교육을 그들도 누리게 할 수는 있을 것이다. 물론 그런 돌파구를 기다리기만 하지는 않을 작정이었다. 그토록 오래 나 자신을 격려시켜온 외국의, 영어의 영역에서 해방되자, 나는 마치 내가 강물인 것처럼 내게서 스페인어가 흘러나가게 함으로써 허비했던 시간을 벌충하기 시작했다.

모든 것이 새로웠고 글로 씌어지겠다고 아우성쳤다. 나는 민중과 더불어 영광스러운 언어를 공유했으며, 민중은 현실이라는 책을 쓰고 있었고 그것을 마지막 한마디까지 종이에 담고 싶었다.

나는 에쎄이와 영화각본과 시와 잡지기사와 텔레비전 프로그램과 팸플릿과 신문광고문과 라디오용 CM송 가사와 정치구호와 선전책자와 실험적 장편소설과 문화정책 보고서와 정치적 반박문과 노래와 희곡 들을 썼는데, 이 모든 일들은 병행되었고 내 삶에서 동등한 관심을 차지하고 있었다. 내 일과의 전형적인 모습은 이러했다. 새벽에 일어나 타이프로 초현실적인 단편소설을 미친 듯이 쓴 다음, 로드리고를 학교에 데려다주고, 대학에서 한 시간 강의를 하고, 정오에는 연구실로 급히 돌아와 에쎄이의 일부를 서둘러 써내려간 후, 내가 사회를 보던 청소년을 위한 텔레비전 퀴즈쇼의 프로듀서와 점심을 먹고, 분유공장으로 달려가 노동자들이 요청한 대로 트럭에 짐을 싣고 내리는 자원봉사를 하고, 땀에 절은 채 다시 시내로 달려와 문화선언문을 발표하기로 되어 있는 몇몇 작가들과 공동작업을 하고, 전화로 대학의 동료교수와 우리 스페인어 학과가 노동조합과 힘을 합쳐 시(詩) 축제를 개최할 가능성을 타진하고, 그런 다음 날이 저물기 시작하면 당 위원회 회의에 참석하여 행동대들이 벽에 스프레이로 칠할 정치 슬로건을 무엇으로 내걸지 결정하고, 그리고 그날 밤 나와 마찬가지로 눈코 뜰 새 없이 바쁜 일과를 보낸 안헬리까와 급히 저녁을 먹은 다음, 아들의 잠자리에서 동화를 들려준 후, 아내와 나는 동지들과 합류하여 몇시간 전 내가 생각해낸 바로 그 메씨지를 시가지 벽에 스프레이로 쓰곤 했다. 그러고도 시간과 정력이 남으면——그랬다, 시간과 정력은 항상 있었다——우리는 누군가의 집으로 달려가 춤추고 술 마시며 우리가 살아 있다는 사실을 축하하곤 했다.

그것은 내 인생 최고의 시절이었다.

기억할 수 있는 때부터 줄곧, 어쩌면 맨해튼의 그 병원 시절 이래로, 어쩌면 더 이전부터, 희미한 죄책감의 가슴통증이 나를 갉아먹어왔고, 잘못된 것은 무엇이건 언제나 나 때문이라고, 내 책임이라고, 나는 결코 잘못을 바로잡을 수 없을 것이라고 속삭이는 기형의 쌍둥이처럼 내 속으로 방울방울 스며들었다. 그런데 혁명은 날이면 날마다 시궁창 오물같이 고여 있는 나의 수치를 깨끗하게 씻어내고 나 자신을 용서하도록 가르쳤으니, 그 시절은 마치 향유(香油)와도 같았다. 혁명 덕분에 내가 후회의 앙금을 제거할 수 있었기에, 혁명으로 못할 일은 아무것도 없다는 생각이 들었다. 혁명이 우리와 견

346

해를 달리하는 자들을 관용하도록 가르쳤듯이, 그것은 나 자신의 내면적인 불협화음들도 너그러이 대하두록 가르친 것이다. 혁명이 잘못 발전된 우리 사회의 여러 모순들을 해결하고 강제력을 사용하지 않으면서 칠레를 근대화하고 누구에게도 상처 주지 않으면서 사회적 조화를 이루어내고 이 나라의 과거를 정화할 것처럼, 그것은 나를 고통 없이 새로운 사람으로 변모하도록, 나를 괴롭혀온 그 모든 딜레마에서 벗어나도록 도와줄 것이다.

돌이켜보면 나 개인과 혁명을 이렇게 동일시하고 내가 상상한 것이 현실이거나 현실이 될 수 있다고 믿은 것은, 내가 그때 살짝 미쳐서 가능한 일과 불가능한 일을 구별할 수 없었던 상태의 징후라고 판단할 수 있으리라. 하지만 내가 그때 쓴 뜻깊은 책은 바로 그런 광기에서, 상상력을 현실과 분별하지 못하는 혼돈에서, 모든 것은 사회적인 동시에 미적일 것을 요구하는 집요한 고집에서, 한편의 예술작품인 양 미리 형상화할 수 있는 유토피아적 사회에 대한 열의에서 나왔다. 그 책은 창작의 순간을 넘어 시간의 시험을 견뎌내고 아직도 세계 곳곳에서 읽히고 있으며, 의미심장하게도 극히 사적인 형태의 자기표현이자 동시에 수백만 칠레인들이 침묵을 이겨낼 가능성에 기여하는 매우 실제적인 방도로서 구상되었다.

나 자신의 여정과 칠레 민중의 발견이라는 서사시적 여정을 혼동하는 이 책은 아옌데가 대통령이 되기 전의 몇해 동안 나에게 고민을 안겨준 문화적 물음에 대한 대답으로 씌어졌다.

경제적 독립을 획득하고 자급자족을 성취하려는 우리 좌파의 전략이 또다른 종류의 부가 존재하고 있음을 고려하고 있지 않다고 나는 느꼈다. 그것은 미국인들의 수중에 있는 주석광산업체만큼이나 일방적으로 국외세력에 의해 지배되는 부였다. 우리가 대부분의 선진기술을 외국에서 수입한 것처럼, 우리 자신의 자동차와 세제와 전자제품을 개발한 적이 없었던 것처럼, 우리는 대부분 미국에서 유래되었거나 국내에서 생산된 경우라도 미국 모델을 본떠 만든 외국 영화·텔레비전 연속물·멜로드라마·만화·노래·광고 등의 문화상품들에도 역시 대대적으로 예속되어 있었다. 외국인 소유의 전화회사를 우리가 통제하지 못한다는 사실이 그렇듯이 이런 대중매체의 메씨지 역시 칠레의 무력함을 명백히 보여주었다. 우리 시민들이 대결을 배제하고 저항을 처벌하고 연대를 조롱하고 비판적 사고를 풍자하며 모든 사회적 갈등을 손쉽게 해결될 심리적 딜레마로 환원하는 식으로 그들의 삶을 꿈꾸는 법을 배운 것은 바로 이런 수입된 이야기에서였다.

1970년 이전에는 이러한 형태의 문화적 지배에 대한 나의 고민은 주로 이론적인 것으로서, 문학비평에서 빌려온 방법들을 활용하여 만화와 텔레비전 연속물을 분석하는 두 차례의 대학 세미나에서 개진되었다. 그런 문화적 메씨지를 변화시키기 위해 이런 비판적 검토 이상으로 할 수 있는 일이란 별로 없었다. 이윤창출에 적합하게 생산품을 재단하는 대기업들이 그런 메씨지를 소유하고 배급하기 때문이었다.

아옌데의 승리로 상황은 급변했다. 대학에서의 사변적인 작업에 불과했던 것이 정책과 전략이라는 긴급한 문제로 변모된 것이다. 칠레 역사상 처음으로 저항적 좌파가 라디오·텔레비전 채널·음반 스튜디오·영화사·출판산업과 같은 대중매체를 운용할 수 있게 된 것이다. 예전에는 이런 매체들을 몇몇 개인이 장악하여, 칠레 대중으로 하여금 그들의 삶을 휩싸는 폭발적 변화들을 해방적이기보다 위협적인 것으로 받아들이게끔 하는 메씨지를 찍어냈었다.

누가 칠레의 이야기를 할 것인가? 누가 우리의 이야기를 할 것인가?

이 질문의 향방은 정보전쟁에서뿐만 아니라(CIA는 우파 매체에 수백만 달러를 쏟아붓고 있었다) 칠레 연예계의 각축전에서도 결정될 양상이었다. 우리는 민중들이 자신의 삶에 관해 스스로에게, 그리고 서로에게 토론하는 주변적이고 대안적인 이야기들을 담아낼 집단적인 대중예술 형식들을 창조해낼 필요가 있었다.

문제는 정부나 다른 어느 곳에서나 이런 대규모 변화를 일으킬 방법을 아는 사람이 거의 없었다는 점이었다. 매체에 관한 기존 사회주의자들의 경험은 아무 쓸모가 없었다. 그 모든 폭력적인 혁명들은 통신기관을 접수하여 재미없고 따분하며 우중충한 선전기구로 바꾸어놓았을 따름이다. 표현의 자유에 헌신하는 우리의 입장에서는 독점적 해결책이란 있을 수 없으며 비생산적이기도 하다고 생각되었다. 우리에게 다원주의는 단순한 전술이 아니라 전략적 선택이었으므로, 적들이 그들 자신의 이야기를 자유로이 생산하는 것은 참고봐줄 일일 뿐더러 환영할 일이기도 했다. 적들의 메씨지가 시장에 존재함으로 말미암아 우리는 억압적이기보다 창조적이어야 하고, 더 나은 발상으로 더욱 많은 참여를 유발하는 대중오락 형태로, 좀더 모험적이고 좀더 경계를 넘나드는 이야기들로 적들과 경쟁하지 않을 수 없는 것이다. 이것은 문화 분야에 종사하는 사람들, 이를테면 최고의 지성인들이라는 제한된 집단을 상대로 생애 상당부분을 글 쓰고 그림 그리고 노래하고 생각해온 사람들을 대거 매체로 끌어들일 기회였다.

어쩌다보니 나는 다양한 대중예술매체 장르를 연구한 이 나라의 몇 안되는 지식인 중의 하나가 되어, 1971년 초 대안적인 텔레비전 드라마, 만화, 청소년 잡지 등 일련의 멋진 오락물 제작에 착수한 수많은 사업체에서 고문으로 일해달라는 요청을 받았다. 일을 시작하자마자 나는 대학의 에쎄이에서 문화적 지배에 도전하는 일이 매체의 일상적 현실 속에서 그런 지배를 바꾸는 것보다 훨씬 쉬운 일임을 깨달았다. 나는 코끼리 바바(브룅오프 Brunhoff 부자가 지은 인기 만화연작 『코끼리 바바』의 주인공—옮긴이)에 반영된 신식민주의에 관한 글을 이미 썼고 거기서 아동문학의 내적 작동원리를 분석한 바 있었지만, 아동용이나 청소년용 잡지를 만드는 것은 전혀 다른 문제였다. 우리의 독자들은 초강력 영웅과 감상적인 이야기와 음모를 밥먹듯이 보면서 자랐지만, 우리는 이런 형식의 오락들이 왜 이토록 강한 호소력을 갖고 있는지 알지 못했다. 사실, 제국이 경제적 자원을 통제하거나 정치적·군사적 결정에 영향을 주는 방식에 관한 연구들은 수천 건이 있지만, 외국에서 들어온 이야기들이 부지불식간에 잠재적이며 은밀하게 수백만 소비자들의 의식을 깊이 물들이는 방식을 파고든 연구는 거의 없었다.

이들 문화상품이 아주 순진한 외관을 하고 있다는 것이 관건인 듯했다. 만일 내가 모범적이고 겉보기에 무해한 한 사례 속에 은밀하게 새겨진 정치적 기획을 밝힐 수 있다면, 나는 이런 문화적 침투를 비판할 수 있을 뿐 아니라 우리가 외국에서 수입하고 있는 매체들의 메씨지를 이해하고 나아가 변화시킬 수 있는 뜻깊은 한걸음을 내디딜 수 있을 것이다. 내 관심의 대상이 될 희생자는 대단한 인기를 모

으는 동시에 명백히 비정치적인 것이어야만 했다. 곧 나는 20세기에
시 가장 많은 사랑을 받은 허구적 인물 하나와 우연히 마주치게 되
었다. 그것은 미국에서 만들어진 만화책의 등장인물로서, 그 만화책
이 칠레에서 한달 동안 판매된 부수는 독립 후 160년 동안 칠레에서
나온 모든 이야기책 부수보다 더 많았다. 그는 나의 오랜 친구였는
데, 어쩌면 내가 두살 반이었을 때 맨해튼의 병원에서 만났거나 어
쩌면 그 이전에 내 태생지인 아르헨띠나에서 내게 처음 소개되었을
지도 모른다. 그는 신경질 잘 내고 꽥꽥거리고 운도 없지만 결국에
는 마음씨 착한 인물이라서 나를 포함한 수많은 어린이들과 어른들
을 즐겁게 해주었다. 도널드 덕이 마침내 내 연구대상이 된 것이다.

이 기획을 위해 나는 매스컴 전문가와 팀을 이루었는데, 그는 아
르망 마뗄라르(Armand Mattelart)라 불리는 벨기에 태생의 사회학
자로서 칠레에 정착하여 아옌데의 실험에 열렬한 지지자가 된 사람
이었다. 1971년 중반 그 뜨거웠던 열흘 동안 우리는 해변에서 함께
『도널드 덕을 어떻게 읽어야 하나』를 썼다. 제3세계의 관점에서 디
즈니 만화 수백편을 꼼꼼히 분석한 이 책은 이후 오랫동안 나의 가
장 악명 높은 책으로 남게 되었다.

예상외로 이 책은 칠레에서 즉각 베스트쎌러가 되었고, 우파로부
터 지독한 비난과 (문화적 투쟁을 혁명의 성공에 핵심적인 요소로
강조하는 어떤 책도 극히 수상쩍게 여기는 공산주의자들을 제외한)
다수 좌파의 열광적인 환호를 받았다. 그후 이 책이 세계 전역에서
수백만부가 팔리고 10여개의 언어로 번역되었다는 사실은 존 버저
(John Berger, 영국의 저명한 미술평론가 겸 소설가―옮긴이)가 나중에 이름
붙였듯이 우리의 "탈식민화 지침서"(몇해 후 출간된 영어본에 대한 존 버저

의 서평에서 인용—원저자 주)가 수많은 독자들의 심금을 울렸음을 말해 준다. 그러나 이 책의 지속적인 인기는 이것이 지구 전역으로 엄청 나게 확산되는 미국의 문화산업에 어떻게 대응하는가의 문제를 다룬 최초의 책이었다는 점에만 돌릴 수 없다고 생각한다. 이 책이 가져다준 충격은 그것의 문체에 힘입은 바 크다. 못말리게 유희적이고 독창적이며, 서정적이면서도 도전적인 문체는 이런 유의 논문의 특징으로 여겨지는 메마른 학문적 언어와 난해한 사회학적 용어 들에서 과감하게 탈피한 것이었다. 칠레의 모습처럼 이 책은 생기로 가득 차 있었다. 그리고 사실 귀기울여 듣는다면 이 책의 건방진 문체의 이면에는 혁명기의 칠레가 천국의(혹은 지옥의) 문 앞에서 용감무쌍하게 행진하는 소리를 출간 당시에도, 그리고 지금도 들을 수 있다. 우리에게 계속 진군하라고 고무하며, 정신적으로나 정서적으로 우리에게 먹이를 주는 저 손을 물어버리라고 선동하는 칠레의 소리를 들을 수 있는 것이다. 그러므로 『도널드 덕을 어떻게 읽어야 하나』는 칠레라는 나라가 외세로부터의 국가적 독립과 스스로 사유하려는 욕망을 선포한 하나의 방식이라고 해석될 수 있다. 하지만 이 책과 당시 나 혼자서 쓴 일련의 다른 산문들—이것들은 나중에 『제국의 낡은 옷』(*The Empire's Old Clothes*)이라는 책으로 묶여 나온다—은 또다른 종류의 독립선언으로도 읽을 수 있다.

미국의 문화적 제국주의에 관한 최초의 책이 어린아이일 때 그 나라에 매료되었고 청소년기를 그 나라를 동경하고 그 나라의 달콤한 멜로디에 맞춰 춤추며 보냈으며 청년기에는 자기 삶의 미국적 부분과 그 삶에 아로새겨진 영어의 의미를 이해하고자 몸부림쳤던 사람에 의해 씌어졌다는 것은 우연한 사건일 수 없다. 그리고 이 작업의 동료로서 외국 출신을, 나처럼 칠레에 너무나 매료되어 마침내 이곳을 자기 고향으로 삼게 된 사람을 찾았던 것도 우연은 아니었다. 우리 둘은 모두 외국에서 왔으며, 한때 우리가 숭배했던 미국 문화의 위험으로부터 우리가 택한 이 나라를 지키려고 애쓴 것이다.

내 이념적 깃발보다 부모님을 더 좋아했던 순진한 일곱살배기 어린아이 적, 나는 내가 미국 대중문화에 표현된 참되고 영원한 미국이라고 이해한 것을 미국의 정치 및 일정 임기의 미국정부들로부터 분리함으로써 정체성의 잇단 위기를 감당할 수 있었다. 나는 후자를 두려워하면서도 전자를 즐길 수 있었고, 애플 파이와 미키 마우스만큼이나 미국적일 수 있었지만 다른 미국인들에게 박해받는 가족의 일원으로 남아 있었다. 미국 대중문화를 비판에서 면제해주는 이런 태도는 1950년대와 60년대 동안 줄곧 내 속에서 지속되었지만, 내 생애 내내 미국적 정체성과 교감을 나누는 통로였던 영어와 버클리에서 절연한 지금에 와서는 한걸음 더─당시의 생각으로는 최종적인 걸음을─내디딜 태세가 되어 있었다. 그것은 이제 정치적 의식을 갖춘 성인이 된 내가 이전의 나였던 그 소년의 문화적 핵심을 지적으로 공격하는 행위였다.

맨해튼의 그 병원에서 아장거리며 걷는 아이 적에 마음먹은 결심을 완전히, 그리고 근본적으로 뒤집으려 한 것이다.

미국이 내 라틴아메리카적 기원에 행한 일을 미국에게 되갚으려 한 것이다.

그러므로, 도널드 덕에 관한 이 책은 혁명이 제기한 매우 구체적이고 집단적인 역사적 딜레마에 대한 두 좌파 지식인의 답변으로 간주될 수 있고 그렇게 간주되어야 마땅하겠지만, 그것은 또한 나 자신의 매우 사적인 라틴아메리카 여정의 정점으로서, 내가 미국과 맺은 마지막 연관들을 축출하는 제의(祭儀)적·공개적 정화행위로도 이해될 수 있다. 이것이야말로 독자들에게 충격을 주는 이 책의 활력, 위기감과 흥분감의 숨겨진 원천이라고 나는 믿는다. 말하자면, 거기 칠레 해변가 집에서 아르망이 서성거리며 왔다갔다하는 동안 나는 의자에 앉아 타자기를 두들겨대면서, 한 단어씩 칠 때마다 내가 경계를 범하고 있다는 것을, 파계(破戒)를 행하고 있다는 것을, 금기를 깨고 있다는 것을, 나를 낳아준 나라를 살해하고 있다는 것을, 마침내 내 안의 미국과 과감히 맞서 그것을 백일하에 드러내고 공개화형을 시키고 있다는 것을 인식한 것이다. 사실상 가장 북아메리카적인 형태의 의식(儀式), 즉 과거를 묻어버리고 깨끗한 바탕으로 새롭게 출발하기를 꿈꾸는 일에 몰두한 것이다.

내가 칠레처럼, 당시의 라틴아메리카처럼 너무 지나쳤다는 것은 의심할 여지가 없다.

순수성과 민족적 자율성을 추구하면서, 이 나라의 경제에서 미국의 영향력을 뿌리뽑으려는 바로 그 분연한 자세로 나의 미국적 분신을 완전히 축출할 저항적 칠레를 열망하면서, 나는 미국의 악랄함과 칠레의 고결성을 과장했고 문화적 교류의 복잡성—외국에서 유입된 대중매체 산물들은 모두 부정적이고 국내에서 우리가 제작하는 모든 것이 고무적인 것은 아니라는 사실—을 진실하게 대하지 못했다. 그리고 나는 나 자신이 유년에 겪은 미국 경험을 칠레와 제3세계에 투사해왔다. 내가 미국에 너무 쉽게 유혹당했고 너무 기꺼이 매혹되고 탐닉했던 탓으로, 머나먼 칠레 땅의 수백만 사람들은 미제국이 어쩌다보니 자신의 노래를 쏟아부은 텅 빈, 순진한 그릇이라고 여겼던 것이다. 그러나 칠레 사람들은 자기들이 접하는 메씨지를 전유(專有)하고 빼앗아 그 의미를 다시 자리매김하고, 그 의의를 변경함으로써 그 메씨지를 그들 자신의 것이라고 주장하기까지 하는, 뒤엉키고 잡종적이며 약삭빠른 사람들이다.

하지만 이런 것들은 나중에 가서야 알게 된 저항의 형태들이다. 그 당시 나는 지금과 달리 미국과 대화하지 않았고, 그 체제 내부에서 그 체제를 교란할 공간을 찾지도 않았다. 나는 결별을 모색하고 있었으며, 옛 연인과의 관계를 청산할 요량이었다.

60년대 내내 나는 이전에 미국에 빠져 있었던 사실을 부끄러워했고 그것을 숨기려고 했으며, 그런 일은 있지도 않았다는 듯 행세했다. 그런데 지금 갑자기, 그 연관은 소중한 것이었다는, 어려운 시기의 조국을 자유롭게 하기 위해서 꼭 필요한 것이었다는 생각이 든다. 미국과의 연관에는 의미가 있었고 그 모든 것이 이치에 닿았다. 말하자면, 그런 의미야말로 내가 미국으로 갔던 이유이자 미국과 사랑에 빠졌던 이유인 것이다. 미국을 경험했기 때문에 수년 후에 나는 그 연애사건의 위험을 간파하고 낱낱이 파헤칠 수 있었으며, 나의 새 동포들에게 나의 전철을 밟지 말라고 경고할 수 있었다. 그리하여 그들은 내가 옛날 어린아이 적에 거부하지 못한 것을 이제 거부할 수 있게 된 것이다.

내가 미국을 꿰뚫어보고 속속들이 알고 있었기에 마침내 대다수의 내 동포와 전세계의 수많은 사람들이 나를 칠레 작가로 여기게 되었다는 것은, 내가 부유한 북(北)에서 그렇게 오랜 세월을 보냈기 때문에 라틴아메리카의 가난한 사람들의 대변자가 되었다는 것은 역설적이다. 그런데 더욱 역설적인 것은 나를 그 나라에 그토록 확

고히 정박시켜준 그 책이 내 망명의 주요 원인 가운데 하나가 된다
는 점이다. 디즈니를 공격함으로써 나는 칠레의 분개한 열성독자 수
천명에게 증오의 대상이 되었다. 입에 거품을 무는 거구의 노파들이
자기들 차로 나를 치어버리려 한 적이 여러 번 있었고, 어느날 밤에
는 한 무리의 성난 아이들과 부모들이 플래카드를 들고 목청껏 "도
널드 덕 만세!"를 외쳐대며 싼띠아고의 우리 방갈로 집에 돌을 던졌
다. 도널드 덕의 명예를 수호하려는 자들이 아옌데가 대통령으로 있
는 동안 내게 감히 할 수 없었던 일들은 쿠데타가 일어나 입장이 뒤
바뀌자 얼마든지 가능해졌으니, 디즈니에 관한 우리 책, 최신판 수
천부가 발빠라이쏘 항구에 처박히는 신세가 되었다. 우리의 책은 오
리에 관한 것이지만 물 속에선 숨을 쉴 수 없었고, 만일 그들이 나를
붙잡아 내 머리를 똥물에 처박기로 작정한다면 나 또한 숨쉴 수 없
을 것이다. 나는 빈정대는 선장 하나가 내 머리카락을 움켜잡아 내
머리통을 치켜들면서 자기에게 구피(Goofy, 디즈니 만화의 주요 등장인
물—옮긴이)를 좋아하는 아들이 하나 있는데 도대체 디즈니 인물이 뭐
가 그렇게 못마땅한지 이제 남자 대 남자로 설명해보겠느냐고 을러
대는 모습을 상상한다.

『도널드 덕을 어떻게 읽어야 하나』에 관해 조사하고 집필하는 동
안 나는 이런 식의 사태 진전을 전혀 예상하지 못했다. 나는 그냥 써
내려 갔고, 60년대에 품었던 라틴아메리카의 정체성에 관한 식인(食
人) 이론을 문학적으로 실천할 수 있다는 사실을 즐겼을 뿐이다. 디
즈니가 뉴욕의 유년 시절의 나를 잡아먹으려 했으니, 이제 칠레의
어른이 된 내가 그를 잡아먹고 그에게 바싹 구운 그의 오리에다 잘
게 썬 그의 쥐들까지 덤으로 보내주겠다는 심정이었다.

혁명적인 70년대 초반 당시로 돌아가 내 목소리를 들어보라. 내 목소리에 깃든 그 오만함에 귀기울여보라. 내 목소리에 깃든 망상에 귀기울여보라.

우리가 디즈니를 잡아먹으려 했던가?

내 은유의 세계에서, 칠레와 그밖의 지역에서 유통되던 우리의 도널드 덕 비판서에서는 어쩌면 그랬을지 모른다. 하지만 현실세계에서는 그의 이름을 단 기업이 지구 전체를 게걸스럽게 먹어치우게 되었고, 지구상에서 가장 강력한 거대 연예·오락 산업체의 하나가 되었고, 나는 죽은 자들을 기억하면서 추억만을 간직한 채 여기, 조국에서 멀리 떨어진 이곳에, 홀로 있다. 혁명이 시작되던 날 발코니 아래 서 있던 그 젊은이에게 어떻게 하면 신의를 지킬 수 있을지, 광장을 바라보며 새로운 국가의 탄생을 목격하던 그의 비전을 어떻게 하면 고수할 수 있을지 그 난제와 씨름하고 있다.

이것은 칠레에서의 마지막 날 이래, 아르헨띠나 대사관의 관리 하나가 군사 쿠데타 정권이 칠레를 떠날 나의 권리를 수주간 거부하다가 마침내 통행권을 승인했다고 알려준 12월 초의 그날 이래 줄곧 나를 따라다닌 문제이다. 그 다음날이면 나는 이 나라에서 추방되어, 아르헨띠나로 가도록 허락될 것이었다.

다음날 아침 나는 몇몇 난민들과 함께 공항으로 향하는 경찰 밴을 타고 알라메다 거리를 달리고 있었다. 바깥에는, 내 손이 닿는 바로 그 곁에는 싼띠아고의 차들이 소란스레 달리고 있었고, 사람들은 바삐 출근길에 나서서 버스로 몰려가고 그들 바로 곁에서 그들의 동포 한 무리가 얼마나 오래 갈지 모를 시간 동안 그들을 떠나게 될 것임을, 몇시간 후면 우리가 저 공기를 숨쉬지 못하고 저 안데스산맥을 보지 못하게 될 것임을 까맣게 모르고 있었다. "이 기억을 꼭 간직하리라"라고, 지금 생각하면 지나치게 멜로드라마 같고 과도한 감상에 젖어 나는 속으로 중얼거렸다. "예나떼 데 칠레"(너 자신을 칠레로 가득 채우라).

바로 그때 나는 우리를 보호하기 위해 동행하던 아르헨띠나 외교관을 돌아보며 충동적으로 말했다. "모네다궁 쪽으로 지나가달라고 말해줄 수 있겠소? 조금만 돌아가면 됩니다."

이것은 택시 운전사에게나 던질 말이지 당신을 당신 나라에서 쫓아내려는 경찰 호송대에게 할 제안은 아니었지만, 그 외교관은 내 부탁이 죽어가는 자의 마지막 청인 것처럼 호의를 베풀기로 결심했다. 그는 모네다궁으로 돌아가라고 명령했다.

나는 그 발코니가 나를 부르고 있었다는 듯 마침내 이곳으로 돌아왔다. 3년 전에 이곳은 희망의 상징이었는데, 쿠데타 발발 며칠 후인 두 달 전에 모네다궁을 지나쳐 갔을 때, 잠든 군인을 죽이지 않기로 결심했을 때는, 이곳이 억누를 길 없는 분노로 나를 짓눌렀다.

이제 경찰 밴 창문의 열십자 모양의 철망 뒤에서 황폐한 발코니가 순식간에 지나치는 모습을 언뜻 보면서, 막 추방되려는 이 순간, 벌써 뒤로 물러나는 한 나라와 아직 현실로 구체화되지 않은 이국의 세계 사이에 끼여 오도가도 못하는 상태에서, 나는 도전받고 있음을 깨달았다.

광장을 통과하고 모퉁이를 돌 때 발코니의 텅 빈 모습이 내 속으로 뚫고 들어왔고, 다음 순간 그 모습은 시야에서 사라지고 우리 뒤쪽으로 지나가 보이지 않았지만 나는 그것이 내 안에서 점점 자라나는 것을 느낄 수 있었다. 그곳의 어둠이 나를 공허 속에 삼켜버릴 듯,

그것은 마치 아옌데의 존재를 제거함으로써 그가 당당하게 거기 서서 미래의 시작을 알리던 그날을 깡그리 없애버렸던 것처럼, 우리 모두를 칠레의 기억으로부터 영원히 지워버릴 듯한 느낌이었다. 나는 나를 절망 속으로 빨아들이는 그 검은 구멍과 맞서 싸웠고, 예전의 그 발코니를 살려놓겠다고, 만약 다가오는 세월 동안 우리가 내면에서 그 발코니를 강렬하게 살려놓고 뜨겁게 간직한다면 칠레의 그 모든 영광을 되살릴 수 있을 것이라고, 우리가 부활할 그 나라로 돌아올 수 있을 것이라고 속으로 되뇌었다.

과거에 대한 충성을 유지한다는 것은 거의 불가능한 과업임이 입증될 것이다. 그 과업은 20여년이 지난 지금 대륙의 반대편에 있는데도 여전히 나를 자극하는 도전이다. 노스캐롤라이나의 내 서재에 나란히 놓인 두 장의 발코니 사진을 바라볼 때, 칠레의 빛나는 과거와 위협적인 현재의 사진들이 나를 바라볼 때, 지금도 나는 그 과업과 씨름하고 있다.

이 사진 중 하나가 다른 하나를 삼켜버리게 하지 않겠노라고 맹세하던 순간 이 사진들이 내게 물었듯이, 지금 그것들은 아마도 내 삶에서 가장 고통스러운 정치적 질문을 던진다. 저 과거가 그토록 찬란하고 희망차며 참여를 촉구하는 것이었다면, 어째서 그것이 현재의 블랙홀이 되어버렸는가? 어째서 이 발코니가 저 발코니로 변해버렸단 말인가? 저 두번째 사진은, 저 두번째 발코니는, 사라지고 없는 발코니의 모습은, 우리의 패배를 심문하고, 우리의 전망 부재를 심문하고, 혁명을 시작한 그날 우리가 어떻게 그토록 잘못될 수 있었는지를, 어떻게 우리가 임박한 파국에 그토록 눈멀 수 있었고 그런 파국에 이르는 길을 줄곧 닦아놓은 우리의 과오에도 눈멀 수 있었는지 대라고 요구한다.

이것은 사라질 질문이 아니었고, 우리 각자의 개별적 대답뿐만 아니라 아옌데를 지지했던 모든 칠레인들의 집단적인 대답을 요구했다. 우리를 삼키는 저 검은 구멍은 집요하게 회고하듯 과거를 되풀이하면서 과거가 유효함을 입증한다고 해서 사라지지 않을 것이다. 왜냐하면 과거란 우리가 현재 살고 있는 이 미래에 대한 책임이 있으며, 우리가 그 책임을, 그 비극적 파국에 대한 우리의 책임을 인정할 때까지는 어떠한 변화도 있을 수 없기 때문이다. 우리는 CIA를, 미국을, 과두정치를, 군부를, 우리가 원하는 무엇이건 비난할 수 있지만, 우리가 대다수 칠레인들을 개혁의 후원자로 삼을 수 있었다면 그들은 결코 이기지 못했을 것이다. 그러나 실제 상황은 그렇지 않았고, 아옌데 시절에 우리가 구축하지 못한 광범위한 연합을 지금 구축하지 못한다면 우리는 결코 삐노체뜨를 제거하지 못할 것이다. 과거가 우리를 갈라놓는 한 그는 계속 권좌에 머물 것이다.

너무도 복잡한 이런 정치적 과업을 어떻게 달성할 것인가, 삐노체뜨 장군을 권좌에서 축출하고 우리가 지혜롭고 성숙하지 못해 지키지 못했던 민주주의를 되찾게 될 광범위한 전선을 어떻게 창출할 것인지는 이 책의 주제가 아님이 분명하다. 하지만 적어도 그 과업의 어려움만큼은 언급해야겠다. 그렇지 않다면 경찰 밴을 타고 망명길로 달려가는 그 젊은이의 진정한 고민을 결코 이해할 수 없을 것이기 때문이다.

나더러 과거의 실수가 무엇인지 샅샅이 살펴보라는 이 불가피한 요구를 가능한 한 구체적으로 생각해보자.

당시 내 기억으로는 우리의 동맹군이 되었어야 마땅하고 다가올 세월 동안 삐노체뜨에 맞서는 동맹군으로서 없어서는 안될 바로 그런 사람들에게는, 우리와 함께 삐노체뜨에 맞서자고 설득했어야 했던 그런 사람들에게는, 영광스럽고 매혹적이었던 과거가 고통스럽고 정신적 상처를 주는 충격으로 지각되었다.

이런 분열을 설명하자면, 인민통일전선에 의해 부당하게 상처입은 한 사람에게 초점을 맞추는 것보다 더 나은 방법은 없을 것이다. 내가 망명기간 중 여러 번 후회하는 심정으로 기억한 그 사람은 싼띠아고에서 우리의 친구이자 이웃이었고 로드리고의 절친한 소꿉동무의 아버지인 돈 빠뜨리시오였다. 그는 차분하고 점잖으며 조용한 사람으로서, 밀가루 배급을 담당하는 정부기관의 회계사로 일했던 진보적인 기독교민주당원이었다. 그는 자신이 야당이라고 느끼기는 했으나 아옌데가 출범시킨 칠레의 변화에 기꺼이 헌신하겠다고, 오후에 같이 차를 마시며 여러 차례 내게 말했다. 그러나 돈 빠뜨리시오는 따돌림과 수모를 당했고 여러 달 동안 아무 일도 주어지지 않은 채 책상 앞에 앉아 있어야 했으니, 단지 아옌데파가 아니라는 이유로 차별대우를 받은 것이다. 그가 눈물을 삼키며 사직했다고, 더이상 증오를 견딜 수 없다고 말하던 그날을 나는 기억한다. 나는 어떻게 대답해야 할지 알 수 없었다. 나는 그에게 동정을 보냈고, 이런 일들은 십중팔구 일시적인 오해일 것이라고 지적했으며, 어쩌면 이런 사소한 희생은 이 나라가 해방되기 위해서는 불가피한 것인지 모른다고 암시했다. 나중에, 그가 허공을 바라보던 곳에서 지척에 있는──그의 바로 옆집인──우리 집에 돌아와, 그의 분노와 좌절을 떠올리며 나는 그에게 직접적으로 상처주는 일은 결코 하지 않았다고 스스로에게 어설픈 변명을 했다. 그러나 나는 그가 받고 있는 부당한 대접을 비난하지 않았으며, 이런 대접은 내가 나 자신의 많은 동료들을 대하는 바로 그 방식이었음을 깨닫지도 못했다(그런 내가 전투적 당원들 가운데서는 가장 관대하고 이해심 많은 편이었다니!). 나는 정당하게 나와 견해를 달리하는 동료들을 공개적으로 비난하고 사적으로는 배신자로 제쳐놓았던 것이다. 나는 그 사건을 자성의 기회로 삼지 않았다. 말하자면 우리가 충분히 민주적이지 못한 행동을 한다는 것을, 우리가 혁명을 합리적인 것의 경계 너머로 몰아가고 있다는 것을, 우리가 돈 빠뜨리시오 같은 사람들은 중요하지 않다는 듯, 그들의 이견(異見)은 소중하기는커녕 멸시받아 마땅하다는 듯, 합의란 곧 죄악이라는 듯 그들을 역사의 뒤안길에 쓸어넣어 버렸음을 깨닫지 못한 것이다. 우리의 상대편, 치노 우르끼디의 편이 더욱더 폭력적이고 분파적이며 권력에 굶주렸다는 사실이 우리자신의 태도 변화를 더욱 어렵게 만든 것은 분명하지만 말이다.

나는 이 회고록에서 해방의 경험이 얼마나 충일한 것이었는지, 그 무엇도 지구상의 가난한 사람들이 자기들의 운명을 되찾는 광경을 지켜보는 희열에 비할 수 없다고 적었다.

우리에게 그처럼 신명났던 일이 우리의 낙원의 비전에서 배제되었다고 느낀 사람들에게는 위협적이라는 것을 이해하기란 어려웠고, 그걸 이해하는 데는 여러 해가 걸릴 것이었다. 우리는 그들을 의미 없는 존재로 증발시켰고, 미래에는 여기 있지 않을 존재로 상상했으며, 그들에게 우리의 여정에 동참하지 않으면 영영 사라져버리는 것 이외의 대안을 제시하지 않았다. 바로 그런 관점이 우리를 반대한 사람들에게 원초적 공포를 촉발했다고 나는 믿는다. 당시 나는 미래로 넘쳐흘러 미래의 싹을 틔우는 새로운 목소리와 삶의 경이로 가득 차 있었지만, 그들이 어떻게 느끼는지는 거의 고려하지 않았다. 우리는 그들이 너무나 보수적이고 역사에 뒤처지고 한물갔으며 구닥다리였고, 우리와 관련된 한에서는 이미 죽은 사람이나 마찬가지였기 때문에 그 사람들을 미라라고 불렀다. 결국 우리는 돈 빠뜨리시오처럼 우리편이었고 우리와 함께 새로운 나라를 향한 여정에 참여했어야 마땅하지만 자기들의 안전과 미래에 대해 두려워하게 된 수백만의 칠레인들을 미라라는 정의 속에 포함시키고 말았다. 우리는 돈 빠뜨리시오들을 치노 우르끼디들로 변모시킨 것이다.

망명과 패배의 세월을 통해 나는 우리가 전적으로 우연한 존재일 수 있고, 우리가 행하거나 믿었던 모든 것이 덧없는 먼지가 되어버리고, 우리 목숨이 붙어 있는 것은 오로지 권력자들이 우리 몸에서 영혼을 제거해버렸기 때문임을 문득 깨닫는 것이 어떤 기분인지 차차 알게 되면서, 우리의 반대파들이 그들의 세계가 붕괴하는 광경을 보면서 필시 겪었을 두려움을 이해하게 되었다. 그러나 당시 나는 광신적이었기에 그들의 괴로움에 귀기울이지 않았다. 그들이 겁먹고 있는지 아닌지 진정으로 신경쓰지 않았다. 사실 우리는 그들의 공포를 즐겼고 그들과 운명에 대한 지배력이 가져다주는 짜릿함을 만끽했다. 이번에는 그들이 역사의 칼자루를 쥔 쪽이 아니라 칼날을 받는 쪽에 있다는 사실을 즐거이 음미하는 지경에 이른 것이다. 우리에 대한 공포가 자라나 마침내 그들의 마음속에 우리가 괴물로, 죽여야 할 괴물로 부풀어올라 있다는 것을 우리는 깨닫지 못했다.

모네다궁의 발코니가 우리에게, 그리고 나에게 요구하고 있는 것은 바로 이런 실수들과 그밖의 많은 것들에 대한 인정이다. 세월이 지남에 따라 나는, 내키지는 않지만 그 젊은이와 그가 경험한 그 3년을 구석으로 몰아넣는 데 정성을 쏟을 것이고, 그 젊은이를 이 글의 필자로 서서히 변모시킬 것이며, 내가 이 패배에서 무엇을 배웠는지, 어떻게 해서 내가 저 발코니의 검은 구멍이 생겨나는 데 무심코 일조한 자들 가운데 하나가 되었는지 그에게 말해줄 것이다. 나는 그에게 국가가 칠레의 모든 문제를 해결해줄 것으로, 혹은 혁명이 그의 모든 문제를 해결해줄 것으로 믿지 말았어야 한다고 말할 것이다. 나는 그에게 전체 민중에게 그를 구원할 짐을 지운 것은 부당했다고 말할 것이다. 순수에 대한 욕망이 광신과 종족분쟁과 근본주의를 낳을 수도 있다고 말할 것이다. 나는 그에게, 아무리 호의적이라 해도 가부장적인 목소리로 가난한 사람들을 대변할 필요는 없다고 말할 것이다. 나는 그에게 모든 것을 정치와 이데올로기로 환원하면, 삶을 전체화하고 삶에서 신비를 짜내버리고 때론 설명할 수 없는 것들을 너무 쉽게 설명해버리게 된다고, 자신의 불완전함을 수용할 여지를 남기지 않게 된다고 말할 것이다. 나는 그에게 둔감함이나 정치적 편의로 말미암은 사회주의국가에서의 인권침해 사례에 눈감지 말았어야 한다고 말할 것이다. 나는 그에게 어떻게 여성이 혁명에서 하위에 놓이게 되었는지, 그리고 어떻게 자연에 대한 우리의 태도가 자연을 약탈하고 오염시키는 것임을 인식하지조차 못했는지 말할 것이다.

나는 미래에서 과거를 돌아보면서 이런 점들과 그 이상의 것을, 그리고 내 생각에 그가 잘못한 모든 것을 그에게 말할 것이다.

하지만 그에게, 예전의 나였던 그 젊은이에게 말하지 않을 것이 하나 있다. 나는 과거의 나의 분신인 그에게, 그가 저항한 것이 잘못이라고 말하지 않을 것이며, 결코 그렇게 말한 적도 없다.

젊은이, 저항한 것은 옳았네.

나는 공항으로 가는 도중의 바로 그 경찰 밴 안에서 그런 확신에 도달할 것이다.

내 옆에 있는, 나와 함께 추방되고 있는 사람은 내가 실명이 기억나지 않아 그냥 후안이라고 부르기로 하는 노동자이다.

그는 목숨을 구하려고 아르헨띠나 대사관에 피난처를 구한 몇몇 노동자 가운데 하나였다. 우리는 두어 차례 우연히 대화를 나눈 적이 있었다. 그는 통조림(통조림이라고 한 것 같다)을 생산하는 공장에서 일했는데, 인민통일전선혁명이 일어나자 그와 그의 동료들은 크나큰 위기에 직면하게 되었다고 한다. 아옌데가 집권한 첫 해 동안, 대통령의 정책은 경제 붐을 일으켰다. 임금과 복지수당이 인상되자 소비가 급상승했고 그것은 다시 대규모 생산증대로 이어졌다. 그랬으니, 물건이 더 많이 팔리고 후안과 동료 노동자들에게는 좀더 나은 생활이 오지 않았겠는가? 전혀 그렇지 않았다. 혁명에 반대한 공장주인은 혁명이 그의 재산을 위협하지 않았음에도 불구하고 생산을 싸보따주하기로 결정했다. 공장주인은 기계 부품을 더이상 주문하지 않았고, 이미 적절하게 자리잡은 이익분배협상을 봉쇄했고, 신규노동자 채용을 거부하면서 불평분자들을 해고하겠다고 위협했다. 그는 떼돈을 벌 수 있었는데도 자본을 사업체에서 빼내 이 나라를 뜰 준비를 하면서 비밀리에 파산절차를 준비하고 있었다. 노동자들은 여러 달 동안 인내심을 갖고 이 계급전쟁을 주시하다가 공장주인이 업체 전체를 폐쇄하겠다고 발표하자 마침내 공장건물을 접수해버렸다. 그것은 그들의 일자리를 지키고 칠레가 필요로 하는 식량을 계속 생산하는 유일한 방법이었다. 아옌데 정부는 이 갈등에 개입하여 공장주인과 보상안을 협상했고 노동자들을 통제했다. 후안은 2년 동안 그 공장을 운영할 평의회 의장으로 선출되었다. 불가피한 실수도 없지 않았지만 사업은 경제적인 면에서 성공을 거두었다.

그러나 내게 그 당시의 이야기를 할 때 후안의 마음을 설레게 한 것은 다른 종류의 성공이었다. 칠레혁명은 그에게 온전한 인간으로서의 자신의 존엄성을 입증할 기회를 주었고, 그와 수백만 노동자들을 통하여 사물의 질서가 예전 방식과 꼭 같을 필요가 없는 세상에 대한 어렴풋한 가능성을 감히 생각해볼 기회를 주었다.

이것이야말로 세상의 통치자들이 그토록 사납게 반응한 이유였다.

후안은 이 점을 이해했고, 우리가 싼띠아고 시를 가로질러 망명길에 오르던 그날 오싹할 정도로 단순하게 그것을 내게 설명했다.

"우리는 대가를 치르고 있어요." 기죽은 시민들과 살벌한 군 정찰대로 가득한 그 거리를 향해, 지배권을 행사하러 돌아와 있던 주인에게 바로 그 순간 반환되고 있는 공장 쪽을 막연히 가리키며 그는 말했다. "우리는 벌받고 있는 거예요. 기쁨을 누린 대가를 치르고 있는 겁니다."

그는 삐노체뜨 장군의 군사 쿠데타가 경제적·정치적 권력의 운영권을 이전의 소유자들에게 돌려주기 위해 의도된 것임을 알고 있었다. 그리고 반혁명이란—익명성의 심연에서 표면으로 부상하여 자기들과는 인연이 없다고 여겨지던 역사의 한복판에 당당히 나선—기층민중을 훈계하는 일종의 교훈으로서 구상되었다는 것도 그에게는 명백한 사실이었다.

그의 몸과 우리 모든 동무들의 몸은 궁극적으로는 상상력의 행위 때문에 벌받고 있었다. 삐노체뜨는 후안과 그와 같은 수백만의 사람들이 전술적인 측면에서가 아니라 인간적인 전략, 즉 반란 *그 자체*를 *꿈꾸었다*는 점에서, 그들이 태어나기 전부터 정해진 삶과는 다른 대안적인 삶을 감히 꿈꾸었다는 점에서 실수했음을 인정하게 만들려고 했다.

삐노체뜨가 준비하고 있었던 세상은 그로부터 20년 이상이 지난 지금 우리가 알고 있는 이 세상과 다르지 않았다. 그는 '혁명'이라는 말이 조깅화의 선전문구로 전락하고 탐욕이 선으로 선포되고 이윤이 가치판단의 유일한 기준이 되고 냉소주의가 지배적인 태도로 군림하며 기억상실증이 과거의 모든 고통에 대한 해결책으로 치켜세워지며 정당화되는 세상을 벌써 준비하고 있었던 것이다.

그것이 바로 저 발코니의 검은 구멍이 내게 전하는 궁극적인 메씨지가 아니었을까? 그것이야말로——벽에 적힌 죽음의 표지를 보지 못한 우리의 무능이 아니라, 자신의 한계와 실책에 눈감는 아둔함이 아니라, 이 가련한 지구가 어디로 가고 있는지를 보지 못하는 한층 더 심각한 눈멂이야말로——진정한 맹목이 아니었을까? 아옌데의 혁명이란 미래의 물결이라기보다 죽어가는 과거의 최후의 헐떡임이라는 것, 다가오는 20년 동안 우리가 세계사의 대세를 거슬러 헤엄쳤음이 확인되리라는 것, 그리고 설령 우리가 완전무결하게 결백했다고 하더라도, 설령 우리가 우리의 헤아릴 수 없는 착오들 가운데 단 하나의 착오도 일으키지 않았다 하더라도——우리는 공룡이었고 과거 속에 묻힌 존재들이었고 세계화에 저항하고자 한 사람들이었고 우리 삶의 기초를 신자유주의적 경쟁과 개인주의가 아닌 다른 어떤 것에 두고자 한 사람들이었고 인간이 정말 어떤 존재인지를, 그리고 그들이 정말 무엇을 원하는지를 보지 못한 사람들이었기 때문에 ─ 아우구스또 삐노체뜨 장군의 쿠데타는 불가피했다는 것이 그 검은 구멍의 궁극적인 메씨지가 아니었을까?

후안이 배우고 있었던 것이 바로 이것 아닌가?

절대 자기자신을 대안으로 꿈꾸지 말라는 것 아닌가?

그러나 아무리 많은 실수를 그가 저질렀고 우리가 저질렀고 내가 저질렀다고 해도, 우리는 모네다궁의 저 발코니 속으로, 우리 모두를 집어삼키려 위협하는 저 발코니의 검은 구멍 속으로 사라졌어야 마땅한 존재들은 아니었다.

그때 그 밴 안에서, 그리고 수많은 세월이 지난 지금도 나는 후안에게 그의 환희가 비현실적인 것이었다고 말할 생각은 추호도 없다.

그것이야말로 내가 아무리 많은 것을 기꺼이 변화시키고 싶다 해도 결코 넘을 수 없는 경계선이었다.

내 말을 오해하지 말기 바란다. 아옌데의 발코니 아래 서서 나 자신을 우주의 모든 억눌린 목소리들의 통로로 여겼던 그날 이래 내가 엄청나게 변모했음은 물론이며, 그런 것들이 바로 내가 축복하는 변화들이고 내가 역사에서 배울 필요가 있었던 변화들이다.

그러나 내가 그 젊은이였다는 것을 후회하지는 않는다.

내가 다시 한번 나 자신을 기만하고 있는 것인가? 내가 과감히 자신을 굴레에서 끊어내지 못해, 죽음에 맞서 고향을 발견한 내 삶의 그 시기를 놓아버리면 내 정체의 연속성이 무너질까 두려워 저 과거를 옹호하고 있는 것인가? 이것이 유년의 너무나 이른 시기에 나를 찾아와 한번도 떠나지 않은 죽음을 속이려 드는 내 상상력의 마지막 저항인가?

어쩌면 그럴지도 모른다.

만약 그렇다면, 만약 이것이 존재하지도 않고 존재할 수도 없는 미래를 상상하려는 또 한번의 시도라면, 그렇다고 해두자. 하지만 희망이 존재함을 믿지 않고는 이 세상에서 살 수 없는 한 인간이야 말로, 이것이야말로 내 정체성의 밑바탕이다.

나는 많은 나라와 많은 언어를 거친 긴 여정 후에 나 자신에 대해 이런 결론에 도달했다.

쿠데타 이후 이 생각은 줄곧 죽음의 시험을 받았다.

다가올 세월 동안 이 생각은 한층 더 위험한 어떤 것의 시험을 받을 것인데, 그것은 내가 그것의 존재에 관한 작품을 쓰면서 엄청난 지면을 채웠음에도 불구하고 죽음처럼 결코 실제로는 맞닥뜨린 적이 없는 하나의 현실이었다. 나는 부인할 수 없는 악의 현실과 얼굴을 정면으로 대면할 예정이었다.

일화 하나가 더 있다.

당시에 일어난 일은 아니지만, 나중에 어떤 여행길에서 나는 칠레에서 고문당한 한 여자를 만났다.

그녀가 내게 말하기를, 최악의 순간에서 자기가 살아남은 것은 네루다 아니면 마차도(Machado, 안또니오 마차도와 마뉴엘 마차도 형제는 19세기 말 20세기 초 스페인의 유명한 시인들이었음—옮긴이)의 시 몇행——묘하게도 그 시인이 누구였는지 어떤 시구였는지 지금은 기억하지 못했는데——을 끊임없이 반복해서 암송한 덕택이라는 것이다. 그녀는 그 시에 물과 나무에다,바람에 관한 어떤 내용이 들어 있었다고 생각했다. 중요한 것은 그녀가 그 시구에 맹렬히 집중했기 때문에 고통을 가하는 남자들과 자신이 얼마나 다른지를 거듭 명심할 수 있었던 점이다. 그녀는 자신의 내면에, 그 자들의 손과 그 손이 자기에게 가하고 있는 영역 너머에, 온전함을 유지할 수 있는 자기만의 공간이 있음을 발견했다. 그녀 자신이 그들의 침범을 막아낼 수 있는 한 작은 지역을 발견한 것이다. 그녀에게 이 방패를, 이런 언어의 수호 천사를 제공하고 있었던 것은 어떤 죽은 시인이었다. 그 시구를 나지막이 되뇌면서, 그녀는 자신이 영원히 절멸하리라고 생각했다는 것이다.

삐노체뜨 장군은 살아 있고 아옌데는 죽은 이 역겨운 세상에서 바로 이 순간에도, 그녀와 같은 많은 사람들이, 익명의 알려지지 않은 사람들이 자기들을 지워버리고 역사의 블랙홀 속으로 빨아들이려는 온갖 시도를 견뎌내고 있다는 것을 어찌 의심할 수 있을까? 어쩌면 그들은 그녀처럼 살아남아 자신의 이야기를 하지 못할지도 모른다. 하지만 어쩌면 그들 역시 우리에게 메씨지를 전하고 있는지도 모른다. 확신할 순 없는 것이다.

우리는 다만 그들의 말이 전달되고 있다는 듯이 거기에 대답할 수 있을 뿐이다.

그 여인은 설령 들어줄 사람이 아무도 없다고 해도 자신의 소리가 들리기를 희망하고 있었다는 것을 우리는 알고 있다. 그녀 자신에게만 들리기를 바란 것은 아니다. 그녀가 말하고자 한 것은 단순하다. 설령 아무도 들어주지 않는다 해도, 설령 지상에서 사라지는 것이 그녀의 운명이라 해도, 그녀는 하나의 물건처럼 취급당하고 싶지 않았던 것이다. 그녀는 자신의 삶과 자신의 죽음을 다른 사람이 이야기하도록 내버려두고 싶지 않았던 것이다.

이 세상에 그녀와 같은 사람이 단 하나라도 있는 한, 나는 그녀의 투쟁할 권리와 우리의 기억할 의무 양자를 옹호할 것이다.

내가 더이상 무슨 말을 할 수 있겠는가?

다시 한번 **삶**과 **언어**와 **죽음**을 다루는, 마지막 장 |에필로그|

내가 칠레를 떠나기도 전에 영어는 다시 복귀했다.

다시는 쓰지 않겠다고 맹세한 그 언어가 내 삶 속으로 다시 기어들었을 때, 내 신체 바깥으로 내보냈다고 여겼던 미국이 내게 미래를 들이대면서 '네가 더이상 통제하지 못하는 세상에서 너보다 강한 타자들의 처분에 내맡겨진다는 것이 어떤 의미인지 아느냐'고 속삭였을 때, 나는 아직 아르헨띠나 대사관에 있었다.

정오다.

내가 눈을 감고 죽은 자로부터 물려받은 담요를 말아 머리 밑에 베개 삼아 베고 대사관 정원에서 햇볕을 쬐고 있는데, 싼띠아고의 봄 공기를 가로지르는 미국여자의 목소리가 들린다. 착각일 거야. 나는 중얼거린다. 이 대사관에는 북아메리카인이라곤 없어. 라틴아메리카의 실패한 혁명의 대표들만 다 모였지. 거기에 이제 우리도

긴 거지. 저무는 대륙이야. 우루과이는 일년 전에, 볼리비아는 두 달 전에 실패했고, 뻬론은 아르헨띠나에서 우파적인 공약을 내걸고 권력에 복귀하고 있으니, 이제 곧 라틴아메리카에서는 갈 곳이 없을 거야. 우리 칠레인들도 이제 곧 이국을 떠돌며 가상의 삶을 살 것이고, 물 떠난 고기처럼 의지할 국민도 없는 혁명가들이니, 우리는 모두 바로 이런 망명자가 되어 있을 거야. 지금 내가 고려하고 있는 그런 망명자 말이야. 이 모든 생각들이 내 머리를 스칠 때, 나는 19년 전 칠레에 도착했을 당시의 내가 필시 발음했을 소리의 메아리처럼, 지독한 미국식 강세와 엉터리 스페인어 문법을 구사하는 그 여자의 목소리를 들으려고 귀를 기울인다. 누구의 목소리이건 간에, 그 목소리는 정원사인지 도급자인지 관리인인지 하여간 누군가에게 지시를 하고 있다. 그녀는 이 사람들이 떠나기만 하면 여기를 몽땅 수리해야겠다고 말하고 있다.

나는 눈을 뜨고 눈에서 햇빛을 가리고 팔베개를 해서 몸을 조금 일으킨다.

중년의 한 부인이 바로 내 앞에 서서, 마치 침입자들을 그녀의 마음에서 벌써 쓸어내기라도 하듯, 술래잡기를 하고 있는 세 명의 엘쌀바도르 개구쟁이들이 지르는 고함소리조차 잊은 듯, 난민들로 들끓는 이 정원을 낱낱이 살피고 있다. 개구쟁이들은 손대는 것은 무엇이건 망쳐놓기 때문에 우리가 '로스 떼르미따스'(흰개미)라는 별명을 붙여준 녀석들이었다. 그 녀석들은 대사관 무도장에 있는 그랜드 피아노의 다리를 갉아놓았고, 벽이란 벽은 모조리 긁어놓았고 화장실을 물천지로 만들었다. 그 녀석들이 자신들의 고향땅에 돌아가는 날이면, 엘쌀바도르를 괴롭히는 우파 독재를 녀석들 단독으로 거뜬히 없애버릴 수 있으리라고 우리는 확신한다. 녀석들의 날카로운 비명소리가 점점 가까워짐에 따라 나는 약간 긴장하여 일어나면서 녀석들이 내 담요를 훔치려 들지 않기를 바라며 담요를 움켜잡다가, 녀석들이 저쪽으로 방향을 바꾸는 것을 보자 마음이 놓인다. 녀석들은 정원 한복판에 잘 차려입은 만만찮은 부인 하나가 있음을 알아챘고, 어떤 약삭빠른 본능의 경고를 받은 듯, 계속 지시를 내리는 그 강력한 존재를 피한 것이다. 나는 그녀가 누구인지 알아차린다. 며칠 전 아르헨띠나 신임 대사가 도착했고 대사 부인이 곧 나타날 것이라는 소문이 나돌았는데, 지금 그녀가 여기에 당도한 것이다. 그러나 어느 소식통도 그녀가 미국인일 거라거나, 이곳을 임시거처로 삼은 수백의 몸뚱이들이 망쳐놓은 풍경을 개조할 계획을 짜려고 관내를 사찰(査察)하는 것이 그녀가 처음으로 할 일이라고는 귀띔하지 않았다.

지금, 정원의 외딴 모퉁이에서, 내 슬리핑백이 기적처럼 하늘에서 떨어졌던 그 벽에서 멀지 않은 곳에서, 돌연 께나(뻬루 인디오의 피리─옮긴이)의 떨리는 선율이 터져나온다. 그 인디오 피리는 조율이 맞지 않고, 연주자가 누구이든 연습 부족이라서 듣기 좋은 소리를 내지 못한다. 삐뚤어진 부조화의 소리가 대사 부인의 명령을 방해한다. 그녀는 언짢은 듯 코를 찡그리며 소리가 나는 쪽을 돌아보고는 다시 돌아서서 영어로 이렇게 중얼거린다. "음악이 사랑의 양식(糧食)이라면……"

"계속 연주해주오." 나 역시 영어로 갑작스레 지껄이기 시작한다. "물리도록 들려주시오." 부인은 깜짝 놀라 주위를 둘러보지만, 『십이야』(Twelfth Night)의 이 구절을 되받아 인용할 법한 사람이 누구인지 간파하지 못한다. 나는 내 언어적 장기를 밀어붙여 이렇게 덧붙인다. "이번 경우에는 어쩌면 셰익스피어의 말대로 식욕이 정말 병들어 죽을 수도 있겠지만 말이에요."

이제 그녀의 눈은 나에게 초점을 맞춘다. 나는 그녀의 눈에 비칠 내 모습을, 수염도 못 깎고 냄새나는 담요를 움켜쥔 모습을, 헝클어진 머리에다 마르고 굶주리고 슬픈 모습을 상상한다. 나는 그녀가 놀라는 모습을 지켜본다. 리어왕이 친히 덤불 뒤에서 갑자기 튀어나왔다 하더라도 그녀가 이렇게 어리둥절하지는 않았을 것이다.

나는 일어나서 손을 내민다.

그녀는 어쩔 수 없이 내 손을 잡고, 거지의 손을 대하듯 그것을 본다.

"아리엘 도르프만입니다." 그녀와 악수하면서 나는 말한다.

"하지만 당신은…… 당신은 미국사람인데, 여기서 무얼 하고 있습니까?"

여기서라니. 마치 미개인들 틈에서 말하고 있다는 듯이. 공산주의자 미개인들과 인간 흰개미들과 라틴아메리카의 난민들이 더럽혀놓은 이곳에서라는 뜻이겠지.

"아메리카 사람인 건 맞지요('America'가 '미국'과 '아메리카' 둘 다를 지칭할 수 있음을 이용한 재담—옮긴이), 라틴아메리카 사람이지만요. 칠레사람입니다."

우리는 잠시 잡담을 나누는데, 거기 싼띠아고의 따뜻한 태양 아래서 나는 그녀의 차갑게 굳어진 속내가 나와 나누는 대화의 햇살에 녹아내려 빛을 발하는 것을 느낀다. 내 교양과 내 영어 잡담으로 말미암아 내 남루한 외모는 중요치 않은 것으로 비춰졌던 것이 분명하다. 우리는 그녀의 정원에서 열리는 칵테일 파티에서처럼, 이 떨거지들이 떠나자마자 그녀가 주재할 그런 파티에서처럼 유쾌하게 잡담을 나눈다. 나는 그녀가 사람을 분류하는 방식을 뒤엎어서 여기 있는 혁명가들 모두가 그녀가 생각하는 것과 다르다는 것을 보여주겠다는 듯, 거의 비꼬는 심정으로 객기부리듯 대화를 시작했지만, 대화가 계속될수록 그녀에게 호감을 갖게 된다. 나는 그녀가 유쾌하고 세련된 사람이며, 이 불청객들이 좀더 편하게 살 수 있게끔 하는 데 진심으로 관심을 갖고 있다는 것을 발견한다. 그녀는 질문할 수 있는 사람이 있다는 사실에 기뻐한다. 여기 아이들은 잘 있나요? (그렇다고 답한다. 여기서 멀쩡한 사람은 아이들밖에 없으니까.) 식사는 충분합니까? (아니라고 답해야 마땅하다. 배식을 맡은 사람이 지출해야 할 돈의 상당부분을 착복하고 있지만 나는 이 점을 언급하지 않고, "개선의 여지가 있습니다"라고 안전하게 말하는 편을 택한다.) 뭐 필요한 것이 있으세요?

내가 고대했던 질문이다. 나는 샤워하고 싶어 죽을 지경이며, 근사한 식사를 한다면 기절이라도 할 것 같고, 싼띠아고 거리에 발을 들여놓을 수 없는 이 상태로 여기서 하루라도 더 있어야 한다면 미쳐버릴 것 같다. 하지만 이 모든 욕구들은 내가 필사적으로 원하는 것, 이곳 사람들이 예외없이 목숨이라도 떼어줄 정도로 바라는 것에 비하면 별것 아니다. 그것은 전화이다.

하지만 나는 조심스러워야 한다. 나나 다른 난민들 어느 누구도 대사관에서 바깥의 누군가와 직접 접촉하는 것은 불법이다. 그러다가 붙잡히면 우리를 돌봐주는 직원들과의 관계를 망칠 수 있다. 직원 가운데 하나가 조금이라도 그런 시도를 한다면 관내에서 쫓겨날 수도 있다고 경고했고, 우리는 이런 위협을 그다지 심각하게 받아들이지는 않지만, 그래도 어떻게 될지 알 수 없으니까······

나는 나의 요구를 그녀에게 즉시 언급하지 않는다. 우리가 앞으로도 몇차례 더 만날 것이며, 그렇다면 기다려야 한다고 판단한다. 칠레를 떠나기 전인데도 나는 이미 망명에 관한 특강을 받고 있는 셈이다. 당신이 거지라면, 가까이 다가오는 사람들은 모두 주머니 속의 동전이 찰랑거리는 소리, 눈동자에 비치는 자선의 빛, 그들이 줄 수 있는 것, 그들이 제공할 수 있는 것, 당신이 받을 수 있는 것에 의해 판단되니, 이 세상 사람들이 모두 생필품 구입목록으로 바뀌어 보이는 것이다.

나의 인내심은 보답을 받는다.

며칠 후, 대사 부인은 금지된 엘리베이터로 나를 데려가고, 엘리베이터는 출입금지된 3층으로 올라간다. 그녀는 금지된 전화를 향해 관대하게 손짓하고는 나를 혼자 남겨두고 나가는 사려를 베푼다.

나는 대사관에 온 이후, 여기에 격리된 이후 줄곧 꿈꾸어오던 전화를 드디어 걸 수 있다. 안헬리까에게, 부모님에게, 벗들에게 말할 수 있다. 그들은 나에게 생명과 희망을 다시 불어넣고, 그들은 조심스럽게 충고와 정보를 주고, 그들은 다가올 17년 동안 그렇게 하게 되듯이, 내 머릿속의 칠레에다 재조립해야 할 속삭임의 퍼즐처럼 내게 조각조각 조국의 소식을 전달한다. 다가올 몇주간 나는 나의 동료 난민들에게 이와 비슷한 봉사를 할 것이다. 전화통화 내내, 나의 여주인은 한번도 방해하지 않고, 한번도 질문하지 않으며, 그녀의 영어를 사용하고 우리의 미국을 회상할 기회 이외에는 내게 뭔가를 바란다는 암시를 결코 하지 않는다. 고국을 떠난 두 사람이 추억을 교환하는 기회, 그것뿐이다.

이런 식으로 일이 이루어진 것이다.

이런 식으로 영어는 다시 내 마음과 장난치듯 연애를 시작했다. 나는 망명의 모진 물결이 나를 잡아당기는 것을 느낄 수 있었고, 이 거부당한 언어의 위세를 이미 느낄 수 있었다. 여기서도 영어의 위세가 이렇게 굉장한데 내가 저 바깥세상으로 나가는 날이면 그것이 내게 뻗칠 유혹의 손길은 얼마나 강력할까?

내 여정의 새 단계를 시작한 것은, 말하자면 역사가 내 의지와 무관하게 나를 두 언어 상용자가 되도록 강요할지 모른다는 것을 인정하기 시작한 것은 바로 거기 대사관에서인데, 그때는 망명이 내 나라로부터 거리감을 만들어내기도 전이었고, 내가 대사관을 떠나기도 전이었다. 내가 각각의 사회에 맞는 언어를 구사하면서 두 언어를 상용하며 살아갈 가능성을 처음으로 탐구한 것은 바로 그 대사관에서이다. 수많은 세월이 흐른 후, 지금 이 글을 쓰는 언어잡종적 혼혈아로 나아가는 길에 들어선 것도 그곳에서이다. 그런 변화가 즉각 일어나는 것은 아니다. 다른 난민들이, 고향에서 죽어 다시는 만나지 못할 부모의 사진에 매달리듯이, 나는 방랑기의 처음 몇년간 내 스페인어에 매달리지만, 나의 다른 언어는, 나의 멸시받는 영어적 자아는 결코 멀리 떨어져 있지 않을 것이며, 스페인어를 배척하는 기간 동안 스페인어가 그러했던 만큼이나 집요하게 나를 항상 기다릴 것이다. 영어는 대사관에서 그러했듯이 내가 거절할 수 없는 단 하나의 써비스를 제공함으로써 내 삶 속으로 기어들 것이다. 그 써비스란 내가 지금 조국이라 부르는 라틴아메리카를 해방하는 데 도움이 되고 영어가 더이상 소용없게 될 그곳으로 나를 빨리 돌아가게 하는 데 도움이 되는 영어 구문 및 어휘의 능숙한 구사를 말한다.

그 일은 전화통화를 하기 위해 영어로 내사 부인을 유혹하던 바로 그 순간 거기서 시작된다. 그러니 이보다 훨씬 더 위급한 상황이 일어나는 미래에, 이를테면 칠레에 남아 있는 친구 하나가 총살형을 당할 위기에 있을 때, 저항세력이 지하신문을 낼 자금을 간청할 때, 어떤 언론인으로부터 브리핑을 요청받을 때, 어떤 위원회에 보고서를 내야 할 때, 어떤 텔레비전 프로듀서가 삐노체뜨의 대변인과 논쟁할 사람을 찾고 있을 때, 『뉴욕 타임즈』에서 특별기고를 요청할 때, 영어를 원어민처럼 구사하는 내가 어떻게 세상에서 가장 중요한 그 언어를 쓰지 않겠다고 버틸 수 있겠는가? 그리고 일단 그 언어가 내 삶 속으로 다시 들어온다면, 일단 영어가 내 존재에 확실한 발판을 다시 마련한다면 누가 그것을 몰아낼 수 있겠는가?

시간이 영어의 편이고 역사도 영어의 편인데다, 세월이 흘러도 나는 그렇게 빨리 칠레의 내 고향땅으로 돌아가지 못할 것이니, 마침내 영어가 불가피해지면서, 40년간 내 목구멍을 차지하려고 날뛴 두 언어는 마침내 휴전을 선포하기로, 내 두 언어가 마침내 서로 공존하기로 결정하는 그날이 올 것이다. 하지만 내가 언어와 이중결혼한 사람이 되고, 내가 두 언어를 공유하거나 그것들이 나를 공유하고, 내가 그 두 언어와 결혼하는 과정은 내가 북을 향하면서 남을 바라보는 미래의 시간에 이루어질 것이다. 나는 이제 남에 살고 있지 않지만, 많은 경로와 많은 위장을 거쳐 마침내 남으로 돌아갔으며, 삐노체뜨의 존재에도 불구하고 그곳을 되찾았다. 그러나 내가 통제하지 못하는 역사로 인해 나는 다시 한번 내 조국을 잃게 된다.

그러므로 여기서 내 생애의 이 단계가 끝나는가? 두 언어 상용의 미래를 목전에 두고 그 경계선 위에서 균형을 잡은 상태로 끝나는 가? 살아남기 위해서는 내가 두 문화에 속한다는 것을, 내가 두 문화 사이의 공간에 양다리를 걸치고 있다는 것을 받아들일 수밖에 없게 되는 세상 속으로 뛰어들기 직전인 여기서 끝나는가?

아직 할 말이 남아 있다.

내가 아르헨띠나로, 내 태생지로, 내가 1945년 이 여정을 출발한 그곳으로, 당시 아버지가 어쩔 수 없이 도피하지 않았다면 내 고향 이 되었을 그곳으로 돌아가는 이야기가 남아 있다.

1973년 12월 초 나는 안데스산맥 너머로 날아 다시 서쪽의 아르헨 띠나로 향하는데, 이것은 아주 오래 전 미국으로 가는 도중에 동쪽 의 칠레로 날아갔던 나의 첫 여행과는 정반대의 방향이다.

나의 가족 전부가 부에노스아이레스 공항에서 나를 기다리고 있 었다. 아버지와 어머니, 누이와 사촌들과 삼촌과 숙모, 그리고 물론 안헬리까와 로드리고도 있었다.

아르헨띠나 경찰도 기다리고 있었다.

그들은 나를 체포하여 몇시간 심문하더니 결국 놓아주었다. 경찰 은 말했다. 점잖게 행동하시오, 법규를 잘 지키고 말썽 피우지 마시 오라고.

나는 그들의 경고를 명심했다.

아르헨띠나에 남아 있었더라면 아쉬울 것이 없었을 것이다. 나의 훌륭한 부모님은 거기서 다시 정착하고 계셨고, 내 친구들도 많았으 며, 스페인어를 쓰면 되었고, 출판사들도 내 작품에 관심이 있었고, 무엇보다 중요한 것은 그곳이 칠레 바로 곁에, 삐노체뜨를 몰아낼 모의를 하기에 이상적인 장소에 있었다는 점이다. 그러나 경찰의 심문을 받는 과정에서 나는 소문으로 이미 알고 있던 사실을 확인할 수 있었다. 마드리드에서 수년간 망명생활을 하고 막 돌아온 뻬론 대통령이 급격히 우경화하고 있다는 소문 말이다. 나는 이후 몇달 내에 그가 자기 나라에서 반란자들을 청소할 계획을 묵인하리라는 것을 알 수 있었는데, 그 반란자들이란 자신을 권좌로 복귀시키기 위해 투쟁한 바로 그 사람들이었다. 나는 내가 이 대학살의 희생자 가운데 하나가 되리라는 것을 알 수 있었다. 나는 아르헨띠나 친구들에게 우리가 재난을 향해 나아가고 있다고, 이 나라가 삐노체뜨 모델을 재탕할 것이라는 생각이 든다고 말했지만, 그들은 내 의견에 격렬히 반대했다. 아옌데 시절 쌴띠아고에 있던 외국인들이 내게 경고했을 때 내가 동의하지 않았던 것과 마찬가지로 아르헨띠나의 내 친구들은 위험은 없다고, 네가 이 나라를 몰라서 그런다고, 예전에 내가 대답했던 것과 똑같은 대답을 했다.

나는 그들이 정신을 차릴 때까지 기다리지 않을 작정이었다. 이제는 죽음이 다가오는 것을 보면 그것을 알아볼 수 있었고, 죽음의 교훈을 빠르게 배우고 있었다. 그렇기에 나는 너무 늦기 전에 가족과 함께 아르헨띠나를 빠져나와야 한다는 것을 알고 있었다.

물론, 죽음이 다가오는 것을 아는 것만으로는 충분치 않다. 운도 따라주어야 하니까 말이다.

내게는 여행서류가 없었다. 칠레인들은 내게 여권을 발급하지 않으려 했고 내가 이전의 국적을 이용해 아르헨띠나인들로부터 서류를 받으려 하자, 그 시도를 철저히 차단했다. 관료들은 내가 부에노스아이레스에서 출생했다는 증거를 찾을 수 없다고 주장했다. 내가 제출한 출생증명서는 무효라는 것이다. 아무리 노력해봐도 나는 언제나 막다른 벽에 부딪히고 관료들의 무관심과 비아냥거리는 표정에 봉착했다. 막강한 힘을 가진 누군가가 나의 신청을 가로막고 있었고, 누군가가 그의 명단에 나를 올려놓고 있었으며, 누군가가 내가 안전한 곳으로 떠나기를 원하지 않았다.

여러 주가 지나고서야 아버지의 오랜 친구인 한 유력한 국회의원이 부에노스아이레스 경찰국장과의 면담을 주선해주었다. 내게 도움이 될 수 있을지 만나보겠다는 것이다.

안내를 받아 안으로 들어갔을 때, 경찰국장은 책상 앞에 앉아 서류에 서명을 하고 있었다. 그는 쳐다보지도 않고 의자 쪽으로 손짓하고는 서류를 넘기며 작업을 계속했다. 나는 자리에 앉았다. 마침내 일을 마쳤을 때에야 그는 책상에서 눈을 떼어 나와 눈을 맞추었다. 그는 잠시 나를 바라보았다. 우리 둘 중 어느 쪽도 말문을 열지 않았다.

"작가라고 들었소." 그가 말했다.

나는 손가방에서 방금 아르헨띠나에서 출판되어 주요 문학상을 수상한 소설책 한권을 꺼냈다. 제목은 『경계를 늦추지 말라』(*Moros en la Costa*) ── 영역본은 『사나운 비』(*Hard Rain*) ── 였는데 1972년 후반 몇달 동안 집필한 것이었다. 사실 나는 이와는 판이한 소설을 쓸 계획이었다. '엘 그란데'라는 독재자가 통치하는 미래파(기계문명의 약동감과 속도감을 새로운 미로 표현하려는 20세기 초 문예사조로서 힘찬 것에 대한 찬미로 파시즘과 결부되었다─옮긴이)적인 라틴아메리카 나라를 상상했는데, 엘 그란데는 쿠데타로 집권하여 그 나라를 외국기업들의 실험실로 바꿔놓는 인물로 구상되었다. 일년 후 삐노체뜨 장군이 내 조국에서 주도면밀하게 실행하게 될 일을 내가 차갑고 비관적인 직관으로 정확하게 예상하고 있었는지는 물론 알 수 없다. 하지만 나의 어떤 부분은 알고 있었음이 분명하다. 1972년 9월, 미래의 가상적 전제정치에 관한 책을 쓰기 위해 대학에서 몇달의 휴가를 받고도 나는 작업을 진행할 수 없었고, 그 공포의 이미지를 종이 위에 옮겨 그것을 대중에게 풀어놓는다는 발상 자체에도 거부감을 느꼈다. 엘 그란데가 통치하는 나라를 창안한다는 것은 우리가 패배할 것임을 인정하는 꼴이었다. 그리하여 나는 나의 문학적 비전을 저버리고 작업을 진행하지 않았으며 내 어두운 비전을 부당하고 무의미하며 반역사적인 것으로 일축한 채, 이후 몇달간 우리가 승리할 것이고 칠레가 자유롭게 되리라고 예언하는 『사나운 비』의 집필에 전념했다. 또다시, '쑤싸나 라 쎄미야'의 경우와 마찬가지로, 내 창작이 어렵사리 실현한 유일한 자유는 칠레의 자유가 아니라 나 자신의 자유일 뿐이었다.

나는 이 소설을 활용하여 칠레 당국이 거부하던 통행증을 발급하도록 만들었다. 칠레 당국은 가능한 한 빨리 우리 모두를 데려갈 일을 맡은 아르헨띠나 대사관 직원에게 내가 대사관 건물 안에서 썩는다고 해도 자기들은 알 바 아니며, 칠레 젊은이들을 망친 죄목으로 나를 재판에 회부하고 싶다는 의사를 통고해놓았었다. (나는 페리 메이슨(Perry Mason, 미국 1950~60년대 텔레비전 연속극의 주인공으로 살인사건에 대한 법정싸움으로 인기를 끌었음―옮긴이)의 방식을 흉내내어 그 재판을 머릿속에 그려볼 수 있다. 도르프만씨, 당신이 도널드 덕――도널드 덕?!――을 우리 아이들에게 유해하다고 비난한 것이 사실입니까?) 대사 부인에게 내 소설이 몇주 후에 부에노스아이레스에서 출간될 예정이라고 말하지 않았다면, 나는 그 대사관에서 시들어가고 있을 것이며, 어쩌면 아직도 거기 있을지 모른다. 대사 부인은 현명하게도 이 정보를 직원들에게 흘리면서, 이것을 활용하여 저 완고한 칠레 당국에 대한 압박의 수위를 높일 수 있다는 암시(우리의 대화 속에 내가 슬쩍 끼워넣은 암시)를 했다. 이 도르프만이라는 자를 아르헨띠나로 보내버리자고 아르헨띠나측이 동료인 칠레측에게 말했다고 대사 부인은 내게 알려주었다. 이 작자가 안고 있는 위험을 중화시키자고 아르헨띠나측이 말했다고 그녀가 알려주었다. '망명객은 흔해빠졌으니 망명객한테 신경쓸 사람은 아무도 없지만, 수상 경력이 있는 작가가 그를 죽이려 드는 군인들한테 둘러싸인 채 대사관에 억류되어 있다면 그를 영웅으로 키워주는 격이다. 이 작자의 빌어먹을 책을 무엇 때문에 선전해주나?'라고 한 것이다.

칠레 당국은 그제서야 자기들 주장의 부조리한 논리를 인정했고 내가 칠레를 떠나도록 허락해주었다.

그러므로 나의 상상의 산물인 이 소설이 내가 택한 조국에서 내가 도피하는 것을 도와주었고, 이제 어쩌면 이 경찰국장에게 깊은 인상을 심어주어 내가 태어난 나라에서 내가 도피하는 것을 도와줄지도 모른다.

"괜찮으시다면, 이 소설책을 헌정하고 싶습니다." 내가 말했다.

그는 고개를 끄덕였고, 내가 책에 열렬하고 위선적인 헌정사 몇줄을 쓰는 동안 나를 지켜보았으며, 미소도 짓지 않은 채 내 손에서 책을 받아들었다.

"읽어보지요." 그가 약속했다.

나는 읽어보지 않기를 바랐다. 그때가 어떤 사람이 내 책을 읽지 않기를 간절히 바란 내 생애 최초의 순간이었던 것 같다. 그가 그 책을 손에 들고 흐뭇해하기를 원하면서도, 책장을 펼쳐 내가 서술한 내용을 파고드는 것은 원하지 않았다. 나는 혁명의 찬란한 미래에 바치는 저 송가를 그가 읽기를 바라지 않았고, 은연중에 이 책 속에 스며든 불길한 예감과 폭력과 죽음의 징후를 그가 읽기를 원하지 않았다. 그런 징후는 이 책의 승리에 대한 낙관적 전망이 허위임을 드러내는데, 그런 승리는 현실에서는 불발하고 말았던 것이다. 내 운명을 손아귀에 쥔 이 사람이 내가 위험인물일 수도 있다고 생각하기를 나는 원하지 않았다.

"약간 실험적인 책입니다." 이런 말에 그가 책을 읽고 싶은 마음이 가시는지 살피면서 내가 말했다. 그는 아무 말도 하지 않았다. 내가 좀더 설명하기를 기다리고 있었던 것이다. "이 책은 내가 지어낸 소설들에 대해 가상의 필자들이 쓴 일련의 서평이지요. 그런데 소설 텍스트 자체의 현실성이 서평의 진행을 방해하는 식으로 씌어졌습니다."

"좀 실험적이군." 그가 말했다.

"네."

"도널드 덕에 관한 책과는 다르단 말이군."

나는 가슴이 철렁 내려앉았다. 나의 디즈니 비판이 집요하게 나를 따라다녔다. 내 정체를 숨기려 드는 것은, 마치 내가 상황을 혼돈하여 어쩌다보니 실수로 안데스산맥 건너편의 정치적 수렁에 빠지게 된 아르헨띠나 작가인 체하는 것은 부질없었다. 상황은 분명해졌다. 이 사람은 나를 도와주지 않을 것이었다.

그렇지만 경찰국장은 나를 놀라게 했다. 그는 조심스레 내 책을 한쪽에 치워놓고 나를 향해 처음으로 미소지었다. 그리고 내가 듣기를 고대했던 그 말을, 내가 들을 수 있으리라는 희망을 모두 잃어버린 그 말을 들려주었다.

"무엇을 도와드릴까?" 그가 물었다.

일주일 후, 나는 여권을 받았다. 겨우 때를 맞춘 셈이었다. 내가 공항을 향해 떠나던 날, 아버지는 내 생명을 구해준 그 경찰국장이 면직되었다고 알려주었다. 어쩌면 그도 나처럼 자신의 미래를 전혀 예측하지 못했던 것이다.

비행기가 부에노스아이레스 상공으로 날아오를 때, 나는 역사란 끊임없이 반복되는 것이며, 어쩌면 망명은 내게 예정된 것이었는지 모른다는 부담스런 확실성을 물리치려 애썼다. 내 생애 두번째로 나는 내가 태어난 이 도시를 어쩔 수 없이 떠나고 있었고, 다만 이번에는 죽음을 피해 달아나는 자가 바로 나이고 내 곁에는 나 때문에 자신의 나라를 잃어버리게 된 아들이 있다는 것이, 이번에는 내 어머니가 예전에 그랬던 것처럼 망명길에 오른 남편을 따라가고 있는 사람이 내 아내라는 것이 달랐다. 어쩌면 이것은 내 가족의 운명이고, 어쩌면 이것은 내가 피할 수 없는 저주인지도 몰랐다. 두 번에 걸쳐 나는 정착할 시도를 했고, 두 번에 걸쳐 나는 한 나라와 한 문화와 한 언어를 택했지만 두 번 모두 도피할 수밖에 없었고, 나의 모든 노력에도 불구하고 고향을 잃어버렸는데, 이제 이 모든 과정이 다시, 또 다시 시작되고 있었다. 다만 이번에는 내가 더이상 순진하지 않다는 것만이 달랐다. 그 옛날 망명에서 내가 한 첫 행동은 쌴띠아고의 한 호텔에 내 아기용 신발을 장난삼아 숨긴 일이었다. 그런 아이의 흔적은 아무것도 남아 있지 않았다. 그 아이의 순정하지 못한 나이 든 자아가 그 호텔 곁을 지나갔고, 그 호텔에서 내려다보이는 광장을 지나갔으니, 나는 경찰 밴에 갇혀 추방되기 직전, 또다른 망명길로 가는 도중에 그곳을 지나가면서 모네다궁 발코니의 저 들쭉날쭉한 구멍을 눈으로 들이미시지 않을 수 없었고, 한때 나였던 그 아이에게, 내 마음속 그 아이의 남아 있는 흔적에게 작별인사를 하고 이제 내게는 금지된 그 나라에 작별인사를 했던 것이다.

그러나 오랫동안은 아니다.

나는 망명의 슬픔이 나를 파괴하도록 내버려두지는 않을 작정이었다. 그 블랙홀이 나를 자기 것이라고 주장하도록 내버려두지는 않을 작정이었다. 아르헨띠나 대초원이 내려다보이는 비행기에서 나는 돌아올 것이라고 다짐했고, 그 무엇도 내가 내 나라에 돌아오는 것을 막을 수 없을 것이라고 다짐했다.

나는 인류의 기본적 신화 가운데 하나로, 역사가 시작된 이래 모든 문명이 스스로에게 들려준 하나의 이야기로 나 자신을 위로하고 있었다. 우리가 진실로 속하는 어떤 곳이, 하나의 장소가 존재하고, 그곳은 종종 우리가 태어난 곳이기도 하지만 언제나 그런 것은 아닌데, 그곳은 낙원과 흡사하다는 이야기가 그것이다. 어원상으로 '낙원'(paradise)이란 과실로 가득한 벽에 둘러싸인 정원을 뜻하는 말이다. 이 약속의 땅을 잃는 것은 죽음과도 같고, 그곳으로 돌아간다는 것은 곧 구원받는 것을 뜻한다. 거기 라틴아메리카 상공에서 나는 다시 돌아올 것이라고, 동화 속의 버림받은 아들이나 딸처럼 돌아와 큰 위험에 빠진 왕국을 구할 것이라고 속으로 맹세했다. 나는 꼭 돌아올 것이라고 맹세했다.

그것은 내 기원으로부터 나를 점점 더 멀리 데리고 가는 그 비행기 속에서 나를 멀쩡하고 온전하게 지키기 위해 떠올린 나의 귀환 신화였다.

그러나 바로 그때 거기서, 바로 그 순간에, 나는 그 못지않게 널리 퍼진 또 하나의 신화에 유혹되고 있었다. 그 이야기는—어느 나라에나 이런 이야기가 있는 것도 마찬가지인데—이렇다. 새로운 사회를 창조하려면, 가치있는 일에 정말로 착수하려면, 자신이 태어난 곳을 떠나야 한다는 이야기가 그것이다. 사람이 어떤 틀을 깨고 나와 배우고, 낯설고 이국적이고 비옥한 것에 활짝 열려 있지 못하면 성장할 수 없다. 모든 새로운 문명의 창건자는 모두 자기 고향에서 추방된 영웅이었다. 이 신화에서 구원은 방랑을 통해서만 획득될 수 있다.

한 신화에서는 과거와의 연계에서, 죽은 선조와의 연계에서 불멸을 찾고, 다른 쪽 신화에서는 다른 어떤 곳에 새 왕조를 건설함으로써, 앞으로 태어날 세대들을 상상함으로써 죽음을 극복한다.

내 이야기는 어느 쪽이 될 것인가?

저 구름 위에, 죽음이 퍼져나가는 라틴아메리카의 저 상공에 있는 나를 보라. 죽음은 내가 태어난 아르헨띠나 도시의 강물에 독을 풀고 내 꿈속 칠레 도시의 입구에서 기다리고 있다. 내가 아이였을 때 부에노스아이레스를 떠나 미국을 향해 출발한 그날로부터 29년 후의 나를 보라. 죽음을 향한 여행이기도 한 이 삶의 여정의 끄트머리에 내가 놓여 있다. 두 언어와 두 문화를 지닌 나를 보라. 돌아가겠다고 맹세하는 나를 보라. 내 앞에 펼쳐진 세상을 보고 흥분하는 나를 보라. 인간 존재에 관한 저 두 신화가, 내가 아주 돌아갈 것이라고 약속하는 신화와 내가 영구히 방랑할 것이라고 속삭이는 신화가 나를 두고 다툴 때, 이 둘 가운데 어느 것이 내 삶의 궁극적 진실을 담고 있는지 간파하지 못하는 나를 보라.

그때의 나는 해답을 알지 못한다.

비행기가 높이, 높이, 높이 밍명의 소용돌이지는 창공으로 날아오를 때, 내가 다시 북을 향하고 남이 기억 속으로 물러나기 시작할 때, 내 삶의 한 원은 마감되고 다른 원이 막 시작되려 하는데, 해답은 분명하지 않다. 나는 저 원이 종결될 것인지 지금 알지 못하듯이 그때도 알지 못했다.

1996년 11월 1일

감사의 글

　글쓰기란 가장 외로운 작업이다. 그러나 가장 고독한 순간에도 대다수 작가들은 언어 자체는 물론, 가까이서 우리의 존재에 자양분을 대는 다른 사람들과도 더불어 일한다는 것을 안다. 이것이 모든 책들에 해당되는 사실이라면, 하나의 전기이기도 한 책의 경우에는 더욱 그렇다.

　이 책과 이 삶 양자를 가능하게 해준 수많은 남녀들을 다 언급하자면, 작가의 타자들과의 부단하고 영감(靈感)적인 만남을 지금쯤은 물릴 만큼 지켜본 독자들의 인내심을 사뭇 시험하는 일이 될 것이다. 하지만 이 기획을 완성하기까지의 그 오랜 세월 동안 가장 가까이 있었던 분들을 거명하지 않고서는 글을 맺을 수가 없다.

　먼저 안헬리까부터 거명해도 아무도 놀라지 않을 것이다. 그녀는 나의 첫 독자이자 최상의 독자이며, 내 최고의 벗이다. 그리고 내가 축복을 기대하며 그녀에게 들고 달려가곤 하던 초고, 두번째 원고,

세번째 원고 그리고 수많은 개고·교정본들과 덧붙인 문단들과 고쳐 쓴 장들에 대해 그녀가 솔직하고 세심하고 집요하게 점검해주지 않았다면 내 존재와 내 언어는 구체적으로 형상화되지 못했을 것이다. 안헬리까의 보호가 없었더라면 내가 어떻게 죽음을 피할 수 있었을지 결코 알 수 없을 것이니, 간단히 말해서 그녀는 나를 살아 있게 한 사람이다.

나의 특별한 부모님, 패니와 아돌포는 이 책의 저자의 생명은 물론 이 책에 나오는 수많은 회고와 이야기를 제공하셨다. 그분들이 여전히 옆에 계시고, 각각 여든여덟과 아흔의 연세에도 불구하고 자신들이 집필에 요긴한 도움을 준 이 책을 읽을 만큼 정정하셔서 기쁘다. 또한 내 두 아들의 활기와 격려가 없었다면 이 책은 나오지 못했을 것이다. 영화와 연극에서 나의 공동 작업자인 로드리고는 많은 제안을 해주었고, 항상 곁에서 내가 딜레마에서 벗어나도록 생각하는 데 도움이 되었으며, 단순하게 생각하라고, 아주 구체적으로 글을 쓰라고 늘 관대하게 충고하곤 했다. 로드리고는 자신의 생애를 글로 쓰려는 사람은 분명 미쳤거나 그 글이 끝나기 전에 미칠 것이라고 내게 처음으로 경고한 사람이지만 말이다. 이 책이 지지부진하게 진행되어 이윽고 빛을 볼 때까지 줄곧 우리와 함께 살았던 호아낀은 심히 애가 타는 집필의 전과정 내내 나를 명랑하게 해주었고, 작업을 하는 동안 록음악을 좀더 많이 틀어놓지 않는다면 책을 완성하지 못할 것이라고 말한──그리고 그후 계속 상기시켜준──최초의 사람이었다. 밤잠이 없는 자유분방한 그가 새벽 4시에 내게 동무가 되어준 것도 그렇지만 그의 암시적인 조언 역시 반가웠다. 그리고 우리의 새 식구가 된 로드리고의 아내, 멜리싸는 물론 나로서는 더 바랄 나위 없는 쾌활한 벗이었다. 그녀의 한결같은 타고난 낙관론이 없었다면, 내가 무슨 일을 할 수 있었겠는가?

나의 편집자인 존 글러스먼은──내 기억으로는, 1994년의 어느 때인가에──내가 그의 사무실에서, 내가 착수하려던 이 열광적인 기획에 대해 처음 말한 이래로 지속적인 지원과 지혜를 아끼지 않았다. 그의 첫 열의는 결코 시들지 않았다. 그리고 편집과정에 들어갔을 때, 한결같이 건설적이고 예민한 그의 자세한 논평과 발언은 글을 줄이고 명료하고 예리하게 만드는 데 결정적인 역할을 하면서, 항상 내가 개선할 점을 찾아내도록 독려했다. 이 지적인 모험을 신뢰하고 내게 온갖 위기와 재난이 닥칠 때마다 내 마음을 잡아준 그에게 감사를 표한다.

끈기있는 성실성과 무한한 인내로 나 대신 이 책을 대행해온 와일리 에이전트사의 내 대리인 브리짓 러브의 수고는 이 몇마디 감사의 말로는 감당할 수 없다. 지난 수년 동안 그녀는 효율적으로 꾸준하게 나를 도왔다. 그것도 멋진 유머감각을 잃지 않고 말이다. 나에 대한 믿음과 이 책의 가능성에 대해 결코 흔들린 적이 없는 이전 대리인 드보라 칼에게도 감사드린다. 거의 10년간 지속된 그녀의 지원에 깊은 감사를 표하며, 필요할 때면 언제나 결정적인 조언을 해준 앤드류 와일리의 후원에도 감사드린다.

이 책의 대부분은 내가 매년 봄학기 강의를 하고 있는 듀크대학에서 얻은 긴 안식휴가 동안 씌어졌다. 로이 왜인트롭 학장과 빌 세프 학장, 존 스트로벤 부총장 그리고 나의 친애하는 동료이자 벗들인 문학 프로그램 책임자인 프레드릭 제임슨과 로망스어문학과 학과장인 월터 믹놀로의 배려와, 국제학연구의 랍 씨코르스키와 조세피나

티랴키언의 차분한 동료애가 없었다면, 이 책을 구상하고 집필하는 일은 훨씬 어려웠을 것이다. 도서관의 데비 재컵스의 더없이 소중한 도움과 아미스따드(우정)는 말할 것도 없다.

내 조교인 마가렛 롤리스는 다른 많은 일에서뿐만 아니라 이 기획에서도 중요한 역할을 했다. 그녀는 직무상의 책임 이상으로 요긴한 지원을 해주면서도 결코 쾌활함을 잃지 않았다. 날이면 날마다 그녀는 내가 이 책의 텍스트와 씨름할 시간을 확보해주었다. 내가 집필과 개고에 집중할 수 있었던 것은 그녀가 곁에서 나를 지켜주고 번다한 문제들을 처리해주었기 때문이다.

한해 여름 동안 나와 안헬리까에게 뉴멕시코의 산장을 내주면서도, 내가 타자기로 두들겨대는 글을 보자고 한번도 청하지 않은 사려깊은 존, 캐씨, 줄리아 프리드먼의 환대도 잊을 수 없다. 내게 자매 같은 엘리자베쓰 라이라와 디나 멧져도 지난 몇년간 내게 다른 종류의 안식처와 조언을 제공했다.

그밖의 다른 모든 사람들에게 내가 무슨 말을 할 수 있겠는가? 더럼과 칠레, 네덜란드, 영국, 프랑크푸르트, 워싱턴 그리고 뉴욕에 있는 내 벗들, 내 곁에서 내 말을 끝까지 들어주고 그냥 미소만 짓고 있던 사람들에게 말이다. 당신들이 『남을 향하며 북을 바라보다』를 읽었을 때, 이 모든 시간 동안 당신들이 내게 보여준 까리뇨(애정)가 그만한 가치가 있었다는 것을, 이제 감사와 기쁨의 마음으로 내가 당신들에게 건네는 이 책이 결국 집필할 만한 가치가 있었다는 것을 느끼리라는 것말고 내가 무슨 말을 할 수 있겠는가.

1997년 6월
아리엘 도르프만

추신

이 책의 집필이 완료되고 편집과정에 있을 때, 내 어머니가 돌아가셨다.

독자께서 내 글에서 너그러움을 발견한다면, 내 삶에서 너그러움을 발견한다면, 그분을 좋게 기억해주시기 바란다.

미국이 인류라는 거울을 통해 자신의 모습을 본다
— 미국과 칠레의 9·11

나는 예전에 이 일을 겪었다.

칠레가 군사 쿠데타로 민주주의를 잃어버린 1973년 그날, 죽음이 거역할 수 없는 기세로 우리 삶에 들어와 우리를 영원히 바꿔놓은 그날 이래로, 9월 11일은 지난 28년간 나와 수백만의 칠레 사람들에게 추모의 날이었다. 그런데 거의 30년이 지난 지금, 변덕스러운 역사는 악의를 품은 신들처럼 또하나의 나라에 죽음으로 가득한 그 끔찍한 날짜——이번에도 화요일인데——를 안겨주었다.

칠레의 9·11과 미국의 9·11을 나누는 차이와 거리는 상당하다. 지구상의 가장 강력한 국가에 대한 저열한 테러리스트 공격은 모든 인류에게 영향을 미치는 결과를 낳을 것이다. 부시 대통령이 암시한

---

* 이 글의 원제는 "America Looks at Itself Through Humanity's Mirror"이며 『로스앤절러스 타임즈』 2001년 9월 21일자에 실린 글임. 미국과 칠레의 9·11을 비교하는 내용으로 회고록과 관련하여 시사하는 점이 많아 작가의 양해를 구해 수록한다.

것처럼 3차 세계대전의 시발이 될지도 모른다. 미래에 이날은 지구의 역사가 아주 바뀐 시점으로 새겨질 가능성이 크다. 그러나 이날 칠레에서 일어난 일을 기억하거나 확인할 수 있는 사람은 거의 없다.

그럼에도 여기 노스캐롤라이나에서 내가 텔레비전에서 두번째 비행기가 세계무역쎈터의 남쪽 타워를 들이받으면서 폭발하는 광경을 지켜본 순간부터 나는 이 두 9·11의 수수께끼 같은 우연의 일치를 이해할 필요성에 줄곧 사로잡혀 있었다. 내게 이 일치가 수수께끼 같고 사적인 것으로 느껴지는 까닭은 그것이 내 존재의 바탕이 된 두 도시를 연결짓고 있기 때문이다. 즉 10년간의 유년기 동안 내게 피난처와 기쁨을 주었던 뉴욕과, 그 장엄한 산맥 아래서 내 사춘기를 보호하고 나를 성인 남자로 만든 쌴띠아고 말이다.

그러므로 나는 그 빌딩의 고층에서 수직으로 너무나 곧장, 너무나 곧장 떨어지는 남자의 사진을 보고 또 보면서, 나 자신이 그 비극에 감염되지 않도록 안간힘을 다해야 했다. 자신의 임박한 파멸이 수천의 무고한 자기 동포들을 죽일 것임을 알았던 그 비행기 승객들의 마지막 몇초간을 생각하지 않으려고 애써야 했다. 맨해튼의 친구들이 무사한지 알아보려고 미친 듯이 전화를 거는 와중에서 나는 이 경험에 뭔가 끔찍할 정도로 익숙하고, 심지어 예전에 겪은 듯한 면이 있음을 차츰 깨달았다.

양자의 유사성은 손쉽고 피상적인 비교—가령, 1973년의 칠레와 오늘날 미국의 경우, 모두 테러가 공중에서 가해져 국가적 정체성의 상징물들, 쌴띠아고의 대통령궁과 뉴욕과 워싱턴의 금융적·군사적 권력의 상징물을 파괴했다는 비교—를 훨씬 넘어선다.

내가 깨닫는 것은 뭔가 좀더 깊은 것, 즉 비슷한 고난, 유사한 고통, 대동소이한 방향 상실감이다. 내가 화면에서 목격하고 있는 것이 아직도 믿어지지 않는다. 수백명의 친척들이 아들, 아버지, 아내, 연인, 딸 등의 사진을 움켜쥐고 그들이 살았는지 죽었는지 정보를 애걸하면서 뉴욕 거리를 헤매고 다니는 광경 말이다. 실종자들에 대한 어떤 확신도 장례도 가능하지 않은 상황이니, 미국 전체가 '데사빠레씨도'(사라진 사람들)가 무얼 의미하는지, 그 아득한 심연을 들여다보지 않을 수 없는 것이다.

1973년 군사 쿠데타와 그후 며칠 동안 나와 같은 사람들이 혼자 중얼거리곤 했던 말들을 상기시키는 구절을 나는 몇번이고 반복해서 듣는다. "이런 일이 내게 일어날 리가 없어. 이런 종류의 과도한 폭력은 우리가 아니라 다른 나라 사람들에게나 일어나며, 우리는 오로지 영화와 책과 먼 곳의 사진을 통해서만 이런 형태의 파괴를 알아왔어." 그리고 28년 전의 그 말, 즉 "우리는 우리의 순수함을 잃어버렸어. 세상은 결코 예전과 같지 않을 거야"라는 말이 지금 반복된다.

물론 결정적인 파국을 맞이한 것은 미국의 그 유명한 예외주의이다. 이 나라의 시민들이 자기들보다 운이 없는 사람들을 괴롭혀왔던 슬픔과 참화를 자기들은 초월해 있다고 상상할 수 있게 해준 그 태도 말이다. 20세기의 어떤 거대한 전투도 미 대륙을 건드리지 못했다. 자신들은 다치지 않을 것이라는 이 자기만족적인 믿음이 영원히 깨진 것이다. 지금부터 미국에서의 삶은, 이 지구상의 절대다수 주민들의 나날의 운명이랄 수 있는 예기치 못한 사태와 불확실성을 함께 겪을 수밖에 없다.

엄청난 고통, 즉 이 종말론적인 범죄가 미국 대중들에게 안겨준 참을 수 없는 상실에도 불구하고, 나는 이 시련이 미국인들에게 소생과 자기인식의 기회가 되지 않을까 생각한다. 이런 대규모의 위기는 소생이 아니면 파멸로 나아갈 수 있다. 이 위기는 선 혹은 악, 평화 혹은 전쟁, 복수 혹은 정의, 한 사회의 군사화 혹은 인간화, 어느 쪽으로도 활용될 수 있는 것이다. 미국인들이 이 정신적 외상을 극복하는 한 가지 방법은 그들의 고통이 유일무이하다든지 자기들만의 것이 아니라는 점을, 그들이 종종 장기간의 예기치 못한 상해와 분노를 경험한 다른 숱한 사람들과 연결되어 있다는 점을 시인하는 것이다. 그들이 우리 공동의 인류라는 거울에 자기 모습을 비춰볼 수 있다면 그런 시인은 가능하다.

테러리스트들은 미국을 사탄의 나라로 지목하고 싶어했다. 미국의 오만과 개입의 대상이었던 수많은 민족들을 포함하여 지구의 나머지 사람들은 나와 마찬가지로 이런 악마화를 거부한다. 세계 대다수 지역에서 거의 예외없이 애도가 쏟아져 나오는 광경을 지켜보는 것으로 족하지 않은가.

이 지구상의 지배적인 강대국에 보여준 이런 동정심이 과연 보답을 받을는지는 두고볼 일이다. 재앙, 기근, 독재, 박해 등에서 탈출한 사람들에 의해 형성된 미국이 다른 버림받은 민족에게 이와 똑같은 공감을 느낄 수 있을는지는 아직 분명하지 않다. 새로운 미국인들, 특히 젊은 미국인들이 고통과 부활의 과정에서 단련되어 우리가 공유하는 상처 입은 인류애를 복원하는 힘겨운 과정에 동참할 준비가 되어 있는지, 다시는 또 한번의 끔찍한 9·11을 애도할 필요가 없는 세상을 우리 모두가 함께 창출할 수 있을지는 앞으로의 나날과 세월에서 밝혀질 것이다.

독창적인 양식으로 씌어진, 디아스포라적 존재의 회고록

아리엘 도르프만(Ariel Dorfman)의 작품이 우리 독자에게 첫선을 보인 것은 1992년 극단 미추의 『죽음과 소녀』(*Death and the Maiden*, 1991) 공연을 통해서였다. 1995년 이 희곡을 각색한 로만 폴란스키 감독의 영화가 국내에서도 개봉되어 상당수 관중의 눈길을 끌었지만, 원작자인 도르프만을 주목하는 사람은 별로 없었다. 하지만 1998년 그의 소설집 『우리 집에 불났어』(*My House is on Fire*)와 시집 『싼띠아고에서의 마지막 왈츠』(*Last Waltz in Santiago*)가 번역·출간되고, 그해 5월 민족문학작가회의의 초청으로 작가 자신이 방한하면서 그의 문학에 대한 관심이 일기 시작했다. 올해에는 그의 문화비평서 『도널드 덕을 어떻게 읽어야 하나』(*How to Read Donald Duck*, 1971)가 번역·출간되기에 이르렀다.

도르프만은 삐노체뜨 군사독재에 저항하는 칠레 출신의 망명작가로서 세계 문단에 알려지기 시작했다. 망명지에서 발표한 초기 작품들이 대체로 삐노체뜨의 쿠데타와 독재정치를 비판하고 칠레 민중의 힘겨운 삶과 끈질긴 저항을 극화하고 있어서 '저항문학'적 측면이 부각된 것이다. 그가 세계의 유수한 언론매체에 삐노체뜨 친미독재를 규탄하고 칠레의 민주화를 염원하는 글을 자주 발표한 것도 이런 '반체제'적 이미지를 강화하는 데 한몫 했다. 그러나 도르프만 문학은 애당초 좁은 의미의 '저항문학'과는 거리가 있거니와, 그 진면목은 세계 민중의 관점에서 20세기 후반 미국중심의 지구화가 제기한 문제들과 씨름하고 이를 독창적인 예술형식으로 제시한 데 있다.(그의 생애와 작품에 관한 간략한 소개는 『우리 집에 불났어』의 해설 「망명지에서 꽃피운 '상상력의 연대'」 참조)

이런 면모는 그의 근작 소설들 『콘피덴쯔』(*Konfidenz*, 1995), 『보모와 빙산』(*The Nanny and the Iceberg*, 1999), 『블레이크의 치료법』(*Blake's Therapy*, 2001)에서도 드러난다. 하지만 지구화시대의 여러 과제들에 대한 예술적 반응으로 뜻깊은 성취를 거둔 작품은 여기 소개하는 그의 회고록 『남을 향하며 북을 바라보다』(*Heading South, Looking North*, 1998)가 아닐까 싶다. 새로운 서사양식을 부단히 실험하는 작가답게 그의 회고록은 통상적인 자서전이나 회고록과는 사뭇 다른 독창적인 형식을 취하고 있으며, 이런 혁신적인 형식 속에 자신의 파란만장한 생애의 애절한 사연들이 녹아들어 있어 그의 근작 소설들에서는 맛보기 힘든 절박감이 곳곳에서 묻어난다.

도르프만의 회고록이 한 작가의 생애의 기록이라는 차원을 넘어 지구화 문제를 여러 각도에서 탐구하는 작품이 될 수 있었던 것은 그의 생애 자체가 미국중심의 지구화와 이에 맞선 제3세계 민중의 저항운동의 경계에 놓여 있었기 때문이다. 이로 말미암아 그는 이주와 망명의 삶을 살게 되며, 그의 삶과 언어와 정체성이 찢겨지고 전변(轉變)되는 고통스런 경험을 하게 된다. 하지만 그는 이주와 망명의 상처를 극복하고 아메리카의 두 대륙과 두 언어를 잇는 다리와 같은 존재, 그의 표현으로는 '잡종적' 존재로 나아간다. 요컨대 이 회고록은 20세기 후반 미국중심의 지구화가 낳은 디아스포라적 존재의 삶과 언어와 죽음의 기록인 것이다.

이 회고록이 거둔 예술적 성과는 그 독창적이고 혁신적인 양식을 거론하지 않고서는 충분히 해명될 수 없을 것이다. 도르프만은 자서전의 형식을 빌려오되 기존의 양식을 전복함으로써 새로운 발상과 관점을 끌어들인다. 그는 소설에서 문화비평에 이르는 다양한 문학 장르와 양식을 두루 활용하여 복합적 서사를 구사함으로써 한편의 장편소설과 같은 다성적 효과를 거두는 데 성공한다. 이런 양식상의 특징들이 지구화의 문제와 어떤 연관을 갖는지 간략히 살펴보기로 한다.

독특한 짜임새와 다양한 이야기 방식

이 회고록의 가장 두드러진 양식상의 특징은 연대기적인 순서를 따르는 자서전의 관례와는 달리 독특한 시간적 짜임새를 갖고 있다는 점이다. 총 2부, 16장 및 에필로그로 구성된 장의 제목을 보면 '죽음'이 들어가는 장과 '삶과 언어'가 들어가는 장이 번갈아 등장하는데, 이들은 각각 독자적인 서사를 형성하다가 에필로그에 가서는 마침내 두 서사가 합해져서 '삶과 언어와 죽음'을 통합적으로 다루게 된다. 이런 짜임새를 뭐라고 불러야 할지 모르겠지만, 작곡에 비유한다면 대위법적 구성이랄 수 있을 것이다.

죽음의 서사는 아옌데 혁명이 삐노체뜨 쿠데타로 파탄나는 1973년 9월 11일의 전야에 시작되어 도르프만이 1973년 12월 초 칠레에서 자신의 태생지인 부에노스아이레스로(에필로그까지 치면 1974년 초에 마침내 라틴아메리카 바깥으로) 날아가는 장면에서 끝난다. 태어나서 망명길에 오르기까지의 40여년의 생애를 이야기하는 자서전에서 불과 3,4개월의 기간이 절반을 차지하는 것은 삐노체뜨 쿠데타에 의한 아옌데 혁명의 실패가 도르프만의 삶에서 그만큼 결정적인 사건이기 때문이다. 어쩌면 그에게 회고록 집필이란 이때의 치명적인 상처를 직시하고 치유하는 하나의 방식인지 모른다. 죽음의 서사는 작가 개인이 구사일생으로 살아남는 극적인 이야기일뿐더러 지구화시대의 혁명의 문제, 폭력과 평화의 문제를 다루는데, 이는 나중에 살펴보기로 한다.

죽음의 서사 사이사이에 들어가는 삶과 언어의 서사는 작가가 1942년 아르헨띠나에서 태어나 어린 나이에 미국으로 이주하여 살다가 냉전의 여파로 1954년 칠레로 이주하여 아옌데 혁명에 참가하고 마침내 삐노체뜨의 쿠데타를 당하는 1973년까지의 시기(에필로그까지 치면 1974년 초 망명의 길에 오를 때)를 망라한다. 삶과 언어의 서사는 40여년의 긴 세월을 이야기하는데, 여기서 중심적인 모티프는 이주에 따르는 언어와 정체성의 혼란과 변화이다. 죽음의 서사가 혁명의 좌절과 죽음의 위협/유혹을 다룬다면 삶과 언어의 서사는 디아스포라적 존재가 맞닥뜨리는 일상적인 현실의 문제를 다룬다.

도르프만이 시간대와 성격이 다른 두 서사를 교직하여 이야기를 끌어가는 것은 두 서사가 불가분의 관계에 있음을, 죽음이 그의 삶의 핵심적인 일부임을 시사한다. 시간내가 전혀 다른 두 서사를 섞어 짬으로써 독자는 도르프만의 복잡다기한 생애를 퍼즐 맞추듯 이어붙여가며 해석해야 한다. 게다가 종종 과거의 일정한 시간대를 건너뛰어 과거 이전의 과거 혹은 과거 속의 미래——그 과거에는 아직 일어나지 않았으나 회고록을 집필하는 순간에는 완료된 사건들——의 에피쏘드를 환기하기 때문에 분할된 이야기 조각들을 연대순으로 가지런히 이어붙이려는 독자의 노력을 끊임없이 방해한다. 이런 특이한 구성으로 인해 독자는 마치 추리소설을 읽듯이 인물의 삶이 전개되는 과정을 조각조각 재구성하면서 사건들의 의미를 추론할 수밖에 없는 처지에 놓인다.

또하나 주목할 것은 도르프만이 매우 다양한 이야기 방식과 문학 양식을 활용하고 있다는 점이다. 가령 10장에서 자신의 정체성 변화와 '아리엘'이라는 이름에 담긴 뜻을 라틴아메리카의 문화적 잡종성과 '식인(食人)' 이론에 연관하여 해명하는 대목은 문화비평의 장르를 끌어들인 것이라 할 수 있고, 아내 안헬리까가 삐노체뜨의 비밀요원에게 붙잡혀가는 사건을 극화한 11장의 전반부는 한편의 짧은 단편으로 읽힐 수 있다. 한 사람의 생애를 충실하게 기록하는 통상적인 자서전 양식과는 달리 재해석과 재구성의 측면이 강한 점도 주목할 만하다. 가령 자신이 태어나는 순간 스페인어가 달려와 구원의 손길을 뻗쳤다든지 어린 나이에 폐렴에 걸려 뉴욕의 한 병원에 격리되었을 때 스페인어를 버리고 영어를 택하기로 결심한다는 일화는 작가가 일정한 사실을 바탕으로 하여 사후에 재구성한 허구적 이야기처럼 느껴진다. 도르프만은 여기서 소설처럼 허구와 사실을 뒤섞어 자신의 경험을 재구성함으로써 자신이 과거에 행한 행동의 의미를 재해석하고 있는 것이다.

그렇다고 기록의 측면이 해석의 측면보다 덜 중요하다는 뜻은 아니다. 충실한 기록은 이야기의 실감과 극적인 효과를 자아내는 데 필수적이며, 이런 정확한 기록을 기반으로 작가의 해석이 시도되는 것이다. 가령 도르프만의 미국화 과정이 실감나는 것은 어린이의 관심을 끌 만한 미국문화의 요소들이 매우 구체적으로 서술되었기 때문이다. 동화, 동요, 만화, 라디오 프로그램, 애니메이션, 영화 등에 대한 촘촘한 디테일과 빈번한 인유는 미국 주류문화에 담긴 '미국의 꿈'과 할리우드적 세계관을 보여주는 데 중요한 역할을 한다. 로젠버그 사건과 같은 냉전 초기의 주목할 만한 사건들이나 제3세계에서 일어나는 숱한 혁명·반혁명의 사례를 거론하는 것도 당대의 역사적 지형도를 실감나게 재현하는 데 기여한다.

이주에 따른 언어와 정체성의 문제

삶과 언어의 서사에서 도르프만은 두 차례의 이주로 말미암은 언어와 정체성 혼란의 문제를 치밀하게 추적한다. 아르헨띠나에서 태어난 두살배기 아이가 갑자기 미국으로 이주하게 되었을 때의 황당함은 언어의 문제와 결부되어 있다. 어린 도르프만이 뉴욕의 한 병원에서 스페인어를 거부하고 영어만을 쓰기로 결심하는 대목은 그의 디아스포라적·삶의 원형적인 체험에 해당한다. 양키아이로서의 정체성을 쌓아가던 유년기의 도르프만이 냉전의 여파로 졸지에 생면부지의 칠레로 또한번 이주하게 되는데, 이는 10년 전의 혹독한 경험을 거꾸로 겪는 셈이었다. 이런 디아스포라적 경험은 2장에서 소개되는 그의 유대계 조상들의 삶에서도 되풀이된 것이었다. 그러나 그와 그의 부모의 디아스포라 뒤에는 미국중심의 지구화가 도사리고 있다는 사실을 주목할 필요가 있다. 가령 도르프만 가족이 미국으로 이주한 것은 아르헨띠나의 나찌화 경향 때문이었으나, 10년 후에는 반대로 냉전체제로 접어든 미국이 매카시 선풍에 사로잡혀 도르프만 가족을 칠레로 내몬 것이다.

여기서 칠레로의 이주가 도르프만에게 곧바로 언어와 정체성의 변화를 뜻하지는 않았다. 냉전의 여파로 미국에서 쫓겨나는 신세가 되었지만 도르프만은 영어와 미국문화에 대한 충성심을 오랫동안 버리지 않는다. 냉전의 광기에 휩싸인 미국정부와는 거리를 두면서도 미국문화의 위대함에 대해서는 굳건한 신념을 간직하는데, 이는 도르프만이 미국중심의 세계관에 그만큼 동화되어 있었음을 뜻한다. 그렇기에 칠레의 삶에 조금씩 적응하고 스페인어를 익히면서도, 심지어 칠레의 민중을 발견하고 반미시위에 가담하는 순간까지도, 영어로 글을 쓰는 작업을 중단하지 않는다. 미국 버클리에 와서 1968년 혁명을 겪고 이보다 훨씬 민중적인 칠레의 혁명에 헌신할 것을 다짐하면서 비로소 영어를 버리고 스페인어를 택하는 결단을 내린다. 마침내 미국인의 정체성을 버리고 온전한 라틴아메리카인이 된 것이다.

하지만 이 결심은 두살 때의 결심을 거꾸로 뒤집어서 행한 격이다. 두 차례 모두 도르프만은 영어와 스페인어라는 두 언어를 상용하는 언어잡종적 존재로서 사는 길을 회피한 것인데, 이때의 결심은 삐노체뜨의 쿠데타로 인해 또한번의 이주에 내몰리면서 무너지게 된다. 도르프만이 자기 속에서 영어와 스페인어가 사이좋게 공존하는 언어잡종적 삶을 받아들이는 것은 이 책에서 다루는 시기 이후, 즉 기나긴 망명기의 어느 시점일 것이다.

아옌데 혁명의 의의와 한계

죽음의 서사는 삐노체뜨의 쿠데타에 의해 삶과 죽음의 갈림길에 서게 된 도르프만의 약 3개월에 걸친 도피생활을 기록한 것이다. 이 서사의 한가운데 그의 삶에 결정적인 영향을 미친 아옌데 혁명과 삐노체뜨 쿠데타라는 두 사건이 놓여 있다. 죽음의 서사를 삶과 언어의 서사와 결합하면 이주와 망명을 초래한 미국과 칠레(북과 남)의 반동적 역사의 계기들에 대한 하나의 성찰이 된다. 그렇기에 이 절박한 이야기 속에 우리 시대의 혁명과 반혁명, 폭력과 평화, 민중과 지식인, 국가와 개인, 혁명적 순교에의 유혹과 삶의 진정한 용기 등에 관한 논의가 포함되는 것은 당연하다. 죽음의 서사에 담긴 아옌데 혁명의 성취와 비극적인 결말을 이해하기 위해서는 아옌데 혁명을 2차대전 후의 세계체제의 문맥에서 살펴볼 필요가 있다.

전후의 세계는 미국을 중심으로 하는 '자유민주주의' 진영과 소련을 종주국으로 하는 '사회주의' 진영이 대치하는 소위 냉전질서로 특징지어진다. 하지만 동서냉전의 이런 체제적·이념적 대립은 전후 세계의 진상을 호도하는 이데올로기로도 작용했다. 그것은 자본주의

권과 사회주의권의 대등한 힘의 균형을 상정하지만 사실은 미국이 소련·중국을 봉쇄하고 서유럽·일본과 동맹을 맺음으로써 세계질서를 주도하고 제3세계에 대한 신식민주의적 지배력을 강화해온 점을 간과하게 하기 쉽다.

아옌데 혁명의 세계사적 맥락을 이해하려면 또하나의 경계, 즉 가난한 '남쪽' 나라들과 부유한 '북쪽' 나라들 간의 경계와 이를 철폐하려는 제3세계 민중의 저항의 흐름을 눈여겨보아야 한다. (이 자서전 제목의 '남'과 '북'에는 이런 대립의 의미가 담겨 있다.) 전후 세계는 주권국가들간의 호혜평등 원칙을 천명했지만, 실제로는 세계시장의 형성과 더불어 가난한 남쪽 나라들에 대한 부유한 북쪽 나라들의 신식민주의적 지배와 수탈이 강화되었다. 칠레를 포함한 라틴아메리카의 민중들은 이런 남북간의 불평등한 관계와 동서냉전의 이념적 경계라는 이중의 억압에 시달려온 것이다.

그러므로 아옌데 혁명은 미국의 신식민주의적 지배와 국내의 과두독재체제를 변혁하고자 하는 칠레 민중들의 열망이 1970년 대통령선거전에서 쌀바도르 아옌데의 온건한 사회주의 노선에 결집되어 나타난 것이라 할 수 있다. 아옌데라는 '동무' 대통령의 탄생은 선거에 의한 무혈혁명을 통해 미국중심의 지구화에 제동을 건 쾌거였다. 칠레 민중은 미국자본에의 예속과 친미독재의 질곡을 거부하면서 동서냉전의 장벽과 '남북'간의 경계를 가로질러 민중이 주인 되는 세상을 향해 첫발을 내디딘 것이다.

그러나 칠레 민중의 행복은 그리 오래가지 않았다. 아옌데에게 충성을 맹세한 삐노체뜨 장군이 미국 CIA의 지원을 받아 1973년 9월 11일 쿠데타를 일으킴으로써 아옌데의 사회주의정부는 불과 3년 만에 끝장나고 아옌데 지지파 수천명이 죽고 수만명이 다치고 실종되는 비운을 맞이한다. 이런 참혹한 반혁명의 폭력 속에서 아옌데를 정신적 아버지로 섬기던 도르프만이 살아남을 수 있었던 것은 여러 겹의 우연과 주위사람의 선의 덕분이었다. 그 가운데 결정적인 것은 그의 상관 플로레스 장관이 쿠데타 당일 비상연락망 명단에서 도르프만의 이름을 삭제한 것인데, 나중에 플로레스는 그에게 "누군가 살아서 이 이야기를 해야만 했"기 때문에 그런 조치를 취했다고 대답한다.

죽음의 서사에서 주목할 만한 것은 도르프만이 아옌데 혁명의 의의를 충분히 인정하면서도 그 한계를 냉정하게 성찰하는 대목들이다. 그는 혁명 실패의 원인을 오로지 미국의 지원을 받은 삐노체뜨의 쿠데타 탓으로만 돌리지 않는다. 가령 16장에서 아옌데 시절에 혁명의 주체들이 광범위한 연합을 구축하지 못한 것이 반혁명을 허용하는 계기가 되었음을 지적한다. 아옌데의 정책에 동참할 용의가 있는 수백만의 중산층 사람들을 단지 아옌데파가 아니라는 이유로 비난하고 따돌림으로써 아옌데 반대파로 내모는 치명적인 과오를 범했다고 반성하는 것이다. 뿐만아니라 국가와 혁명이 모든 문제들을 해결해줄 것이라는 과도한 정치주의적 믿음이나 사회주의의 대의를 내세운 인권침해, 그리고 여성과 생태계에 대한 남성중심의 권위적 자세 등도 실패의 원인으로 거론한다. 국가나 혁명에 대한 순수한 열정이 광신과 종족분쟁과 근본주의를 낳을 수도 있음을 경계하는 대목도 주목할 만하다. 이런 반성이 버클리의 1968년 혁명과 칠레의 민중혁명을 비교하는 가운데서 언급되는 것도 뜻깊다. 나아가, 도르프만은 아옌데 혁명이 자본주의적 지구화에 대한 유효

한 저항이었는지를 오늘의 관점에서 심문하기까지 한다. 가령 "아옌데의 혁명이란 미래의 물결이라기보다 죽어가는 과거의 최후의 헐떡거림"이 아니었을까 하는 일말의 회의까지 비치는 것이다. 하지만 그는 아옌데 혁명이 칠레 민중에게 유일한 희망이었음을 상기하며 "희망이 존재함을 믿지 않고는 이 세상에서 살 수 없는 한 인간이야말로 (⋯) 내 정체성의 밑바탕"이라고 힘주어 말한다. 삐노체뜨 시절 그에게 "글쓰기는 최악의 상황에서 희망을 발견하는 형식"(『창작과비평』 100호 대담 「지구화시대의 대안적 서사를 찾아서」 참조)이었다는 발언에도 이처럼 삶을 밑바닥에서 긍정하는 마음이 깔려 있다.

에필로그에서 도르프만은 모든 문명권에서 공동으로 발견되는 두 개의 신화를 거론하여 자신의 삶의 향방을 점친다. 하나는 '낙원'의 신화인데 이는 고향에 뿌리내리고 살 때만이 구원과 복됨을 누릴 수 있다는 이야기이며, 다른 하나는 '방랑'의 신화로서 뭔가 창조적인 일을 하려면 자신의 고향을 떠나야 한다는 이야기이다. 도르프만은 지구화시대에 복되고 뜻깊은 삶을 살기 위해서는 이 두 신화를 모두 받아들일 필요가 있음을 암시한다. 자신의 존재가 구체적인 장소에 뿌리내리는 동시에 미지의 새로운 세계에 활짝 열려 있어야 한다는 것이다. 도르프만은 존재의 뿌리내림과 열림이 적절한 균형을 취할 때 두 문화와 두 언어를 함께 받아들이는 잡종적 삶은 저주가 아니라 축복일 수 있음을 시사하는 듯하다.

역자가 이 자서전을 강미숙 교수와 공역하기로 한 것은 도르프만이 1998년 5월 방한했을 때였다. 도르프만은 친분이 있던 역자들이 번역에 나선 것을 반가워했으며 한국어본 출간을 한해 두해 기다려왔는데, 이렇게 늑장부린 역자들로서는 죄송할 따름이다. 이 작품에 깊은 관심을 가지고 번역을 독려해주신 백낙청 교수를 비롯한 창비사 사람들, 특히 최종 교열과 편집을 맡아 수고하신 문경미씨에게 깊은 감사를 드린다. 번역상의 잘못은 역자들의 책임이며, 독자 여러분의 많은 질정을 바란다.

번역은 제1부를 본인이, 제2부를 강미숙 교수가 각각 맡아서 초고를 마련한 다음, 서로 바꾸어서 교정을 보았다. 번역 대본으로는 *Heading South, Looking North: A Bilingual Journey* (Penguin Books 1999)를 사용했다. 에필로그 뒤의, 미국과 칠레의 9·11을 비교하는 도르프만의 기사는 자서전의 내용과 관련하여 시사하는 점이 많아 작가의 양해를 구해 수록했음을 밝힌다.

2003년 10월
한기욱

남을 향하며 북을 바라보다

초판 발행/2003년 10월 25일

지은이/A. 도르프만
펴낸이/고세현
편집/김정혜 문경미 안병률 박지홍 최은숙
펴낸곳/(주)창비
등록/1986년 8월 5일 제85호
주소/우편번호 413-832 경기도 파주시 교하읍 문발리 파주출판도시 42블럭 5
전화/031-955-3333
팩시밀리/영업 031-955-3399 · 편집 031-955-3400
홈페이지/www.changbi.com
전자우편/literat@changbi.com

ISBN 89-364-7084-1 03840